吹糠见米

姚骏骊 ◎ 著

陕西新华出版
陕西旅游出版社

图书在版编目（CIP）数据

吹糠见米/ 姚骏骊著. — 西安：陕西旅游出版社，2017.1（2024.1重印）

　ISBN 978-7-5418-3463-9

Ⅰ. ①吹… Ⅱ. ①姚… Ⅲ. ①中国文学－当代文学－作品综合集 Ⅳ. ①I217.2

中国版本图书馆CIP数据核字(2017)第000425号

吹糠见米	姚骏骊 著

责任编辑：晋枫森
出版发行：陕西旅游出版社（西安市唐兴路6号　邮编：710075）
电　　话：029-85252285
经　　销：全国新华书店
印　　刷：盛大（天津）印刷有限公司
开　　本：787mm×1092mm　1/16
印　　张：29.75
字　　数：550千字
版　　次：2017年1月　第1版
印　　次：2024年1月　第2次印刷
书　　号：ISBN 978-7-5418-3463-9
定　　价：99.80元

序

行走中的人生

我自小在农村长大,对土地、庄稼、乡村有着浓得化不开的感情。

我们平常俗称的"五谷"是指五种谷物杂粮,古代有两种说法。一种指"稻、黍、稷、麦、菽",另一种指"麻、黍、稷、麦、菽"。这两种概念,前者有"稻"无"麻",后者有"麻"无"稻"。我们进一步去探究就会发现,古代政治、经济、文化中心在北方的黄河流域,而"稻"的主要产地在南方的长江流域,北方种稻的地方很有限,所以,"五谷"里最初应该无"稻"。到了后来,"五谷"泛指五谷杂粮等粮食作物。无论是小麦、玉米还是水稻、谷子,因干旱、倒伏、虫害等造成的欠收、减产、绝收等情况时有发生。在这种情势下,我们常常会想到一个词,那就是"谷贱伤农"。凡是谷物,在加工时,就会发现因干旱或灾害导致的未成熟、不饱满、已停止生长的秕谷,也会产生谷"糠"。"糠"是从稻、谷、麦等籽实上碾、舂、簸、脱下的皮或壳,本意指谷皮、残渣、粉末,如,稻糠、谷糠、麦糠、秕糠等。

过去,一谈起新中国成立前的生活状态或穷人日子过得太苦太难时,就会用"吃糠咽菜"来形容。也就是说,吃不上粮食,只有吃加工粮食后的剩余物、残渣充饥。这些东西,当然是没有营养的,以至于后来生活改善后,糠是主要用于喂马、牛、羊、猪等牲口的。吹糠见米,是指将糠吹走后,米就看见了、留下了、被食用了。

每个人都知道自己从哪里来,但不知道自己的人生道路将归何处。每一个人,从出生起学说话、学走路,到上学、读书、工作,其实都是想解决这个问题,这就是我们平常说的在世界观、人生观、价值观的支撑下所确立的信念、理想、追求或奋斗的目标。正因为如此,人人都在这个社会中被簇拥着、裹挟着、搀扶着、牵引着向前奔。

一般人有两条命,那就是生命和性命。而想在社会上有一番作为者就有三条命,即:生命、性命、使命。正由于有了"使命",就有了责任、担当、奉献。也就是说,人活在世上不仅为自己,也不只是为家庭,还应为他人、为社会、为人类奉献自己的真善美、才智心。

中国是一个具有五千年悠久历史和灿烂文化的文明国度。中国传统文化中,国人最推崇的是国学,国学实际上包括"儒""释""道"三大板块。

儒家讲独善其身,佛家讲修性静心,道家讲回归自然。简而概括之,儒家的目标是成圣成贤;佛家的目标是成佛作空;道家的目标是得道成仙。这三个终极目标,用一个词可以将之统揽起来,那就是"修行"。我们通常意义上所说的修行,是指当行为有错误时,把它修正过来,即"修正错误的行为"。佛家也叫释家。儒家、释家、道家为人们的习惯叫法。传统文化涵盖了以儒、释、道三家为主的诸子百家的文化,每家都有各自的生命真理目标,可以称为修行,也可称为修道。

儒之修行以"修身"为重。《大学》中言:自天子以至于庶人,壹是皆以修身为本。孔子以格物、致知、诚意、正心为修身的阶石,以齐家、治国、平天下为修身的大用,其门徒曾子所著《大学》的"止于至善",子思所著《中庸》的"致中和",都能使性情调适,而有益心身。

释之修行以"修心"为重。佛教以"心为法王",认为世间"万法唯心造",所以佛教的修行让人们摄住每一个念头,不打任何妄想,而后可以"明心见性",则自然与佛相应;禅宗被称为"心宗",以不立文字、直指人心为目的,更是强调"即心即佛";万行法师亦言:守本真心胜过所有法门。

道之修行以"修命"为重。"长生久视"是道家鼻祖老子的观点,其《道德经》已成为道教之祖书,庄子的《南华经》、魏伯阳的《参同契》、张伯端的

《悟真篇》，以及后来的"丹经道书"，无不阐扬对生命真理的渴望，从而实现超脱生死，返璞归真，与天地同在的境界。

国学大师南怀瑾先生说："随时在检查自己行为的人，才是修行人。"他强调，"真正的修行，就是修正自己的心理行为，心理行为一点都没有改变的话，功夫是不会进步的，见地也不会圆满，这在中国文化上，不论是儒家、释家、道家，说法都是一致的，都是同一个论调"。

人从凡间来，一切求自然。结庐在人境，再无车马喧。人生一世，不管走得多远，站得多高，最终都得回归，都要放下。生活在一个浮躁的社会里，若能早早地放下一切，超然物外，不失为人生的一种境界。

在现实生活中，大多数人都能从严要求自己，时时校正自己，事事提升自己，处处约束自己，因而社会在这一群体的推动下就能不断前行，这一群体便成为社会的"米"；相反，也有个别人缺少个人修养，淡漠自身素质，破坏人伦亲情，无视做人底线，所以有违纪、违规、违法甚至犯罪行为存在，这些人就是国家、社会的"糠"。

作家是人性善恶的记录者，美好生活的讴歌者，世相百态的描摹者，社会变迁的书写者，精神家园的守望者。文学创作也一样，要写出读者喜欢、流传千古的佳作，就必须修行，这里边包括作者的知识学识、经历阅历、修养修行、灵性悟性、求真求实等等。古今中外的先贤、巨匠、大师，没有一个不是用他们的智慧结晶、心灵火花、典籍作品照亮、引领、矫正人类前行道路的。

作文先做人，文品即人品。这是每一个前辈告诫后来者的一句常用语。作为一名文字书写者、文学痴迷者、文化传播者，从最初的爱好到兴趣，从后来的兴趣到职业，从职业再到常年专门和文事打交道，从20世纪80年代最早的写日记、写作文、写诗歌到80年代末的第一篇豆腐块文章在报纸上发表变成铅字，自此与文字有了不解之缘。在20多年的职业生涯中，我的足迹遍布三秦大地的山山水水，汗水洒满陕西的角角落落。尤其是我在《陕西日报》工作的17年间，所看、所思经常流露笔端，在报纸、期刊频频发表作品；口碑、影响不断上扬。这时，我就在思考：文字的组合怎么做？文章的看点有哪些？文学的感染靠什么？文化的魅力源头在哪里？后来，我初步总结出：有心、用心、专心、静心、上心、耐心、苦心、善心、良心、决心"十心"理论；具备了这"十心"，就具备了向上、向前、向阳、向善、向美、向好"六向"；就可传递社会正能量，讲好城乡好故事，发出时代好声音；就可凝聚中国力量，汇聚各界人才，达成新的共识。

2013年秋，我随团外出考察学习，先后经过8个省（市）区，从出陕西到山西，我就开始写游记，不料一发不可收拾，一路走下去，我竟写了13篇《我的行走笔记》，而且是我随时有感受，随时在手机上写，白天在车上写，晚上在睡觉前写，几乎手就未停，直到把手机写坏为止。

2015年6月，因我在西安举行的一次旗袍大赛作评委，当晚写了一篇《美丽地活着 优雅地老去》的文章，被赵小鸽会长看中，后来邀我做了文化总监、联合总会副会长、海外文化交流大使等。我分别于同年9月、10月和2016年5月三次出访韩国，进行文化交流，先后写了《韩国纪行》13篇系列文章，在中韩均引起好评。

2016年4月，我出访新加坡、马来西亚，分别撰写了《走进狮城新加坡》《森林之都马来西亚》等文章，随团的人回到家，家里人和朋友问新加坡咋样，马来西亚好不好，他们好像事先商量好似的，竟然都说："我给你转发姚骏骊老师的文章，你们一看就知道了。"

2016年9月底，我去香港、澳门参加一个有关春晚的大赛，为了帮助500人事先了解港澳，我将2015年去深港澳写的《火火辣辣大深圳》《纷纷扰扰话香港》《金金灿灿说澳门》3篇文章发到微信群里，让大家提前对深港澳有个初步印象。回来后，我又写了一篇《南下随笔》，对深圳、香港、澳门、珠海、广州之行感悟做了小结。

这些文章，都在本书做了收录，至今读来，宛若昨日之事。

书中的其他篇章，有的是我多年前的随笔，有的属我新近的创作，有的在媒体已经发表。作为一本书，不可能把自己写过、发表过的所有文章收入其中，这就需要不断甄别、反复遴选、再三推敲、忍痛割爱，最终像农人在庄稼地收获谷子一样，吹走"糠"，留下"米"，这，就有了《吹糠见米》这本集子。

另外，有少量自己感觉还不错的诗歌，也收了进来，以给单纯的散文集增加点诗情，平添点画意，以满足对诗歌、散文、评论、杂文、札记、随笔、美文、小品文等有偏爱兴趣的不同读者群的阅读口味。所有作品，都是"十心"和"六向"的产物，都是我多年的心血结晶，好多篇章还是首次与读者见面。因为百人百性、众口难调，加之时间仓促、水平有限，书中难免存在这样或那样的不周、不到、不足之处，相信聪慧的广大读者是会谅解的。我在今后的文学创作中会更加精益求精，不断创新，吹糠见米。

近年来，中央一直倡导文化大发展、大繁荣，并提出文化自信的总纲领。2014年10月，习近平总书记在文艺座谈会上发表了重要讲话，指出文艺要以人民为中心的总要求，为广大文艺工作者指明了方向。作家创作属于个体劳动，我们更应不忘初心，匍匐前行，多出精品。在经济社会的新常态下，要有新状态、新心态、新姿态、新业态、新形态、新势态，继续书写行走中的多彩人生。

是为序。

（2016年12月29日于西安）

目 录

生活随想

从"众"字说起 / 1

曲江寒窑有感 / 2

圈子 / 3

读书识趣 / 4

喧嚣 寂静 / 7

指茧 指酸 指黄 / 8

说说元宵节与情人节 / 9

雪天小品文 / 11

家乡远去的桃子 / 15

古会 / 16

省下的就是赚下的 / 18

陈忠实兴高采烈赞农报 / 19

由机器人刀削面说起 / 20

城里 城外 / 22

从称呼看时代变迁 / 24

读新书有感 / 25

喜与悲 / 26

吃酒 / 27

心静莫如去读书 / 29

透过门楼看变化 / 30

加班有感 / 31

生活断想 / 35

听《文化三秦》有感 / 36

谈谈中秋节 / 37

痴我 / 38

老了说 / 40

天雨 / 41

暖日 / 42

反刍 / 43

贵人 / 44

生活随想 / 45

品联 / 46

暖气与洒水车 / 47

文人说 / 48

乡愁 / 49

影响 / 50

走过秦岭 / 51

小院青竹 / 53

运作 / 54

阴凉 / 55

夏天的雨 / 56

共鸣 / 57

大师访谈

路遥:平凡的世界,不平凡的人生 / 58

陈忠实笑望白鹿原 那十年世外桃源的生活 / 66

贾平凹印象 / 75

贾平凹书法艺术之我见 / 79

外埠见闻

行走笔记之一：走进晋冀鲁 / 81

行走笔记之二：齐鲁印象 / 83

行走笔记之三：低调大气天津人 / 84

行走笔记之四：走进天下第一关 / 86

行走笔记之五：魅力大连 / 88

行走笔记之六：美丽鸭绿江 / 90

行走笔记之七：风雨沈阳 / 92

行走笔记之八：走进吉林 / 93

行走笔记之九：难忘黑龙江 / 95

行走笔记之十：草原之夜 / 98

行走笔记之十一：回家路上 / 100

走进中国朝鲜族第一村

　　——吉林省延边朝鲜族自治州安图县万宝镇

红旗村纪实 / 101

杂文评论

说说秦孝公和商鞅在秦国历史上的作用 / 105

《大秦帝国之纵横》的缺憾 / 107

《大秦帝国之纵横》观感二 / 108

戏曲的高台教化作用

　　——从《杀狗劝妻》和《杀狗劝夫》说开去 / 109

东方"莎翁"范紫东 / 110

看秦腔 / 112

由露天电影说起 / 113

看完眉户说"非遗" / 114

观木偶剧有感 / 116

话剧的春天 / 117

城 乡 记 忆

最后的守望 / 119

县委书记门上的坑坑 / 122

从小事做起 / 124

一位朋友一座塔 / 125

说说大上海 / 127

跛脚看车女人，你好吗 / 130

我家的"老古董" / 132

顺手牵羊 / 134

尚耕园 / 135

补衣女 / 136

限烟 / 138

尽一个锅底下烧 / 139

家乡的河流 / 140

关中人的快乐生活 / 142

品尽醇香　独恋其味
　　——从"吃"文化说起 / 144

冬至　饺子 / 145

人 生 吟 唱

跋涉者之歌 / 148

书香幽幽伴我行

　　——写在世界图书日之际 / 154

麦客 / 158

诗四首 / 160

井 / 161

拜年有感 / 163

丑丑与秀秀（信天游）/ 164

游棣花古镇有感 / 167

城市的夜空

　　——悼汪国真先生 / 167

爱你的时候 / 169

土炕 / 174

白河印象 / 177

桥儿沟 / 177

乘船 / 177

端午感怀 / 178

晚聚 / 179

叙旧 / 180

边塞诗四首 / 180

无题 / 184

酒道 / 185

雪吟 / 185

油纸伞 / 186

云海 / 187

止水 / 188

背影 / 189

西安万花山庄 / 190

绣疆山 / 192

中秋 / 192

清闲 / 193

星夜 / 194

梁家河有感 / 195

韩国小忆 / 195

励志美文

喜忧宝鸡峡 / 196

长征：一本读不尽的"教科书" / 202

长征：一种坚定的信仰大考验 / 204

文缘 / 205

爷爷的手，舅舅的面，恩师的话 / 208

农业在新丝路经济带上大有作为 / 211

合作共赢是丝路经济带上的风景 / 213

永远的刘力贞 / 215

凭窗眺望陈忠实

——谨以此文缅怀陈忠实先生 / 216

说得着 / 222

美丽地活着 优雅地老去

——观百位旗袍佳丽晋级六十强有感 / 224

司晨 / 226

吉雨 / 227

手机 / 228

算盘 / 229

海外足迹

韩国纪行之一:走进韩国 / 231

韩国纪行之二:一江春水向西流 / 233

韩国纪行之三:旗袍陕西总会在韩国演出成功 / 235

韩国纪行之四:千年古都作外宾 / 237

韩国纪行之五:繁荣富足说釜山 / 238

韩国纪行之六:世外桃源济州岛 / 240

韩国纪行之七:一颗白菜滋养起的民族 / 242

韩国纪行之八:国人抢购没有错 / 244

韩国纪行之九:又到首尔听海风 / 245

韩国纪行之十:世纪三八线 快乐南怡岛 / 246

韩国纪行之十一:说说免税店 / 247

走进狮城新加坡 / 249

森林之都马来西亚 / 251

哲思妙语

莫言盛赞西安大秦岭南山庄园 / 254

拜年与红包 / 256

接地气 通地脉 / 257

由拉面说起 / 228

七夕 / 259

关门弟子 / 260

鸭子 / 261

保养 / 262

水土 / 263

路上随想 / 264

雨德 / 267

迁坟记 / 268

喜忧马嵬驿 / 270

非常元宵节 / 271

抱团取暖 / 273

误读 / 275

水韵 / 276

稿费 / 277

瘦了　胖了 / 278

今天我来当"书童" / 280

笔筒 / 281

热学 / 283

不争 / 284

修养 / 285

李大米小传 / 287

棉麻如丝　心气若兰 / 288

状元楼里吃烙面 / 289

地下室 / 291

墨花斋 / 292

大山小民 / 293

门槛 / 295

什么也不会 / 296

半截黄瓜 / 298

有心人说 / 299

大麦 / 301

跟事 / 303

今夜有风 / 304

抱团温州人 / 305

贵德守道　做有为委员 / 307

大师之路　神圣而遥
　　——旗袍陕西联合总会、陕西总会、延安分会

缅怀路遥先生纪实 / 310

病说 / 311

雪迟 / 314

藏 / 315

稀罕的红高粱 / 316

文学就是一堆柴 / 318

文艺文化

仰望路遥 / 319

阅读可以触动人的文学敏感神经
　　——探秘著名作家陈忠实先生的阅读生活 / 320

向张贤亮大师致敬 / 324

冯西海印象 / 326

小门大院 / 328

知音 / 330

《陆犯焉识》与《归来》/ 331

新华里·咖啡书吧 / 332

矿工作家东篱 / 334

找个作家做朋友 / 335

孤本 / 336

写在画布上的美丽
　　——著名画家廖婉凝女士油画印象／338

由电视剧《芈月传》说说读书／339

大雅天成成大家
　　——魏江先生书法艺术浅析／342

大器晚成王亚峰／345

简的(Jane's)工作室／347

夜访烙画画家席军锋／348

农裔城籍群体的当代文学史诗
　　——从《栀子花开》到《情岭》，探秘作家戴吉坤
先生创作源泉／350

长篇小说《胭脂岭》初谈／352

《唐僧译经记》的精神内核／354

西瓜地／356

一本书的相撞／357

话说盗版／359

两副眼镜的黄金组合／361

《藏区行记》序
　　——新的旅程　心的空灵／363

佩琳小屋／366

皇玉阁记／368

赵生辉的书法人生／370

亦书亦画杨雅光／372

大 美 中 国

大山之巅的香格里拉／375

靖边龙洲丹霞地貌说 / 376

渭河 / 378

落日 / 380

烧饼说 / 381

暮奔 / 382

大雁塔说 / 384

火火辣辣大深圳 / 385

纷纷扰扰话香港 / 387

金金灿灿说澳门 / 390

南下随笔 / 392

本命年山地札记之一:翻山 / 395

本命年山地札记之二:会友 / 397

本命年山地札记之三:谝梆 / 399

本命年秦岭山地札记之四:扯筋 / 400

沙漠 草原 湖泊 / 401

关中与塞外 / 403

骑马 / 406

丝路上的文化符号 / 408

大夏故都统万城 / 411

三上大草原 / 413

楼观印象酒店速记 / 415

读图"八水绕长安" / 416

青木川的味道 / 418

黄河岸边新景区
——第二战区司令长官部秋林旧址 / 424

附 录

思考让生命分外妖娆

　　——姚骏骊《吹糠见米》评　李巨怀 / 429

幸识姚骏骊　李印功 / 431

吹糠见米始见真　张念贻 / 437

把人和文做到"花"的层次

　　——写在姚骏骊散文精品集《吹糠见米》出版之际　冯西海 / 440

文人不"穷"，文化是根植于内心的修养　李金蔚 / 442

用身边的知名人士激励孩子，效果棒棒的

　　——姚骏骊和他创建的大秦岭父亲山文化研究会　冯乖课 / 445

后 记

生活随想

SHENG HUO SUI XIANG

从"众"字说起

中国的汉字很有意思,极具哲理,颇富味道。当一个人踽踽独行、浪迹江湖时,即为孤零零的一个"人"字;当两个人或前后,或左右相处,如影随形时,就有了先后、主次、顺序,即为"从";当三个人同出同入、友好合作时,就成了"众"。

这个"众"字很有讲究,由三个"人"构成。上边的那个"人"是长官、头头、领导,下边的那两个"人"就是随从、跟班、群众。也就是说,三人以上即是一个集体、一个团队、一种结构,由此衍生出家庭、单位、社会、国家乃至世界。

由资深职业经理人、上海宝虞投资管理首席咨询师大卫华先生撰著的《众筹思维》一书,正是在互联网的全新社交时代,筹人之才、筹新渠道、筹大智慧、筹未来、筹圈子、筹资源、筹跨界,以集众家之长、聚天下之财、成一方事业,此谓众筹。我认为,该书是一本应时而生、因缘而得的点金宝典,值得一看,值得细读,值得分享,值得琢磨。

如今的社会是一个合作时代,一个人干不了的事可以两个人干,两个人干不了的事可以三个人干,三个人干不了的事可以多个人干。人脉关系、社会资源、流通渠道比任何一个时期都显得重要。尤其在"大众创业、万众创新"的新情势下，我们更应将"众"字记在心头、付诸实践、做出业绩。

在新媒体、大数据、云计算的新常态下，我们每个人都应有新状态，新状态下要有新心态，新心态下要有新业态，新业态下要有新势态。

如此，则风生水起；如斯，则潮涨潮落；如是，则纵横捭阖。

（2015年3月27日于西安）

（此文被《众筹思维》一书收录为序）

曲江寒窑有感

一只绣球将命运抛出，选择贫穷，嫁给寂寞，注定和清苦相伴，与荣华富贵决裂。从相府千金到布衣民妇，冲破门当户对、父母之命的封建婚姻桎梏，品贤德淑，彪炳爱情史册。

守望寒窑孤苦岁月，无怨无悔，十八载的苦苦等待，韶华不再，情感弥坚，凄美的故事不只是传说，而且成就了一段忠贞不渝、生死相依的千古恋歌。

（此文为2010年西安曲江寒窑遗址约稿
《百名作家百首美文写寒窑》入选佳作）

圈　子

大概是因为太阳是圆的,月亮是圆的,人类居住的地球也是圆的,故人和人的关系就有了圈子。

所谓圈子,就是同类人的群体。QQ 上叫群,微信上称朋友圈,社会上叫圈子。

圈子一般是圆的,分圈内圈外,是在一定范围内对于相对固定关系的一种习惯说法。

设定了圈子,就与非圈子的人有了区别,有了排斥,有了对抗。

圈子一般相对稳定,虽然圈子有大有小,能伸能缩,但在不同的时间,不同的环境,不同的外力作用下也会发生变化。

通俗地讲,家庭、团队、单位、社区、城市、乡镇、村组、干部、工人、农民都是圈子,每个人也都有各自的工作、生活、学习、交往圈子。

物以类聚,人以群分。于是就有了党政圈、企业圈、文化圈,若要细分,就会有名人圈、娱乐圈、书画圈、美食圈等等。

有了圈子,就有了规矩,用中国的老话讲,就是无规矩不成方圆。

观世音菩萨为了让孙悟空一心一意保唐僧到西天取经,给了唐玄奘一个圈子,并密授一番咒语,叮嘱给猴子戴上,如若反抗就念咒语。这个圈子就叫紧箍咒,咒语便是惩罚孙大圣的规矩。

取经途中,险象环生,惊心动魄。每当走进崇山峻岭、荒野江河,唐僧师徒四人饥肠辘辘,人困马乏的时候,也是妖怪出没,偷袭唐僧的危险之际。每每这时,警戒、化斋的活就落在了有火眼金睛和七十二变,会腾云驾雾,一个筋斗能翻十万八千里的孙悟空身上。

孙悟空怕师父、八戒、沙僧被妖魔掠走,就用金箍棒在地上划了一个圈子,反复强调无论遇到什么情况和危险,都不要走出圈子。

孰料,悟空刚走,白骨精便化作一位年轻貌美的村姑,挎着篮子飘然而至,谎称给父母送饭。诱得贪吃、贪色的猪八戒垂涎欲滴,率先走出圈子,唐僧及沙僧遂放松警惕,也先后离开了圈子。正在妖精准备掠走唐僧时,孙悟空及时赶到,一声断喝:"大胆妖怪,哪里走?吃俺老孙一棒!"妖精遂化作一缕青烟随风而去,只留下一只绣花鞋,篮子里原来的"馒头"也变作了石头。

唐僧生气猴子将好人无辜打死,悟空埋怨师父人妖不分,争执不下,唐僧便念紧箍咒,疼得猴子满地打滚,连连求饶。

接着,妖精又先后变作老妇、老头,分别诈称村姑的父母前来寻女,其诡计均被悟空识破并将之打死,唐僧一看悟空连伤三条人命,便将孙悟空撵回了花果山。

唐僧的失误是走出了圈子,八戒的缺位是离开了圈子,悟空的烦恼就是自己头上的圈子。

历经九九八十一难,斗罢无数妖魔鬼怪,唐玄奘率众徒弟终于到达西天,见到如来,取回真经,且师徒四人都得道成佛,各归其位。孙悟空一摸自己的头,圈子突然神奇消失了。

因为,他们又步入到了一个新的、更大的圈子。

(此文被《众筹思维》一书全文引用为例子)

吹糠见米

读书识趣

读书,是一个常说不衰、常说常新的老话题,今天我之所以又老生常谈,是有感于近几年来电脑普及、手机智能化、人们不阅读的现象而不得不谈。

2014年2月7日俄罗斯索契冬奥会开幕前夕,国家主席习近平在索契接受俄罗斯电视台专访时,谈到自己的爱好是"阅读、看电影、旅游、散步",并说他的时间被工作占据了,但他个人能做到的是读书,读书已成为他的一种生活方式。他指出,读书可以让人保持思想活力,让人得到智慧启发,让人滋养浩然之气。

习主席还列举了很多俄罗斯作家,如克雷洛夫、普希金、果戈理、莱蒙托夫、屠格涅夫、陀思妥耶夫斯基、涅克拉索夫、车尔尼雪夫斯基、托尔斯泰等。

由此不难看出,这些优秀的作家和作品对习主席的影响,也不难看出习主席博览群书、学识渊博,更不难理解他讲话时的旁征博引、出口成章。

古人云:读万卷书不如行万里路。后人又补充道:行万里路不如阅万个人。唐代大诗人杜甫就说过:"读书破万卷,下笔如有神。"古人读书,首推"四书五经",其时,在"万般皆下品,惟有读书高"等价值观的影响下,众多圣贤、文学家、思想家、政治家脱颖而出,成就一生,青史留名。

在新中国成立前,读书一般是富贵家庭的事,布衣老百姓的孩子想读书,但交不起给私塾先生的学费。对于穷人家的孩子来说,能读书是一种奢望。没有读过书的人被称为文盲、愚民、睁眼瞎。

作为20世纪60年代末出生的我,庆幸上到了学,读到了书,学到了知识和文化,但在后来的实际工作中我渐渐发现,在打算盘、写毛笔字和钢笔字这些基本功上,我们远远不如前辈们;同理,1970年以后出生的人,又一茬不如一茬。有的孩子因为整天迷恋互联网,连汉字都写不了,就连我们从事文字、文学工作的人,提笔忘字者也比比皆是。

这是一个危险的讯号,如此下去这将是一个民族和国家的悲哀!

针对这一现状,央视去年用大量黄金时段直播"汉字听写大会",可谓振聋发聩,用心良苦。

读书,不只指在学校里学习文化、科学知识,更重要的是阅读自然、社会、政治、哲学、军事、天文、历史、文学、体育等百科全书。尤其是中国古代的文学名著如《诗经》《论语》《史记》《资治通鉴》《唐诗三百首》《红楼梦》《三国演义》《水浒传》《西游记》等;外国文学名著如《战争与和平》《巴黎圣母院》《悲惨世界》《茶花女》,高尔基三部曲(《童年》《在人间》《我的大学》)和《钢铁是怎样炼成的》等。

少年读书在课堂,渴望知识作滋养。走向社会阅读忙,如饥似渴书当粮。自己作为一个文字工作者,自然和天下所有读书人一样,酷爱读书,嗜书如命。一天可以不吃饭,但绝不可一日不读书。家里书房被书堆满,工作室、床头摆满图书,车上有时也带着书,与文化圈的人谈得最多的还是书。

在我的生物钟里,如果不是特殊情况,晚上十点后至睡觉前不是读书就是写作。这时就要微信下线,QQ退出,手机放置一旁,在台灯下,于静谧中,全身心地投入到或读或写或思考之中。

我读书也有个习惯,先读朋友的、熟人的,再读省内的、新出的,最后读名家的、厚重的;从类别上区分,一般先读小说,进而散文,最后是史哲类及其他。

每晚睡前,随便从案头或枕边拿起一本书,直到看到倦意袭来,方合书安枕,踏实入睡。因此,我入睡速度快,睡眠质量高,几乎就没失眠过。

如今,不少人特别是青少年喜欢看电子书,但我总觉得没有纸质书有感觉,故而一般不去网上阅读。

从每届诺贝尔文学奖颁奖结果可以看出,没有一位诺贝尔文学奖获得者不是从书架上走出来的。这足以说明读书对一个作家的重要性。

大作家如此,我们普通人更应该如此;习主席都读书,我们所有人更应该读书。吃饭知味,读书识趣。在纷繁的社会里,在忙碌的工作下,在琐碎的生活中,无论世事如何变幻,不管多么疲惫不堪,不计人生路遥颠簸,捧一本书,蹲一小隅,静静地看、默默地思、细细地想,这,就是心灵的咏唱;这,才是独有的享用……

喧嚣　寂静

有人喜欢喧嚣、热闹、宏大的场面；有人偏爱寂静、清雅、人少的地方。前者多为个性张扬、性格外向、讲究氛围的外向型人；后者则多属善于思考、内敛低调、追求境界的内向型人。在现实生活中，有人热情奔放、精力充沛，做人、做事讲究排场，图个热闹；有人只干不说、闹中取静，工作、学习只求循序，唯愿渐进。

人的性格不同，生活习惯有异，做人、做事、处世就大相径庭；人的态度不一、能力有别，工作、学习、生活则千差万别。有人事还没做，就善于提前造势；有人事干成了，大家才知道其成果。古往今来，凡成大事者，无一不是耐得住寂寞，守得住孤独，经得起风雨的踽踽独行者、默默跋涉者、孜孜耕耘者、殷殷探路者、赫赫成功者。

人是群聚动物，无论是生活还是工作，来不得马虎，求的是精细，靠的是用心。在21世纪的农历甲午马年，以龙马精神，用团队力量，靠勤奋支撑，去迎接未来的挑战，坐拥众多的粉丝，赢得天下的读者，将是喧嚣中的寂静，寂静中的喧嚣。

（2014年2月25日）

指茧　指酸　指黄

　　长期从事文字工作，除了费脑、费神，就是费手，故以自己的体会谈谈手的使用变迁。古代文人以毛笔为主要书写工具，在毛笔出现前的远古时代，人们甚至要用尖刀在兽骨、龟背、竹简上刻录文字。到了近代，有了蘸笔、自来水笔、钢笔、铅笔、圆珠笔等，现在，人们用的大多数是中性笔、签字笔。不管是哪个年代，何种书写工具，都得靠人的手指去完成书写。

　　手写的时间长了，右手食指与中指就会结上厚而长的指茧，尤其是对于作家、记者、教师、学生这些人群更是如此。我以前的稿子，都是用手写，因此手茧就特别厚。2008年以后，写字改用电脑，智能手机出现后，又用电脑加手机轮流书写，所以就常常指酸。上了60岁的老作家，不会用电脑，也不会用手机写，因而劳动强度更大，指茧结得更厚，手指写得更酸。当年，陕西首个茅盾文学奖获得者路遥先生完成了百万字作品《平凡的世界》，为最后一个字画上句号时，如释重负般将手中的笔抛向窗外，瘫坐在桌前……著名作家贾平凹先生创作长篇小说《古炉》时，就用了300多支中性笔芯，其手酸、手困、手麻可想而知。说到指黄，是说文人在写作时，大多数都通过吸烟来思考。右手写字时，烟就执于左手，久而久之，手的食指指头及指甲就被熏黄。

　　时间长，日月久，天地宽，佳作多。指茧、指酸、指黄，是文人的辛劳见证，是文化工作者的骄傲，是文人将生活的美好和人性善良寄托于指间的奉献。

（2014年2月16日）

说说元宵节与情人节

元宵节和情人节本是八竿子打不着的两个节日。今天我写下这个标题，自己也觉得颇具调侃之味。因为2014年的元宵节与西方的情人节真真正正地在今天巧遇了。

元宵节诞在中国已有几千年的历史，所以我们称之为中华民族的传统节日。元，是起始、开启的意思；宵，是夜晚、月圆的意思，连在一起，意思是新的一年第一个月圆的晚上。这，就是我们习惯上称之为的农历正月十五。

在这一天，人们燃鞭炮、放烟花、赏月色、猜灯谜、耍社火、划旱船、敲锣鼓、扭秧歌、吃元宵、煮汤圆、合家欢，进行的都是一些民间传统文化、文艺、娱乐活动。

据传说，过去的元宵节，全国家家户户都要吃元宵。袁世凯称帝后，担心"袁消（元宵的谐音）"，不让吃元宵，但南方人生来喜食甜点，故袁世凯让南方人改吃"汤圆"，其意为团团圆圆。但是，短命的王朝顷刻便化为一缕青烟。老百姓的节日，还是自己爱怎样过就怎样过。

元宵节是春节里最后一个节日，这一天一过，就意味着年过完了。在广大农村，人们就开始了新的一年的生产生活；城里上班的人，也开始收心收假，筹划新一年的工作。

月亮是圆的，灯笼是圆的，饭碗是圆的，桌子是圆的，元宵是圆的，汤圆是圆的。不论传说是否真实，元宵节老百姓吃元宵、煮汤圆的习俗却从未改变，老百姓希望家庭团团圆圆、生活圆圆满满的朴素心愿也不曾改变。

情人节起于何时，兴于何地，盛于何国，我对此不感兴趣，不愿考证，也无心细究。

在我的印象里，这个舶来品源于西方，近些年才流行于我国，并大有愈演愈烈之势。

关于西方人怎样过情人节，我没有查阅资料，无法知道；但中国人对情人节有何想法,我却略知一二。

无论人们怎样想,如何做,但我认为,我们首先要搞清楚什么叫"情人"。

从广义上说,情人就是有感情的人,或者说是有较深感情的男女双方;从狭义上讲,情人就是"心青"的人,也就是说,男女双方要心心相印,用心呵护彼此的"青春",珍惜缘分。假若如上所述,年轻人谈情说爱,相互依恋,以身相许,如胶似漆,倒也天经地义、无可厚非。

遗憾的是,随着改革开放的深入和社会的发展,"情人"的外延在扩大,内涵却在缩小,甚至和"二奶""小三"画上了等号。"二奶"也好,"小三"也罢,用"心"专一者,可能为数不多;心"青"如纸者,也许太少;以"情"维系者,可以说寥若晨星;以"钱、权、色"易者,则比比皆是。

才子佳人,郎才女貌,是中国古代文艺作品里常常塑造的形象,如《红楼梦》《西厢记》;有德有才,有情有义者,如《白蛇传》《天仙配》;地位悬殊,至死不渝者,如《梁山伯与祝英台》《王宝钏》;生活清苦,以爱终生者,如《孟姜女哭长城》《牛郎织女》;见利忘义、不忠不义者,如《铡美案》《杜十娘》……

人非草木,孰能无情?人的一生很漫长,谁都是从青年时代走过来的,谁都有过心仪的异性,难忘的初恋,要好的知己,理想的"红颜",倾诉的对象,不期的邂逅,无尽地缠绵,刻骨的爱情……但在道德、家庭、社会的天平上如何找到平衡的砝码,如何把握交往的底线、尺度、分寸,却因人而异,因时而变,因事而定。

今天是个特殊的日子,社会上流传"214"就是"爱你一世"。因此在这一天领结婚证的人,把民政局的门都要挤掉了。微信、微博、QQ、手机短信铺天盖地都是此类信息,有人欣喜,有人鄙视,有人等待,有人无奈。花店的鲜花迅速涨价,消费场所人满为患,各种商场营业额骤升,影院、酒吧、酒店及相关产品格外走俏……倘若这些现象仅仅是青年人的热捧倒也情有可原;假如全社会的人都争相效仿,我们面临的则是一个怎样的生活秩序和生活状态?

下午在一朋友处短暂做客,领导给她打电话,说今天过双节,谁有事可以请假早走一会儿。我说:"你们领导真体恤下属,那你们科室就借坡下驴,早走一会儿吧。"不料,他们四人无一人响应,更无人有要走的意思。我问何因,她笑着说:"一走早,容易让人误解与人约会去了……"

大家哈哈大笑过后,我不禁叹道:本来好好的一个元宵节,怎么就硬是让这个外来的西方情人节给冲淡了、冲烦了、冲恼了!

(2014年2月14日)

雪天小品文

祈　雪

2013年,是一个无雪的年份;2014年的第一场雪,比往年来得实在是太艰难了些。

古往今来,不管是历朝历代的官方,还是在文学典籍中,祈雨,似乎贯穿着整个历史。尤其在无法灌溉、靠天吃饭的干旱、半干旱地区,祈祷风调雨顺、五谷丰登,几乎是司空见惯的事,然而,祈雪,好像还很少有人做过,大多数人只是在心里渴望下雪而已。

今天是立春,气象部门预告有雪,于是我就祈祷老天爷赶紧下一场雪。

从早上至现在,好多外地朋友都在微信里发了下雪的文字和照片,令我好生羡慕。可左顾右盼,还是没等来马年的第一场雪。

中国是一个传统农业国家,西安又是13个王朝建都所在地,号称京畿之地,原因之一就是这里八水相绕、粮丰仓满。

一马平川的八百里秦川,富庶的关中平原,曾为粮食生产做出了不可磨灭的贡献。农业始祖后稷教民稼穑的杨凌,更是全国唯一的国家级"农科城"。已经举办了20届的中国杨凌农业高新科技成果博览会,现已成为世界农业高新科技交流的平台。

然而,随着工业化、城镇化、现代化的推进,环境、土壤、气候等受到一定程度的影响和破坏,人们的生存空间日益狭小,极端天气、灾难频发。昔日风调雨顺的关中大地自2013年8月至今,遭遇了历史上罕见的持续干旱。干旱、干燥、干涸成为去年的关键词。

古有祈雨,我今祈雪。但愿今夜或明日,有雪光临,有水到来,关中城乡将会呈现出一个银装素裹、洁白祥和的世界!

沐 雪

也许是旱得久了,人工降(雨)雪奏了效,雪虽然不算太大,从昨天白天算起,却几乎昼夜不停,不知疲倦地下了两天一夜。北京的一位同学今天一大早就驾车东去,我不断地联系,询问路况,方知黄河东岸的山西境内的雪比我们陕西下得还要大。

晚饭后,站在阳台瞭望冰天雪地,不禁又生出外出沐雪踏白的情绪来。爱人说外边太冷,劝我不要出去,但难得的美景还是吸引着我。爱人拗不过我,又怕我滑倒,故和我一前一后下了楼。

雪还在星星粒粒地下着,地上确有些湿滑。出了小区院子,走向通往渭河滨河大道新修的宽阔马路,踩在人行道上的积雪上,每走一步,脚下就发出"咯吱咯吱"的声响,身后留下一串串深深的脚印。

走出一段距离回头望去,踩出的两行脚印仿佛一个个马蹄印,或深或浅,或直或弯。马年留下马蹄印,别有一番寓意,更具吉祥之意和乐趣。

跨过滨河西路,站在渭河边向东望去,咸阳桥南北横卧,来往车辆缓缓行进;渭河左岸一片白色,与苍茫流淌的河水形成鲜明对比;西边的秦都桥人稀车少,为静谧的古城之夜增添了几分灵动。这使我联想起《三套车》里"冰雪覆盖着伏尔加河"的场景,文化的情愫一再升腾!

雪似乎比初出来时大了一些,雪花散落在我的头上、眉间、脸颊、手臂,凉凉的、冰冰的、滑滑的,如沐浴一般,舒畅极了,看来今夜分享白雪沐浴的人,是世间最幸福的人!

堆　雪

连日来,我随心在"说说"和我的微信里写下了有关雪的文字《祈雪》《沐雪》,引起了业界同仁、圈内好友及众多群友的关注。有人问我接下来写啥,我说关于雪,就不写了。

不料,今天晚些时候,天空又飘起了雪花,同时又有文友劝我再写一篇。

好汉经不住几句热语相劝,遂静心思考,又琢磨该从何处下笔。前几篇写的关于雪的静态偏多,今天的雪虽下得显急促,但基本上没有"坐"住,恰巧有好友给我发来一张雪人的照片,遂决定写篇有关堆雪人的"堆雪"。

要说堆雪,新疆、青海、西藏、内蒙古、河北等省和东北地区的雪都要比陕西下得多,除了堆雪人,冰城哈尔滨还有冰雕、冰灯等。

作为西部省份,陕西虽很少见暴风雪、鹅毛大雪,却也会在冬日里纷纷扬扬、酣酣畅畅地下上一阵子。就像这次,一下就一发不可收拾。尤其是晚上,气温骤降,下了一夜的雪次日清晨便会积于屋顶、路面、房前、屋后、空地、广场,这就为小朋友们打雪仗、堆雪人创造了条件。

在儿时记忆里,堆雪人先是用较大的土块、泥块、石头、砖头慢慢往上粘雪,等粘满了雪,就去滚雪球,雪球滚大了,堆在地上,再去滚头、胳膊等。这三样凑齐,即在地上依顺序堆成了有头、身、手的雪人。

那时候条件简陋,雪人模样也简单。有些爱美的女孩子,用蓝色、红色墨水或黑色墨汁给雪人点上"五官",用红辣椒、红萝卜做鼻子和嘴巴,将自己的帽子扣在雪人身上,方使雪人有了生机和活力。

时光如白驹过隙,转眼往事已成云烟。打雪仗、滚雪球、滑冰、堆雪人,不仅自己再未玩味,连后辈也不再触及。

如今,卡通、动漫影响着年轻人,网上的网友堆雪人的照片,个性突出、千奇百怪、极富情趣。有情人相拥的、恋人互吻的、扎堆打牌的、穿红戴绿的、蜘蛛爬树的……其构图精美,手艺高超,紧跟时代,贴近生活,惟妙惟肖,巧夺天工,堪称一绝。

雪,是儿时难以抹去的童趣,堆雪是儿时最简单的手工娱乐,是孩提时代最原始的美术创作。堆雪,是对大自然感情的宣泄;堆雪,是对现实生活的拳拳热爱;堆雪,是对美好人生的种种憧憬;堆雪,是老百姓对幸福的向往和寄托;堆雪,更是实现中国梦的希冀和愿景!

残　雪

今天是春节后上班第一天,不少人都因冰雪路滑赶不回来。早上上班途中,白雪覆盖着路面,几条高速公路都因雨雪天气或关闭,或实行交通管制,有些省际班车及列车暂时停运,给好多上班族出行造成不便。

我驱车徐徐行驶在冰雪上,看到不时有车因驾驶不慎先在地上打趔趄,进而相碰互撞,行人则小心翼翼,唯恐滑倒,我才真正理解了什么叫"如履薄冰"。

脑子灵机一动,灵感由此而生。因为前面我先后写了《祈雪》《沐雪》《堆雪》,便想着今天该写篇《碾雪》了。

孰料,下午下班后,早上光滑如镜的道路,早已是湿漉漉一片,泥水漫流。雪停日出,冰融雪消。遂改变主意,何不写篇《残雪》,与前几篇形成姊妹篇,成全我的"雪系列"小品文。

白天车辆在马路上来回穿梭,冰雪被碾压后,马路上就会出现两道车辙,后车为了不"重蹈覆辙",就会尽力开出新辙,如此反复,轮胎带起的尘渣雪块就会被撵到马路两边的道沿下面。因为车轮再也碾轧不上,又在阴处,便形成了残雪。

由于早晚温差大,气温更低,残雪及路面的冰碴儿便冻住了,路面变得更硬更滑。好在城市里大雪过后,清洁工人及时清除,以方便行人出行,而郊外田野里的残雪,使农人看到了丰收的好兆头;山峦、河川、树木、花草上的残雪,是一种点缀,是一道风景。

残雪虽残,却是一种痕迹,一种存在,一种念想。

残雪是冬的依恋,残雪是春的冬眠,残雪是冷的畅想,残雪是热的企盼!

家乡远去的桃子

家乡的一座大桥大约修了五六年,终于在西咸新区高调亮相前通车了!

驱车走在宽阔但不笔直,平坦还不完善,起伏却不清洁的新路上,不几分钟就到了西咸新区沣东新城的田野,一眼就瞅见一片葱绿的桃园和父亲佝偻劳作的背影及母亲黝黑却颇健康的脸庞。

和父母打过招呼,拉着家常,太阳已经落山,父亲转身拿了个塑料袋,为我去摘树上的桃子。我说:"那么小,能吃么?""能吃,这是五月红。"父亲边摘鲜桃子,边笑着回答。这不由地使我的思绪回到了童年、少年和青年时代。

我的家乡是地处沣河、渭河交汇处的一个美丽富饶的大村子。因为靠近河边,就有了河滩地和丰富的沙土。即使是改革开放以前,这里的红薯、花生、西瓜、甜瓜、桃子、苹果等在西安和咸阳周边都是久负盛名的。每到收获季节,外地客商、游客、朋友、亲戚都来这里买桃子。改革开放以后,集体的果园纷纷被私人承包,果园面积曾一度发展到几千亩,成为当地农民增收致富的主要产业和经济支柱。

我参加工作、走向社会已整整二十四年,离开家乡也有十九年之久。至少在十多年前,每到桃子成熟季节,我都要回家乡采购一些个大、甜脆、色亮的桃子送给朋友品尝,凡是吃过我家乡桃子的人,无不伸出大拇指啧啧称道。甚至有外地的朋友,一到周末就簇拥着我一起前来赏桃花、观桃园、品桃香。

近十年来,城市规模一再膨胀,建设如火如荼,耕地愈来愈少,就连关中传统的麦田,也渐渐从我们的视线中消失。仅剩的一丁点儿土地,村人大都种了蔬菜,不少人也栽了桃树,我家就是其中之一。

我拎了桃子回家,妻子麻利地洗后给我端了几个,我一尝,味道虽大不如从前,但特殊的泥土气息却使人联想翩翩。

过去的桃子有蟠桃、水蜜桃、五月红、白沙桃等,品种多、水分大、味道足……如今的桃子个小、色暗、味寡,且产量低、规模小,从某种程度上讲,只是一种最普通的桃子罢了。

现在西安建设国际化大都市的目标和定位已明确,西咸一体化已喊了整整十年,在眼下和今后紧锣密鼓实施大开发和大建设的同时,失去土地和家园的农民是何等的悲凉。

正像一位朋友讲的一个笑话:一个农民对房地产商说,不要看你把我们的地一征,盖了房子一平方米就卖近万元,到时候没人种麦子,一粒麦子我卖5000元,不吃,饿死你!

笑话虽夸张,但振聋发聩。它说明人们面对现代文明与农耕文明之间矛盾和冲突。我们面对的岂止是远去的桃子,还有消失的村庄、河流、记忆。我吃的又哪里是桃子,分明是失落、无奈和怀旧!

(2012年6月23日)

古　会

不知从什么时候起,我的家乡周边的村、寨、堡、社就有了古会。

古会不是怀念什么人,也不是纪念什么重大日子,更不是有些地方至今还存在的"庙会"抑或"集市"。以我的理解应该叫作"忙罢会"或"半年总结会"。

读初中时,读鲁迅先生的名作《社戏》,曾为江南水乡、乌篷小船、蚕豆清茶、社戏的婉约唱腔所陶醉。打记事起,我就随大人跟会、走亲戚、串巷街、吃酒肉、逛热闹。

据我所知,古会大约从农历六月初一开始,农历八月初一结束。有时,一天是一个村子过,有时,一天四乡八社都过,各村约定成俗,到了过会这一天,不用通知,不用预约,亲戚都会向过会的这个村子奔来。后来,同学、朋友、同事也加入了进来,倒也热闹非凡,成为乡村的一次盛事。这种古会主要在咸阳渭河以南和西安未央区、长安区的个别地方流行。这说明这种古会很有可能源于秦汉,流传至今。

所谓的"会",我觉得其意义主要是因为关中土地肥沃、良田万顷,在每年冬小麦收割、晾晒、入仓后,农人走亲访友、互通信息、庆祝丰收、说媒提亲、了解情况的"半年工作总结"。

因为在我记忆里,过去大家都不富裕,过会时多拎着椭圆形竹篮子,篮子里放着十个大"礼馍",上边放一封点心或一瓶水果罐头,最上边用干净的大毛巾盖上。走完亲戚要回家时,亲戚家将提前蒸好的蛋蛋馍(小馒头)放在篮子里,以示回礼,充分彰显了儒家"来而不往非礼也"的传统文化。

主人提前几天就打扫卫生、置办酒菜、购买烟茶、采摘水果、蒸馍压面、添置碗筷,到了过会这天,等待亲戚来齐后,一般中午是六至八道凉菜,喝点酒和饮料,吃着新麦做的臊子面,到了下午四点左右,又吃第二顿饭,凉菜热菜、白酒啤酒、蒸馍油饼、醪糟稀饭等最好的吃食端上桌来,任客人选择。客人吃得越多,喝得越多,主人越高兴。

过去人们生活艰辛,肚里寡油,食不果腹,过会主要是想去吃顿好的,拿的礼物也单一。主人家里再穷,也要在过会前一天或当天一大早进城采购,生怕怠慢了亲戚。

过去亲戚走动多靠步行,条件好的,骑着自行车带上老婆孩子就出发了。路远的或年龄大的,往往要提前一天去,推后一天才回去。如今社会发展了,人们富裕了,亲戚走动也和城里人一样带着各种礼品,主人也不用再回礼了。随着信息传递方式的发展和生活节奏的加快,交通工具也由自行车发展为摩托车、电动自行车、机动三轮车甚至面包车、小轿车。一般都是快去快回,甚少有人留宿了。

过会去的亲戚多是姨、姑、舅、侄子、女儿女婿及上下辈的老人或孩子,随着计划生育实施效果的凸显,如今的孩子渐渐亲戚少,兄妹无。由于过会多在夏季,也是关中地区的雨季,因此遇到恶劣天气或炎热酷暑,有些人也就不去了。

如今社会分工愈来愈细,过会由过去的全家齐上阵也演变成了一家只去一个代表。多年不见的菜市、熟食摊点、三无产品多了起来,一是满足了农村人的购物需求,二是迎合了某些人贪便宜的心理。因此也出现过一过会就有好多人拉肚子的事件,村人戏称其为"吃了瞎瞎肉"。

当然,现如今超市遍布城乡,人们买东西开始精挑细选了,诸如食物中毒、拉肚子的往事已如云烟。

古会虽然不如过去热闹,却是维系亲情的一种载体。它和春节基本上相隔半年,是农人叙旧、拉话、聚集、走访、互动的一种方式。

啊!家乡的古会!

省下的就是赚下的

十多年前,我的一位挚友谈到挣钱,说了一句很土的话:"腾下的就是挣下的。"我当时不解,后来才明白他所说的"腾"就是"省","挣"就是"赚",意思是凡事节约点就等于赚钱了。通过多年的深交,我才体会到他这听似极其质朴的一句话,却包含着深奥的哲理。

我的另一位朋友,几年前就叫嚷着买房,可至今仍未能如愿。问他原因,答曰:"背锅子上山,钱(前)紧。"可熟悉他的人都知道,此君像鸡刨食一样整天奔波个不停,钱没少挣,可就是爱喝酒,爱赌博,爱折腾。他老婆有工作,且收入不菲,但爱打扮,喜购物,讲排场,一件上千元的衣服,没穿几次就扔了,遂又买新的。孩子要钱从来不问用途,大手大脚,挥霍无度。因而诸如买房这种动辄几十万元的支出,对于他们便是天文数字了。

节约是中华民族的传统美德。厉行节约,反对浪费,曾使几代国人度过了艰难岁月。老百姓居家过日子更离不开节约,一度电、一张纸、一滴水、一口饭、一分钱、一套房、一辆车……这些与我们生活息息相关、密不可分的东西,如果养成时时处处节约的好习惯,长期下去将节约多少支出,积累多少财富。

自2008年下半年以来,美国的次贷危机引发了全球性的经济危机。作为人口最多的国家,中国也被这次金融风暴所影响。国家为此投入四万亿元加强基础设施、民生工程建设,以达到拉动内需、搞活流通、和谐稳定的目的。我们每个人已逐渐感受到了这场危机给自己生活带来的不便和尴尬。在这种特殊时期,如果人人都重新捡回已经失落多年的好习惯——节约,政府减少文山会海,官员不再公款吃喝、旅游,农村土地加快复垦,企业降低生产成本,家庭压缩不必要的开支……全社会就会形成一种良好的风气,使中华传统美德得以发扬和传承。

但愿所有的人都能以大局为重,攻克时艰,共渡难关。因为——省下的就是赚下的。

(2010年7月)

陈忠实兴高采烈赞农报

2013年8月8日上午,我如约见到了著名作家、中国作家协会副主席陈忠实先生,为他送去了《陕西农村报创刊60周年纪念丛书》和本报报庆期间的两期特刊,得到了陈老的充分肯定和赞扬。

陈忠实先生始终对《陕西农村报》关爱有加。早在20世纪80年代,他的短篇小说、散文就在本报发表。1990年,农报复刊10周年时,他就欣然题写了"醇似西凤酒,厚如黄土地"的贺词。今年4月初,他又为本报即将出版的《陕西农村报》60年发展脚步回眸的《岁月年轮》、《陕西农村报》报60年新闻精品荟萃的《踏石留痕》、《陕西农村报》60年文艺佳作鉴赏的《乡村记忆》三册纪念丛书题写了书名,并为本报题写了"风雨沧桑六十载,披荆斩棘农报人"的题词。报庆前夕,报社邀请他届时莅临大会,由于陈老身体欠佳,他略带歉意地说:"我还是为你们写几句话以表祝贺吧。"于是,他很快为本报又写来了"为农民利益发声,为基层干部壮行"的激励、鞭策性寄语。

纪念丛书出版后,我几次相约,欲专程为陈老送书,都因故未能在第一时间将书送达他的手中。后经多次联系,8月8日上午,我带着丛书,来到了陈老的工作室。我简要地向陈老介绍了丛书的内容和编辑出版的过程,并代表编委会对他长期以来对《陕西农村报》的大力支持及给丛书题写书名,为本报多次题词表示衷心地感谢。

陈老说:"书这么厚的,60年的精品汇总,真不容易,你们陕农报的同志一定下了不少工夫,回头我慢慢仔细阅读。"我说:"您的题名为本丛书增色不少,吸引了人的眼球,读者和社会各界的评价也都很好。"他说:"这没有啥,能为全省唯一一张办了60年的省级农村党报尽一点绵薄之力,我的心情也很愉悦。"

接着,我又把6月28日和7月1日本报纪念创刊60年报庆的两期特刊递给陈老,请他多提宝贵意见。他翻了翻说:"大气、靓丽,一共112个版面,有分量。通过这张报纸,就可以看到陕西农村发生的新鲜事、感人事、疑难事,新动向、新变化、新发展,陕农报办得不错,祝愿你们越办越好!"

由机器人刀削面说起

早些时候看到一则新闻:西安某刀削面馆的老板别出心裁,买了个机器人为自己的刀削面馆"打工",店名就叫"机器人刀削面馆"。我煞是惊喜和感慨。

记者采访时,这位老板说,雇两个工人一年费用得五万多元,一个机器人价钱加上电量消耗一年最多两万多元。这样,就等于成本降低了一半,效益增加了许多。况且机器人不偷懒,只要有顾客,它就不停地工作,且根据顾客的喜好削出不同厚度的面来。一时间店里生意火爆,顾客盈门。

我们姑且不说用机器人和工人到底哪个合算,单就老板这种大胆探索、引入高科技的举措,就足以使人叹服——此老板真是有战略发展的眼光。

改革开放三十多年来,中国发生了翻天覆地的变化。其中,科技是引领时代潮流的先决条件。

打火机的出现,使国人从"洋火"(火柴)时代走了出来,一夜之间不知有多少家火柴厂倒闭、多少职工失业;餐巾纸的出现,使手帕不知去向,多少人不再忙碌;计算器的出现使算盘这个国粹如今已经很少被使用;饮水机的出现,使暖水瓶不再重要,连茶壶厂也受到影响;电动自行车的出现,使人力车销量缩小;电子钟的普及,使摆钟、手表店门前冷落;洗浴中心的广布,使传统浴池、洗澡堂无人问津;电脑的应用和互联网的普及使纸质媒体受到冲击;中性笔、签字笔的应用使钢笔厂、墨水厂纷纷倒闭;手机的普及使座机使用甚少;电子出版物的出现,使传统图书、图书馆、书店面临尴尬;高铁的发展使民航、公路运输受到挑战……凡此种种,不一而足。

中国是一个拥有五千年文明和悠久历史的国度,诸如算盘、书法等国粹,几千年来都发挥着不可代替的作用。计算器虽快,但失去了算盘拨动时哗啦的感觉;电脑虽好,却使人提笔忘字。就以机器人刀削面来讲,削得再好,也是机器。就像压面机压的面和手工面相比,馒头机做的馒头和手工馒头的对比一样,味道肯定是有区别的。一次性塑料袋的广泛使用,使原来绿色环保,可循环使用的竹篮子、布袋子退出市场,无踪可觅。再者,一次性的东西多了,环境就不堪重负了。大风一刮,满街尽是垃圾袋,鼻子里皆充斥着异味。近些年来,国家非常重视环保,到处都在创卫生和环境模范城市,生态保护再次被列入国家行动。去年以来,国家又倡导低碳,这一切都说明社会是在向为人类自身创造一个宜居环境迈进。

世界上的事情往往是不破不立的、相克相生的、辩证存在的、发展前进的、相互矛盾的。用老百姓的话说,就是旧的不去,新的不来。尽管传统的东西未必就不好,现代的东西也未必都有副作用,但从发展的眼光来考量,高科技的、先进的、现代的、时尚的东西还是利大于弊。

城里　城外

钱钟书先生在其名著《围城》里有一句很经典的话——婚姻是一座围城,城外的人想进去,城里的人想出来。这虽反映的是旧时代一群留洋高级知识分子的生存状态、人生命运及爱情纠葛,但若用在现代人身上,即是折射出不同的人换位后的不同心态。

在人们的传统观念里,西安城的概念就是指城墙里的范围。即使现在,居住在城墙以外的人,像灞桥、长安、临潼、三桥、草滩等方向的人,一说就是"进城去""到西安去",尽管他们本身也在西安。

最近,偶尔看到有人发在网上,由一外宾在1984年拍摄的有关西安的一些老照片。照片里有卖大碗茶的,有卖凉粉的,有卖烤红薯的,有在国营蔬菜公司门口排队买菜的,有下象棋的,还有街头的公共自来水打水处,黑压压的骑自行车上下班的人流,还有道北的窝棚区,冷清的西安老汽车站、钟楼邮局,有东大街、西大街简陋、古老的街景,还有干涸的护城河,更有城墙外广袤的农田……看后使人思绪翻滚,感慨不已。

我是二十四年前接触我现在所供职的单位的。那时,副厅级领导坐的不过是个"伏尔加"卧车。那还是计划经济时期,单位从城里最繁华的东大街菊花园搬到城外不久,城墙外、环南路边几乎是清一色的牛羊肉泡馍馆,以及卖胡辣汤、粉汤羊血、葫芦头、肉夹馍、羊杂碎等饭馆。谁要是随便在哪一家饭馆请你吃一顿,你可能会比现在请你到酒店吃大餐还兴奋。那时人们出行基本都是靠公交,像咸阳、宝鸡、渭南、铜川、韩城等地的朋友到西安往返都是乘坐被称作

"市郊车"的火车。陕北、陕南当时的交通更闭塞，没有通火车，要来西安，可能得坐两到三天的长途汽车。因此，作为千年古都的西安，在全省乃至西北人民心中的地位是可想而知的。

1994年，我到现在的单位上班，按习惯的说法就是在城外，一待就是三年。1997年在东大街334号上班，也就是习惯上说的"城里"。2005年搬到南大街3号，一晃就在城里待了十三年。十三年来，不管是东大街还是南大街，城市的发展，交通的改善，服饰的变化，车流的喧闹，人群的接踵，商场的兴衰，建筑的变化，马路的拓宽，市容的整洁……都在我脑海留下深深的记忆。

其实，经过多年的发展，西安城区比过去扩大了三倍，随着国际化大都市建设步伐的加快，在绕城高速以内交通都是很便捷的。人们传统印象里的城里城外都在慢慢发生着改变，加之私家车的增多和地铁的相继贯通，古城必将焕发新的生机。

由于多种原因，我们几年前从南大街又搬迁到城外的机关总部大本营，大家因参加工作时间不同而心态各异，但对于我这个素有恋旧情结的人来说，还是对城里生出了无限留恋、难舍和牵挂。我毕竟在城里待了十三年，对环境、交通、地理位置等相对熟悉，西安又是十三朝古都，毛主席在陕北待了也是十三年，13这个在西方人看来并不吉祥的数字，带给我的是别样的情结。

城里有城里的热闹，城外有城外的好处。工作还是原来的工作，人却不是原来的人。原来的六十人要和一千多人融合，其中的矛盾、摩擦、争议可想而知。于是领导格外强调工作纪律和作风，生怕我们会制造出不和谐的事端来。兵还是兵，将还是将，帅还是帅，只是小家融入大家，少数服从多数。对于搬迁，还是用钱钟书先生的话来说，城里也好，城外也罢，不过如此而已。

（2010年8月）

从称呼看时代变迁

称呼是人们见面、打招呼、交谈时必不可少的称谓。随着时代的发展和变迁,称呼也发生着微妙的变化。

"同志"本意是同一志向。这个词曾经是一个神圣且只能被少数人群使用的名词。这个称呼要么始于前苏联,要么始于辛亥革命推翻帝制后。那时,一句"同志,可找到你了"是那样亲切;孙中山的遗训"革命尚未成功,同志仍需努力"一直被国共两党所牢记。随着共产党和革命队伍的不断壮大,"同志"被广泛应用于首长与下级、地方干部、战士、民兵之间,进而推广到老百姓中间。

曾几何时,"同志"被广泛应用于所有人的口头称呼和书面用语中。改革开放以后,这个词除了公家人和书面语经常使用外,老百姓之间见面忽然改为"师傅",后来又叫"伙计""老板"。不知从什么时候起,"同志"竟成了男性同性恋的代名词。除了政府官员、机关单位,人们已很少称"同志"了。

"老公""老婆"一听就是港台,至少是南方的称谓。北方人叫起来很别扭。"老公""老婆"原指老年已婚男子或女性。如今,无论老少夫妻均以此为称呼,叫着叫着也就顺口了,成了时尚和潮流。

"小姐"旧时指大户人家或衙门里未婚女性,本是很高贵的身份象征。新中国成立后这个词一度消失,改革开放以后又再度出现,是对年轻女性的一种尊称。随着改革开放的不断深入,卡拉OK、夜总会、酒吧、舞厅、娱乐中心、洗浴中心等出现后,"小姐"就成了对提供特殊服务工作者的不光彩称呼,为大多数人嗤之以鼻并瞧不起。无奈,有教养和修养的男性一般都改称女性为"女士"。

"先生"旧时是对知识男性或成功男性的尊称,后来也是对有身份的男性的尊称,很长一个时期内也曾是对教书者的称呼,至今农村人还有将老师称作"先生"的。由于西方语系的影响,现在已演变成对男性的普遍称呼。

"老板"原指商店的负责人,也叫"掌柜",现在也广泛应用于无论规模大小,甚至小商贩的经营者,或陌生人搭讪问路寻求帮助的一种称呼,多含恭维、讨好之意。

"总"本是对具有相当规模的企业、商业单位负责人的称呼。随着下海经商越来越普遍，成功者被称为"××总"的不一而足。

称呼的变化反映着社会的发展和时代的变迁。从以上小小的常用称呼的变化中不难看到，过去注重的是政治身份和地位，现在都转为注重经济财富和实用了。

读新书有感

春节一过，马蹄声声，新书连连，先是读到著名作家刘震云的《我不是潘金莲》，再是陈忠实先生的《白墙无字》，今天又索得《三秦都市报》创刊20周年系列丛书——《蝶变·新闻力量》《蝶变·策划大道》《蝶变·深度声扬》，均让我如获至宝，欣喜若狂。

《我不是潘金莲》是一部长篇小说，讲的是一个农村妇女李雪莲，为了生二胎逃避计划生育处罚，与丈夫假离婚，不料离婚后丈夫与别人又结了婚。李雪莲为了证明自己当初是假离婚，为了挽回面子、讨个说法，非要政府由假离婚改判假复婚，再判真离婚，才逐己愿。于是，从乡上到县上，从县上到市上不断上访告状，因种种阴差阳错而遭遇各种变故，直至上访到北京，误闯全国人民代表大会，使市长、县长、法院院长等一一被免职，被称为"小白菜""窦娥""潘金莲"的李雪莲告状告了二十年，从告前夫到告政府，从黑发告到白发，直到听说前夫因车祸身亡，她才放弃了告状……

全书幽默风趣，包揽世间百态，写尽官场浮躁，令人回味无穷。

《白墙无字》是陈忠实先生的散文新作，也是陈忠实先生迄今出版的第100种图书。全书贯穿"先做事，后说话"的主题，正与陈先生为人、作文、办事一样大音希声,大象无形。篇篇章章用心良苦,字字句句令人深思。其思想高度、艺术高度、哲理深度令人仰视。

《三秦都市报》——《蝶变》三册丛书,分别从获奖作品、策划、文论、手记、言论、特稿、副刊、读图几方面遴选、汇集、整合了该报2008年—2012年的佳作精品。其中,评论部主任张念贻先生的作品有滋有味、有血有肉、有理有据,其空灵的思想、神来的妙语、隽咏的佳句、铿锵的力量、使人如痴,令人似醉。

喜 与 悲

地球上的人再众,也无非男人和女人两类;世间的事再多,也就是喜事和悲事两种。记得多年前,我在关中某市与一朋友闲聊,他说:"你看,我们住在老城,每天听到的不是急促的120急救车的鸣笛声,就是老人去世播放出的沉重的哀乐,进而便是送葬队伍里吹手乐人唢呐的呜咽声、亲人撕心裂肺的痛哭声。人在这样的环境下工作、生活,感觉死气沉沉,缺乏生机和活力。久而久之,年轻人都搬走了,剩下的都是老人。老人住在老城里,老城里以老年人为主,老是这个老样子……"又说,"你再看新城,每天不是谁家孩子结婚喝喜酒,就是乔迁新居放鞭炮,要么就是谁家孙子过满月,甚至每到高考揭榜时,'谢师宴''庆贺席'接二连三、源源不断。整天都在过喜事。人在这样的环境下工作、生活,备感精神昂扬、喜庆幸福。"

每个人一出生就给父母和家庭带来了喜悦,直到考学、工作、成家,父母的责任算尽到了,儿女的人生才刚刚起航。等儿女长成,成家立业,父母也就霜染双鬓,垂垂老矣。

人类就是在如此的反复中完成传宗接代、繁衍生息的世代工程。人生最大的喜事,莫过于"洞房花烛夜"。至此,标志着一对新人的成熟,一个新家的诞生,一段人生的新程。人生最大的悲哀,莫过于失去亲人;人生最难承受的不幸,莫过于白发人送黑发人。当一个活生生的生命远离亲人、朋友、社会而去时,当一个昔日活蹦乱跳的躯体化作一缕青烟随风而去时,活着的人究竟应该怎么办?

天灾人祸,难以预料。珍惜生命,乐观生活,享受人生,过好每一天,走好每一段,度好这一生。

(2014年3月1日)

吃　酒

古人把吸烟叫吃烟,是指随着火的助燃,烟由长变短,由短到无,剩下的仅是一堆灰烬。另一层意思是指烟是通过嘴的吸吮消失殆尽的。

吃酒也一样。过去也叫吃席、吃请、坐席,皆因席间有酒,且通过嘴从多到少,从少至空,故称为吃酒。

吃烟也好,吃酒也罢,其实是人们,尤其是男人们生活中的必备品、消费品、常用品。

中国酿酒历史悠久,酒文化源远流长,号称"先秦周文化发祥地"的宝鸡所出土的大量青铜器,主要是用来盛酒、饮酒的器皿。

传说酒的发明者是杜康。杜康在最初酿酒时,酿出的酒不是苦,就是酸;不是辣,就是咸,因不得其要领而屡酿屡挫,甚为沮丧,颇为烦恼。后来,有个道士告诉杜康,说他的酒曲里少三种人的血,所以味道不正,品质低劣,口感不佳。杜康急问是哪三种人,道人说:"文人、武士、疯子。"

次日天刚亮,杜康便早早地站在城门外,见一迈着八字步,手摇鸡毛扇,边走边诵者,即断定其为文人。经他说明原委,知书达理、心地良善的文人便将自己手指刺破,让杜康采得第一滴血。接着,杜康见一身着铠甲、骑着战马、手执长刀者从城外策马进城,又细心诉说一番,这位率直豪爽、深明大义的将军即将自己腕部割开,使杜康采集到第二滴血。最后,杜康穿街走巷、出城进乡,见一衣衫褴褛、喜怒无常、追逐嬉戏者,认定其为疯子,遂央几位壮汉帮忙将其压倒,从胡言乱语、胡踢乱蹬的疯子耳轮上采集到了第三滴血。三滴血采齐,勾兑至酒曲中,果然酿成了甘醇清洌、入口绵长、千古不衰的人间美酒。

正因为如此,人们在相聚吃酒时,一般起初都文文雅雅、彬彬有礼、你敬我让,这是文人的血起了作用;酒过三巡、菜过五味时,人们常常拍着胸脯、敲着桌子、豪言壮语,这是武士的血有了反应;喝到末了,有人就会狂言乱语、骂街骂娘、吵吵闹闹,这是疯子的血在发酵。

唐代大诗人李白,杜甫赞之"李白斗酒诗百篇"。其实,据史料考证,那时诗仙李白所饮的酒,酒精浓度只相当于现在我们北方人常喝的醪糟;而北宋武松在景阳冈打虎前,吃了十八碗酒,其酒精浓度,也仅仅类似于当今的啤酒。

由于各地气候不同,人们的饮食结构有异,加之人的个体差别,对酒精的适应度不一,就导致了人酒量的大小。

从某种程度上讲,无酒不成宴,凡席必吃酒。如今酒的种类有白酒、红酒、黄酒、米酒、果酒、保健酒等,谁喜欢喝什么就喝什么,能喝多少就喝多少,万不可酒场失态、酒后失德。

吃酒吃醉,既伤自己身体,又搅聚餐场面,坏大伙心情,扫众人兴趣,使大家皆不得愉悦。何必充当醉汉?怎奈当初任性,是醉?似醉?装醉?

(2014年4月20日)

心静莫如去读书

作为一个文人,交谈、读书、写作好像缺一不可。过去没有微信,生活很有规律,晚上十点后上床,读书、写作,直到手累、眼乏、身疲方可入睡,因此没有失眠的现象,也没有太晚休息的习惯。

自从有了微信,文章虽没少写,但书法没空练,书也顾不上读。尤其是长时间不读书,就觉得缺了什么,心里老搁着事。

2015年11月1日,著名主持人王志携夫人朱迅来西安为新书《西行三万里——王志看丝路》举行签售会。我没去现场,但我的领导去了,并给我带回来了一册。我如获至宝,昨晚至今天陆续翻阅了一番,方知王志先生在主持陕西卫视《丝路万里行》时,与节目组车队从西安出发,沿古丝绸之路自驾横跨欧亚大陆,穿越了中国、哈萨克斯坦、乌兹别克斯坦、俄罗斯、格鲁吉亚、土耳其、希腊、意大利八个国家,历时两个月,西行三万里,最终抵达古丝路终点罗马。

在完成媒体工作之余,王志先生将自己的所见、所闻、所思、所悟写了出来,为我们描绘了丝路风光,为读者解读了历史和现在,是一本不可多得的好书。

我与王志先生一样,也喜欢写游记。无论在内陆还是沿海,不管去港澳还是国外,写文章、记心迹、悟人生,几乎成了一种习惯。这样的习惯一旦养成,即可陶冶情操、愉悦身心、完善人生。

"一带一路"是国家战略,西安是古丝路的起点,关于丝路的书在西安签售,自然将赋予其新的意义。

周一上班到办公室,有两个快递,一本是前一段我提过的由我担任编委、写序并引用我文章《圈子》的《众筹思维》,一本是由我从未谋面的文友冶柏霆女士撰写的《柏霆臆语》。前者是关于眼下热词"众筹"的,后者是书法及散文随笔。

从艺术角度讲,草书是书法的最高表现形式,冶柏霆女士恰恰就是深得其艺术表现形式精髓的作家。她功力到位,笔法老辣,其作品章法独特,风格迥异。加之她写美文大多是随心所记、信笔所写,将对生活的热爱、对人生的感悟、对社会的思考表达出来、归纳出来,真正做到了书文一体,文以载道。

《英语世界》是一本专业性极强、知识点较多、融合力较强、影响力颇大的期刊。我的一位同学曾是该期刊的主编,将每期期刊都邮寄于我。尽管今年初他已调往美国,杂志却每月如期而至,像位老朋友。浸淫在中、英文的文化熏陶中,将知识文化消化、吸收,丰富学识,增加修养,不失为一件乐事。

莫叹时光空对月,心静莫如去读书。在信息化如此发达的今天,抽空读读书,应该是理性者的最佳选择。

面前一下子摆了这四本书,粗略浏览,感慨诸多,掩卷沉思,静静入睡,无梦无呓语,有得有收获,岂不美哉!

透过门楼看变化

银蛇逶迤行将去,骏马嘶鸣奔腾来。时至年关,春节临近,气候变冷。行走在永寿县监军镇永安村、城关村和御驾宫镇桐家山村,新旧不一、风格各异、高低错落的农家门楼吸引了我们的眼球,于是驻足抓拍,即兴采访,组成了美丽乡村一道独特的风景。

门楼,是农人家庭的象征、感情的纽带、贫富的标志;门楼,是中国传统文化的载体,是村落文化的符号,是游子精神的归宿。从在土墙上掏个倒"U"字形门洞作为独立一户人家的大门标志,到在门洞上用木棍扎起栅栏作为大门;从单扇木门到双扇木门;从土墙到砖墙;从土坯门楼到砖混门楼;从混凝土门楼到贴着瓷砖的门楼;从木门到大铁门;从能进人、进自行车到能进架子车、三轮车的门楼;从能进农用摩托到能进农用汽车、小轿车甚至大卡车的门楼……农家的门楼变化着,农民的生活变化着,农村的面貌变化着,百姓的日子幸福着!

透过门楼看变化。从一组记录20世纪30年代到现在门楼变化的照片中我们不难看出,永寿县委、县政府不断调整产业结构,做出了农业增产、农民增收、农村发展的业绩;不难读懂,农民生活从贫穷到温饱、从温饱到小康、从小康到富裕的变迁。不用多说,门楼的变迁就是农村经济社会发展变化最好的佐证。

透过门楼看发展。永寿县农户家的门楼变化,只是全省乃至全国农村变化的一个缩影。当我们透过斑驳的土墙、低矮的瓦房、残缺的墙头、剥落的墙皮咀嚼岁月记忆时,当我们穿过砖砌的院墙、混凝土的平房、瓷砖的门楼、喜庆的门楣、朱红的大铁门聆听时代脚步时,农民的勤劳、农家的祥和、百姓的幸福便可窥一斑而见全豹。一谈及这些,在农人的口中,无不赞美的是党的好政策。

透过门楼看未来。在马年春节即将到来之际,正像有些农家门楼上的门楣上写的"勤和家兴""春和景明""吉祥如意""鸿福家园"等寄托着群众对美好生活的向往一样,家家户户将会在自己的门楼前贴对联、放鞭炮、挂灯笼、迎亲朋、话农事、谋春耕。三秦的父老乡亲们,一定会用其勤劳、质朴、善良的品质在这寒冬里迎接早春的到来,那时,他们便会播种希望、播种幸福、播种梦想、播种未来。

加班有感

之 一

看字看到头昏乱,校对校得眼发酸。
看看写写笔头动,还是手腕抡得欢。
校校停停好几天,不分黑明入书山。

腰酸腿疼踱圈圈,蹲在墙角吃纸烟。

饮茶一杯干劲添,休息片刻再酣战。

之 二

夜色朗远,雨声做伴。灯光和雨点洒打在远处农贸市场的塑料屋顶上,加着马路上疾驰的车辆像宣泄的小河,哗哗作响,沙沙有声。大街上少了晴日的喧嚣,在初夏的夜晚感受着雨水的惬意。凉爽的夜晚不再失眠,甜蜜的梦留给长夜。

之 三

群策群力齐携手,豪情满怀气冲天。

岁月年轮兴趣渲,踏石留痕意志坚。

乡村记忆一串串,成败仅在一瞬间!

之 四

时光短,归期远。从早到晚不停点,多种角色都扮演。晨起还是指挥员,轮岗应急为大典。有人急,有人缓,还有个别在偷懒。头绪多,要节俭,事情还要办得谙。分步走,增人员,群策群力闯大关。手拉手,肩并肩,同舟共济扬巨帆。

之 五

不拘万象之态,独揽天地之美,感受人间冷暖。既融入社会之炉,又游离圈子之间,还独处个性之外,不为名累,不为利驱,精神独守,文化传承,一路创新,继往开来。

之 六

一张白纸,人们只能说白、很白、特别白或者不白、不太白、特别不白,但是,人们不能否认其还是一张白纸。一面墙壁,什么都不挂,人们也不会说这块墙壁有什么瑕疵,但是,一旦你挂上一幅画、一幅字,就会有人说画不正了,字挂斜了。一个人,不管能力大小,本质应该是善良的、纯洁的、向上的,所以加以引导、勤于疏导、教给方法、指明方向,就会使他逐渐养成良好的生活、学习、工作习惯。玉石虽好,需要雕琢;人非圣贤,孰能无过。只要总方向是明确的,走的路是光明的,做的事是正义的,就是一个好人。用三国时蜀主刘备的话讲:勿以善小而不为,勿以恶小而为之;用毛泽东的老话说:世界上怕就怕"认真"二字。一个人做一件好事并不难,难的是一辈子做好事。一个人的能力有大小,但只要做到这一点,就是一个高尚的人,一个纯粹的人,一个脱离了低级趣味的人,一个有益于人民的人。我们干工作,出发点首先要好,方法一定要得当,落脚点要明确。如是,才不至于迷失自己、迷失方向。

之 七

每个行业都有自身的特点,行业不同,特点各异:教师总是习惯早起,因为学生晨操、晨读需要监督;律师喜欢辩理,是出于对法律公正地运用;医生总说人人都不健康,因为其每天接触的都是患者;记者喜欢到处跑,不跑就难以发现新闻;警察说话声高,敲门手重,动辄怒吼,不然不能震慑罪犯;官员大都严肃,否则下属不好管理;画家总是行走,观察才有作品;作家行万里路,方能积累生活阅历;书法家常搞义卖,以之扩大个人影响;军人最讲整齐,这样方能步调一致;明星希望鲜花和掌声,在笑声中才有激情;农民珍视庄稼,里边渗透着耕耘的汗水;工人总是吃苦,产品工艺不敢马虎;商人善于捕捉商机,生怕漏掉赚钱机会!

之 八

唐太宗李世民驾崩前传位给唐高宗李治时,有些无可奈何地指着生性怯懦的儿子说:"我宁愿让你成为一条狼,也不愿你是一只羊。"言下之意是怕他心慈手软当不了皇帝,治理不好国家。后来的史实证明,旷世之主一代女皇武则天,文韬武略,治国之道远在其夫唐高宗之上。武则天成了驾驭国家的"狼",

李治成为大权旁落、丧失皇权的"羊"。我国最通俗的读本《三字经》开首便是"人之初,性本善,性相近,习相远",说明每个人最初都是善良的。人之所以变坏、变节,主要是受后天的教育、环境、社会影响的。人生扭曲,人性不再,对上奴性如狗,对下媚态似蛇。对于这些人,要睁大慧眼,不要重演农夫和蛇的故事,要明察秋毫,要有倚天拔剑去冲杀的豪迈。下午听领导传达习近平总书记在中央组织工作会议上的讲话,其中引用了"不登高山,不知天之高也;不临深溪,不知地之厚也",强调党要管党、从严治党和反对官僚主义、形式主义、享乐主义及奢靡之风。习总书记的讲话可谓语重心长,高屋建瓴。如今不少人,狗性十足,奴性过余,令人可笑,令人不齿。我们缺少的就是"虎性",有了虎性,就是有了虎威,有了虎威,就会震慑虎山。

之 九

人在地球走,世间留美名。窃以为作玉莫作石:玉圆润、晶莹、剔透、通亮,石棱犀、坚硬、笨重、粗糙;作水莫作油:水清澈、温柔、克刚、融合,油光溜、粘腻、润滑、喷香;作竹莫作木:竹虚心、挺拔、柔韧,木怕水、招虫、需雕、易朽;作牛莫作驴:牛勤快、踏实、性温、肯干,驴慵懒、奸猾、身小、力薄;做善莫做恶:善乃天性、本分、积德、根基,恶乃大忌、遭谴、积怨、报应;做事先做人:做事要扎实、认真、细心、周到,做人要厚道、诚信、践行、完备;有才必有德:才可知古、通今、渊博、应用,德乃树名、立身、品高、志远。中国一著名企业的用人观是:有才无德,限制使用;有德无才,培养使用;有德有才,提拔重用;无德无才,坚决不用。这些话值得每个人领悟、反省、深思。

之 十

下午下班路上一边开车一边听广播,有教授讲杜甫和李白,其中说到杜甫时,说他在21岁便写出了"会当凌绝顶,一览众山小"的著名诗句,令人惊奇,使人感慨。如今,东岳泰山上到处都镌刻着这首诗。该教授指出,这句诗不用刻在石头上,它已早早刻在了多少代中国老百姓的心里。

杜甫胸怀抱负，一心想报效朝廷，但和李白一样怀才不遇。一代"诗圣"杜甫44岁时，才当上一个八品小官。他自称"杜陵布衣"，把自己当作平头百姓，始终为大众疾苦呼号奔走。不幸的是，他当官次年，便爆发了"安史之乱"。后人对杜甫的最大误会是他对皇帝愚忠。在那样的封建社会，也只有有一个好皇上，才能让黎民百姓过上好光景。杜甫把自己"安得广厦千万间，大庇天下寒士俱欢颜"的人文情怀写进诗歌，写进历史，广为流传！

生活断想

之一

汉字是世界上最古老、最有感染力和最具情感性的文字之一。世界上有许多种语言，但不一定都有相应的文字，有的民族有文字，但不一定人人会认、会读、会写。语言和文字是人们交流思想、表达感情、记录历史的工具，离开文字，就失去了文化，失去了民族特色。偶然看了由国家语言文字工作委员会和中央电视台合办的"中国汉字听写大会"，所要求选手书写的典故、成语、词组多为生僻、复杂、晦涩的汉字，使我这个天天和文字打交道的人有些纳闷和不解。搞这个竞赛的初衷，是鉴于电脑普及以后，人们书写汉字的机会减少，大多数人提笔忘字，青少年和学生书写技能日渐低下，旨在唤醒国人保护汉字、传承文化、延续文明。如若简单地把对书写能力的考量混同于"识字考察"，那么，无异于搞文字游戏。中国是一个具有5000年悠久历史的文明古国，是一个拥有13亿人口的大国。说汉语和用汉字的人占到全世界总人口的1/5。汉字具有别的文字不可取代的大美，然而，全世界通用的语言却是英语，并非汉语。所以，作为中国人，我们每个人都要重视汉语、写好汉字。就像莫言、陈忠实、贾平凹等大作家一样,能坚持手写就不要依赖电脑,以便捡起笔和纸,把汉字记牢、背熟、写好!这也是一种涵养。

之 二

按常规讲,远行归来后需要休整,我却照常忙碌。文化到底承载着哪些负荷?其力量到底有多大?好像用一句话或数句话难以表达,也不好用一个数字或几堆数据加以说明。只能说唱歌的喜欢舞台,演员喜欢镜头,领导喜欢话筒,搞文字的喜欢图书,游泳的喜欢大海,灯光喜欢黑夜,雄鹰喜欢蓝天,小鸟喜欢森林,生物需要空气,万物需要阳光,人类需要文明,社会需要法规,瓜儿离不开秧苗,交通离不开秩序,火车离不开铁轨,绿草离不开大地,进步离不开学习,书本离不开文字……

之 三

男人的肩膀,扛得起家庭重担,担得起事业重任,承得起社会责任,经得起烈日炙烤,受得起风霜考验,昂得起高高头颅,挺得起坚硬脊梁,展得起铮铮铁骨。

听《文化三秦》有感

省电台开办了《文化三秦》栏目,我经常开车时听,受益匪浅。今天回家途中听了关于中国占地面积最大的博物馆——汉阳陵博物馆的介绍,颇受启发。众所周知,汉阳陵是汉景帝刘启之墓,其墓坑中发掘出的规模宏大、各式各样的陶俑,既是2000年前大汉帝国的国力展示,又是"地下罗马帝国"的文化图腾。为什么汉阳陵全为陶俑、裸俑、宦官俑,及牛、马、猪、粮食、美酒、战车等陪葬品?

据专家分析,一是汉代烧陶技术已很发达,国力也相当雄厚,所以当时的俑胳膊是用木头做的,俑身上都穿有丝绸衣裳,只是岁月久远,丝绸腐化剥落,使之成为裸俑;二是汉景帝用大量生前使用过的兵马、仕女、宦官及饮用过的酒、吃过的粮食和养过的牲畜陪伴自己;三是汉朝开国皇帝汉高祖刘邦是楚国人,喜欢细腰、窈窕的江南女子,且楚人喜欢穿丝绸、轻纱、缎帛,故汉人不惜一切代价用大量的丝制品为所有的陶俑穿上衣服,因而每个女俑都如此形象。据悉,汉阳陵的陶俑既没有秦兵马俑体格高大,神情严肃、威严,也不似楚俑那样婀娜多姿,但它吸取了秦、楚、汉文化的精髓,成为全世界独一无二的非物质文化遗产。然而汉代这样奢靡的厚葬、陪葬之风,使贵族阶级纷纷效仿,进而影响到老百姓。有的人生前省吃俭用,贫困潦倒,死后却用省下的钱为自己修墓,置办陪葬品,让自己死后穿金戴银,实为愚昧之极。

谈谈中秋节

又是一年中秋时,天凉月圆人团圆。人们的步子急了,汽车的轮子快了,街上的人儿少了,车站的旅客挤了,回家的人儿多了,排队的秩序乱了……步子急了,并不是人们经常锻炼,步伐矫健了;轮子快了,也不是堵车的状况已经改善了;人儿少了,是因为回家的人们多了;秩序乱了,是车站人满为患,好多人买不上票,上不了车,回不了家,于是就有各类票贩子、黑车作祟。这是城市的通病,也是节日的顽疾。对于中国人来说,已经司空见惯,习以为常。公款团购月饼的少了,高价月饼隐匿了,电话少了,短信少了,人们的友情疏了,亲情淡了,心理距离远了,人人都讲究实际了。公款团购月饼少了是中纪委的规定起了作用,生产厂家生产和销量大不如前;电话少了,并不是人们不愿意打电话,而是现在通讯手段发达,人们随时都可以通过打电话、发短信进行沟通或交流,尤其是通过QQ、微信,人们的沟通更顺畅了,问候更便捷了;友情疏了,是因平时聊天、聚会、吃饭多,在节日期间,就不那么在意了;亲情淡了,并不是人们没有了亲情,而是把过去过中秋节单纯地吃月饼改为了回家团聚。其实也不是为了回家团聚,只是中秋即仲秋,既是收割各种庄稼的金色季节,又是农历春节前的一个重大节日,还是秋季向冬季过渡的一个重要节点。从另一个角度讲,泛滥的短信你转他他转我,除了虚伪就是形式,只要平时加强联系,经常回家,节日倒也没有什么。还有相当多的人,把放假当作出游旅行的好时机,有的还费尽心思把假攒起来,以图多玩些日子。这样做的好处是活跃了假日经济,火了旅游景点;害处是人群扎堆,道路拥挤,安全问题频发。各人有各人的想法,各人有各人的活法,各人有各人的玩法,其实都是如何打发时间而已。

节日说到底不是图热闹、图吃喝、图享乐。它是一种传统,也是一种守望,更是一种文化。让我们在中国传统节日中寻觅适合自己的过节方法。无论怎样过,赏月亮、吃月饼、品秋意,都是一件人人愉悦的事情。

痴　我

书　痴

家里可以没有米,身上可以不带盘缠,一天可以不吃饭……但是不能没有书。

我读了书,就成了读书人;成了读书人,就更喜欢读书。

家里的书房有书,办公室里有书,工作室里有书,车里有书。有书,心里就踏实;读书,心里就豁亮;藏书,世界就多彩。

无论多忙,不管在哪里,睡前读读书,就像饭后一支烟、早晨一杯茶、餐间几盅酒一样令人惬意、愉悦、舒心、释怀。

书滋养着我，我眷恋着书，宛若恋人，不弃不离。书影响着我，我嗜好着书，在自己的文字里肆意挥洒，信手涂鸦，浸淫在知识、文化、艺术的世界里，以保耳聪目明，神清智达。

写　痴

观世、观音、观色、观形、观我，此谓"观世音"；察古、察今、察天、察地、察人，此乃"观察"。

既有观察，就有感知、领悟、体会。有了感知，就要思考；有了思考，即可领悟；有了领悟，就会体会；有了体会，就要写作。

当学生初学作文时，几乎每个人都会问老师"作文怎么写""作文写什么"的问题，老师总会说，多观察，多读书。可见读书和观察是多么重要。

过去，没有电脑、手机，写文章全是手写。凡是经常写作的人，中指与食指都会留下"笔茧"，就像务庄稼的老农，双手必留下老茧一样。茧是光荣的，令人自豪的。蚕吃桑叶就要吐丝，吐完丝，就要作茧，作了茧就要化蛹成蝶。

著名作家莫言、柳青、路遥、陈忠实、贾平凹、高建群等，都是用笔在方格纸上写作的，是名副其实的"爬格子"。

我在2008年前，也是如此，用电脑写作，是近几年的事。就好像读纸质书和电子书一样，前者可以达到深度阅读，而后者多限于浅层次浏览。就我个人来说，还是习惯和喜欢读纸质图书。

中学时代，因自己是文学爱好者，写了好多日记。至今，我还珍藏着八本。有时翻一翻，少年时的幼稚、懵懂、理想跃然纸上，令人怀念。走向社会，总希望自己的文字变成铅字。等成为文字工作者，方知道一篇好的文章并非一蹴而就。

如今，微信、微博、QQ使我有感就发，有情即抒，不失为排遣忧念、感悟人生、透视社会的一件如意之事。

知我者，我也；不知我者，我也；写痴，是我；我是，写痴。

老 了 说

  当每天早上起床，发现头发落了一枕头，那就说明你老了；当你洗漱完毕梳头时，镜子里映出了白头发，那就说明你老了；当你刚进入一天的工作，就哈欠不止时，那就说明你老了；当你丢三落四，记忆力减退时，那就说明你老了；当你刚吃完午饭就想睡觉时，那就说明你老了；当你看一会儿电视就在沙发上打盹时，那就说明你老了；当你夜里不停起夜时，那就说明你老了；当你步履缓慢、腰弯背驼时，那就说明你老了；当你老提过去、恋旧怀古时，那就说明你老了；当你说话爱不断重复时，那就说明你老了；当你不肯学习时，那就说明你老了……

  老有老的好处，也有老的不便。在中国传统文化里，一般都讲究尊老，一直都强调长幼有序。在先秦文化中，孔子、老子、孟子、庄子等诸子百家，是因其知识广、学问多、资历深而"老"；在中国的众多商号里，总有百年老店、千年古街等"老"字号独占一方；人们喜欢老中医、老教授、老专家、老律师、老作家、老厨师、老师傅……因为"老"意味着可靠。提拔干部时，以年龄为参数，老的常会感到危机、彷徨。每个人从出生其实就开始了生命倒计时，这是自然规律，谁也不能例外。当垂垂暮年已至，生命走向终结时，人们才会看透一切，想开一切，放开一切。

  我们无法控制生死，但可以保持健康阳光、积极向上、乐观豁达的人生态度和生活基调。对老人如此，对年轻人如此；男人如此，女人亦如此。

天 雨

今年陕西气候有些异常,夏秋两季雨水出奇的少,于是阴霾就占了上风。

前些日子,西安市公布今年蓝天天数为 205 天,引起市民的质疑和不满。雾霭尘霾一直困扰着人们,一下雨,雨水里就掺杂着泥。如果汽车在楼下停上一夜,次日天晴,车上无一不是斑驳的泥点,让人看后极为不爽。

和所有的东西一样,物以稀为贵。城市马路要不停地洒水,街道的树木花草需要浇灌,建筑工地也要洒水抑尘,但仍然挡不住灰尘,止不住雾霾。农村的人更是焦虑,河水断流,地下水位下降,人畜饮水受到影响,灌溉用水紧张,至 10 月下旬,关中的蓝田等地还因土地干裂、缺水而无法播种小麦;关中富平县白庙乡位于山上,若不是亲眼所见,我真不知道从农民群众至乡上干部,竟然一直吃的是收集雨水积成的窖水。不常饮用此水者,一般饮后都会腹胀和不适。

人们做饭、洗脸、洗衣都要靠这口窖。我问他们洗澡咋办,乡干部有些无奈地说:"人畜饮水都这样,哪还谈得上洗澡?"听后使我感到鼻子一酸,心里一颤。

这里的农民每年只种一茬庄稼,要么小麦,要么玉米,也少量种些核桃、花椒等经济作物,可是,由于冬季这里气温太低,霜期过长,花椒树长着长着就被冻死了。

入冬以来,干旱还在持续,尽管政府多次进行人工降雨,但有效降水几乎没有,广大农村都在干旱的日子里煎熬。全省水利系统开足马力,日夜抢灌,然而,浇灌不上的广袤农田仍然无法得到雨水的滋润。

今天是二十四节气中的小雪,据省气象台预报,全省自西向东将迎来降水,陕北及关中北部有小雪或雨夹雪,陕南部分地区有中雨。

天雨知时节,久旱逢甘霖。毋庸置疑,作为干旱、半干旱地区的陕西,从一定程度上讲,还是水源和水利设施有限,不能及时灌溉,尤其是渭北及陕北一带不少地方的农民,仍然是靠天吃饭。

连续多月的雾霾即将散去,大自然的恩赐令人感激,上天的恩泽使我们敬畏。但愿备受旱魔侵袭的农村,能够早日摆脱干旱的困扰,实现自己的富裕梦!

暖 日

天气冷了,树叶落了,温度降了,天色暗了,人们便思念起太阳,呼唤着暖日,期待着阳光。

无论在都市还是乡村,一进入冬季,城里的离退休干部职工、上了年纪的老人和农村的老汉、老太太都把"晒暖暖""晒日头"当作冬日里的一件功课般去做。一些上了岁数的农村人,习惯上把太阳叫作"太阳爷",所以把晒太阳也叫作"晒爷"。

一颗太阳照亮了地球,普照了万物,造福了人类。无论你生活在地球的哪个角落,太阳的光芒都会照到你的身上,温暖你的心房。

每当夜幕来临,城市的楼群、街道、马路、商场灯火辉煌,但灯光照不到的地方依然被黑暗所笼罩。人类消耗大量的能源进行发电,各种照明设施应有尽有,但比起太阳的光辉,实在是微不足道。

春夏秋冬,日复一日,除了盛夏三伏天酷暑难当外,其余的季节人们都很喜欢日光。尤其到了冬季,暖日更加受到人们的青睐。

寒冷的清晨,每当看着窗户玻璃上的水汽被太阳慢慢晒干,红红的日头从玻璃外透进室内,那种景象相信生活在陕北黄土高原和关中渭北旱塬的人们最为亲切。

紫外线在夏季令人畏惧,但冬日里高原的阳光温度适中,无人埋怨,无人不悦,大家都在尽享寒冬里暖日的恩赐。

反刍

牛吃草时,总是睁着眼,低着头,张着嘴,直到吃饱为止。接下来你会发现,吃了一肚子草料的老牛或站或卧,嘴要不停地进行反刍,既像智者思考,又似老者寻味,否则,一肚子的草料是消化不了的。

纤夫在岸边赤着脚、裸着上身、屈着脊梁拉纤的时候,肯定是低着头、用着力、踩着泥、淌着汗的;骆驼不管慢走还是快跑,必然是目视前方、神情专注、脚踏实地、步履稳健、昂首挺胸、心向绿洲的。理论与实践、荣光与梦想,都是要靠人去实施完成的。踏踏实实干事,本本分分做人,阳阳光光养心,把实事办好,把好事办实!

人,到了一定年龄,也应该像老牛反刍一样,反思自己走过的路,经历过的事,结识过的人。

事物是运动的,风景是变幻的,人心是莫测的。

过去美好的记忆,也许因时空的不同而变得不再美好;以往熟悉的脸庞,似乎为了你认为微不足道的小事而变得丑陋;昔日你认为可以视为同道中人的人,大概因为自己的私欲未能满足从而变成陌路。

站在高山上,方知众丘之小;立在大海边,方晓河流之渺;走在沙漠里,方悟胡杨之老。

常怀感恩之心,常念相助之人,常思他人之长,常想自己不足,常揣善良之情,常怜不幸之友。

不以物喜,不以己悲,换位思考,将心比心。

如是,则心怀天下,行走四方;如是,便有容乃大,无欲则刚!

贵　人

在中国传统文化里,有一门学问叫"相学"。所谓相学,就是根据人的生辰八字、面部长相、气质体貌等占卜人的命运,推算吉凶祸福,预测人的未来。其间,占卜者总要说一句"先生将来必定大福大贵,关键时候有贵人相助"等吉言。我们暂且不去探究每个人是否终会大福大贵,但每个人一生都会遇到"贵人"却是客观存在。

在中国古代的后宫制度中,把皇帝身边貌美、体盈、年少、多才、能歌、善舞、知琴、懂棋、能书、会画的后妃或仕女称为"贵人",供皇上在处理完纷杂的政务后加以宠幸,因此她们过着锦衣玉食、一生无忧、荣华富贵的生活。

我这里要说的"贵人",显然不是皇家的范畴,而是在每个人生命历程中起到过点拨、帮助、提携等作用的人。当你落水快要沉底时,有人第一时间扑下去,使你得救,这就是你的贵人;当你坠崖将要着地时,有人伸出双手接住了你,这就是你的贵人;当你身无分文、饥肠辘辘时,有人塞给你一块烧饼,这就是你的贵人;当你走在人生的十字路口,不知何去何从时,有人给你指点迷津,这就是你的贵人;当你遇到挫败、丧失生活的勇气时,有人伸手相助、耐心劝导,这就是你的贵人;当你遭受厄运、倾家荡产时,有人慷慨解囊、不求回报,这就是你的贵人;当你失恋、一蹶不振时,有人向你示爱,这就是你的贵人;当你创业失败、企业倒闭时,有人大声对你喊"别灰心,从零开始吧,有我支持你",这就是你的贵人;当你生病或生命垂危时,有人为你跑前跑后、忙左忙右、放声痛哭,这就是你的贵人……

每个人的人生道路都不是平坦的,都不可能是一帆风顺的,每个人一生中都会不同程度地遇到好心人的无私施助。有时,可能只是一句温暖的话;有时,也许就是一个点子;有时,大概是一元钱;有时,差不多就是一个提醒,但可能会改进你的生活,改造你的思想,改良你的家庭,改善你的工作,改变你的命运,改写你的人生。

让我们梳理一下自己身边的贵人,感恩对自己友善的贵人,记住自己的贵人,让自己也成为别人的贵人,人人都成为他人的贵人。

生活随想

之 一

心缺自尊,言行必卑贱;心缺敬畏,言行必随便;心缺诚实,言行必虚妄;心缺涵养,言行必粗陋;心缺智慧,言行必愚痴;心缺良善,言行必恶毒;心缺美德,言行必低下。

心是一杆秤,称出的是自己的言行;言行是一面镜,映出的是自己的心灵。心灵美则言行美,言行美人生才会更美。

之 二

人,因相互帮助,才能加深友谊;情,因相互滋润,才能沁人心脾;爱,因相互付出,才能天长地久;事,因相互努力,才能简单易成;友,因相互惦念,才能分外亲切;路,因坚持行走,才能风景如画;信,因相互真诚,才能锦上添花;家,因相互体贴,才能和谐美满。

之 三

有些人,认识了一辈子,却只若初始;而有些人,一朝相识,恰似故人归。如果说人与人之间的相遇靠的是缘分,那么人和人的相处,则靠的是一份真诚。不要将别人的给予当作理所当然,不要一味地索取而不知回报。以真诚换真诚,以真心交真心,珍惜才会永远,感恩才会快乐!

品　　联

"酒恋故乡人,醉爱金醇古",这副对联不错,但细品略有瑕疵。"酒恋故乡人",说得很好。因为地域文化和风俗习惯的不同及水土的差异,每一个地方的酒的特点和品质也就大相径庭。譬如,茅台酒只能出自茅台镇,西凤酒必出在柳林,汾酒出自杏花村,离开当地的水土,酒就会变味。

中国酒文化源远流长,在一些高寒或湿热的地区,人们饮酒就和吃饭一样习以为常。因此,中国产酒的地方特别多,生产的品牌也非常多,酒的名字也格外响,销售渠道也顺。就我省而言,虽然陕南、陕北的各县几乎都有自己的酒厂、自己的品牌,但比起关中的"西凤""太白"还是差距太大。据了解,"金醇古"其实也是始于周、兴于秦、盛于唐、传于今的老牌酒,原名"鹑觚",由于不好理解,后来者将之更名为"醇古",一度备受咸阳北部五县百姓及甘肃、宁夏等地人们欢迎,尤其在其原产地长武县,几乎家家户户都有此酒,都饮此酒,都送此酒,都认此酒。从这个角度讲,"酒恋故乡人"的确没错。

然而,不可否认的是,随着人们消费观念的改变和消费水平的提升,喝酒结构和层次也在改变。近年来,"西凤"系列备受推崇,"金醇古"市场却一直在萎缩,这是不争的事实。如何爬出低谷,寻求突围,将是该酒生产者、经营者亟待破解的难题;怎样以品质、价格、服务"恋"住故乡人,更是一个摆在该企业面前的严肃课题。

再说"醉爱金醇古",喝酒的目的是喜庆、欢乐、愉悦、高兴、幸福。如果非得把人喝醉,那只能说明你的酒酒精浓度高,或者配方欠科学。过去,人们把容易使人上头发晕,喝了扶墙溜桌子的酒叫"跟头酒"。前几年,我的一位朋友生产了一种酒,他宣传的口号就是"不上头、不辣喉、不烧心、不醉人、不伤肝",一下子迎合了人们的消费心理,因为不醉人,所以男的喝,女的也喝;大人喝,小孩也喝;夏天喝,冬天也喝;有喜事喝,平时也喝……动不动就脱销了。有鉴于此,我建议把"醉爱金醇古"改为"香爱金醇古"。

暖气与洒水车

中国很大,气候有别,南暖北寒,东热西冷,以秦岭—淮河为界,过去叫南国与北国,后来叫南方与北方。

对于上海人来讲,上海以北都被称为"北方",甚至连近在咫尺的江苏也在"北方"范畴;新疆人把嘉峪关以内称为"口内";东北人把山海关以南统称"南方"……

不同的地域造就了迥异的性格,不同的环境形成了不同的生活习惯。

就以冬季为例,北方有暖气,而南方没有。

同样是暖气,西北、华北、东北等地由于冬天来得早,供暖也就早,停暖也很迟。

对于西安这样的地区,近年来供暖时间较灵活,可根据气温变化提早几天或推后几天。这样做是无可厚非的。然而令人啼笑皆非的是,因为政府部门对供暖单位要求供暖后室内温度应在16 ℃—20 ℃之间,室内外悬殊的温差使感冒多发。

按理来说,供暖部门要根据每天气温变化科学调整供热温度,热时低,冷时加高,这样既可节约能源,又可调度资源,何乐而不为呢?

无独有偶,同样的机械性行为还出现在城市洒水车上。西安灰尘大,扬沙多,雾霾浓,降水少,常干燥,每天环卫部门投入大量机械和保洁员为城市进行打扫,尤其是洒水车来回冲刷路面,是非常必要的。

然而,进入冬天以后,尤其是温度降至冰点时,一大早就不应该洒水了。虽然每年都强调,但是因洒水导致路面结冰、路人滑倒、车辆相撞的事件依然时有发生。

暖气和洒水车这看似没有关系的两件事,因其运行的不灵活而有了共同点。

我们想问题、办事情、做计划不可盲目,要想清出发点,选准着力点,找好落脚点,这样才符合老百姓的利益,方适应节约型社会的建设。

文 人 说

　　文人,顾名思义,就是有文化的人或从事文化事业的工作者。文人的代表职业一般为作家、记者、书法家、教师、自由撰稿人等,外延再扩大一些来讲,也包括出版、演艺、考古等诸多领域的从业者。

　　文人大都具有修养,富有涵养,知识又使其不断得到滋养,所以说话、办事、做人相对可靠、认真、有度、低调。越是名人、大家,言行举止、举手投足等越是注意,因为他们中的大多数人经常参加社会活动,经常出入公共场合。名家多属于公众人物,他们也许不认识别人,但大家都知道他们是谁,这样一来,文人的活动就受到一定的限制。文人大都喜欢琴棋书画、花草虫鱼、山水奇石、文物古董、书画工艺等。当然,他们中的有些人,性格怪异、不修边幅、生活邋遢,为世人所不齿,被社会所抛弃,被同行所嘲讽。这种人,我们一般将之称为"旧文人""酸文人"或"迂腐文人"。

　　大多数文人在自己的岗位上,干得都很出彩,做得都很出色,活得都很潇洒,在社会上都很有影响。像我省的陈忠实、贾平凹、刘文西、赵季平、杨晓阳、王西京、钟明善、肖云儒、李星、高建群等,都是在全国叫得响的人物。找个文人做朋友,生活越过越有滋味。朋友中有了文人,生活就平添了兴趣,生活就增加了滋味,工作就格外明快,人生就多了乐观,相处就生出许多愉悦。

乡　愁

　　计划跟不上变化,本周原没有出行安排,不料一周竟外出了四次,且每趟匆匆,每次碌碌。现在细思,竟皆与乡村有关,均与美食有联,都与乡愁有份。3月17日下午,在好友王先生的导引下,去了户县草堂镇叶寨酒庄。这里的青砖小瓦建筑、仿古代雕梁画栋,用名人书画装点,砖刻木刻夺目,石器石盆拙朴,影壁画面丰富,饭菜酒香弥漫,走廊宽阔敞亮……把这个古色古香的四合院装扮得愈加迷人。回来后,我立即赋诗一首:初春日和煦,出门向西去。视野尽寥廓,风吹车轮疾。叶寨酒庄里,古色添乡趣。兄弟叙往事,菜香沁心脾。望山在左翼,看水石盆聚。影壁手刻凿,乡愁随物忆。

　　3月19日下午,与咸阳市委宣传部的几位主要领导聚会,适逢央视七套当晚18:05播出介绍咸阳美食、民俗的专题节目,一下子就被家乡人的大手笔折服。尤其当几位部长谈及下一步要搞中国面食大赛,首推陕西面食文化时,又为他们为弥补刚结束的全国面食评比中陕西面食缺席的遗憾而叫好。

　　昨天,本打算与一预约了多日的朋友晚上小聚,巧合的是在途中其又接到其他朋友的邀请,更为凑巧的是,对方约的地点,竟和我一样,是郊外城乡间某农庄。这拨朋友很多,约20人,其中,有几位来自香港和广东。高朋满座,好不热闹。更为有趣的是,就在我们举杯相碰、开席动筷之际,我在早些时候相邀的一位企业老总赶了过来,我只好离开这里,与老总朋友吃了简餐。

　　去年认识了一位在富平县某乡镇政府工作的朋友,他宽厚仁爱、工作务实、作风正派,在工作中与我成为挚友,在频繁的交往中互识互知,在多次的交谈中成为至交。因一周后我们要去他那里搞个活动,故我今天上午赶到富平与其衔接前期筹备工作。午餐在一农家乐进行,使我及与我同去的一企业老总体验了乡村风景、乡间野菜、乡下小吃,为这一周下乡踏春、走进农村、重忆乡愁、深入基层画上了完美的句号。

对于久居繁华都市,整天被关在钢筋水泥大楼里的城里人来说,常出去转转,到乡间看看,呼吸一下新鲜空气,心灵会得到净化,认知会得到提高。

(2014年3月21日)

影　响

一个朋友给我讲了一个真实的故事,说在西安市繁华闹市区先是有一个人往天上看,接着就有了第二个、第三个……到后来变成了一群人都在看。人们不知发生了什么事,甚至以为出现了什么天象奇观。有人就好奇地问:"你们到底看啥呢?"没想到第一个往天上看的人气急败坏地说:"我正好好地向前走,不知谁家养的鸽子不偏不倚地屙把屎在我的头顶,真晦气,我仰头找鸽子哩。"众人哄堂大笑后便离开了。

这,就是影响。

在广大农村,一家种蔬菜,全村就都种蔬菜,附近的村子就建蔬菜批发市场,有些头脑灵活的人就在菜市场周边开起饭馆,一下子这些村子就形成了一条蔬菜种植、经销的产业链。

这,就是影响。

在拥挤的都市马路边,只要有一辆车停放,不一会儿整条街两边就会停成长龙。等交警贴了罚单,驾驶员们方明白这里压根未划停车位。

这,就是影响。

年轻人玩微信,中年人玩微信,老年人玩微信,男女老少都玩微信。

这,就是影响。

……

孩子有了进步,我们说这是受了××影响;有人犯了错误,我们讲受了××

影响;某人成功了,我们说受了××影响;某件事办砸了,我们说受了××影响……

我最推崇"影响"二字。

在每一个人的成长过程中,首先影响自己的应该是父母,其次是老师,再者是同学、朋友、战友,最后是单位领导、同事及身边常处的圈子。

去年秋季,我去天津日报报业集团《每日新报》考察学习,该报提出的办报宗旨就是"影响有影响的人",对我启发极大。

在当地"有影响的人",不是领导,就是名人,不是企业家,就是身份特殊者。一张报纸如果影响了这些人,便会引起读者的兴趣,就会吸引百姓的眼球,定会传递正能量。

中国地大物博,人口民族众多,生活习惯迥异,各地情况不一。但有一点是相同的,那就是历史悠久的灿烂文化、博大精深的儒家思想、源远流长的传统美德,以及一个个有影响的历史人物。

正是这些有影响的人物,影响着中国前行的动力,前进的方向。

(2014年3月21日)

走过秦岭

时近元宵,年味渐淡。久居城市,宅家多日,冰雪时袭,雾霾相扰,使人脑钝心烦,呼吸不畅。

昨晚古城下了一场急雪,风起雪飞,路湿车滑,好担心今天省上的活动能否成行。

就在人们纷纷庆贺中国的元宵节和西方的情人节双栖双至的前夜,我和我的同事踏上了出差的旅程。

汽车翻秦岭、钻隧道、穿群山、爬陡坡，秦岭服务区以北的冰雪时隐时现，西汉高速的积雪和伏冰时有显现，司机格外小心，车子开得很慢。由于车内外温差较大，车窗玻璃上很快起了薄雾，车外山峦模糊，山下的河流流淌着，车下的轮子飞转着。

　　秦岭服务区以南，却是另一番景象。雪迹从多到少，由少到无。除了阴坡和隧道口，几乎看不到雪，更感觉不到是在冬天。

　　经过三个多小时的颠簸，我们终于抵达了本次行程的首站——安康市石泉县。

　　石泉地处秦岭腹地，是汉江流域一个美丽的小县城，由于职业和工作的关系，我已记不清造访这里的次数。

　　我已两年不曾来过这里。车子驶入县城时，已是夜幕降临，华灯初上，县城一片祥和，人少车稀，街边灯火辉煌，夜色迷人。

　　太阳能灯群星星点点，勾勒出山峦的轮廓；江边大楼的倒影，点缀着夜晚的静谧；一轮圆月挂在天际，映在江心，天然之美与人工之美相得益彰。

　　从汉江左岸向右岸望去，"石泉十美"四个霓虹色的大字遒劲有力，光芒四射，赫然醒目，使人油然慨叹石泉变化之大，"石泉十美"之妙。

　　站立在下榻酒店旁边，国道旁的汉江右岸，寒风料峭，空气新鲜，视野开阔，心情舒畅。

　　在这新春的第一次出行中，我静静地观察着，认真地聆听着，远远地仰望着，苦苦地思索着，连连地赞叹着，遂赋诗《石泉印象》一首：穿越秦岭到陕南，鱼米之乡非一般。石泉十美小山城，傲然矗立汉江边。山水俱佳风光鲜，质朴古镇有炊烟。七彩水韵夜色秀，变化即在山水间。

（2014年2月13日）

小院青竹

2008年,几十公里外的伯父看我给老家建房,知道我最喜爱竹子,遂从他家院子给我连苗带土挖下数棵小竹子苗,装在塑料盆里让我移栽在自家的院子里。

我生性温和,感情细腻,又从事文字工作,在众多植物中,即便是被称为"国花"的牡丹,也引不起我的兴趣。唯有竹子,令我垂青、迷恋、陶醉。近到所住小区、城市,中到秦岭、陕南诸县,远到南方诸省份,只要看见竹子,我就会驻足欣赏、仔细揣摩、展开遐想,这时心里就异常平静,思绪也随之飞舞,头脑就格外灵光。

梅、兰、竹、菊,被誉为花中"四君子",而唯竹子青翠、有节,又因其干内空虚,与做人谦虚吻合,每隔一段有"节",与做人有气节之寓意相通。这些特质使我常能借竹照己,看竹对比,力争自己做人、做事具备老牛的吃苦精神,竹子的高风亮节,水的清澈透明。

老家小院的竹子,我不知道是什么品种,就笼统地称其为"竹子"。这片竹子虽小却青,翠绿有生机,长势也喜人。往年没有顾得上打理,其一直匍匐在地面上,不往高长。今春我突然发现其旁有新枝昂扬着向上探头,于是剪了老枝,留出了空隙,今天回来一看,立马心旷神怡、神清气爽,遂记之。

(2014年6月14日)

运 作

今天开了一天会,上午有几位领导、学者、专家授课,其中有两位分别讲到了马克思主义新闻观和毛泽东哲学思想。这个经典的课题,在新形势下指导破解我们实践中的发展难题,自然就赋予了其新的意义。

这使我不禁想起一个词——运作。

关于"运作",前几年流传着一个笑话,说一个破产者想东山再起,苦于没有资金,于是他挖空心思想了一个妙招。他先来到世界银行行长办公室,说我给你女儿介绍一个对象。世行行长说,你就别操闲心了,谁家的公子能配上我家千金。该破产者说,当然有呀,我给你介绍的可是比尔·盖茨的儿子。行长一听,心花怒放,大笔一挥,就给他开了200万美元的现金支票作为预付佣金,并告诉他把此事办成之后另有重谢。

破产者牛刀小试,初获成功,于是他又大胆地找到比尔·盖茨说,我给你儿子介绍一位女朋友。比尔·盖茨心不在焉地说,他找对象实在太难找了,好多女孩都是冲着我们家产来的。破产者说,我给你介绍的可是世界银行行长的女儿呀!比尔·盖茨一听,遂答应可以考虑。同样,这位破产者又获得了300万美元的佣金。

笑话虽显荒诞,但说明一个道理,本不相干的资源,只要巧妙整合,换个思维方式,就可有所转机甚至运作成功。坊间有句俚语,"着急处就有出奇处"。拐弯处也许就是路宽时,死路也许会变成活路,最黑暗的时候就是黎明快来的时候。同样一件事,换个不同的方法去做,或许会收获成功的喜悦。

一个人是这样,一个家庭是这样,一个单位是这样,一个行业何尝不是这样?

(2014年7月5日)

阴　凉

　　从地理学上讲,山之北为阴,水之南为阴。所谓阴,实际上就是少阳光或阳光不能照到的地方。农村人盖房子,一般都喜欢坐北向南;城里人购房子,也喜欢南北通透。唯有去年途经黑龙江省大庆市时,我偶然发现其楼盘多是不规则的南北朝向,阳台自然就成了西南朝向,略加思索,便明白因冬季西北风强劲使然。

　　人类生活在地球上,与我们的生存息息相关的就是森林、草甸、农作物等绿色植被。无论是崇山峻岭、无际草原还是城市街道、农村田野,有了这些东西,土地、高山、河流才能得到荫蔽、滋润。就以夏季来说,人们回避炎热的办法除了待在室内就是找有阴凉的地方,树荫自然成了首选。特别是上午10点至下午4点,温度达到极值,停在无遮挡的广场上的汽车只能任骄阳暴晒。因此,阴凉对于泊车,比任何降温措施都管用。

　　我所在的楼下原本都将车停在车位上,进入伏天后,车主们尽量都将车停在树荫下,这样,车避免了阳光直晒。常言道:"前人栽树,后人乘凉。"我们后来者往往享受的是前人的恩赐。近十年来西安经济迅猛发展,城市建设飞快,各种公园、广场的绿地一再增加,阴凉处也比过去多了许多,但愿这种好的做法继续保持,将更多的阴凉献给百姓。

（2014年7月24日）

夏天的雨

晚宴结束时大约九点半,我驾车送领导到家时刚过十点,这时天上开始稀稀拉拉地滴起雨点。我还没驶出巷子,雨点就如断线的珠子般纷纷落下,不一会儿路上就溅起了水花,如烧开的水在路面翻滚起来。

原没有想着写什么文字,临睡前浏览朋友圈的动态,看到大家都为这场及时雨发感慨,尤其看到住在南城的赵晓东先生和身居北城的李安定先生抓拍的同一时间、不同地点、反差较大的照片后,我还是忍不住想唠叨几句。

夏日的天,娃儿的脸,说变就变。近几天西安出现了近十年来同期最高温,汽车自燃、大楼着火、限时停电时有发生。古城进入了干燥火热的酷暑。人和人打招呼,基本上就是同一句话,"简直把人能热死",既算问候,也是对天气的抱怨,对方应答一般都是两个字,"就是"。

周一刚上班,群众就打来电话,说玉米旱得"拧绳"了,请我给某灌区领导反映一下。百姓利益无小事,我立即将电话打至某灌区管理局局长那里,他一边耐心地将地点、人名记全,一边解释:"水库的水都快被抽干了,关中好多地方旱时能干死,涝时能淹死。还有水中旱、渠边旱等问题,我们一定与地方水利部门密切配合,调动一切水利灌溉设施抗旱保秋。"

晚上陪北京某贵宾就餐,从头至尾,大家都在冒汗,好像中央空调不存在。直到席散,外边迎面的都是热风。巧合的是,我们晚上的主要议题是水、干旱、抽水。还没回家,甘霖即至。

夏天的雨,农民称作"白雨",是指雨大、雨急、雨密,且颜色是白的;城里人叫"暴雨",若伴有大风,则谓"暴风雨",再伴有雷电,又作"雷阵雨"。不管怎样叫,夏天的雨总的特点一般都是猝不及防、来去匆匆、雨量集中。在一些山区、高原地带,持续的暴雨,还会造成塌方、滑坡、泥石流等灾害。

(2014 年 7 月 23 日)

共　　鸣

　　琴与瑟相伴,琴瑟和鸣;鼓与槌相碰,声声震天;镲与锣相击,节节悦耳;歌与诗和唱,句句铿锵……

　　凡是相配的物件组合在一起,就会生出共鸣。

　　产生共鸣的事物和人群,用过去的老话讲,就是物以类聚,人以群分。

　　刘震云的小说,善于描写社会最低层小人物的命运悲欢,诙谐幽默、妙趣横生,尤其是独特的语言,独到的讲述,独有的写法,引人入胜,令人回味。

　　傍晚无意间与同事聊起书法,一位小兄弟说他那里笔墨纸砚是现成的,于是大家聚集南城,分别挥毫泼墨,轮番上阵,于欢笑中你来我往,于推让间你上我下,在和谐间爽笑欢语,既忘却了伏天之高温,又陶冶了平日之性情,也记住了陋室之趣事。

　　这,就是共鸣。

(2014 年 7 月 22 日)

大师访谈
DA SHI FANG TAN

路遥:平凡的世界,不平凡的人生

2015年2月26日,由伟大的现实主义巨匠、著名作家、第三届茅盾文学奖获得者路遥先生的经典名著《平凡的世界》改编的同名电视剧在北京卫视、东方卫视、新疆卫视一经播出,就受到了全国广大观众的关注。在刚刚召开的全国两会期间,习近平总书记在与上海代表团代表曹可凡交谈时聊起了《平凡的世界》,习总书记不仅知道该剧在好几个频道热播,还表示曾和作者路遥住过一个窑洞。这不仅让这部电视剧更受瞩目,而且掀起了人们对《平凡的世界》再次阅读的高潮,还引发了人们对其时代精神和价值观的强烈共鸣,更由此深思路遥先生平凡的世界和不平凡的人生。

作为一名文化工作者、媒体从业者和路遥先生的崇拜者,一种难以名状的情愫在我心中不断地涌动、翻腾着。近日,我见到了著名作家、电视剧《平凡的世界》的编剧葛水平女士,电话采访了路遥的弟弟王天笑及路遥临终前所住医院的护士,他们的讲述和追忆令人动容、催人泪下。特别是我曾先后三次走进路遥故里,三次见到了作家年迈的母亲,多次参观路遥纪念馆,个中感受颇多,现将之叙述出来,与热爱路遥和路遥作品的读者们共同缅怀这位英年早逝的文学大师,追忆其短暂而不平凡的人生。

一段非凡的人生

2015年3月12日,由中国散文学会、陕西日报传媒集团主办,西安荞麦园美术馆承办的"告诉你一个不《平凡的世界》"文化研讨会在古城西安隆重召开。来自全国文学界、影视界、学术界、新闻界等领域的专家学者,相聚《平凡的世界》原著诞生地,就路遥作品《平凡的世界》及电视剧进行座谈交流。会议间隙,我采访了本次活动的主要嘉宾——著名作家、电视连续剧《平凡的世界》编剧葛水平女士。

葛水平是山西省作家协会副主席、鲁迅文学奖获得者。她说,《平凡的世界》里有一群不平凡的人,这些不平凡的人组成了平凡的世界;同时,这些不平凡的人身上都有不平凡的经历、不平凡的故事。路遥先生给我们讲述的不只是那久远的年代,更是一种人生应有的信仰和追求。在这个喧嚣浮躁的时代,只要你不屈不挠、艰苦奋斗、勇往直前,终能获得最后的成功。作品中的这些人物,所体现出的坚忍不拔的吃苦精神、奋斗不息的执着精神、永不屈服的创业精神对我们每个人都有震撼、启迪、励志作用。

葛水平讲述了电视剧《平凡的世界》剧本历经数年、几经修改的不平凡故事。她说,《平凡的世界》是路遥先生的呕心沥血之作,在中国文坛的天幕上,出身寒微却不屈命运的人民作家路遥,犹如一颗流星,在短暂的写作生涯里,给中国文坛留下了一道难以磨灭的辉煌。她将之编成剧本,就是对大师最好的纪念。

早些时候,我通过电话、微信联系到了路遥的弟弟王天笑先生。我说想采访他。他说:"你不要急,我周末要到西安,到时候咱见面聊。"到了3月14日上午,王天笑先生给我打来电话,他说:"关于路遥的话题,这些年说得太多,我一般不接受采访,身体也不太好,有什么问题咱电话里聊聊就行了。"我说:"行吧,您就简单谈谈路遥的成长经历吧。"

王天笑用浓重的陕北话说:"路遥已不仅仅是我们家的一个成员,他是社会的、国家的、人民的。路遥,一个响亮的名字,第三届茅盾文学奖获得者。长篇小说《平凡的世界》一度轰动文坛,感动了千万读者,影响了几代人。尤其是20世纪五六十年代出生的人以及从农村走出、如今已功成名就者,对这一作品视若珍宝、感同身受。"

王天笑出生于1968年,对《平凡的世界》里所讲的故事、所写的事件、所经历的苦难深有感触。

他说,路遥原名王卫国,1949年12月3日出生于陕西省榆林市清涧县王家堡一户贫困农民家庭。7岁时,因家里困难,他被过继给家住延川县农村的伯父王玉德家。路遥曾在延川中学读书,17岁前,从未进过县城。1969年路遥回乡务农。这段时间,他做过许多临时性的工作,并在农村一所小学教过一年书。

1973年,路遥进入延安大学中文系深造,期间开始文学创作。大学毕业后,任《陕西文艺》(今为《延河》)编辑。1980年发表《惊心动魄的一幕》,获得第一届全国优秀中篇小说奖。

路遥出名,始于1982年创作的中篇小说《人生》。《人生》描写了一位农村知识青年的人生追求和曲折经历,获第二届全国优秀中篇小说奖,后被西安电影制片厂著名导演吴天明拍摄成同名电影,并获第八届"大众电影百花奖"最佳故事片奖,轰动全国。同年,路遥创作的《在困难的日子里》获《当代》文学中长篇小说奖,也就是在这年,路遥加入了中国作家协会。

路遥蜚声文坛,缘于1988年创作完成的、耗尽他全部心血和精力的百万字长篇巨著《平凡的世界》。

这部小说以其恢宏的气势和史诗般的品格,全方位、多角度地表现了改革开放初期中国城乡的社会生活和人们思想情感的巨大冲击及众多人物命运的变迁。路遥因此于1988年荣获第三届茅盾文学奖,该书未完成时即在中央人民广播电台连播。他数次深入榆林毛乌素沙漠腹地,长年扎根基层体验生活,累年伏案埋头创作,成为20世纪80年代最有影响力的作家。

然而,不幸的是,1992年11月17日上午8时20分,路遥因积劳成疾,患肝硬化腹水医治无效在西安逝世,年仅42岁。

为了表示对哥哥的思念、缅怀之情,王天笑先生后来曾协助剧组拍摄了8集纪录片《路遥》,该纪录片在中央电视台播放后引起强烈反响。

采访完王天笑先生,我想起我的一位忘年之交,他是位县处级领导,也是路遥的忠实读者,曾把《平凡的世界》的广播断断续续、反反复复听了二十年,百听不厌。老婆嘲笑,别人不解,我却非常理解这位已做领导多年的长者,在他的成长中,出身农家的他有着和小说人物一样的乡土情结和情感共鸣。

3月14日,我电话采访到了原西安市西京医院护士李女士。她身体有些不适,这几天正在打点滴。尽管已经过去了二十多年,但谈起路遥,她仍显得那么激动,言辞间透露着对路遥深深的敬重。她不愿透露名字,并说路遥作为大作家,没有一点儿架子,说话语气平缓,脸上带着笑容,很理解、支持、配合医护人员工作。至今她也忘不了,在路遥生命最后的日子里,她在传染科担任护士,路遥就在她所在的科住院治疗,她亲眼见证了路遥与病魔斗争的惊人毅力和搏击生命的顽强意志。

当时的路遥从延安地区医院转来西京医院,已是肝硬化晚期。在路遥病重期间,他的弟弟王天笑一直陪护在身边,各级领导、省作协同仁、文学界朋友纷纷前去探望,络绎不绝。有时作协需要商讨事宜,就在病房召开现场会。路遥在治疗期间,一直坚持看书、读报、听新闻,病痛稍有缓解时,还与做治疗的护士拉家常、谈人生、说读书。那时,她们都是二十来岁的小姑娘,都喜欢听路遥说话。看到医护人员很辛苦,病重的路遥便将亲笔签名的《平凡的世界》赠送她们,以示感谢。

由于病痛的折磨,路遥全身浮肿,浑身布满针眼,身体各脏器衰竭,做治疗、扎针时,已找不到血管了。但他仍微笑地鼓励护士:"别着急,大胆来。"病痛再次袭来,他疼得满头虚汗,腰弯如弓,尽管十分痛苦,却从未呻吟一声。全科的医护人员都很敬重这位大作家,为他精心治疗、护理,并为他祈祷。然而奇迹终未发生,我们敬爱的路遥先生带着遗憾和未了却的心愿离开了我们。

李女士至今懊悔的是,原来一直珍藏的路遥先生在住院期间送给她的那本亲笔签名的《平凡的世界》，因多次搬家找不见了。每想到此，她就无比遗憾，进而忆起那段难忘的日子。

一首动听的歌谣

由于路遥出生于农村，他的创作素材基本来自农村生活。他坚信"人生最大的幸福也许在于创作的过程，而不在于那个结果"，所以他认为只有在无比沉重的劳动中，人才活得更为充实。

他始终以深深萦绕的故乡情结、土地情怀和生命的沉重去感受生活，将陕北大地作为一个沉浮在他心底的永恒诗意象征，用他浓得化不开的乡情，勾勒出动人的画卷。

"字字看来皆是血，十年辛苦不寻常"。我是读着路遥的《人生》《平凡的世界》长大、进城、成熟、为文、做人的。初读《人生》时，我16岁，读《平凡的世界》时，我22岁。1991年，我参加了当时在全国颇具影响的《女友》杂志的诗歌征文大赛，获奖奖品之一就是一套路遥的创作随笔——《早晨从中午开始》。这是他留在世间的最后作品，让我们这代人从书中再一次为农村青年在黄土高原演绎的坎坷命运、悲欢离合、人生起落而感动、感慨。从中我们不难看到他孤独而丰富的内心世界、漫长而艰辛的创作历程、坚定而痴迷的创作精神。

我也是从路遥先生的作品中，第一次对陕北及祖祖辈辈生活在陕北黄土高原上的人们产生了浓厚的兴趣，并对在农耕与游牧结合带生活的人们所迸发出的与命运抗争的精神有了深刻的印象和理解，也为我后来的文学创作奠定了基础。

1990年，电视剧《平凡的世界》在中央电视台热播，剧中由孙国庆演唱的主题曲《就恋这把土》至今听来仍震撼人心，让人备受鼓舞——

就是这一溜溜沟沟，就是这一道道坎坎，就是这一片片黄土，就是这一座座秃山。就是这一星星绿，就是这一滴滴泉，就是这一眼眼风沙，就是这一声声嘶喊……

就是这首脍炙人口、节奏铿锵、歌词朴实、黄土气息浓郁的歌曲，这么多年过去了,听来依然亲切,成为我最喜欢听的一首歌曲。

三次难忘的造访

缘于对路遥的崇敬和喜爱,我曾前后三次去过路遥故居。第一次去路遥家大约是 2004 年秋季。我去陕北出差,经过榆林市清涧县王家堡,在沥青柏油路东侧有块牌子,上书"路遥故里",牌子对面就是路遥父母家。

路遥家原住在交通便利的清涧县至绥德县 210 国道路西的王家堡的崖畔上。崖畔很高,约 10 米,坡度大约 50 多度。为了方便路遥父母和寻访者上下,政府将土坡拓宽、铲平、修直,并铺上了碎的石头,安装了枣红色油漆的铁栏杆。沿着斜坡一路走上去右拐,是一小块平地,和一面呈"7"字形、用青砖砌成的透视女儿墙,小平地的北面是一棵枣树,再走几步就是路遥的家。

大门是陕北民居中极常见的砖混结构门楼,两扇木门很漂亮。院墙也是用青砖砌的,院落不大,种有几棵枣树。西边就是一排坐西朝东的三孔石窑洞,其中最南边的是路遥父母居住的,中间的这孔是路遥当年住过的,最北边的那孔是存放粮食和杂物的。

路遥的父亲名叫王玉宽,老人家常戴着一顶几乎看不出颜色的旧帽子,见人便笑脸相迎。提起路遥,老人一脸自豪和满足。他陪我和同事走前走后,偶尔拿出旱烟袋吸上两口,热情地招呼我们喝水。路遥的母亲马芝兰,一头银发,大方脸,身板硬朗,个子较高,穿着对襟袄,一看她就知道路遥的长相是随了母亲的。她一听我们从西安来,就热情地问吃饭了没有,拉着我的手让坐在她的身边。

我说:"大伯、大妈,我们是您儿子路遥先生的读者和崇拜者。在这样艰苦的环境中,你们培养了一位文学大师,了不起,真不容易。"

"没甚,没甚。那都是卫国自己爱学习、能吃苦、肯动脑、有出息。他不管上学还是回家劳动、在学校教书、在县上工作,都表现好,得奖状,受表扬。这些都是国家教育得好,政府帮衬得好。我们没有文化,对他也没有多少帮助,是延川他伯父王玉德和伯母李桂英养育了他,还供他上学、读书,他们把苦吃扎了。"路遥的妈妈用浓厚的陕北方言一边摆手,一边笑着说。

接着,我们随其父母看了路遥小时候住过的窑洞,紧靠窗户是一个大土炕,炕上铺着农家常用的花格粗布床单,虽然旧,却也干净整洁。窑洞的北面墙壁上糊满了旧报纸及装有路遥少年、青年和成名后不同时期照片的木相框。照片已发黄褪色,报纸也有些起皮残缺。回来后,我写下了"看着旧照片,仿佛回当年。多少坎坷事,历历在眼前"的感想。

我谒问了其父母的身体和生活情况,嘱咐二老注意饮食,多保重身体,并给了老妈妈一点零花钱,就告辞离开了。回来后,我写道:笑问少年之路遥,如数家珍娓娓道。母亲记忆似当年,听得我等点头笑。谈笑风生间,天色已向晚。给伊零用钱,贴补柴米盐。紧握老人手,祝福记心头。愿她多健康,祈福伊高寿。

第二次去路遥家是2008年,这次去,方知路遥父亲已过世了,这使我颇感意外。看着形单影只的路遥妈妈背已微驼、脸上少了笑容、沧桑悲凉的样子,我心里一阵阵酸楚。对其母嘘寒问暖,拉了拉家常后,我照例掏出钱放在老人手心,没有久留。归途中有感而发:多次去陕北,急去又匆归。伊人常惦记,几番热泪催。一去父母全,其父瘦又黑。沧桑抽旱烟,问甚都说对。其母脸庞大,路遥就随她。见人堆满笑,热情问饭茶。二去父已亡,孑身剩老娘。银发随风飘,皱纹挤脸上。心里多酝酿,祝安向天堂。多少往昔事,转眼成哀伤。幸有影像在,时常心里装。天下读书人,有空来寻访。欲做文学梦,路遥莫遗忘。

遗憾的是,由于前两次都比较匆忙,我们没有带相机,故没有留下和路遥父母在一起的合影,尤其遗憾的是没有和路遥父亲的合影。

2009年7月下旬,我第三次去路遥家时,特意带了相机,希望留下珍贵的影像。

这次见路遥母亲,她一眼就认出了我,拉着我的手说:"你们一天工作忙忙的,还老惦记着我这个孤老婆子。真是好人呀!"我握住老人家的手说:"平时确实忙,好久没有见您了,好久才来陕北一次,只要方便,就来看看您老人家,这样心里能舒坦些。""好,好啊!有空常来啊!"她热情地说。

老人家明显比前两次苍老了不少,背也愈加驼了。因为我知道,路遥的四弟王天乐因同样的病不久前也去了。路遥的英年早逝、老伴的先她而去、天乐的不幸离世,亲人接二连三地离开,如此无情的打击和重创,使老人快速地衰老憔悴了,背影那样地孤单,偌大的院子那么冷清。

我们的到来惊动了邻居,不一会儿,家里来了好些人。路遥母亲特别好客,不停地招呼我们:"你们从省城大老远地跑来,还没有吃饭吧?想吃甚,我给你们做。"我说:"不用了,我们吃过了。我们专程来看望您老人家,希望您保重身体!""好的,好的。"老人揉了揉湿润的眼睛应答着。

临走,看着孤苦苍老的路遥母亲,从内心讲,我真的想尽我所能为她做点什么,于是,随我去的朋友各自掏出身上的钱递到了老人手里,说下次再来看她。老人紧紧地拉住我的手说:"你们都是好后生,谢谢!"

我们顺着斜坡走向210国道,又驻足在"路遥故里"的石碑前留了影。我的内心不由即兴吟出:站在枣树前,嘘寒又问暖。不为名和利,只为路遥癫。站在石碑前,心里多茫然。呜呼一巨星,陨落如雾烟。走进小旧窑,睹物忆旧容。看着连锅炕,听母说路遥。人人都有儿和女,人人都是父母养。白发送走黑发人,伟大母亲亦悲伤。有人来看望,心里暖洋洋。石碑作映衬,蓝天头顶上。

准备上车离开时,我转过头远远地看见路遥的母亲还站在崖畔上,山风吹动着她的缕缕白发,显得多少有些凄凉,她依依不舍地在向我们挥手告别。

谁知,这一面,竟是永别。时过不久,便传来老人去世的消息。路遥的母亲走了,我想,她是去天国找她的老伴和儿子们团聚去了。

一笔宝贵的财富

路遥纪念馆已于2011年在他的故里建成,并对游人开放。在纪念馆前,竖立着寓意路遥"像牛一样劳动,像土地一样奉献"的雕塑,成为人们凭吊、缅怀这一文学巨匠的圣地。

2014年8月27日,我再次来到了这里。与以往不同的是,故居的崖畔又做了修缮,高大的三角形墙体上绘制了路遥头像剪纸、木刻般巨像,右书"路遥故居"。过去,立在他家对面、三面围栏、上书"路遥故里"的石碑不见了踪影,取而代之的是路遥纪念馆。

"路遥纪念馆"五个大字由著名作家冯骥才先生题写,金黄色的大字在蓝天白云下、黄土绿树间显得尤为醒目。馆内陈列着路遥先生各个时期的照片、主要代表作、使用过的生活物品、名家的书法题字等等。看到别具一格的造型、独特丰富的陈设、简洁考究的布置、简朴珍贵的遗物、生动感人的雕塑蜡像等,我感到路遥先生并没有离去,他就在我们身边。临走时,我在留言簿上写道:茫茫陕北大高原,平凡世界不平凡。人间疾苦多少事,尽在路遥巨笔尖。

"像牛一样劳动,像土地一样奉献。"这是路遥的名言,也是他短暂而辉煌一生的真实写照。《平凡的世界》被誉为茅盾文学奖上一颗璀璨的明珠。时光虽已过去了二十三年,路遥仍在中国文坛享有极高的声誉。路遥是陕北的,也是陕西的,更是中国的。茫茫的陕北高原,苍苍的皇天后土,殷殷的求学之路,艰辛的创作历程,成就了一代文学大师路遥。他是陕西的骄傲,是中国的自豪,是中国现代文学史上一位划时代的人物。怀念他,纪念他,让他的人格和作品激励、鼓舞、影响更多热爱文学和从事文学创作的人。

陈忠实笑望白鹿原 那十年世外桃源的生活

2012年9月13日,由第四届茅盾文学奖获奖作品《白鹿原》改编的同名电影在全国各大院线震撼上映,这部电影由著名导演王全安倾力打造,张丰毅、刘威、张雨绮等实力派明星倾情加盟,共同演绎这部气势磅礴、大气厚重、震撼人心的鸿篇巨制,并成为在第62届柏林电影节唯一竞逐金熊奖的华语电影。

在《白鹿原》公映进入倒计时的日子里,我再次采访了小说《白鹿原》的作者、中国作家协会副主席、著名作家陈忠实先生。对人生的感悟,他用最简单的语言来描述:"馍蒸到一半,最害怕啥?最害怕揭锅盖——锅盖一揭,气就放了,所以,馍就生了。"

采访名人,无一例外要列提纲、查资料,而采访陈忠实,则很随意、轻松,如同和老朋友叙旧,每次总有不少新的收获。

2012年8月17日,我给陈老打电话。自报家门后,他直截了当地问:"啥事?"我说:"电影《白鹿原》即将上映,我想采访您。"他在电话那头婉拒:"就那些事,过来过去反复说,都说了快二十年了,你查查资料就行了,没啥可采访的。"我说:"我想换个角度写,最好和您见面聊聊。"

他说:"那就明天上午再联系吧。"

第二天是个周六,昨夜暴雨下了一整夜未停,一扫古城盛夏连日来的闷热。为了不影响陈老的休息,到了上午9点我才给他打电话,说我准备半个小时后去他那里。

"哦,今天白天可能不行。是这,让我把手头这些碎事处理一下,晚上7点我请你到东门外老孙家吃羊肉泡馍。"

"好吧,陈老师,那我们晚上见。"

晚上,我提前一小时出发,谁料一路堵车,好不容易到了东门外的老孙家,可没有车位,此时已是6:55,正着急,陈老的电话就来了,说他在2楼24包,问我到了没有,我说已经到了,正在找车位泊车。

我上到2楼,他已点好了菜,和司机各自正在掰馍。我有些慌乱地说:"陈老师,不好意思,我迟到了。"便伸出手要和他握手。他说:"免了,我手正被馍占着。"他示意让我坐下,指着给我点好的那份,说:"先掰馍,一会边吃边谝。"于是,我们就在温馨的灯光下、宽松的氛围中,围着桌子,边掰边聊,拉起家常。

与两年前相比,年届70岁的陈忠实头发更加稀少、花白。他戴着老花镜,穿着白底灰道的纯棉短袖,显得比较精神。桌上的烟灰缸里放着抽了半截的王冠雪茄,他面带微笑地说:"因为电影,这段时间,媒体简直把我箍住了。北京、上海、辽宁等地各大电视台、报纸都要求采访我,能推的我都推掉了。前几天,著名电视主持人杨澜要采访我,我没有拒绝,也不能拒绝,因为采访中有王全安导演。节目原打算做一期,因为内容太精彩,录制完后编导舍不得删,便改为上、下两期播出。"

我说:"不管在什么时候,您总是很细心,老替别人着想。"

他笑了笑,说:"咱们是老朋友,我不知道你要了解哪些情况,咱就不拘形式了,干脆你问我答,这样省事。"

于是我开门见山地问:"电影《白鹿原》即将上映,您此时的心情如何?"

陈:"从小说《白鹿原》问世到现在,快二十年,就小说而言,正式出版发行(不含盗版)已超过两百万册。近两三年,各种版本的图书发行还保持在每年十万册以上。从最初的畅销到二十年来的常销,说明读者对这部作品的喜爱程度。这是我始料未及的,也是我最感欣慰的。

说到改编和拍摄电影,可谓艰难曲折,由于过程太复杂,听着也比较泼烦,但不管怎样,总算尘埃落定了。至于我的心情,当然是高兴,毕竟电影是对小说故事的另一种艺术表现和再现形式,相信受众者会从全新的视听角度领略那段不平凡的历史。"

假如把张艺谋的长相,当作典型的"兵马俑",那么,陈忠实的相貌与1.78米的身板就是标准的"关中汉"了。接触过或认识陈老的人都知道,他属于年轻时就很成熟,老了更显得沧桑的那种。他脸部表情凝重,棱角分明,额头沟壑纵横,一看就饱经风霜,历尽坎坷。尤其是他那深邃的目光,充满了睿智和故事。

我:"1993年6月,您历时十载、呕心创作的长篇小说《白鹿原》一经出版,便在中国文坛引起巨大的轰动,成为当年'陕军东征'的扛鼎之作和中国现代文学的里程碑。1998年,小说荣获第四届茅盾文学奖,再次奠定了您在中国文坛举足轻重的地位。小说后来被改编成同名秦腔、话剧、舞剧等多种文艺表演形式,受到广泛好评,从而使位于古城西安东城的白鹿原,成为一个文学的意象地和人们观光旅游、休闲度假的好去处。由此可见其文学艺术的魅力、影响力、感染力。"

陈:"白鹿原这个地方以前叫狄寨原。自小说面世后,这块地方就被称为白鹿原了。由于我的老家在白鹿原下的席王街办西蒋村,因此,我的签名落款也都是'原下陈忠实'。近年来,西安的一些高校纷纷迁址落户于此,不少农家乐也因此生意红火,就连电视台和一些影视剧组,也将白鹿原一带作为主要拍摄基地。从而使全国观众更多地了解三秦特色和关中风情。"

我:"您曾长期在基层工作,生活积累丰富,创作体验扎实,文字功力不凡。在《白鹿原》里,您大量使用关中方言、典故和传说,为关中方言的挖掘梳理、规范应用、精确甄别和方言生僻字的考证、注释、运用等做了大量艰苦且极富成效的工作。"

陈:"我生在农村,熟悉农民,关注农业,对土地和农民有深深的感情和眷恋。他们的语言最鲜活、生动,我只不过及时捕捉到了而已。"

我:"陈老,在您的创作生涯中,您觉得哪段日子最难忘?"

陈:"最难忘的当然要算 1983 年到 1993 年我在老家的那十年时间。1983 年,我分别挂职灞桥区文化局副局长和区文化馆副馆长,不受开会、签到、坐班等约束,时间由我自己支配,相对自由一些。为了文学创作,我一个人搬回了祖上留下的老宅子。

初春,桃花开了,原坡和河川里,浮起一片一片粉红的似乎流动的云;小麦扬花季节,铺天盖地的青葱葱的麦子,把来自土地最诱人的香味,释放到整个乡村。早晨,我总是被树上叽叽喳喳的鸟鸣叫醒,晚上,躺在躺椅上,仰望深邃天空上的满天星斗,感受天光与地脉的亲和。抽着烟、品着茶、摇着蒲扇,当圆圆的月亮浮在白鹿原的东头,宛如轻摇莲步的仙女,向我面前移来,直到消失到西边的屋脊背后时,我就知道我该睡觉了。白天有了灵感就埋头写作,傍晚去灞河边散步,若是夏季,还可以到灞河游泳、冲凉,真和世外桃源一样。每次忆起这些,我都由衷地咏叹我的原下乡村。"

我:"看来,白鹿原是您生命的本源,是您的精神家园所在。那么,您的吃饭问题怎么解决?"

陈:"我带着夫人为我准备的手擀面和半成品菜肉,均已切好拌好,回到乡下,存放在冰箱,到了饭时下锅即熟。那十年是我最惬意的生活状态,虽然稍显苦焦,但小说《白鹿原》就是在这样的条件下和环境中创作出来的。"

我:"真不容易,耐得住寂寞,守得住清贫。作为名人,您感觉到有压力吗?"

陈:"我从来不把自己当名人看,只当作芸芸众生中的普通一员。年轻时候有压力,而且压力来自各个方面,有时候也很困惑。现在孩子都大了,该有的也有了,做自己喜欢做的事,没有什么压力。我做人的信条或准则就是'删繁就简三秋树'。这是郑板桥的一句诗,我最喜欢简单。受老父亲的影响,我喜欢种树、种花。老宅子里,我栽的树有枣树、玉兰树、竹子等。花卉里我最喜欢月季,因为它从春到秋三季都开花,令人赏心悦目。不像牡丹,虽称富贵花,可一年只开一季,花期太短。郑板桥的这句诗的后一句是'领异标新二月花',我做不到。因为我这个人很传统,不崇尚标新立异。"

由于社会事务繁杂,加之年事已高,和大多数文化人一样,陈忠实喜欢静,喜欢没有人打扰。闲暇时,他除了写写散文、随笔等,大部分时间都用于读书、写序和他一生钟爱的关中方言考证及书法钻研上了。

我:"陈老师,您现在兼了多少个社会职务?"

陈:"具体数字我也说不全,大概二十多个吧。"

我:"据说您在高校的特邀教授就兼了不少?"

陈:"有十几个吧,那都是虚的,挂名的。来,来,吃菜。"陈老热情地招呼着我。

这使我想起了第一次去采访陈忠实先生时,也和这次一样,适逢初秋,外面下着小雨,空气异常清新。他的工作室在西安石油大学家属区内。见到他时,他刚午休起来,身穿衬衣,下着秋裤,似乎休息得很好,精神不错。不大的客厅的长沙发上,只有够容纳一个人坐的地方,其余地方都摆满了各种书刊,堆得像小山似的。不知什么时候别人送给他的各种礼品,随意地被放在墙角,早已落满了灰尘,看样子,主人就从未将包装及盒子打开过。

我被让坐在长沙发中唯一的位置上,对面是一台老式电视机。陈老每每写作完休息时,就坐在这个位置看会儿电视,欣赏秦腔或球赛。

他拉过书桌前的一把藤椅坐在我的面前,寒暄之后,点燃一支雪茄,和我聊了起来。

"陈老师,您这么多的书籍,也不整理一下?"

"这都是上不了书架的杂书。回头有空就把它们处理了。"

我面前约一米二的茶几上,也堆满了报刊,都是近期的,估计陈老正在翻阅,还有制作精美的请柬散落其中。茶几上放着软中华,是为客人准备的,而他自己一直习惯抽老雪茄。"这烟劲大,过瘾。"陈老吸了几口,浓郁的烟草香气霎时就弥漫了整个屋子。

"服务员。"一声招呼,把我的思绪拉了回来。此时,我们都已掰好馍,陈老又拿起架在烟缸边的半支雪茄点燃。

不时有电话响起,他只要看是可接可不接的或陌生的号码就挂断了。

看到我略带疑问,陈老无奈地说:"见天都是这样子,搅得人心老静不下来,真没办法。现在求我写序和写字的人太多,咱上了岁数,又不会电脑,稿子都是我一笔一画写的。你要给别人的书写序,就得对人家和作品负责任,至少得把书稿通读一遍,一部长篇,几十万字,单读一遍就得一两个月,身体支应不下来,到时候把人家时间误了,咱也很难为情。我近年来已写了一百多篇序了。"

我:"那您为何不把这些序汇编成册,出一本书呢?"

陈(摇了摇头):"现在出书都是商业运作,出版社是要赚钱的。如果发行量上不去,出版商亏本,还是不出为好。"

这,就是朴实的陈忠实。

他是非常严谨且注重细节的。对于读者、文学青年的拜访,新人出书找他题写书名等,他都大力支持并尽量满足其要求。有几次,我求他给我的朋友写的字,他都如约写好,且电话通知我去他家中取。有一次去陈老家,我的一个朋友也黏着要同去,还带了一批80后文学爱好者。因都崇拜陈老,故那天一下来了近十人。陈老一一满足了大家留影的要求。其中,陈老给我写的那幅字,还专门派人给我送了过来,使我这个晚辈感动不已。

我:"陈老师,您的文学语言高度凝练,脉络清晰,描写精准,尤其是关中方言,惟妙惟肖,言简意赅,恰到好处。"

陈:"作家是通过作品与读者交流的。如果方言太多,尤其是生僻字过多,就会与读者交流产生障碍。因此我在作品中会尽量避免的。语言实际上就是按照一定的规律和技巧给别人讲故事。尤其是书面语言,尽管我用的关中方言偏多,但顾及作品的读者不只在陕西,也不一定在国内,因此还是最大限度地在通俗易懂上下功夫,这样,更多的读者才能够理解文学的真谛和语言的魅力,从而被作品所塑造的人物、故事及环境感染。"

话题转到书法,我说:"我经常在省内采访,去过不少单位,看到一些文学新人的书名,尤其有些学校校名都是您题写的书法。外界对您的书法评价很高,说它们'极富周秦汉唐之风,柳叶竹叶之韵,文人雅士之范'。"

陈老笑着谦虚地说:"我这不叫书法,就是字。我没临过帖,属于'我之体',只是感觉写多了,现在比前几年写的能好些。至于你说的柳叶体,我还是第一次听人这么评价。"

我:"您作为老一辈大作家,写字功底扎实,写了一辈子字,从硬笔书法过渡到毛笔书法,字本身就比年轻人写得好嘛。"

陈:"如今的年轻人也不可小觑,他们思维敏锐、出手利落,用电脑写作快捷,修改也方便,人也轻省。"

陈忠实先生成名多年,生活依然俭朴,做人低调。在与他的多次接触中,感觉其待人温和平易,谈话幽默风趣,颇似家中长者。

我:"在我的印象中,您有几样最爱:最爱听秦腔、最爱吃黏面、最爱咥羊肉泡、最爱喝苞谷糁、最爱抽雪茄烟。"

"你把我了解得太清了,你总结得对。"陈老笑道。

我:"作为土生土长的关中人,请您谈谈对关中食文化的见解。"

陈:"关中食文化说到底是面食文化。'陕西八大怪'中,关于吃就有四个——面条像裤带、盆碗难分开、锅盔像锅盖、辣子一道菜。这些都反映出关中历来风调雨顺,五谷丰登,面食文化丰富。关中人大碗吃面、大碗喝酒、大块吃肉、高吼秦腔,折射出秦人豪迈、大气、粗犷的率直秉性。《白鹿原》小说里也写到大老碗、苞谷糁、拌汤、蒸馍蘸蒜、羊肉泡等关中人的传统吃食。直到现在,这些饭食仍然是大家的最爱。"

我:"除了这些吃食,还有哪些您认为比较留恋和可口的?"

陈:"搅团,用新磨的玉米面粉在滚开的锅里边撒边搅,均匀稠稀恰当。其实说白了,搅团不过是一锅糨糊。用肉丁、红白萝卜丁、黄花、木耳烩成臊子,浇在搅团上,再泼入红油辣子,香味扑鼻,超常享受。如今,这种美食已被搬到饭店的食谱上,并卖得好价。还有麦饭,绵软可口,尤其是槐花蒸成的麦饭味更佳,那种悠长香味的记忆是遥远而又温馨的。还有荠荠菜、苜蓿、芹菜等麦饭,过去只不过是农村人因贫穷以菜代粮的吃食,现在却是一道菜品,一种卖价不菲的绿色食品和保健食品了。"

"是啊,这些美食能降糖、降血脂、降血压,是真正的无污染绿色食品。"

我附和道:"谈到美食,不得不说美色。您的小说中有不少两性的描写,您的写作初衷和尺度是什么?"

陈:"在《白鹿原》反映的年代,最新的理念就是打破封建,其中一个重要的内容就是提倡自由恋爱,不再包办婚姻,标志性的行动就是女人要把小脚放开,女性要进入社会。在写作时,对'性'不能回避。我给自己的提示是———不回避,撕开写,不作诱饵,要写出在封建幕布之下的中国女性的种种生存形态。就《白鹿原》而言,性的概念、性的理念、女性应该如何生活,是一个时代中国人精神历程中绕不过的严峻问题,关键就在于对性描写的必要性的再三审视和对描写分寸的恰当把握。

陈忠实说:"我现在生活是很有规律的。每天早上7:00准时起床,7:40从东城的家里出发,8:00左右到达南城的工作室。热点牛奶,吃些早点,就开始了一天的工作。中午,就在大学职工食堂就餐,也就是家常菜,很可口,也很实惠。晚上回家吃饭,主要是一碗面。每天睡眠在7个小时左右,睡眠质量很好。"

陈忠实大部分时间都宅在他的工作室。他说:"现在年纪大了,也不喜欢出去了,即使国外的访问,我一般都不会去。省内的活动,和文学不搭界的,一般也不会去凑热闹。几年都不去市场、商场一次,生活用品都是老伴或孩子替我买的。"

他没有秘书,不请保姆,就一个人宅在工作室。有时也看看电视,主要看纪实、历史和体育类节目。谁若打电话找他,他问明缘由,电话里能说的说,能办的办,办不成的,他就说明原因。用他的原话说就是尽量避免来来往往。

我:"在繁多的各类活动中,听说有一项您从来不会拒绝。那就是给读者签名,是吗?"

陈:"是的。近年来,灞桥区委、区政府、西北大学、西安工业大学、西安石油大学等单位一次性购书就多达五百本,并做了包装盒,对外作为礼品向有关单位赠送。我会逐本签名的,绝不推托。我的观点是:作家写书就是给读者看的。读者越多,说明作家的劳动越被人认可和尊重,也是对作者的最大安慰。所以我乐此不疲。"

他给我举了个例子,有一个月他每签一天在台历上就打个钩。结果那个月三十天,他就签了二十八天,其中还不包括一天签几拨以上的。

是的,这一点我深信不疑,并深有感触。

有一次,我和同事去工作室拜访陈老,同事很恭敬地拿出一本二十年前的旧版《白鹿原》,封面是老年白嘉轩拄着拐杖的图案,翻开扉页上的作者相,是年轻时的陈忠实。陈老感慨道:"那时的我四十多岁,现在这书市面上几乎找不到了。"陈老欣然在扉页上签名落款,又将自己的大红印章盖在签名下面。同事视若珍宝地捧在手上。

听到我提及此事,陈老笑了笑说:"我对读者一直是这样认真的。"陈老的司机补充道:"这套1993年人民文学出版社出版的书,定价为12.95元,现在网上已炒到每册500元。"

在繁忙的工作中,陈忠实独创了一套锻炼身体的办法,那就是每天午休起来后,从南阳台到北阳台快步走二十五个来回,边走边甩胳膊,效果很不错。陈老粗略算了一下,相当于每天疾走六百米。难怪他总是那么精力充沛,精神饱满。

谈到他的家庭,陈忠实说娃们不让讲,他也不便说。

趁他上洗手间,我问了他的司机。司机说:"陈老的老伴很贤惠,很体贴陈老。他们养育了三个孩子,孩子们都很有出息——大女儿是一名律师,二女儿在出版社工作,小儿子在电视台工作。孩子们都很孝顺,很低调,不愿被外界提及。每逢周末节假日,全家人聚在一起,其乐融融,尽享天伦之乐。"

我:"今年是您老七十大寿,怎么不大办一下?"

陈:"六十岁时大过了一次,因各界来的朋友太多,无法都照顾到,因此,我就决定以后不再操办了。"

这顿饭整整吃了两个小时。陈老抽了两支雪茄。看得出,他今晚心情很好,氛围也很融洽。下楼时,他肩挎一个黑包,皮质已磨损露出底色,翻盖也合不严实了,看样子有些年代了。我掂了一下,沉甸甸的,要替他背,他执意自己来。他说这个包已跟了他十七年,很实用,多少人劝他换掉,他说习惯了,有感情了,一直形影不离地伴随着他。

目送着他坐车缓缓离去,我的眼睛湿润了。

这就是陈忠实——一个做人朴实、生活朴实、忠实于读者的真实的陈忠实。

(原载于《家庭》杂志 2012 年 11 月上,收入本书时标题有改动)

贾平凹印象

有人说过,在陕西,也许有人不知道省长是谁,但没有人不知道贾平凹。初闻此言,我还持怀疑态度。因为我总觉得,在文化圈或众多知识分子、文学爱好者及广大学生心目中,上述结论也许毋庸置疑,但让全社会的人们都去认可他,未免有些夸大其辞。

但是,之后发生的一件件事,使我不得不承认此说法。

有一次，我去外地出差，忽然想起与贾平凹先生的合影还没有冲洗。于是便随意在街上找了家照片冲印店。待我取照片时，店主以惊愕与羡慕的口气道："这不是贾平凹吗，你竟然与这么大的作家认识？"我在点头微笑间多了几分沉思。是啊！在如此偏僻闭塞的小县城，也许这位店主不曾结识贾平凹先生，但对他的面孔竟是如此熟悉。

大家都知道贾平凹先生笔耕不辍、著作等身，且产量高、速度快、影响广，在当代文坛享有"鬼才"之美称。但他自己却常常谦逊地说："我是成名了，却未成功。"尤其在物欲横流、人心浮躁的市场经济下，贾平凹先生不但能够神游书山，而且能够游离于商海；不慕南方，只固守本土，以一个文人、作家的神圣使命和责任，毅然举起"文学陕军"这面鲜艳夺目的旗帜，且能够自成一家，收获颇丰。

他喜欢清静，最怕人打扰。对于一位名作家来讲，除了体验生活，应酬各种繁杂的社会活动外，其大量的时间就是用于文学创作。而一些"不知趣"的人，只要认定他在家，就使劲地敲门，敲不开就等。可怜平凹屏着呼吸，不敢咳嗽，甚至尿憋了，连上卫生间都怕引起响动，以给造访者"可乘之机"。其实，并不是他不想见人，只要是事先预约，他还是会抽出时间见的，怕就怕在他构思作品或灵感突发那阵儿，那些"仰慕者"无休止地打扰。他曾在一篇文章中写道，我可以借给你钱，赠予你物，只要你别"偷"我的时间。由此可见，贾平凹是个惜时如金的人。

他为人谦和，没有名人架子，说话声音不高，吐字缓慢，虽然在西安生活了三十多年，但仍操着一口商州话，把自己等同于一般老百姓，这是凡与他接触过的人的共同感受。如此看来，一个作家要写出反映时代变迁、震撼读者心灵的作品，就必须将自己的灵魂根植于故土、扎根于生活、递交于人民。

读贾平凹的作品，你姑且不要去看其书的内容，单读一读他充满韵律、美感有加、自然流畅、朴实无华的句子、段落、章节，你就会被他那将文言文与白话文完美结合、自成一家的"美文"所陶醉；再细品书中的内容，便会在欣赏文学作品的同时，领略到他对各种知识的驾驭能力，对世态百相、历史典故、民间传说等的巧妙运用。

贾平凹不仅在文学方面造诣颇深,其书法、绘画作品也堪称一绝。大家所熟知的"群贤庄""西北狼""黄河魂""锦阳湖生态园"等,就是他书法艺术的代表作。于是,求字求画、登门拜访者络绎不绝。从他的书法作品就可以看出他作为一位文化名人的庄重、肃穆、沉稳,也从其"粗笨厚重"的文字架构中读出他的为人和纯朴。

走进贾平凹的工作室,就好像走进了一家袖珍博物馆。这里有他收藏的古玩、怪石、根雕、陶罐、汉俑、泥塑、佛像、古币、兽骨、瓦当、壁画、石狮、石槽、门墩、拴马桩……看到这些,你就估测不出他的脑袋里究竟装了多少学问,他的眉宇间为何充满了灵气。

重点是他的书房,偌大的书案墨香四溢,笔墨纸砚一应俱全,但他的各种图章,就满满地在书桌的一角堆积如山,少说也有百余枚。加上室内古色古香的浓郁气氛,在这里会客、写作,你就可以把自己与远古融为一体。一般的文人书柜里摆放的都是书刊,而贾平凹的书柜一个接一个无一例外地摆放了他收集的上述各种"宝贝"。我问他:"贾老师,你咋就能收藏这么多的好东西呢?"他笑着说:"日积月累,慢慢攒,就越来越多。"再看他的客厅,那老板式的办公桌上稿笺、书籍摆得满满的。居室里除了一个简朴的长沙发、茶几,就是根雕、花木及"龟"的工艺品。我带去的一位朋友,险些就坐在"龟"背上,后又风趣地自语道:"不妥,不妥,这上边不敢坐。"惹得平凹和大家一起爽笑。

由于书桌占去了很大地方,电视机就"委屈"地被放在书桌两腿之间的地面上。人坐在沙发上略微低头看电视,也别有一番滋味。从他的工作室的布置就可以看出他对文学事业的孜孜追求和对中国历史文化遗产的深入研究。难怪,他能写出那么多的优秀作品。

贾平凹喜爱读者,就如同读者崇拜他和他的作品一样。

2002年10月1日,陕西省桃曲坡水库锦阳湖生态园举办首届"十一"黄金旅游周暨庆贺该园被授予"国家水利风景区"挂牌仪式。锦阳湖是桃曲坡水库发展水利生态旅游、依库造景的一个山水俱佳的度假胜地,也是贾平凹1992年创作长篇小说《废都》的写作地。因此，旧地重游的他不但亲自出席此盛会，而且还带了省内一批书画家前来助兴。

这天，碧空如洗，阳光明媚，天气格外好。当庆典主持人宣布出席者、当代著名作家贾平凹先生讲话时，霎时，上千群众如潮水般一下子拥到了主席台前，眼疾手快的记者们的镜头同时聚焦贾平凹……额头沁着汗珠、一脸微笑的贾平凹这时也显得异常兴奋，连讲话都有些激动。他说："桃曲坡水库曾经是我的创作地。十年前，我曾在这里住了很长时间。这次来，变化之大，出乎所料。在路上我还给同行者吹嘘——走，我给大家带路。可谁知，走来走去也走迷了。以后，我一定多带些朋友来这儿转转……"

台下的群众看到了自己崇拜的作家，听到了他诚挚的讲话，欢呼声又一次淹没了会场。有的拿着贾平凹的书让他签名，有的抓住机会与他合影，就连一些中小学生，情急之中竟然将太阳帽或玩具递给贾平凹请他签名……贾平凹都极具耐心并认真地为每一位读者签上了自己的名字。

"作家累了，让贾老师休息一会儿。"负责会议接待的工作人员一手扶着已经50岁的贾平凹，一手给围挤的群众打手势。

然而，人群好像没有听见似的，任凭工作人员如何劝阻，还是纷纷以各种形式与贾平凹亲近，贾平凹不厌其烦地尽量满足在场人们的要求。即使他回到房间，门口仍被要求签名者围得水泄不通……

锦阳湖归来，我辗转反侧、感慨连连：一位作家最大的满足，莫过于拥有千千万万热爱自己作品的读者；而贾平凹不仅作品备受人们喜爱，其人格魅力也是那么地吸引读者；锦阳湖地理位置偏僻，交通相对不便，当地百姓却对贾平凹先生如此尊重、崇拜，其情其景令人动容。

(2002年10月1日晚于墨花斋)

贾平凹书法艺术之我见

提起贾平凹，熟知他的人都知道，他不仅是一位笔耕不辍、著作颇丰的当代著名作家，而且是一位书画俱佳、独具风格的书法大师和绘画大家。

陕西位于中国中部，其实长期把陕西称为大西北和西部是非常荒谬的。这里历史悠久，西安更是十三朝古都，孕育了周秦汉唐等灿烂的人类文明和显赫的古代历史，文化底蕴深厚，文物遍地，文人荟萃。兵马俑、华清池、汉阳陵、法门寺、唐乾陵、汉茂陵、大雁塔、明城墙等使这里物华天宝，柳青、杜鹏程、路遥、陈忠实、贾平凹、高建群、赵季平、张艺谋、陈彦、钟明善等更使这里人杰地灵。

就书画而言，陕西也是一个书画大省。黄土派画家代表刘文西，以画陕北老头和黄土高原风土人情著称，更因其所画的人民币上的毛泽东头像而闻名；西安中国画院院长、省美协主席王西京，以画宫廷仕女图见长，人民大会堂、陕西省的主要场所都有他的大作；原西安美术学院院长杨晓阳，因画技高超独特已调到北京，现为中国国家画院院长、中国美术家协会副主席；印象派画家邢庆仁，曾因一幅画拍卖到300万元而惊动画坛。说到书法，陕西的代表人物更是不胜枚举——唐代大书法家柳公权，为陕西耀州人氏，其创立的"柳体"别具匠心，被后世所推崇；一代"草圣"于右任先生，承古拓今，造诣深厚，道风仙骨，书史留名；原陕西省委书记舒同，工作闲暇时苦练书法，其"舒体"不仅被广泛应用于报刊、杂志、宾馆等的题名，还被写入电脑程序，供使用者随时调用；中国书法家协会副主席钟明善，以其清秀、隽永、苍劲、工整的行楷名冠神州；已故书法大师石宪章，榜书遒劲，笔力如椽，成为题牌匾的首选；陕西省书法协会主席雷珍民，出生在黄河岸边《诗经》的诞生地，因其楷书笔画工整，布局合理，笔法到位，功力不凡而深受业界和社会认可和欢迎；书法大师吴三大，以其独特奔放字体成为西安和机场、车站、宾馆、酒店、大厦、牌匾的最多题写者……

就在这样的氛围里，作为传统文人代表的贾平凹，在文学创作上取得丰硕成果后，秉承古代文人琴棋书画无所不通的优良传统，开始了他的书画艺术探索。

贾平凹的书法艺术创作始于20世纪80年代末期,当时的贾平凹在文学上渐露头角,并未被太多的人所关注。这时的他已对收藏石头产生了兴趣,同时也开始练习书法。当初,有人为了向贾平凹求字便拿奇石去换,贾平凹为了得到心仪的石头就写字易之。

对于贾平凹的书法,大多数人认为是名人书法所以有价值。这固然有一定的道理,但从书法艺术本身来讲,平凹先生的字还是大有功力的。

什么是书法?书法是指按照一定的规律,用毛笔在宣纸上写中国汉字。我们常看到有人用刀子、勺子、拖把等写汉字,美其名曰"刀书""勺书"……我认为那不是书法,是杂耍。书法的根在中国,魂在陕西,灵在西安。在我看来,书法是讲师承的,古人、前人写过的字,如王羲之、颜真卿、柳公权、孙过庭、怀素、张旭、王献之等,后人在其基础上临摹,融入自己的风格,就是自成一体,这就叫师承。贾平凹也一样,他是正儿八经、扎扎实实临了魏碑后形成自己的风格的。其字敦厚、笨拙、古朴、粗犷、藏锋、收敛,富有禅意,非常耐看。所以他也是有师承的。至于价钱高,还是市场需求太大,是平凹为了腾出时间搞文学创作,不得已而为之。还有一个很重要的原因,就是具有"鬼才"之称的贾平凹,散文比小说写得好,写南方比南方作家写得好,写女人比女作家写得好,写古人比一般人写得好,写故事比讲故事还好,因而备受广大读者青睐。他既是茅盾文学奖获得者,又是多届全国政协委员,在国内乃至国际文坛颇具影响力,故他的字就是一张文化名片。平凹曾给我说,他的字在北京有人出十四万元要买。好多人办事,都是拿着贾平凹的字去求人的。贾平凹说,有位省级领导退休后邀请他到其家里做客,顺便让他鉴别其收藏的十五幅自己的字,他一看傻了眼,十五幅里十二幅都是赝品。但他无法道破天机,因为他若说明真相,领导一定难以接受。从这个意义上讲,平凹的字是不贵的。

乱世藏黄金元宝,盛世藏古董字画。近年来,从中央到地方到处都在搞文化振兴、繁荣文化和开发文化产业。文化人得到了空前的重视,文化产品市场广阔。自古书画同源,贾平凹这几年又开始画画,且一发不可收拾,学界好评如潮,不愧为陕西乃至全国文学界、书法界、美术界一位鬼才式的"大家"。

外埠见闻
WEI FU JIAN WEN

行走笔记之一：走进晋冀鲁

我一直以为，作为文人和文字工作者，不但要读万卷书，更要行万里路。单位早早就制订了外出考察学习计划，但因为诸多原因未能确定准确出行时间。等日子定下来时，已是周末。

2013年8月10日早上8:30，我们在单位门口集合，留守的几位主任和同志为我们送行，领导做了简要讲话后，与大家一起合影。早上9:15，我们乘坐考斯特客车慢慢离开了西安。车子驶出韩城禹门口，跨过黄河，就进入了山西省境内。首先经过的是运城，平坦的路面，起伏的山峦，茂密的植被，独特的民居，使人耳目一新，眼前一亮。

午饭原定在晋城吃，可是，走到翼城时，因前方施工，必须从国道绕行。我们便在翼城的一个普通饭馆就餐。饭馆不大，却很整洁，在吃了热菜、喝了白酒后，大家便吃起了山西的刀削面。面一端上来，就有人嫌没有油泼辣子，等人家服务员把辣子端上来，有人尝了后又嫌不够辣。我看了看，也尝了尝，感觉基本还算地道。按理，出了陕西，就没有油泼辣子了。翼城这个小县城之所以有，我揣测可能这个地方或这家老板的祖母、母亲或媳妇娘家是陕西的,于是把山西人本来不吃的油泼辣子引进、传承了下来。山西人崇尚吃醋,同时因离河北、北京近,又喜食酱油。同行的总编办负责人因老家是山西的,回到故乡的他,知道陕西人不喜欢吃酱油,便主动当起东道主,专门跑到后厨叮嘱大师傅不要调酱油,多放醋,使大家分外感动。

在前往晋城的途中,有个沁水县。所经之地,干净、整齐、现代,没有发现一处地方有垃圾。沿路的民居,几乎家家门楣上都有"谦受益""耕读传家""紫气东来""惠风和畅"等题匾,这足以印证晋人对知识的尊重和晋文化在民间的深厚积淀。这使我想到了我省咸阳市的长武县和东府韩城市,老百姓家的门楣上就有类似的匾额。若不是亲眼所见,我还以为这是陕西的独特文化。看来,秦晋文化确实互相交融、互相影响。

在晋东南一路行进中,我深深地感受到山西强烈的工业化气息和山青林茂的退耕还林成果。实事求是地讲,山西的退耕还林成果,远远高出陕西。

路过太行、王屋二山时,老总让我结合这次出行即兴赋诗,我便随口吟出:"太行王屋属晋山,愚公移山留美谈。我等同仁勇穿越,惟有精神薪火传。"得到了老总的肯定和赞赏。

在所经过的运城、翼城、沁水、晋城、阳城、潞城、长治、黎城等地,除了沁水和长治,就字面而言,大多数地名后都有个"城"字,听起来大气、舒心,也便于对外宣传和招商引资。

车子驶出长治市黎城县,就到了河北省。冀地毗邻北京,发展态势自不用说。我们原计划赶往邯郸,但因道路原因改为去邢台。不料,高速不畅,须绕道107国道。我在京的一位老同学看到我的微信后,问我是否赴京,我将此突发情况告诉了他,他才不再为我操心。

这时,天色已晚,领导决定先在河北境内的高速公路服务区吃饭,同时征求大家意见后,决定晚上赶赴山东济南。大家先是一阵惊喜,接着便是一阵欢呼。就这样,经聊城、过晏城,晚上11:45,我们顺利到达济南。大家都很疲劳,顾不上赏夜景,就洗漱休息,准备迎接11日齐鲁大地的朝阳。

行走笔记之二：齐鲁印象

8月11日，齐鲁大地酷暑难当，省会济南热气蒸腾。本报总编与山东《农村大众报》的高副总会晤后，本报编委会的领导一起与高副总座谈，共同探讨了在新的形势下，如何办好涉农报纸和做好三农宣传报道工作。

座谈结束后，大家不顾劳顿，不畏高温，分别参观了大明湖、趵突泉、黑虎泉、解放阁。

济南号称"泉城"，全市共有大大小小的泉水700多处，实属罕见。济南的市树为柳树，市花是荷花。在大明湖里，湖水碧波荡漾，五颜六色的游艇来回穿梭，170多年前的古柳沧桑矗立，娇艳的荷花欣然怒放。据导游介绍，这种荷只开花，不结莲，我们听后甚为惊奇。

这里曾是乾隆皇帝所建的别宫和园林。传说乾隆驾临时，蛇和青蛙前来参拜，慑于皇帝龙威，蛇和青蛙从此不再出声，尤其是青蛙，从那时起不再鸣叫了。传说总归是传说，其实，从科学角度解析，水温低于20度时，青蛙是不会鸣叫的。大明湖全是流动的泉水，常年水温不会高于20度，最高只有18度，因此，青蛙是不叫的。

离开大明湖，来到号称"中国第一泉"的趵突泉。趵突泉泉水清澈见底，金鱼自由来去，吸引了众多游人。陪同的同志说，今年的趵突泉水量是历年最大的，水深约2.5米，每天喷出水量达24万立方米。多流的泉水，直接排到了大明湖，成为大明湖用之不尽、取之不竭的循环水源。

趵突泉景区的一隅，是南宋著名词人、中国古代著名女文学家李清照纪念堂。走入纪念堂内，只见奇石嶙峋，翠竹挺拔。李清照才华横溢，被誉为"词家一大宗"。她的诗词善于表达丰富的女性情感，刻画完美的艺术境界，作品婉约感人。在其少女时代，同时代著名文学家张耒、周邦彦、黄庭坚等人就对李清照称赞不已。李清照18岁时与21岁的太学生赵明诚结婚。赵明诚字德父，今山东诸城人,宋徽宗崇宁年间宰相赵挺之第三子,著名金石学家。赵明诚一生致力金石之学,李清照则善诗词,婚后两人相濡以沫,夫唱妇随,度过了幸福美满的时光。

一想起这位古代杰出的女文学家,她的"生当作人杰,死亦为鬼雄。至今思项羽,不肯过江东"等名篇顷刻萦绕在脑际。

离开趵突泉来到黑虎泉,两只石雕虎头喷出的泉水哗哗有声。在这儿,大碗茶备受人们欢迎,在高温艳阳下喝上一碗,全身清爽,上下舒坦。

午饭安排在《大众日报》对面的一家酒店,琳琅满目、品种丰富、量大味足的鲁菜及各种海鲜使大家胃口大开,山东名烟"将军"及名酒"趵突泉""青岛啤酒"——摆了上来,清一色本地产品,足以彰显山东省的工业实力,令人叹服。

让我们更为惊异的是,这里的酒杯很大,一杯足以容纳一两酒。从此不难看出山东大汉的豪爽、大气,与秦人的性格颇为相似。

难忘的齐鲁大地,难忘的山东兄弟。

行走笔记之三:低调大气天津人

8月11日,离开山东济南,经过河北省德州、沧州赴天津时,狂风大作,电闪雷鸣,暴雨如注。华北大地的这场暴雨被同仁们普遍认为是平生见到的最大的暴雨。

进入天津市,已是晚上9:30。住处安排妥当后,大家去粥王府喝粥。这里生意格外火爆,偌大的餐厅顾客坐得满满的,食者很少高声喧哗,静静地吃菜喝粥,即使说话,也都音量很小,宛如窃窃私语。粥的种类很多,有绿豆粥、红豆粥、虾米粥、羊肉粥、皮蛋粥、八宝粥等,吃来美味可口,令人脾胃舒坦。

8月12日,大家乘中巴参观市区。别具韵味的意大利风情区人头攒动,装修考究的欧式建筑令人啧啧称奇,西式的室内布置使人赏心悦目。外国人留下的老建筑风采依旧,天津别致的新街景使人流连忘返,古老文化与现代文明的碰撞交融发人深省,非物质文化遗产催人深思。

第二次来津的我,深感其城区变化之大,建设之好,发展之快。海河波浪汹涌,游船穿梭不止,两岸高楼林立,街道干净整齐,天津人踏实低调,社会秩序井然。

在古楼文化区,我们去欣赏闻名全国的"泥人张",去寻访著名画家杨柳青,去品尝妇孺皆知的"狗不理"包子,去争购生意火爆的"十八街"麻花。浓郁的文化氛围、繁华的都市文明、多样的饮食品牌吸引了来自全国各地的游客。

这里交通畅通,道路整洁,空气湿润,街上看不见乱搭乱建现象,更看不见打纸牌、搓麻将、人群扎堆等现象。令人惊奇的是,这里骑自行车者大有人在,即使是女士,着二八式、二六式等旧式自行车的人经常擦肩而过。这使我联想到,20世纪90年代以前,著名的"飞鸽"牌自行车就产自这里。

再仔细观察,天津马路宽阔,主干道基本上都是双向八车道,并留有非机动车道,骑自行车者并未有被过往车辆挤得无路可骑的境况。再回想一下我们陕西,尤其是西安,即便你想骑自行车,也被各种车辆挤得无路可骑。另外,在我们逗留期间,并未看到汽车乱鸣喇叭,或者抢道、乱超车现象。偶遇红灯,车辆稍微有些拥挤,我们的司机显得极不耐烦,摁了几次喇叭,引起了当地司机侧目和我们不悦。可见,西安无论是经济发展、社会文明还是市民素质,和天津还是有一定差距的。

当天下午,天津日报传媒集团每日新传媒发展有限公司董事长、总经理、全国报纸自办发行协会秘书长刘伟先生率其班子成员,会见了本报领导,就现阶段如何应对激烈的市场竞争,做好党报发行工作,介绍了天津日报传媒集团《每日新报》的发行经验。

刘伟董事长说,天津有一千四百多万人口,传统媒体都面临着同样的困难和挑战。2005年以来,天津发展速度迅猛,以地铁为例,现在已经开通了三条,每天乘坐地铁的人有一百万之多,他们采取免费给各地铁站赠阅报纸的办法,使《每日新报》影响力不断扩大。另外,他们在全市所有酒店、宾馆、招待所建起数字触摸屏,用触摸点击报纸的办法,使报纸传播力和美誉度大增,发行量节节攀升。

我报总编也谈了我报经营和发行的做法和所面临的困境。经过交流,我报考察团所有成员深受启发,决心回去后结合陕西实际,把发行工作做好。

行走笔记之四:走进天下第一关

8月13日,我们离开天津。经天津滨海新区,过渤海跨海大桥时,我们看到了天津生机勃发的现代化海运及大型物流业的迅猛发展。高速路两边的滩涂水域相连,风力发电令人称奇。

经过唐山,我们前往河北秦皇岛,在途中方知,我们大多数人只知道北戴河,而不知道南戴河、西戴河。经过长时间颠簸,我们来到秦皇岛。进入山海关时,不禁想起秦始皇、孟姜女、万喜良、吴三桂、陈圆圆、皇太极等历史人物和历史传说。

遥想两千多年前,秦始皇统一六国后,为了抵御外族侵犯,修起了东起山海关、西止嘉峪关的万里长城,在当时乃至以后相当长时期内的军事活动中发挥了无可替代的战略作用。后经历代整修、加固、保护,我们现在看到的山海关长城,基本上是六百多年前明太祖朱元璋时期重新修建的。

伸向渤海的万里长城东起点,名叫老龙头。老龙头是国家5A级景区、"中国旅游胜地四十佳"。老龙头为明长城东部起点,始建于明洪武十四年(1381年),是大将军徐达负责修建的山海关前卫哨城。明中后期,经抗倭名将戚继光、兵部尚书孙承宗、巡抚杨嗣昌等重臣名将增修加固,成为拱卫京师的海防要塞。景区占地面积约0.5平方千米,由宁海城、澄海楼、入海石城、海神庙等景观组成。在此既可欣赏我国惟一一处建在海上的道教庙宇——海神庙,又可领略长城与大海握手的壮丽奇观。

老龙头里的一口古井,是当年镇守老龙头段长城的官兵饮水的水源,这里还有一口特大的铁锅,可满足900人同时吃饭。

龙头伸进的是渤海,也是秦皇岛的中心旅游区,还是南接北戴河的纽带。海面开阔,海浪汹涌,海滩宽广,游人如织。海洋文化、海洋经济、现代旅游有机地融为一体。

宁海城始建于明代,是万里长城军事防御建筑中唯一一座功能齐全的海堡城。城中拥有军事指挥机构守备署、驻扎军队的龙武营、明代七品武官官邸把总署、依托神灵护佑的龙王庙、关帝庙等建筑,现存内瓮城为国内罕见。

步入山海关城,气势恢宏,城池庞大,古朴典雅,规格不凡,保护完整,令人震撼。

山海关最早只是驻兵总督府所在地,是战时的兵家必争之地,战火不断,风云变幻,也是一个偏僻闭塞、人迹罕至的边关要塞,演绎了许多悲壮故事。一曲孟姜女哭长城,抒发了古代老百姓对封建皇权统治的不满和对长期被劳役的血泪倾诉。

走在山海关的大街上,一个昔日偏僻荒凉的乡野小镇,如今已变成了人气灵动、财脉兴旺的繁华市区,山海关也由镇改为山海关区。我不由得吟出"观渤海而听涛,念秦皇之功高"的诗句,以表对秦始皇修建万里长城这一丰功伟绩之敬仰。

当地人说,山海关的居民,大都是历代驻兵的后裔。他们生在山海关,长在山海关,他们的根在山海关,魂在山海关,他们会把这个"天下第一关"建设得更加秀丽,打造得更加美好。

行走笔记之五：魅力大连

8月13日，我们离开山海关，从河北秦皇岛出发，抵达中国北方最著名的海滨城市、东北著名的旅游城市——辽宁大连。

大连位于渤海和黄海交汇处，是辽东半岛最南边的城市，也是辽宁省乃至东三省经济最发达的地区之一。

三年前，我第一次到大连，那时，由在东北三省做生意的朋友驾着车，从辽宁锦州出发，顺沈大高速一路行进，两边田野一望无际，黑土地上水塘密布，各类庄稼生机盎然。行道两侧的树木，不像陕西那样大都是单排树和绿草护坡，而是由数排高低错落的不同品种的植被构成宽阔、茂密的绿色长廊，形成森林带，无论对于司机还是乘客来说都是赏心悦目的。

这次来大连，由于是孟秋，一路绿意盎然，环境整洁良好。这使我想到，20世纪中期国家倡导的涵盖东北、华北、西北的"三北"防护林建设。现在看来，东北和华北做得普遍比西北好。关于这一点，在此次出行经过的省份中，我的感受和体会是最为深刻的。

到大连来的所有游客，都少不了看海。这里是环渤海经济圈中海域面积最大，航海运输发达，经济发展活跃，同时拥有多个中心、荣膺无数第一的魅力城市。

对于我们这些内陆人来说，由于平生见到大海的机会有限，一旦来到海边就会无比激动。我们先是去离大连近50公里的旅顺口看旧港口、进渔民村、游军港公园、吃东北大菜、品新鲜海鲜，体验到了一种特别的生活。

旅顺军港，门户天成，闻名中外，是世界五大军港之一。港口东西两山对峙，港内隐蔽性和防风性良好，战略上易守难攻。旅顺军港始建于1882年9月，耗银139.35万两，1890年9月竣工建成，号称"北洋第一军港"，成为清朝北洋水师的重要根据地。1894年，中日甲午战争爆发，因清政府腐败无能，致使北洋舰队全军覆没。日本占领旅顺口后，沙俄勾结德、法制造"三国干涉还辽",迫使日本退出旅顺口。1905年,日俄战争结束,日本重新侵占旅顺,开始长达40年的殖民统治。1945年8月,苏军解放旅顺口,1955年撤离。旅顺军港正式回到祖国怀抱。

由于旅顺口的渔民常年在海上捕鱼,过着在海上漂泊的生活,这里的老百姓居住吃饭都很简单,穿的衣服普遍都是少颜缺色,男性大都裸着上身。由于祖祖辈辈在海上捕鱼,这里的渔民皮肤被强烈的紫外线晒得黑中发红、红中透亮、亮中泛油。近在咫尺的座座海景洋房、欧式别墅大量闲置,新建起的楼盘,显然卖不出去。渔民们好像也从不奢望之,在他们看来,似乎这些楼房距自己的生活太远,也与他们的家庭没有多大的关联。

和所有的中国农民兄弟一样,当地的渔民很朴实。吃饭时,菜量很大,以海鲜和肉类为主,凡菜不离葱,是菜就有辣。热情的老板娘看我们来自外地,人数也挺多,一边热情地招呼大家就坐,一边把我们并未点的刚下屉笼、热气腾腾的包子端上来,让大家免费品尝。等大家酒足饭饱、告别离开时,老板娘又反复叮嘱我们注意身体,把东北人的大气、豪爽体现得淋漓尽致。

大连最吸引人的是大海,对于游客来说,最好的游玩项目是游泳。偌大的海滨北岸,来自四面八方的游客聚集在这里,会游泳的搏击风浪,尽情与大海亲密接触;不会游的,租个游泳圈,在浅海处嬉戏;而儿童们有个封闭区,他们在妈妈的陪伴下,尽情玩耍;有的人怕水,不敢下海,干脆承担起为大伙儿看行李的义务,所有的人在这里尽览大海风光。

行走笔记之六：美丽鸭绿江

8月15日，离开大连，我们来到辽宁著名的口岸城市丹东，立即被鸭绿江畔这座英雄的城市所折服。丹东的特色是旅游，整个城市被来自全国乃至世界各地的众多游客所青睐。

丹东有两大看点，那就是抗美援朝纪念馆和鸭绿江中朝友谊断桥。抗美援朝纪念馆始建于1958年，1984年3月经中共中央办公厅和国务院办公厅批准进行扩建。1990年10月24日扩建工程奠基，1993年7月25日新馆开馆。抗美援朝纪念馆总占地面积23万平方米，站在纪念塔前向南瞭望，拥有240万人口的丹东市高楼林立，车水马龙；顺着眼前一条自北向南的笔直大道望去，此路直通鸭绿江北岸，江水宛若丝带，丹东城尽收眼底。江风习习，空气清新，令人心旷神怡。

走进抗美援朝纪念馆，我们看到了金日成1950年写给毛主席的求援信、毛主席签署的中国人民志愿军"抗美援朝，保家卫国"进军令、金日成接见彭德怀、彭德怀在指挥部作战室指挥战争的风采、中国人民志愿军将士浴血奋战的场面及毛岸英、邱少云、黄继光、罗盛教的感人事迹和逼真塑像，令人浮想联翩，大受感染。

尤其听了导游介绍，邱少云、罗盛教牺牲时年仅21岁，黄继光22岁，毛岸英28岁时，内心更充满了对在朝鲜战争中牺牲的烈士们的崇敬之情。尤其是当年中国人民志愿军与朝鲜人民军以简陋、落后的武器与美国先进精良的现代化装备抗衡，并最终打败美军的历史，使人感怀，使人振奋，使人欣慰。

纪念馆的顶层，运用灯光、声电、绘画的综合艺术效果，为人们真实还原再现了著名的上甘岭战役战场原貌，使人如临其境、感同身受，为后人了解63年前的那段历史提供了翔实的史料。

中国所有的河流几乎都是由西往东流，但是，鸭绿江的水却是由东向西流。

鸭绿江的意思就是"边境",有意思的是,中国和朝鲜并非以江为界,而是以岸为界。也就是说,鸭绿江为中朝两国共有,只要双方互不上岸,就不算越界。

从鸭绿江北岸向南眺望,就是隔岸而界的朝鲜。岸边有几栋别墅,看似极为普通。导游说,金正日执政时,为了证明朝鲜也有别墅,就在鸭绿江边建了几座,但是,由于没电、缺水,所谓的别墅连窗户都没装,也从未住过人,仅仅是个摆设而已。

顺鸭绿江东行,有我方边境供游客参观旅游的快艇,我们乘坐游艇进入鸭绿江时,心里既兴奋又好奇。导游介绍说,朝鲜共有2400万人口,面积约12万平方公里。其中,朝鲜现役军人是120万人,平均每20个人就有一个当兵的。他们80%的国土是山地,没有肥料,基本上是靠天吃饭。朝鲜很穷,缺少粮食,吃不上肉、油,实行的是全公有制。哪怕是一只狗,都是国家的。他们实行看病、上学、住房免费,即使是首都平壤,一没垃圾,二没广告牌,三无红绿灯,原因是朝鲜不生产塑料袋,没有什么工业,即使有,都是国有的,所以不需要做广告宣传,也就没有假货。至于红绿灯,由于机动车很少,就没必要设。

游完边境线,我们来到了鸭绿江断桥。鸭绿江断桥是全钢结构的大桥,1937年由日本人修建,1942年投入试用。1945年太平洋战争爆发后,日本人炸断了此桥,邻近朝鲜岸边的三个孤零零的大水泥桥墩,仿佛在向人们诉说着那段屈辱的历史。

断桥的北面,是彭德怀率领中国人民志愿军"雄赳赳,气昂昂,跨过鸭绿江"的巨型雕塑,把人们的思绪带回到那个久远的年代。站在中朝边境界碑石前,用望远镜瞭望,可以看见对面的朝鲜人在打球做活动、自娱自乐。

断桥的东侧,是另一座桥梁,至今还通着火车,在游览期间,不时有火车穿过,给人一种"没出国等于出国"的美妙感受。

丹东因了口岸城市,来往的中外游客非常多,朝鲜人借机在这里开了许多宾馆、饭店,服务员是清一色漂亮的朝鲜姑娘。她们端盘子、跳阿里郎、唱朝鲜歌,纯净如美丽的鸭绿江,成为丹东一道独特的风景。

行走笔记之七：风雨沈阳

8月15日晚,我们星夜兼程,前往辽宁省省会沈阳。一进入古奉天城,就感到了其浓郁的现代化气息,而令人感到不解的是,这个东三省腹地的著名中心城市,也热得使人汗流不止。

住下后就开始电闪雷鸣,狂风嘶吼,不一会儿,暴雨倾盆而下,为炎热的夏夜降了温,使人睡起觉来格外舒适。

8月16日,按照安排,我们参观了著名的沈阳故宫。沈阳故宫是努尔哈赤和皇太极在奉天沈阳建造的皇家宫苑。经过皇太极、顺治、康熙、乾隆等历代皇帝的修建、完善,形成了如今的规模。

这天,从我们到故宫时,阴云密布,一进大门便下起大雨。我们原以为这雨和关中一样下一会儿就停了,不料,东北亚的天气脾气却难以揣摩。雨越下越大,不久,琉璃瓦下已是雨帘密挂,地上的积水已如小河,多数人都被淋成了落汤鸡。大家说着、笑着,去沈阳大清花总店就餐。其独特的装饰布置、正宗的满族饭菜、特色的饮食风格,都给人留下了难忘的印象。

吃过午饭,暴雨下得更大,街道一片汪洋,有些低洼的路段已积水很深。所有的车辆都小心翼翼地慢慢前行,我们不敢停留,原计划去的大帅府等景点只好取消。我们三绕八拐地好不容易找到了高速路口,向着下一个目的地继续进发。

行走笔记之八：走进吉林

平静长春城

8月17日，我们从辽宁沈阳进入东北腹地吉林，来到北国春城长春。这里人稀地广、天蓝云白，云层密度厚实，天气变化无常，一路上都有雨水相伴。

我们下榻的大华饭店，是朝鲜人开的一家酒店，除了建筑别致外，清一色的朝鲜族服务员最为吸引人们的眼球。鲜明的朝鲜族特色使大华饭店比长春市的许多大酒店生意都火爆。

伪满皇宫博物院是长春市的一个重要旅游景点，坐落于长春市光复北路，占地面积13.7万平方米，是清朝末代皇帝爱新觉罗·溥仪充当伪满洲国傀儡皇帝时居住的宫廷旧址，也是日本武力侵占中国东北、炮制伪满洲国、推行法西斯殖民统治的历史见证。

伪满皇宫主要建筑有用于办公、处理政务、举行典礼等活动的勤民楼，集办公、处理政务、娱乐、居住于一体的同德殿，用以供奉清朝列祖列宗的怀远楼，溥仪及后妃日常生活起居的寝宫缉熙楼，用于举行大型宴会的嘉乐殿等。此外，还有东、西两个御花园以及书画楼、植秀轩、畅春轩、宫内府、中膳房、洋膳房、车库、马厩、宫廷花窖、跑马场、近卫军营房、近卫军礼堂及营房、假山、防空洞、游泳池、建国神庙等附属设施。其主要建筑及园林风格，可谓东西方特色兼有、中日风格并存，具有典型的殖民地建筑特征。伪满皇宫以其内涵多重、资源独特的历史风貌，成为国内外知名的人文旅游品牌、警示性文化教育基地以及中国AAAAA级旅游景区。

在伪满皇宫，我们可以通过实物想象日本人在东北嚣张、蛮横、残忍、霸道的殖民统治行径。这是中华民族的屈辱历史。

长春又被称为汽车城、电影城。长春地势平坦开阔，建筑分散，为未来的城市发展留下了足够空间,成为最宜居的城市之一。这里没有市井的热闹,没有人群的聚集,城市是平静的,市民是平和的。

热情吉农报

《吉林农村报》和我报是"手拉手、结对子"友好兄弟单位,其社长李洪君因与我报社长同庚,且接触频繁、志趣相同而成为好朋友,进而两报也结下了深厚情谊。

我们抵达的当天,长春和沈阳一样,暴雨不断,交通不畅,加上高速修路,我们到达长春时已经很晚。然而李社长带着办公室主任和司机一直在等候我们,并提前联系好了住宿和吃饭的地方,使我们有一种宾至如归的亲切感。

8月18日是星期天,在吉林日报报业集团王副社长和《吉林农村报》李社长的安排下,我们走进《吉林农村报》报社。在宽敞明亮的会议室里,大家一起学习"大数据时代采编创新业务培训班"的会议精神,听报告、做讨论、谈体会,每个人都在会上发了言,表了态,可谓有声有色,富有实效。

为了将两报"手拉手,结对子"和"走基层、转作风、改文风"异地采访落到实处,我们驱车四百多公里,前往延边朝鲜族自治州安图县万宝镇红旗村进行采访。

位于长白山下的红旗村,被誉为"中国朝鲜族第一村",全村人皆是朝鲜族,党和国家领导人曾多次视察该村。如今,这个村的朝鲜族民俗风情表演、朝鲜族民俗风情体验馆、百年老宅纪念馆等已形成旅游品牌。

晚上,由红旗村人自编自演的热烈欢快的朝鲜族歌舞使人陶醉。勤劳、朴实、善良、好客的朝鲜族干部群众使人备感亲切;靓丽的朝鲜族姑娘的娴熟舞姿令人赞叹。

当晚,同去的所有人被分别安排在老乡家里的地炕上睡觉,我们真正地体验了席地而卧的朝鲜族同胞的生活方式。

大美长白山

俗话说,到吉林不到长白山,就不算来过吉林。当我们完成了各项工作任务后,决定游览一下这座奇山。

长白山是我国著名的旅游景点,也是中国十大名山之一,还是中朝两国的界山。因其跨度大、占地长,此谓"长";关于"白",一是长白山常年积雪,二是长白山是由火山喷发后的火山岩石聚集所形成,三是长白山常年白云缭绕。

长白山原始森林茂密,各类松树遍布,高山苔原辽阔,山顶天池碧绿,瀑布流水壮观,风景如画。长白山垂直温差较大,山顶还需穿棉大衣,山下却要着T恤。

这里旅游大巴穿梭不停,照相点前需要排队,山上饭店价格昂贵。平时卖三块五的碗装方便面,在这里被卖到十五元,尽管如此,人们也极愿在这宛若仙境的大美长白山里享受一下这个世外桃源。

行走笔记之九:难忘黑龙江

中俄边境绥芬河

8月19日,东三省最大的口岸城市黑龙江省绥芬河市浓郁的俄罗斯建筑风格吸引了大家的目光。

绥芬河口岸地理位置得天独厚,距俄罗斯海参崴只有230公里,距日本海直线距离180公里,从而使绥芬河成为中、俄、日、韩海联运输国际大通道。绥芬河口岸是黑龙江省对俄罗斯陆路运输的重要通道之一,1990年正式开通国际货运,1996年开通国际客运。客、货国际运输的开通,极大地促进了绥芬河地方经济的发展。

绥芬河公路口岸已集报关、报检、报验、货代、旅游、征税、结算功能于一体,口岸服务功能日臻完善,使其与绥芬河铁路口岸形成优势互补,使绥芬河成为我国北方规模最大、设施最完善、功能最齐全的国际客货运输口岸。2000年，成为国家一级口岸。

站在绥芬河中俄边境界碑前，中、俄两国国旗遥相飘扬，远远可以望见俄罗斯客、货运输车辆来回穿梭，出境的俄罗斯人排队受检，回国的同胞满脸喜悦，整个口岸一片繁忙，行人如织。

魂牵梦绕哈尔滨

8月20日，我们来到中国冰城哈尔滨，大家都是第一次来哈尔滨，因而都很好奇。

哈尔滨是东北三省的重镇，也是东三省最繁华的城市之一，还是东北亚的重要交通枢纽。由于历史的原因，这里有较好的工业基础。因而，比起沈阳和长春，哈尔滨车多人多，楼稠街窄，是一个极富近现代特征的美丽城市。

小时候，我常在收音机里收听《夜幕下的哈尔滨》，书的内容忘完了，哈尔滨这三个字却记住了。从那时起我就很向往这座城市，却因种种原因未能成行。这次有幸一睹其风采，心里格外激动。

已有90年历史的圣索菲亚教堂，古老而沧桑。教堂外的圣索菲亚广场人潮不断，人们争相拍照留念；教堂内的游客井然有序，认真参观；教堂屋顶上的白鸽时落时起，来回飞翔，为美丽的城市平添了几分祥和。

中央大街是一条百年老街，类似于上海的南京路。步行街街心是砖石铺就，踩在上面，别有一番滋味。街的两边既有过去的老建筑，又有许多新楼房。老建筑被几大银行、新华书店、精品专卖店、服装影楼等所利用；新楼房以经营酒店宾馆、工艺装饰、珠宝首饰、地方特产、旅游体验为主，演绎了欧式与中式、古代与现代的完美结合，令人叹为观止。

源远流长松花江

松花江发源于吉林省长白山，流经东三省，是东三省的母亲河。从中央大街一直向北走，便到了斯大林广场，广场的旁边，就是松花江。松花江江面宽阔,水流平缓,由于黑龙江省今年秋季降雨比往年多三成,上游连续降雨导致江水水位上涨,水质有些浑浊。江边全是游客,此时适逢哈尔滨啤酒节,当地的哈尔滨啤酒与青岛、雪花等品牌竞相搭台,表演节目,给品尝啤酒的游客奉献文化大餐。

过去知道松花江,是从"我的家在东北松花江上,那里有森林煤矿"的歌词里,大脑里只有个概念,直到看到松花江,才感受到其美丽和丰饶。

从远处望去,近3000米长的松花江大桥横跨两岸,蔚为壮观。江的对面,就是著名的太阳岛,《浪花里飞出欢乐的歌》里唱到的太阳岛,就指这里。

想起工业学大庆

一提起大庆,20世纪70年代以前出生的人都知道"工业学大庆"那个火热的时代,更会想到以"铁人"王进喜为代表的第一代大庆石油工人。他们住地窝、战寒风、斗霜雪,在戈壁和沼泽地里,钻探出了中国第一个大油田,从此使我国甩掉了"贫油国"的帽子,为工农业生产、国民经济发展和国防建设做出了不可磨灭的贡献。从此也诞生了一个新兴石油城——大庆。

今日的大庆,路宽车少,楼群林立,城市设计新颖,颇有现代化的气息和东北人的气概。

令人感慨的是,由于大庆风多、风大,我发现几乎所有的楼都尽量是南北走向而建,这样可以避免强劲的西北风的侵袭。另一个现象是,大庆城里及城郊,仍有大量磕头机在工作,把石油源源不断地从地下抽上来。

行走笔记之十：草原之夜

对于久居关中平原的人来讲,绿色的草原、洁白的羊群、奔跑的骏马,无疑都充满诱惑。

8月22日,我们离开哈尔滨,经大庆、双辽、松原、通辽,便进入内蒙古境内。一路上的地貌、山体、植被已明显有别于东三省。高速路上的服务区之间相隔甚远,而且道路一旁不是种植花生就是谷子。公厕只留了个侧门,加油站没有营业,仅有的屋顶铁架子店招大字,也被大风吹得残缺不全。迎风招展的四面彩旗,发出哗啦啦的声音,仰头看去,旗面早已被风化,只有旗尾连接旗杆的顶端,表明这是一面旗帜。这些景象看后使人不难想象通辽及赤峰地区气候的恶劣。

赤峰市内,秋风拂着细沙,在汽车前后飞舞,使人立马联想到干旱和沙漠。8月23日,大家都吵吵着要去草原,一打问,离赤峰最近的草原是赤峰以北三百多公里外的克什克腾旗的贡格尔草原。于是,我们驱车向北奔去。

通往克什克腾旗的高速路平坦弯曲,路边的玉米、水稻、高粱、葵花随处可见;前方的白云如山堆积,与天地相接,瓦蓝的天空和白云互粘;清新的空气,使人下意识贪婪地呼吸。路上的车很少,大家一路欢歌,一路笑语,经过三个小时的颠簸,终于来到了贡格尔大草原。

贡格尔塔拉是一个蒙古族旅游度假的农家乐,车一到院子,4位身着蒙古族服饰的姑娘端着盘子、捧着哈达、唱着酒曲就给我们敬献"下马酒"以示欢迎。我接过酒用三个手指轻蘸一下,先弹向天空,再蘸一下,弹向地上,三蘸一下,在自己额头轻拭。这叫敬天敬地敬自己。三滴酒敬完,便可喝上一口,这时,象征着吉祥的洁白哈达便被挂在了脖子上。放回酒杯,转身退去时,下一位客人便会接受同样的礼仪,如此反复,直到敬完为止。

这里的天更蓝,云更白,一会儿晴朗,一会儿多云,远处草原上的丘陵时而现绿,时而发黄,时而如黛,充满诗情画意。农家乐里的蒙古包随处可见,大草原更是辽阔无垠,成群的骏马或走或奔,众多的游人有说有笑,完全是一派别样的草原风光。

午饭是在一个大蒙古包里吃的,烤羊腿、酥油茶、马奶酒使人备感新鲜。由于是平生第一次品尝草原文化中的代表性饮食,烤羊腿倒还罢了,酥油茶和马奶酒虽然喝不惯,但大家还是抱着"来一次草原不容易"的心态喝完了。

骑马、射箭、篝火晚会是这个农家乐的三个游乐项目。骑马一是要胆大,二是要心细。骑马时不让带摄像机、相机、手机、皮包等,马也无人牵,各人根据自己的驾驭技术掌握骑行的速度。一堆人聚在一起,排成一队,颇有率军出征般的豪迈。

参与射箭的人数较多,靶子离箭虽然只有十五米,但由于未接受过任何培训,每个人一开始几乎都脱靶。等练上几个回合,吸取一些失败的教训,有人竟能射出6环或8环,赢得在场者一片欢呼。

草原上最有意义的活动,莫过于篝火晚会。这里的夜来得早,晚上七点基本就黑了。所有的游客看了草原、骑了马、射了箭,酒足饭饱,都来到院落中心。八点刚过,乐曲便在广场夜空飘荡,这是工作人员在做前期准备工作。八点半左右,随着一个火把将早已架好的木柴点燃,熊熊的火焰立刻蹿升,烈烈的篝火立刻燃烧起来。

人们欢呼着、嬉笑着、追逐着,载歌载舞,尽情歌唱。来自不同地方的游客展开歌喉,迈出舞步,望着天边大若银盘的月亮,在火光的映照下,几尽欢乐,几尽幸福。

行走笔记之十一：回家路上

25日晚些时候，从内蒙古高原的鄂尔多斯一路向南，没多久便到了陕蒙交界。奇怪的是车子已通过了收费站，收费站却不给车发通行卡，同时交警让司机去收费站外西侧的办公室登记车辆信息。司机去了，办公室却空空如也。至少十五分钟后，工作人员才懒洋洋地走过来，训斥司机为何不按标志靠边登记。

司机及众人抬头一看，只见写的是"超限检查"，并未写清是货车还是客车，且标志牌不醒目，害得大家等候了半个小时。

这样的登记在外省遇见过不少，但人家全在站内执勤，且态度和蔼，一律先发卡，后登记，每个执勤点都在站内。再回过头看看我们陕西，试想，这样粗枝大叶式的执法将会给进入我省的司乘人员留下怎样的第一印象？我们是本地车尚且如此，外地车将情何以堪？

进入榆林地界，尽管包茂高速转榆靖高速后随处都有"览大漠风光，看长城遗迹"的广告牌，但因今年夏季陕北雨水充沛，毛乌素大沙漠几乎被郁郁葱葱的乔木、灌木、野草、野花覆盖，很少能看到裸露的沙体。高速路中间的隔离带，花草树木也比往年茂盛得多。原来清晰可见的古长城遗址，被掩映在绿色之中，不细心的话，很难发现这些残垣断壁。

三北防护林建设工程和治沙造林成果令人欣喜，昔日沙进人退的窘境正在慢慢被改变。圆圆的太阳挂在天边，阳光刺眼而热烈，太阳散发着落山前的余威。然而，从美学角度讲，这样"大漠孤烟直，长河落日圆"的景象格外壮观！

26日，在延安境内，绿色成为主色调，虽然今夏延安多个县区遭遇暴雨袭击，导致老百姓生产、生活受到影响，但是，延安变得山青、树绿、草丰，生态环境得到改善，就是退耕还林（草）成果的有力佐证！我为榆林叫好，更为延安喝彩！但愿全省所有人能把家园建设得更美，实现陕西人的幸福梦！

走进中国朝鲜族第一村
——吉林省延边朝鲜族自治州安图县万宝镇红旗村纪实

初秋的松辽平原阳光灿烂、秋高气爽，辽阔的东北大地凉爽宜人、满目翠绿。本报学习考察组走出黄土地，来到黑土地，在我们陕西农村报编委会和吉林农村报社长李鸿君的组织下，旨在"结对子、手拉手"的"走基层、转作风、改文风"异地采访活动正在吉林大地具有"中国朝鲜族第一村"美誉的红旗村进行。

红旗村位于吉林省延边朝鲜族自治州西南、安图县中部，距长白山103公里，是通往长白山旅游的必经之地。全村总面积304公顷，其中，耕地面积80公顷，林地190公顷，水域及其他面积34公顷。全村共有86户，326人，均为朝鲜族，是一个典型的朝鲜族群众聚居村。

2013年8月17日，本报学习考察组在与《吉林农村报》相关人员进行座谈、探讨、互动后，双方达成了共识，还相互交流了各自经验，并决定对吉林省的新农村建设成果和东北农民的中国梦进行报道。

8月18日，记者一行从吉林省长春市出发，驱车300多公里，来到延边朝鲜族自治州安图县万宝镇，深入号称"中国朝鲜族第一村"的红旗村进行了实地采访。

《吉林农村报》社长李鸿君在路上介绍说，红旗村所在的安图县物产丰富，历史悠久。据史载，早在旧石器时代晚期，其境内就有人类繁衍生息，满族为土著居民。清朝统治者将安图境内资源丰富、景观神奇的长白山主峰区奉为满族远祖降生圣地和天朝帝国龙脉根基，因而划安图为皇朝封禁地，以求"安龙脉，图兴昌"。

走进红旗村，采访组见到了红旗村党支部书记、村委会主任咸柱元。咸柱元中等个头，皮肤稍黑，敦厚实诚，面带微笑，一看就是一位深得群众信任、埋头实干的农村基层干部。

《吉林农村报》记者部主任林铁山说:"咸支书,请你给陕西的媒体朋友简单介绍一下村况。"咸柱元说:"红旗村过去一直很穷,20世纪90年代中后期以来,党的民族政策温暖着我们少数民族。在村老党支部书记尹仁松的带领下,经过三任村支书的努力,村子已由过去依靠单一的种植粮食向发展乡村特色旅游转变。我于2011年上任,是红旗村的第四任村支书。"

"请咸支书谈一下红旗村的由来和村史。"本报副总编张国政积极提问道。咸柱元说:"红旗村早在民国初年即有住户,1920年属古洞河区辖。'九一八'事变后,日本为了实现长久占领中国东北的计划,用欺骗手段动员朝鲜贫苦农民移居中国东北,名曰'自愿报名',实为强迫迁入。红旗村先民们就是在1939年作为日本侵略者的'集团移民',从朝鲜咸境北道迁入红旗村原址定居的。1939年,日伪开拓团驻此。1945年,红旗村划归安图县万宝区,并在1946年进行了土地改革。1955年,吉林省延边朝鲜族自治州成立,此后陆续有朝鲜族农民从延吉、和龙、图们等地搬来红旗村原址定居。由于原来的人民公社像一面红色的旗帜处处带头争先,成绩显著,于是,在1958年被定名为'红旗大队',并于1983年建村,称'红旗村'至今。"

"那么,你能给大伙儿说说'中国朝鲜族第一村'是怎么来的吗?"《吉林农村报》记者部主任林铁山插话道。

咸柱元笑着说:"1995年,时任吉林省委书记的张德江同志题写了'红旗朝鲜族民俗村',2005年10月,国家民委主任李德洙为我们村题写'中国朝鲜族第一村',上级领导的关怀为红旗村的建设和发展指明了方向。"

"请问红旗村的自然优势有哪些?"本报副总编吴武刚问。咸柱元进一步介绍道:"红旗村坐落于古洞河北岸的河谷平地,水稻种植条件得天独厚,全村种植水稻面积达40多公顷;区域内拥有丰富的钼、石灰石、锑等矿产资源,蕨菜、牛毛广、刺嫩芽、蘑菇、木耳等野生食用品和人参、桔梗等药材,野生动物有梅花鹿、野猪、狍子、野鸡、野兔等。丰富的自然资源为民俗乡村旅游提供了良好的天然条件。"

在红旗村,记者明显地体会到,这里山清水秀,风景秀丽,经济发达,社会和谐。走进红旗村,村子规划整齐,道路宽阔笔直,街道干净清洁,房子造型现代。

作为本报副总编、特稿部主任,我说:"请你谈谈红旗村有哪些特色。"咸支书说:"红旗村自1985年重新规划建设以来,始终完整地保留着传统的朝鲜族民族风情和民俗文化,并依托长白山自然品牌,积极发展民俗旅游、生态旅游,全力打造"中国朝鲜族第一村"品牌,形成了以特色餐饮、民俗表演、民俗风情体验、家庭度假和农业观光为主的旅游体系,吸引了大量中外游客,多位党和国家领导人曾莅临红旗村视察。"

在红旗村,记者看到,具有浓郁民族风情的民俗演艺厅装修别致,彰显地道纯正餐饮的农家朝鲜菜香甜可口,热情好客的当地人能歌善舞,村民们自编自演的朝鲜阿里郎悦耳动听,着装整齐的民族服饰鲜艳夺目,喜庆欢快的朝鲜族舞蹈赏心悦目,清脆激扬的朝鲜族腰鼓振奋人心,漂亮清新的朝鲜族姑娘笑容可掬⋯⋯霎时便给观众带来了陌生而美妙的民族风情,掌声不断地回响在演艺厅的上空。

《吉林农村报》记者部主任林铁山又问:"请你谈一谈红旗村是怎样发展起来的。"咸柱元说:"2010年7月28日,安图县遭遇百年不遇的特大洪灾,位于古洞河畔的红旗村在洪灾中遭到毁灭性破坏。洪灾过后,安图县委、县政府把红旗村的灾后重建工作列入重要日程,高起点定位、高标准规划、高质量建设,特别是在基础设施建设和民俗传统文化方面,紧紧围绕'经典、精细、精彩、精品'的总目标,进行了全面改造和升级,经过两年的努力,就有了如今红旗村的新面貌。"

在采访中我们了解到,近18年来,红旗村结合朝鲜族聚集的特点,大力发展民族风情旅游业。以餐饮和朝鲜舞蹈为龙头,建起了展露朝鲜民族风俗的演艺中心;以百年老宅为依托,建设了以展现朝鲜族农家民居历史变迁的民俗博物馆;以水稻、大米生产工艺流程为内容,建成了以展示朝鲜族农业特色的农业观光稻香园,带动了农家乐、住宿、运输等产业,一经开放,就吸引了国内外成千上万的游客。

经过历届村党支部、村委会的艰苦创业,如今,红旗村已成为国家AAA级景区、全国文明村、国家级生态村,被授予"全国新农村建设示范村"和"中国朝鲜族第一村"。

"请问红旗村的旅游旺季在什么时候,收入怎么样?"本报记者孙金龙、张海明最后问道。咸支书说:"受气候的限制,每年的6—9月,是红旗村的旅游黄金时段,每天接待游客在700—2000人,今年7月,接待游客就将近6万人次,农民人均收入达到12000元以上。村集体收入达30万元,村集体积累达70多万元,年经济总收入超过500万元。下一步,村上将继续完善各项服务设施,在管理上下功夫,把红旗村的旅游项目做大做强,希望全国和全世界的朋友到红旗村来做客,实现我们红旗人的旅游梦。"

东北的夜晚来得早,采访结束时,已是夜幕降临。走在红旗村寂静的村道里,明亮的路灯形如朝鲜族姑娘跳舞时手里挥动敲击的圆鼓,皎洁的月亮挂在深邃无垠的天边,月光洒进朝鲜族农家精致的小院,静谧使人远离了都市的浮躁喧嚣,大炕使人消除了一天的困倦和疲劳,久违的鸟儿鸣叫使人仿佛回到了少年时的故乡。

后记:出去了一段日子,走了不少地方,见了好多朋友,长了许多知识,览了祖国美景,品了各地美味,写了万言感受。尤其是写文章,白天赶路,晚上思考,次日在车上用手机写,以至于手机屏幕长时间开启,手机电池出现故障,我便不得不随身带着充电器,一旦有空就充电。不知不觉,便写了十几篇文章,很有意思。24日在呼和浩特,心情平静如水,因为草原的夜色是宁静的,我的思绪也异常的平静。想起成吉思汗陵,为其恢宏大气、富丽堂皇的规模所叹服,为成吉思汗当年打下的3700万平方公里疆域所折服;为成吉思汗驾崩后,其传人700多年不间断地三班倒守陵的忠义所佩服!

回到西安,蓝天不见,白云不再,灰蒙蒙的天空一下子破坏了我外出的惬意和诗意的心境。我说什么好呢?我能说什么呢!

杂文评论
ZA WEN PING LUN

说说秦孝公和商鞅在秦国历史上的作用

近日传来喜讯,实业家许先生准备出版两年前我和朋友编撰的关于秦及秦始皇养生的书。再次阅读和修改两年前的书稿,我感慨万千、意犹未尽。作为秦的后裔,我想就秦孝公和商鞅在秦国发展历史中的作用发表一点拙见。

秦代是一个革故鼎新、极富创造力的朝代。从秦代开始,中华民族才走向真正意义上的统一。打那时起,中华民族从春秋战国时期的诸侯割据、各自为政的纷繁复杂的文化意识形态中开始使用统一的文字、统一的货币、统一的度量衡。至今我们还能看到被誉为"世界上最早的高速公路"的秦直道、被列为世界第八大奇迹的秦始皇陵兵马俑。那宽阔平坦、如同飞机跑道般笔直的道路,那蜿蜒万里、逶迤壮丽、坚固高大的万里长城,那威武庄严的秦兵马俑军阵,那精美绝伦的铜车马,那有着两千余年历史、如今还在惠及百姓的秦代大型水利工程郑国渠……无不荡漾着秦人的智慧。

秦之所以崛起,与之奋发进取、锐意改革的壮举是分不开的。这其中重要的代表人物就是秦孝公和改革家商鞅。

赳赳秦风，烈烈豪气。厚重隐忍、胸襟开阔、敢爱敢恨、勇于牺牲的秦人精神在电视剧《大秦帝国》中展现得淋漓尽致。该剧的第一部《大秦帝国之裂变》主要讲述秦献公逝世，秦国在连年战争不断、国家极度贫困、六国虎视眈眈、内外忧患并存的情势下，秦孝公即位。秦孝公是一位心胸博大、深谋远虑、有席卷天下之抱负的政治家。他广招贤士，大胆任用商鞅进行变法，避免了和魏国一触即发的战争，争取了20多年休养生息、发展生产的环境，终于使秦国雄起于关中，为大秦帝国最终统一六国奠定了基础。

商鞅变法是中国历史上最伟大、最坚决、最悲壮的改革。电视剧在展现这一裂变过程中，突出了两位伟大政治家和英雄人物——秦孝公和商鞅。他们俩均受命于危难之际，如两座并肩而立的高山。秦孝公临危不惧、厚重老成、为人大气、知人善任、决策果断、有张有弛，商鞅肃杀犀利、忠君爱国、坚韧不拔、义无反顾。秦孝公是青山，作为国君，他坚定不移地支持商鞅变法，是变法得以成功的基础；商鞅是松柏，是变法的谋士和执行者，由他主持制订了切中秦国时弊的全套改革方案，并由他雷厉风行、大刀阔斧、不打折地推行。正因为有这两位青山松柏般的圣君贤臣，有他们的雄心壮志，才保证了这场中国历史上最著名的波澜壮阔的改革取得成功，才确保了秦国走上革故鼎新、强国富民之路。

改革是一场革命，历史上的历次改革莫不付出惨重代价。秦孝公支持商鞅变法，改革秦国多年积弊，废除贵族世袭特权，废除农奴制度下的井田制，让耕者有其田，允许土地买卖，奖励耕织，生产多的可免除徭役；奖励军功，制定按军功大小加官晋爵的制度……这些改革，明显有利于依法治国，也必然触及官僚贵族阶级的利益。他们以各种形式造谣生事、蛊惑民心、阻挠改革，有时候甚至连秦孝公也感到为难迟疑。如渭水大刑，按新法的条律要斩700人。此事秦孝公尚有顾虑，而商鞅则力劝秦孝公依法行事。"立法如山""法贵时效"，简短的几句话，斩钉截铁，掷地有声，充分反映了商鞅"极身无二虑，尽公不顾私"的改革决心和英雄气度，铸造了大秦帝国崛起的灵魂。

最终，商鞅被车裂，但其改革精神载入了中国史册，其改革业绩留在了历史长河，其作为中国最早的变革家千古流芳！

我们从此感悟，无论是我们自己，还是父子、夫妻、兄弟、姐妹、家庭、社会、单位乃至国家和民族，团结和信任都是成功的基础，合作、团队、信仰、精神是行动的保证。一个国家、一个民族，只要有了信仰、精神和团结，就会无往而不胜。

《大秦帝国之纵横》的缺憾

由西安曲江大秦帝国影业投资有限公司拍摄的电视剧《大秦帝国之纵横》，不觉在央视已播了26集，我时断时续地在看，起初感到很震撼，看到后来却觉得乏味。

客观地讲，由于年代久远，史料不足，创作者可能也是迫于无奈，从小说到剧本，应该是二次创作，主创队伍那么强大，剧情却是那样的分散，实为遗憾。整部电视剧阵容庞大，气势如虹，情节曲折，人物众多，故事精妙，但不熟知历史的人，都反映看不懂，估计收视率不会达到预期效果。

由著名演员富大龙扮演的秦惠文王，温柔有余，霸气不足，甚至缺少智慧，说严重点像个摆设，也不够威严。不知是原著如此，还是编剧有误。战国时期是中国历史上重要的群雄逐鹿、英雄辈出的时期，秦国在战国七雄中以尚武图强、能征善战、英勇顽强、从不言败著称，是战国历史上具有浓墨重彩的一笔。秦惠文王不作贤主求平安，誓作明君以图强的勃勃野心和政治抱负，为大秦帝国的迅速崛起和最终统一六国开创了坚实的基业。

然而这部电视剧剧情拖沓，故事情节有拼凑之嫌，缺乏感染力。倘若在每集播出前大概解读一下剧情或在每个人物出场时用字幕加以简介，无疑会获得更多观众甚至年轻观众的青睐。比起《大秦帝国之裂变》，我认为这一部电视剧台词不够经典，人物缺乏气质，剧本缺少磁性。

《大秦帝国之纵横》观感之二

春秋五霸,战国七雄,经历了数百年的纷争,以秦国统一天下而结局。《大秦帝国之纵横》播放到32集,这种纷争,正由游说、雄辩、结盟、纵横向前推进。为了达到蚕食列国的目的,秦惠文王嬴驷为了成为旷世明君,强力推崇秦孝公时商鞅变法中的"奖励军功",一方面为有功兵士加官晋爵,一方面全心听从秦相张仪的纵横之谋,而楚因秦国愚弄,未复商於之地,楚王恼羞成怒,力排众议,决定兴兵对秦开战。

秦为了缓解危机,将韩国大将韩鹏释放,前提是要其回去后说服韩王与秦修盟。韩鹏的进谏韩王采纳了,但为了报太子在此前的坠崖身亡之仇,要求秦国必须将凶手送到韩国治罪。秦王将战功赫赫、年轻有为、新婚燕尔、即将晋爵的大将冯高召进咸阳宫,要其去韩国伏法顶罪。秦王虽知此做法会使秦人寒心,但为了秦韩结盟以抗楚,只好违心送冯。作为铮铮硬汉、赳赳秦人的冯高大呼:"仗打了,婚结了,种留了,再无遗憾。"就这样去韩国被砍了。史实是否如之,我们姑且不论,但这种大义凛然的英雄气概可能就是秦人的生动写照,也从另一个角度折射出秦最终统一六国绝非偶然,而是历史的必然。

楚国历来视秦国为"虎狼之国",怵秦惧秦,于是兵分三路,对秦发兵,秦首先击败屈丐,拿下丹阳城。面对景翠20万楚军和秦国兵力不足、粮草受限及景翠分兵进攻蓝田、咸阳危矣的紧张局面,秦惠文王嬴驷决定御驾亲征。秦王在咸阳城的一番慷慨激昂的演说,把秦人的豪迈和气质展现得淋漓尽致。

戏曲的高台教化作用
——从《杀狗劝妻》和《杀狗劝夫》说开去

中国戏曲盛于元朝,是话剧、电影、电视剧的前身。古代戏曲多是旧文人编写,我窃以为,其主要社会功能就是"高台教化"。

所谓高台教化,就是编剧根据儒家"仁、义、礼、智、信、忠、孝、廉、耻"等为核心思想,构思故事,编写剧本,然后通过高高的舞台,以戏曲的形式和演员的表演,达到教育观众、感化百姓,促进家庭和睦、社会文明、国家安定的目的。用现在的话讲,就是说教。这样的高台教化,在老百姓文化普遍偏低、精神文化艺术产品相对匮乏的过去,确实起到了积极的作用。

所有戏剧,其教化的主要内核是教人向真、向善、向美,鞭挞虚假,揭露丑陋,惩治邪恶。早些时候,我写了《东方"沙翁"范紫东》一文,文中提到范先生的代表作中有个《杀狗劝夫》。有人便问我是《杀狗劝妻》还是《杀狗劝夫》。我一听,就知道他过去看的肯定是《杀狗劝妻》,《杀狗劝夫》压根他就没看过,甚至没听过。于是我告诉他,是《杀狗劝夫》。

《杀狗劝妻》版本较多,原名叫法不一,但故事基本上大同小异。故事讲的是古时楚国有个人叫楚庄,在朝廷做官。因父亲早逝,老娘年迈且孤身一人,自己又是独生子故而请辞回家侍母,承诺为老母亲养老送终后再返朝奉君,其孝心感动朝廷,得到了君王允许。楚庄回乡后以打柴为生。有一天,他打柴归来,见母亲形容憔悴、体弱无力,细问后方知妻子不给老娘吃喝,虐待老人。他苦苦相劝妻子但无济于事,便持刀相吓,妻子以为丈夫要杀她,连哭带跑,刀最终刺入狗身。从此,妻子改过,孝敬母亲,全家和睦。

而《杀狗劝夫》为范紫东先生创作,说的是旧时梁员外家底殷实,常常招徕社会闲散人员来家喝茶、酗酒、打牌、赌博,搅得全家不宁。妻子多次婉言相劝,但梁员外充耳不闻。妻子顿生一计,有天晚上让丈夫陪她到后花园散步,突然发现一具"女尸",梁员外惊出一身冷汗。妻子说那你让你的酒友们帮你把尸体搬走、埋葬,以免官府追查吃官司。梁员外找遍平日与他称兄道弟的"朋友",最终却无一人来助。这时,妻子才告诉他,她是让人把狗杀了,身上包了姑娘的衣服。梁员外幡然醒悟,从此闭门谢客,专心经管自己的营生。

前者倡导孝悌仁爱,后者力戒酗酒赌博,都是典型的高台教化。时代在进步,社会在发展,过去的高台教化,在科技、信息、艺术表现手段、文化传播方式上大有改观的今天仍有教育意义。无论怎样变,文学艺术作品弘扬的都应该是正能量。从这个角度剖析,高台教化的作用还是积极的。

"东方莎翁"范紫东

著名文艺评论家、文化学者肖云儒先生曾说过,外地人看历史,要从书本上去查找,陕西人谈历史,则可以随手触摸到。当我晚上观看了由咸阳市乾县人民剧团弦板腔剧团演出的新编近代历史剧《范紫东》后,对肖先生的这一论断尤为佩服。

弦板腔是秦腔的一个分支,起源于乾县,其弦抑扬顿挫,其板清脆明快,其曲起承转合,其唱腔错落有致,是真正的原生态视听艺术。

说起范紫东,可能大多数人都不知道,但是一提秦腔《三滴血》,陕西人可能一下子就会恍然大悟。《三滴血》的剧作者,正是范紫东。

范紫东是陕西乾县人,是近代著名剧作家、教育家、学者,一生共创作秦腔剧本69部,被誉为近代"关汉卿""东方之莎翁"。范紫东的代表作有《三滴血》《苏武牧羊》《颐和园》《关中书院》《杀狗劝夫》等。基本上以爱国主义为题材进行剧本创作。现实生活中的范紫东,也是深明大义、爱国亲民的开明人士,是宁折不弯、不屈不挠的旧知识分子的优秀代表。

历史剧《范紫东》以乾县独有的、濒临失传的弦板腔这种艺术形式加以表现,既是对乾县籍戏剧大师范先生的尊重和缅怀,更是对青少年爱国主义精神的一种鼓舞。戏剧《范紫东》剧情从范先生任乾州知事讲起,他反对袁世凯称帝,起草讨袁檄文,为蔡锷将军写剧本,遭到当局追杀;后任武功县知事,坚决反对陕西督军种植鸦片,竭力禁烟,抓了一批军阀、地主、乡绅,从而得罪了既得利益集团,致使他掌管的县衙被围,他关人的监狱被劫,他居住的家舍被烧……从此,范紫东心灰意冷,弃官从文,并发出"乱世文人难做官"的仰天长叹。后范先生到西安一边教书,一边专心创作剧本,后成为易俗社专业编剧。

一心只读圣贤书,夜以继日写剧本的范紫东,被国军西北战区总司令胡宗南要挟,让他写一本歌颂胡长官、诋毁共产党的"戡乱戏",遭到范先生严词拒绝,当局竟把范夫人绑架,作为人质逼先生就范。正当范先生决定舍生取义、以死相搏时,易俗社社长高先生巧妙斡旋,终使范夫人安全回家,并助范先生一家逃至兰州。等敌人醒悟过来,再次反扑逮人时,已是人去院空。西安解放前两天,范紫东乘飞机回到西安,新中国成立后任西安市文史馆馆长,直至逝世。

看完该剧,我一为范紫东先生的刚正不阿、敢于斗争、一身正气所折服;二为范先生的替民请命、热爱百姓、无私奉献所折服;三为他学富五车、满腹经纶、笔耕不辍、著作等身所折服。

在弘扬爱国主义的当下,在文化大发展、大繁荣的今天,《范紫东》弦板腔的成功演出,标志着咸阳市文化产业中又多了一个新亮点、新品牌、新项目。更重要的是,弦板腔得到了传承、弘扬、发展,范紫东的形象得到了塑造、宣传。

看 秦 腔

秦腔是中国西北最古老的剧种之一,我自幼受秦腔的熏陶,不仅爱看、爱听,有时一激动,也能吼上几句。

秦腔在关中各地随处可以听到,但我们一般听到的都是在社区、公园、广场或农村集市、古会、红白喜事上。要看到正式的秦腔演出,得去易俗社大剧院或者陕西戏曲研究院。真真正正的秦腔戏迷,这些地方自然去不了,那也不要紧,省电视台的"秦之声"节目,可以了却不少戏迷朋友的心愿。

晚上,我意外地看到了一出本戏——《忠孝牌坊》。说《忠孝牌坊》,大多数人可能不知道,但说《三娘教子》,大家就不会陌生。其实,《三娘教子》只是《忠孝牌坊》中的一折。

在生活节奏越来越快的今天,能看到专业剧团、专业演员的生动演出,实属难得。

我认为,秦腔之美在于"雅"。长期以来,人们对秦腔的评价是粗犷、豪迈,实际这只是秦腔的表现形式。就秦腔的表演、服饰等来讲,我以为很雅。特别是秦腔中的唱词,对仗工整、朗朗上口、寓意深刻,使人受益匪浅,这也是其"雅"的表现。

秦腔之魂在于"曲",其曲调很优美。古时的秦腔相当于现在的京剧。京剧起源较秦腔晚,是我国的国粹,而我总觉得京剧的演奏太突出二胡,没有秦腔中的竹板、琵琶、古筝、笛子、唢呐等传统乐器悦耳、明快、动听。

著名的华阴老腔,过去名不见经传,因话剧《白鹿原》中濮存昕、宋丹丹、郭达等著名演员的精彩表演,华阴老腔一炮打响、迅速走红。中国秦歌第一人、著名音乐人十三狼,自己作词、作曲、演唱的秦歌,已成为一个品牌,成为现代秦腔摇滚拓荒者……

这是为什么?我认为就是秦腔、老腔、秦歌的曲调能吸引听众,撞击人们的心灵,撩动人们的心弦。

秦腔之路在于"新"。9月24日,在第二届曹禺文化周上,国家一级编剧、陕西戏曲研究院院长、陕西省戏剧家协会主席、著名剧作家陈彦先生创作的秦腔现代戏《西京故事》,再获"曹禺戏剧文学奖"。陈彦先生两度荣获"文华奖",多次荣获全国"五个一工程"奖。《西京故事》与此前的《迟开的玫瑰》《大树西迁》成为陈彦现代戏三部曲。这说明,要传承和发展秦腔,剧本要新、思路要新、内容要新。只要"新",秦腔还是有出路的。

戏剧之所以吸引人,是因为演员的表演都是一次完成,不能有失误,且面对台下观众,演员现场感强、压力较大,不像电影、电视剧,演错了可以重来,拍坏了可以剪辑,高难度动作允许使用特技。但戏剧是舞台表现形式,故对生、旦、净、丑不同角色演员的唱、念、坐、打等要求甚严,其表情、台步、动作、吐字、嗓音等不断变化。演一次,改一次;改一次,就要比前边好一次。这就是为什么一部戏竟然能吸引这么多观众,一场表演会赢得那么多次自发的、雷鸣般的掌声的原因所在。

文化体制改革已深入人心,戏剧下基层、秦腔对群众、演员接地气,正是文艺为人民大众服务的具体实践,持之以恒,路会更宽、更平、更长的。

由露天电影说起

如今,电视闲置化、电脑普及化、手机智能化,电影除了大制作、大阵容、大投资,很难赢得票房。加之电影市场化、商业化甚至恶搞化的趋势,似乎60后们已不在电影消费群体之列。

近年来,我看的唯一一部影院电影,就是2012年9月上映的《白鹿原》。对此,读过小说的人觉得未拍出《白鹿原》原著的味道,未读过原著的都说看不懂。至于露天电影,我更是多年未看过。

今天是个特殊日子——全国首个烈士纪念日,从中央到地方都在举行公祭活动。据资料显示,截至新中国成立,全国革命烈士达2000万之多。试想一下,当时全国总人口才4亿,也就是说,每20个人中就有一位烈士。这是一个触目惊心的数字。那么多先烈为新中国成立献出了年轻而宝贵的生命,国家设立烈士纪念日,就是让我们及我们的子孙后代弘扬民族精神、缅怀革命先烈。

正想到此,窗外不远处的广场上在放映露天电影,我便循声前去。看了一会儿,才反应过来放的是《建国大业》,于是来了兴趣,找一石凳、吃着纸烟欣赏起来。

明天是国庆,放这个片子正当其时。一场露天电影、一部《建国大业》,使我们知苦难、明历史,更加珍惜现在的幸福生活,树立顽强拼搏的精神和远大的人生理想。特别是对青少年而言,红色教育刻不容缓,思想教育势在必行。

家长应该引导孩子从小树立正确的世界观,学校要培养学生的社会主义核心价值观,社会要为广大青少年营造积极进取的大环境,将青少年培养成为有素质、有修养、有理想的新型公民。

看完眉户说"非遗"

在陕西地方剧种中,有一个绕不过去的剧种,那就是眉户。

眉户戏也称"陕西曲子",唱眉户也叫"念曲子",相传因起源于眉县、户县一带而得名。

眉户历来以广大劳苦大众的劳作、爱情、婚嫁、殡丧等为题材,以丰富的演唱资料、演唱形式、演唱风格,唱出了寻常人家的喜怒哀乐,讲述了底层人民的悲欢离合,颂扬了普通大众的志趣梦想。这一艺术形式,已成为广大人民群众喜闻乐见的地方剧种，成为三秦大地众多戏曲爱好者的感情寄托、精神享受，也是陕西省省级非物质文化遗产之一。《屠夫状元》《梁秋艳》《张连卖布》《兄妹开荒》《杏花村》《迟开的玫瑰》等，就是眉户戏的优秀剧目代表。

　　大凡热爱秦腔的人，都有一个感觉，就是演员的唱词是听不清、听不真的。尤其是听华阴老腔的时候，就像是不懂藏语的人听藏族歌手演唱一样，人们欣赏到的仅是天籁之音、原生态之曲，至于唱的什么意思，观众是听不明白的，除非配上字幕，方能理解。这也是年轻人不喜欢看秦腔戏的主要原因之一。眉户戏则不同，其唱词通俗易懂、简洁直白，曲调悠扬欢快，故老少咸宜、男女皆爱。

　　戏剧是舞台艺术，其涵盖了文学、音乐、美术、武术、服装、化妆、灯光、音响、布景、表演等，是一个多种学科共同展示的平台，所以有较强的审美价值。

　　这几天一连看了这么多戏，也写了几篇观看心得，收到不少读者朋友的关注和点评。其中，有个关键词是"非遗"。

　　"非遗"是"非物质文化遗产"的简称，对此，国务院制订了国家级、省级、市级、县级四级保护体系。陕西是文化资源大省、旅游大省，但不是文化产业大省、旅游强省。我们历来醒得早、起得晚、说得多、干得少。近年来，各地都在挖掘文化资源，紧锣密鼓地进行非物质文化遗产申报工作。在这一情势下，难免有张冠李戴、造假虚报的情况出现。作为专业机构、专家学者，一定要科学考察、缜密考证、反复研究，以尊重事实、尊重历史、尊重文化为前提，以公平、公正、客观、负责的态度谨开口、把好关、守好门；各级政府要以严肃平和、实事求是的心态，做前期、找证据、促服务。如是，非物质文化遗产才能实现其价值，申遗方会有意义。

观木偶戏有感

　　戏曲的种类繁多,其中有些戏种正在后继无人的窘境中走向衰落或失传。就秦腔而言,就分为眉户、老腔、弦板腔、阿宫腔、碗碗腔、木偶戏等。

　　我是平生第一次看木偶整本戏。从木偶戏的表演形式看,是由人一边用线、棍舞动木偶,一边演唱,而且要同步,要声情并茂,另一边还有乐队在伴奏。从艺术手法来看,与皮影戏有些相似,二者有相同之处。据我了解,渭北合阳县还有一个非遗项目叫提线木偶,我在电视上看过,从未有幸观看现场表演。与今晚我看到的这出木偶戏相比,提线木偶应该早于手执木偶。但是,不管是哪种木偶戏,都和皮影用"线"连接表演物有关。因此,它们还是有关联的。

　　一口唱尽千古戏,双手舞动百万兵。这是对皮影戏表演的生动概括。影视剧中也常有表演皮影戏的镜头,但好像还未见过木偶戏。木偶戏具有浓烈的乡土气息和地域色彩。我想,木偶戏和皮影戏同出一脉,都是在较小的舞台、狭小的场地和人少的条件下表演的一种艺术形式。最初应该也是在宫廷表演,后来逐渐在坊间流传、推广、普及。它的好处是不用搭建舞台,不用占很大的地方。

　　中国是世界四大文明古国之一。文明的一个重要标志就是文化,文化的表现形式之一就是艺术。我们的祖先在戏曲艺术的开发上,可谓是动了脑子、费了心思、花了功夫的。这些古老的剧种虽与现代日新月异的发展不相适应,但是作为一种文化遗存,戏曲界、文艺界、史学界应该把这些艺术形式加以挖掘,以丰富文化大繁荣、促进文化大发展的时代新要求为指导,为陕西文化事业做出新的、更大的贡献!

话剧的春天

多年没看话剧,几年未进剧场,对话剧的印象渐渐模糊起来。今天恰逢好友赠送戏票,就与大秦岭父亲山文化研究会的十几位朋友一起走进百年老剧院——西安易俗大剧院观看话剧。

当天上演的是青春话剧《遥远有多远》。该剧是由文化部和陕西省人民政府主办,陕西省文化厅承办,甘肃、宁夏、青海、新疆等省或自治区文化厅协办的"2016第三届丝绸之路国际艺术节"演播的优秀剧目。

这是一部反映21世纪初成长与经历,友谊与梦想的青春之歌;这是一段国家深入实施西部大开发战略,促进各民族共同团结奋斗、共同繁荣发展,为新疆各族人民培养人才的真情写照。

新一届混合9班是一个特殊的群体,他们中间不仅有来自新疆的学生,还有生在南粤、长在广州的学生。内心的距离、文化的差异、个性的迥异、不同的家庭环境,都是学习生活中每个人所面临的共同问题。"遥远有多远"是每一届内高班的新疆学子离家远行时都有的追问。内高混合9班的同学,就是在这条洒满阳光的求学之路上,在这条考验与欣喜并存的成长之路上,在岭南大都市的校园里,在身边老师和同学的帮助和关爱中,在他们追寻梦想和化蛹为蝶的青春之歌里,穿越不安、孤独、迷茫,互相交往、交流、交融,书写着各自的青春记忆和理想答案。

这,就是《遥远有多远》的故事主题。

话剧艺术具有以下特点:首先是舞台性。古今中外的话剧都是借助舞台完成的。舞台有各种样式,目的不外乎两个:一是有利于演员表演剧情,二是有利于观众从各个角度欣赏。其次是直观性。话剧首先是通过演员的姿态、动作、对话、独白等表演,直接作用于观众的视觉和听觉,并用化妆、服饰等手段对人物形象进行造型,使观众能够直接观赏到剧中人物形象的外貌特征。再者是综合性。话剧是一门综合性艺术,其特点是在舞台上塑造具体艺术形象,向观众直接展现社会生活情景。最后是对话性。话剧区别于别的剧种的特点,是通过大量的舞台对话展开剧情、塑造人物、表达主题。其中有人物独白,有观众对话,在特定的时空内完成戏剧内容。剧作、导演、独白、舞美、灯光、布景、音响等缺一不可,更不可缺少接受这一门艺术的对象——观众。

话剧之所以几百年间在欧洲经久不衰,一个很重要的原因就是话剧培养了一代又一代观众,而一代又一代观众对思考和娱乐这两者有机结合的艺术形式的喜爱又促进了话剧艺术的发展。

话剧传入我国的时间并不长,但它是介乎于戏曲与影视间的过渡艺术表现形式。我国曾有过《屈原》《茶馆》《雷雨》《白鹿原》等话剧代表作,也培养了一大批话剧艺术大师,其在中国文艺史上占有重要的地位。然而,由于受影视、网络的发展以及市场变化的影响,好话剧剧本日渐减少,演职人才青黄不接,展演机会屈指可数。

在这一情势下,国家实施政府补贴、文化惠民政策,使以国家大剧院为代表的剧场文化,包括话剧事业枯木逢春,在文化大发展、大繁荣中茁壮成长,一路向好。因而,我认为,话剧的春天来了,不在明天,也不在后天,就在今天。

城乡记忆
CHENG XIANG JI YI

最后的守望

2011年1月8日,新年的第一个工作周的周末,也是二九的最后一天,尽管元旦期间西安周边的积雪已难觅踪迹,但登上灞桥区的狄寨原,却是北风呼啸,一片冰天雪地。车子行进在新修的大路上,不时会有结冰路段和残雪痕迹使车子打滑,暖风刚一关,人就觉得有些寒冷。走下汽车,顿时感觉寒风如刀子割在脸上一般,冷风直往脖颈里钻。毫不夸张地讲,这是我近二十年来冬天在室外待得最久的一天,也是近年来感受到的最冷的一天。

由于工作的需要,我率领着我的团队一行十多人,两辆车,在狄寨原上从早上九点工作到晚上十一点,完成了一次极富挑战性和极有意义的工作。大家虽冷犹暖,欢乐无比,说说笑笑,其乐融融,在友好、热烈、和谐、融洽的气氛中,结束了一天的工作。其情其景,让我终生难忘。

对于我来讲,此行最大的收获还不是工作,而是发现了一位铁匠家的铁匠铺。烈火熊熊,炉火正旺,火花飞溅,铁锤叮当,笑声朗朗,给这寒冷的冬日平添了无限温暖。

和石磨、织布、剪纸、皮影、秦腔等诸多民间传统文化和手工艺品一样,铁匠及铁匠铺已逐渐淡出人们的视野,成为一种历史和记忆,甚至被列入濒临消失的传统手工艺名单之列。

作为在农村长大的我,对于铁匠铺的记忆还停留在20世纪七八十年代,那时我也就十多岁,生产队都有饲养室,全村的牛、马、骡、驴等大牲畜都有专人看管,饲养室也是全村人开会、集中的最热闹的地方。一旦村里需要打农具,饲养室就是铁匠铺。在大人们打完农具、菜刀、斧头、砍刀、镰刀等后,孩子们就用下脚料让铁匠师傅打个小刀、假枪什么的玩耍。在那个缺衣少吃的时代,生产力相对落后,犁地、拉磨、运输主要依赖的就是牲畜,因而饲养员也是仅次于队长、贫协主任、会计、记工员、保管员之后的第六好职业。那时候人虽然吃不饱,但像豌豆、黄豆、麸皮、玉米面等上等饲料,是经常被用来拌了草料的。

据史料记载,中国使用铁器始于春秋战国时期,且中国是世界上最早冶铁的国家。那时除了铸造战争时用的兵器,铁已被广泛应用于农业耕作和老百姓的生活中。即使到了科技如此发达的今天,犁铧、锄头、镰刀、斧子、铲子等铁器仍被广泛使用于人们的生产生活之中。

有了铁,就得有人加工,于是就有了铁匠和铁匠铺。从这一点上讲,铁匠也是世界上最古老的职业之一。

在现代文明尚未普及和机械化、现代化相对落后的过去,铁匠是相当受人尊敬的。中国人的生活中,生活用具、住房工作、交通出行哪一样能和铁不产生联系?特别是农村,农具、用具大多数都和铁息息相关。正像我前边提到的,不管是冷兵器时期战争中人们使用的兵器,还是人们生产生活中使用的各种工具,还是手工打出来的比较结实耐用。然而,由于社会的发展和时代的进步,加之手工打铁速度慢、模具陈、样式旧、干活累等因素的影响,铁匠、铁匠铺和诸多的非物质文化遗产一样,面临着失传的危险。

我要说的这个铁匠名叫屈希望,据说是西安仅存的三名铁匠之一和陕西省为数不多的传统手工艺守望者,在灞桥区狄寨原方圆百里无人不知,妇孺皆晓。今年已经五十六岁的屈希望,满脸沧桑、敦实强壮、声如洪钟、步履铿锵,双手布满了厚茧,浑身散发着烟味。打十九岁起,他就跟随师傅学打铁,这一打就是三十多年。他以打农具为主,偶尔也打些自己喜欢的物什。每当三、六、九逢集时,他就会蹬着三轮车载着自己打造的成品前去赶集。附近的乡党告诉我,老屈是狄寨原第一铁匠,他打的农具钢性好,物美价廉,货真价实,花样繁多,结实耐用,使唤起来轻巧利索。

跟着当官的做娘子,跟了杀猪的翻肠子。令人感动的是,屈希望打铁的搭档就是自己的老婆。他的老伴名叫杨淑娥,小他两岁,个子较高,偏瘦,走路如一阵风,干活相当麻利。她打铁毫不逊色于自己的丈夫,抡起和老屈抡的同样大小的八公斤的大铁锤,"叮当叮当、铿铿锵锵"地起落有致。夫妻俩夫唱妇随,不觉已相濡以沫、互相搀扶着走过二十多个春秋。

谈到打铁的前景,屈希望一声叹息——原来狄寨原的铁匠还有几个,但都嫌不赚钱,早已改行,如今铁匠铺就剩他一家了。现在的娃们也不愿意学这苦累活,自己的儿子也一样,对打铁一点儿兴趣都没有。

《三国演义》及《新三国》热播后,屈希望打造了关羽的青龙偃月刀、张飞的丈八蛇矛、吕布的方天画戟等十几种各路英雄豪杰使用的兵器。这是他对铁匠生涯的总结,也是对铁制品的精神守望。在全省工艺品展览会上,屈希望的铁器荣获一等奖,受到了省、市主要领导的重视,这些兵器也在西安群众艺术馆进行展出,多家新闻媒体也对他的故事进行了报道。

尽管铁匠的命运面临完结,屈希望还是默默地守望着这七十二行里的老行当。"只要有人想学,我会毫无保留地传授自己的打铁手艺,把这古老的打铁手艺传承下去。"在从黯然神伤转为勉强喜悦后,屈希望眸子里充满了期待。

县委书记门上的坑坑

一次我去陕南某县采风，顺路去看望一位当县委书记的朋友。他因有事不在，电话里说次日见我。于是我住在宾馆，第二天上午九点左右，我如约来到他的办公室门前，此时已有多位等着见他的人等在门外。我想，对于普通百姓，要见一次县委书记可能并不容易，有的可能思考良久，有的可能翻山越岭，有的可能鼓足勇气，早上不知道几点就起身了。他们来见县委书记，可能有的带着怨，有的带着难……

出于这样的考虑，作为农家出身的我，就对和自己父辈一样的陕南山区老百姓生出些许理解。于是，我给书记发了手机短信，说我一会儿见他，就去县委别的部门走动了。

大约过了一个小时，我再次来到书记办公室门口，等了约十分钟，等最后一位办事者出来后，我才走了进去。书记的办公室既有碧绿的花卉、盆景，还有奇石、书案，更有整齐、干净的书架。一般领导的书架上都是政治类、公文类书籍，他的书架却塞满了文学类书籍；加之他谈吐高雅、平易近人，一看就是一位文人。尽管我和他已相识很久，他的办公室至少也去过五次，但真正细细观察他的办公室还是首次。

由于是熟人，寒暄过后，他开门见山地讲："我马上要见一位上访群众，可能不能陪你了。"我说："没关系，到年底了，工作头绪多，事情杂，你忙你的，我坐会儿就走。"不一会儿，办公室的秘书走了进来，请示书记年终慰问老干部、老党员、五保户和困难群众的事，书记点了去哪个乡、哪个村及哪些户，秘书记在本子上后，书记说："我们马上出发。"看到他很忙，我不忍心打搅，就匆匆和他握手告别了。

走出书记办公室，就在他关门的一霎那，我突然发现他的门上有好多坑坑，一看就明白是来人找书记敲门时留下的。

这个县有四十多万人,平均一天有三十个人找书记,一年就是一万多人次,每人敲三下,一年就是三万多下,他在该县已任职五年,那么,以此类推,敲门次数至少就是十五万次以上。再从坑坑的位置看,基本上都是人站在门外,手抬起来敲门的地方。由于人的个头有高低,坑坑也就呈现出不规则的圆弧窝窝状,看后令人深思。

早在中学时代,我在教科书上就读到过马克思为写《资本论》和学外语,经常在办公室踱步思考,久而久之,把那一块地面踩出了坑;毛泽东一生酷爱读书,手不释卷,他的菊香书屋的大床一角被书压得沉了下去;县委书记的好榜样焦裕禄,在长期的劳累中身染肝病,每次病痛来袭,他都用钢笔一端顶住肝部,另一端顶住藤椅,竟也把椅子顶了个洞……

我的这位县委书记朋友,既比不得伟人,也不是焦裕禄,但至少从他办公室门上的坑坑可以判断出他是一位体恤民情、乐于实干的好书记。

由于职业的关系,我认识好多县委书记、县长,甚至厅局级以上领导。长期和领导打交道,就有一个体会——任何部门、单位,只要"一把手"领导人品好,他的下属也就好,反之亦然。

我们不乏个别背着双手、披着外套、目不斜视、高高在上的官老爷们。我在有些县政府大门口见到墙上写着"为人民服务"的大幅标语,但当群众要进门时,就被门卫呵斥在了门外,尤其是遇到群众上访时,领导甚至从后门离开避而不见。有些领导一走路就背着手,即使下雪滑倒了,手还是背着的,仿佛生怕别人不知道他是领导;有些领导常年披着外套,即使穿着西装,胳膊都不往袖子里穿……这些人能给群众办事?鬼才相信!

我的这位书记朋友则不同,不管是上级、同僚还是群众,朋友给他打电话、发短信,他都会很客气地一一作答。在他担任县委书记的这个县里,机关干部作风普遍很实,毫不夸张地讲,这个县是我在全省走过的所有县中最好的。他对全县干部有一个要求——争一保二不当三,意思是任何工作都要争第一名,保第二名,不当第三名。实际上也是如此。多年来,该县经济、文化全面发展,省上的多个现场会都在那里召开。就拿接待上访群众来说,这是多少领导为之头痛的事情,但他却正面对待,实在难得。

窃以为,群众大多数是通情达理的,他们去上访,也许是实在没有办法而为之。试想,如果各级领导都把群众的利益放在心上了,把问题解决在基层了,还会有群众上访吗?

从我的这位书记朋友门上的坑坑,首先可以肯定他是务实的,为民的,也是受老百姓拥护和欢迎的。但愿我们各级党委、政府的领导的办公室大门也能留下深深的坑坑,也能随时为群众敞开。

从小事做起

其实,"从小事做起"是每位长者或领导都应该对孩子或下属经常说的一句话,目的在于倡导他们干任何事都要从小事做起,以免好高骛远,脱离实际。单位的领导也是这样,当某位员工说他完不成某项工作目标时,就建议他"从小事做起"。但这句话就和"从实际出发"一样,人人都知道,可未必人人都能做得到。

有些人整天唱高调、谈理想、说计划,可就是不行动。别人一问,他就会说,我正在想大事。而实际上可能他在说这话的时候兜里连吃饭的钱都没有。在市场经济时代,一个人要立足于社会,照顾好家庭,培养好孩子,就得有一技之长,就得有吃苦精神,就要从小事做起。我很佩服南方人。那里人口稠密,经济发达,竞争激烈,为了生活他们拖家带口,四处奔波。他们大多数人最看不起懒惰、寄生和不劳而获的人,最痛恨小偷这种失去做人尊严的人,看重的是依靠劳动得到应得的报酬。因而商界的成功者南方人居多。我也佩服山西人。作为邻省,我们常以"山西九毛九"戏谑人家,岂不知山西早时的商号、票号都是几代晋商用汗水、鲜血乃至生命换来的。不管是乔家大院、王家大院还是田家大院,哪家祖上不是从小事做起,从小生意做起的？还有山东人,一部电视剧《闯关东》让我们认识了山东人勤劳、坚韧、豪爽、大气、诚信等优良品质,但回过头来想想,他们的成功也无不是从小事做起的。

眼下,大学生和农民工的就业问题引起了全社会的高度关注。尤其是大学生,他们在感慨就业难的同时,是否考虑过到基层去,到国家最需要的地方去？我长期从事新闻报道和社会调研工作,据我了解,仅以师范生为例,我省陕南、陕北及关中的大部分县多少年都没有从陕西师范大学毕业的学生回去,造成这些县的中小学师资严重不足和教师专业学历不达标。一问当地领导方知,大家都盯的是大城市,小县城基本没人回来。如果这些学子们有一切从小事做起,一切从基层做起的意识,能找不到工作吗？

千里之行,始于足下。但愿我们每个人都能够从小事做起。

一位朋友一座塔

古人云:三十而立,四十不惑,五十知天命,六十耳顺……年轻时尚不觉其奥妙所在,等到了四十岁,仿佛一下子悟出了不少道理。孔夫子的"三人行,必有我师",说的也是人和人之间是有区别的;民间谚语"三个臭皮匠,顶个诸葛亮""众人拾柴火焰高"和汉字里的一木为"木",二木为"林",三木为"森"都从不同角度说明了朋友的重要性。

人生在世,草木一秋。每个人在世上都不是绝对独立的,父母、兄弟、姐妹、同学、战友、乡党、夫妻等都构成了与自己的联系。一代诗仙李白,嗜酒如命,豪饮不羁,但也有"举杯邀明月,对影成三人"的寂寞时候。古往今来,多少奸佞小人、贪官污吏、狂妄之徒锒铛入狱、众叛亲离、妻离子散,到了生命终结之时都会大声哀叹——"我咋活得连个朋友都没有了"。就连高高在上的皇帝,虽拥有着"普天之下,莫非王土,率土之滨,莫非王臣"的至高权力,但也因难以听到真话、实情和良谏而自称"寡人"。

如上所述,人的一生是离不开朋友的。

朋友是陈年的酒,朋友是浓酽的茶,朋友是难得的书,朋友是人生的塔。无论你地位多高,财富多少,长相如何,朋友都是你生存价值的重要体现。试想,一个人再辉煌,总有落魄和孤立无援、心灵受伤、事业遇挫、身体欠佳、生老病死的一天,每当这时,朋友或许就是你最好的倾诉对象、攀援绳索或救命稻草。

有些话,某些事,你不愿跟父母谈,不想给爱人说,但只要朋友在一起,你就会毫无保留地一吐为快。

20世纪90年代初期,我去一个大型国有军工企业采风,看到一位姓刘的办公室主任办公桌的玻璃板下压了一张纸条,上书:"朋友就是市场。"我当时不解,问之,曰:"如今中国马上加入WTO,谁拥有了朋友,谁就先抢到了占有市场份额的主动权,你说是不是这个理?"经他点拨,我茅塞顿开。后来,企业改制,多数人被下岗吓得颤颤巍巍,而我的这位主任朋友,由于多年注意和外界联络感情,被一家外资企业高薪聘任,如今已属于富豪级的领军人物了。

朋友要交,但不宜多交,更不能滥交。我认为值得交的朋友应该有以下几种:孝敬父母者——一个人如果做不到这一点,证明其没有人性,其对父母都不孝敬,何谈对他人;优点突出,缺点也突出者——这种人往往是非分明,有思想、有主见、明是非,容易和你性格形成互补;共患难者——这样的朋友最可靠,有些人只可共患难,不可同享乐,那不行,要交就交有爱心、乐施善、广资助的人;有文化有知识但不好为人师者——这些人做人做事不会有大的偏差,处世遇事不会胡搅蛮缠,但若一个有文化的人凡事喜欢挑剔别人的毛病,揭他人短处或暴露别人隐私,常常卖弄自己而贬低别人或指责他人,那便不可深交;比自己优秀的人——尺有所短,寸有所长,只要别人比你强,就要向人家学,不要妒贤嫉能;有共同志趣者——人活着,要实现自身价值就得有志向,有兴趣爱好,我们和志向一致、兴趣相投、习惯良好、较有修养的人在一起会很惬意、开心和浪漫;女性朋友——大千世界,芸芸众生,女性在我们人类占有一半比例,国家现在也愈来愈重视女性在社会中扮演的角色,女性中也不乏人中之凤、巾帼之才。

其实,我们说的朋友,用现在的话讲就是人脉关系。不管你从事什么职业,处于什么位置,人脉旺则事业兴,人缘好则财运旺。一位朋友就是一座塔,每一座塔都有坐标,都有光亮,都有高度,在你迷失方向、陷于无助的时候让你看清方向,辨明道路,确立目标。

说说大上海

老一辈的人谈起上海,脑子里的印象肯定是中华肥皂、中华香烟、中华牙膏、"上海"牌手表、"永久"自行车等一系列产自上海的老名牌。就连20世纪90年代,不管是出差、探亲、访友、旅行所带的帆布拉链提包、手提皮包,还是女士坤包甚至钱夹、钱包,人们无不以使用上海牌子而自豪。对于70年代以后出生的年轻人来说,除了书本、电影、电视上的介绍外,也许无法体会上海这个城市的概念和其在中国乃至世界上的显赫地位。

上海是中国大陆的经济、金融、贸易和航运中心。上海位于我国大陆海岸线中部的长江入海口,拥有中国最大的工业基地、最大的外贸港口。有超过2000万人居住和生活在上海,其中大部分属汉族江浙民系,通行上海话。上海也是一座热点旅游城市,具有深厚的近代城市文化底蕴和众多的历史古迹,孙中山、毛泽东、周恩来等都在这里留下了深深的足迹,中国共产党第一次、第二次全国代表大会都在此召开。今日的上海已经发展成为一个国际化大都市,并致力于建设成为国际金融中心和航运中心。2010年,上海成功举办了第41届世界博览会。

上海的街道名称,多以全国各省省份名和省会名称起名。南北方向的以省份命之,如福建路、浙江路等,东西方向的则以省会名命之,如南京路、成都路等。

我第一次到上海是1992年。是年,邓小平在深圳发表了著名的南方谈话,提出"发展才是硬道理"的著名论断。是年,我作为基层学校的一名普通校长,参加省上的统一轮训后前往发达地区考察教育发展状况,先后去了北京、上海、杭州、南京、青岛、成都等地。当时不像现在,没有专业旅行社,和我们一样第一次到上海的两名带队老师缺乏经验,当然从很大程度上讲,根本问题还是大家都穷,经费有限,一出门就被专业导路的老太太徒步带到一个很远的地方,住在阴暗、潮湿、憋闷、难闻的地下二层,四人住一个房间。大家带着对上海的新奇,忘记了旅途劳顿,放下行李,简单洗漱后就来到街上吃饭。记得当时我们吃的是包子、馄饨,令人不习惯的是,这些饭里无一不加着糖,使咱吃惯咸辣味的关中人极不习惯,加之气候潮湿、闷热,大家一时也难以适应。带队的老师也觉委屈,在街上转时,看到一宾馆写着房价100,遂去登记,而当前台服务员告诉他们是100美金时,他们羞愧得恨不得找个地缝钻进去。于是在有限的时间里我们除了觉得上海道路曲折、小巷(当地人叫里弄)多、人拥挤、楼房高外,对于其他东西几乎没有留下多少印象。

时间如白驹过隙,一晃18年过去了,由于今年上海举办世博会,我就一直等待机会想出去看看。终于在2010年7月28日,我作为单位第四批派出赴世博会的人员,才又一次领略了大上海的魅力。

我们到上海是早晨9点左右,一出站就被热情的对口接待单位的工作人员兼导游老彭带到早已订好的饭馆用早餐。大家排着队,在工作人员的指引下给托盘里拿一个馒头或包子、油条,一枚茶叶蛋,一碗大米粥或一碗馄饨,而且不时有服务员叮咛一句:"每人一份,一样一个,不要重复,当心吃不了浪费。"吃完饭后乘上旅游大巴,老彭一边给大家发世博会门票,一边讲注意事项,不一会儿就到了宾馆。大家拿了房卡,放下行李后就急忙又乘车来到黄浦江渡口。经过严格的安检后,我们陆续登上在老家压根没见过的豪华游轮。

游轮上窗明几净,座位整齐,空调舒适,视野敞亮。我们所有人都兴奋地在游轮的四个方向一边欣赏黄浦江两岸的高大楼群、别致建筑,一边拿出相机,选好角度,调整姿势,摁动快门,定格下一个个难忘的瞬间。不一会儿,形如弓箭、势如巨龙的两座跨江大桥跳入眼帘,越过头顶,东西两岸疾驰而过的汽车犹如跳跃的音符一样在大桥这根弦上弹奏着大上海现代文明的交响曲。不时有货船与我们擦肩而过,上海繁忙的水上运输反映了其经济的飞速发展。大约半个小时后,随着世博会中国馆、日本馆的轮廓出现,世博园区很快就到了。

登上码头,就到了黄浦江东岸。这里有A、B、C三个区,其开阔出乎我们的想象。由于导游把我们带上码头就离开了,让大家自由活动,面对新鲜的大上海和陌生的世博园,大家好像刘姥姥进了大观园,不知从哪里开始看为好。由于离非洲联合馆较近,所以多数人首先进了此馆。在门口大家还约好说走在一起,但一进场馆大门就走散了,个子矮的,干脆被淹没在人流当中了。我和同事时先生做伴,先后看了塞拉利昂共和国、毛里求斯共和国、刚果共和国、乍得共和国、中非共和国、喀麦隆共和国、莱索托王国、埃塞俄比亚、纳米比亚共和国、津巴布韦共和国、安哥拉等国的展馆,走得人汗流浃背,脚痛腿酸。

今年世博会的主题是"城市,让生活更美好",因此各个馆都是围绕低碳、环保、绿地、山水、人居等做文章的。因此我没有去挤要排3—7小时队的沙特馆、日本馆、德国馆等热门馆,而是去参观了美国馆,并留下了难忘的印象。

美国馆没有用高楼、大厦、航母、科技等去展示自己,而是通过对美国的知名商标、美国人的教育理念以及奥巴马总统和希拉里国务卿的演讲等的展示,给人展示一个现代文明的美国和传递一种做人、做事的理念。我认为这比建一万个军事基地都管用。

在几次乘坐观光车的过程中,不时听到有人说,不到世博会就不知道中国人有多少,不来上海就不知道中国的确强大了。几位操着粤语的香港游客还说,一会儿咱们看看香港馆去,看看建得丢不丢人,如果不行,回去后找特首曾荫权去……

上海城市大,人口多,经济繁荣,交通发达。这里有约2400万人口,竟然不怎么堵车,这是留给我最深的印象。究其原因,我认为上海水上有船,地上有车,地下有地铁,此其一;通往市区外的高速或城市干线,经过立交桥直达市中心,出进顺畅,来去自由,此其二;原有的租界、老城、小街、里弄一律是单行线,此其三;行人、车辆遵守交规,连乘出租车都维持秩序且排队上车,交警执法文明、彬彬有礼,车辆干干净净,舒适度高,此其四。凡此种种,可见上海的文明程度非同一般。

忘不了日夜人如潮水般的南京路步行街,百年老店林立,商品琳琅满目,街边流光溢彩、富丽堂皇。黄浦江雄浑宽广、游轮穿梭、波光粼粼、彩灯闪烁,令人应接不暇。

跛脚看车女人,你好吗

今天单位搬家,突然发现那位跛脚的看车女人不见了。其实她早已不见了,只是我在这边停车少,刚刚注意到她不见了而已。

我不知道她姓甚名谁,只是因她走路一瘸一跛,我便在心里称她"跛脚女"。"跛脚女"很瘦,头发可能常常因早起来不及打理或是晨风吹拂而显得凌乱。她皮肤黝黑,花白的头发和朴素的衣着让人看得出她的生活很艰辛。她总是斜挎着一个过了时的收钱用的坤包,你不停车便看不见她,只要车一拐进停车场,她就不知道从哪个旮旯冒了出来。也不知她从哪儿学来的技术,虽跛却快地来到车旁,操着字正腔圆的普通话说道:"方向打死,倒、倒、倒,向前上一把,方向向右,回轮,好,方向拧正,停!"她一边做着手势,一边大声指挥,其实她可能连坐小车的机会都有限,更谈不上会开车,但她指挥停车的老练程度,在偌大的西安城并不多见。尤其对于地处闹市繁华路段、车位紧张的南门里,一些新手见停车就头大,她却能根据自己的经验,让司机把车停得妥妥的。由于我的单位就在该停车场的大厦上,我经常上下班停车都要经过她的指挥,加之她身体略有残疾,平时就对她多了几分留意和关注。

我在南大街上班的5年中,无论春夏秋冬、寒来暑往、风雨交加、大雪压枝,都能看见"跛脚女"单薄、清瘦、轻快、敏捷的身影。

"跛脚女"对工作极其负责。要是有人趁她不注意时停歪了车、堵了出入口、压上了盲道、忘记了关车窗拔钥匙或将贵重物品留在车内,她都会及时提醒甚至跑到楼上办公室找车主纠正或提醒。这使马大哈们异常感动,同时和她都建立了良好的人际关系。

我所办公的大厦是座仿古建筑,为了和南门协调,以灰色为主色调,楼高六层,设有电梯。我们单位在四层,她若内急,上卫生间必到四楼来。从门卫到领导,都为她提供方便,从不嫌弃。

"跛脚女"从不乱收费。在计时收费前,她一般只收两元,实施计时收费后,无论你车停多久,她永远收的都是四元,赢得了广大车主的赞誉。

不知从什么时候起,"跛脚女"不见了。她生病了吗,还是家里发生了变故?要么被别人顶了、挤兑了?我不得而知,也无从知晓,但又很想知道……

在另一个停车场里,看车的是一位近70岁的聋子,他聋但不哑,戴着助听器。我因职业习惯和经常在那里停车的缘故和他很熟,聊过看车方面的事。他告诉我,不要小看看车这个不起眼的职业,没有关系是吃不到这碗饭的。西安市八百多万人口,几百万辆车,每天新增车辆上千台,车位越来越少,收费愈来愈高,所以这个行当格外的火爆。

"跛脚女"人好、心善、手软,收费低,跑得慢,体力差,也许完不成任务,也许得罪了哪路"神灵",也许被关系硬的人顶替……反正,眼下我看到的是两个蠢笨、生硬、胖大的陌生女人面孔。她们压根就不会指挥停车,因其指挥不力,发生小剐蹭是司空见惯的事,因而大家好像不是很待见她们。

好在我们搬走了,之后和她们打交道的机会越来越少。但"跛脚女"高一脚低一脚地奔向车辆、指挥自如、态度和蔼的形象在我脑海中怎么也挥抹不去。

"跛脚女",你还好吗?在这夏去秋来的季节里,你是失去了欢乐,还是正在收获着痛苦?

我家的"老古董"

我对古董并不是太感兴趣,我这里说的我家的"古董",实际上是在我看来已尘封多年、至今看来有点价值的东西。

秦砖。这是十多年前我在秦咸阳宫遗址周围踏春时,见到的一块并不规整、有纹路、类似于今天地板砖的灰色秦砖。其实,在咸阳或是西安,秦砖汉瓦是随处可见的。但这块砖来自于秦咸阳宫附近,说不定还是秦始皇嬴政或其太子扶苏、秦二世胡亥,抑或后宫嫔妃们的宫殿上的遗物呢。也许它只是极普通的一块砖,但由于来自秦咸阳宫,就引发了我对两千多年前的大秦帝国及那段历史的思索和追忆。

古玉。我家有那么几块,非常大。从质地分析,是好东西。我不懂玉,但能辨好坏真伪。中秋节前和几位朋友在西安文化人经常集聚的美院旁的荞麦园吃饭,大家谈完字画生意,听了陕北民歌和陕北说书,有一做字画生意的老板掏出随身带着的一件挂玉,称北京的专家给他估价为28万元。我不知他是在吹牛还是在炫富,于是没有发表自己的见解。若如他所说,我的玉将价值不菲。

耀州瓷。铜川市耀州区至今保留着一个耀州瓷博物馆。我虽多次路过,但从未进去过。虽对瓷器不是太热爱,但其具有代表性的倒流壶、青瓷碗,也让人生出好多遐想。

泥塑羊。这是宝鸡凤翔县的民间工艺品,上过中国邮票,2010年上海世博会上也有展出。一看到它,我就对满地的黄土生出感情,对心灵手巧的民间艺人生出景仰。

葫芦戏曲脸谱。这是一位朋友送给我的。脸谱画在半个大葫芦上,色彩艳丽,画面夸张。葫芦的把儿拴着红丝线,下面吊着中国结。我把它挂在客厅,每每观赏,就仿佛听到秦腔大家在为我豪迈地吼唱。

《毛主席的重要文章和谈话汇编》。这本书由中共中央办公厅于1974年1

月印发，里面共收录了毛泽东的三篇文章。第一篇是《我的一点意见》，第二篇是《毛主席致江青同志的信》，最后一篇是《毛主席在外地巡视期间同沿途各地负责同志的谈话纪要》。伟人四十多年前的话，对我们当代人仍有借鉴、警示、启迪的意义。

我的八本日记。我从中学时代到刚参加工作不久的1990年之间，为了练笔，曾一度养成了写日记的习惯。其中有不少篇目还是用英文写的。现在读来，备感真切。

20世纪80年代的同学赠言本。互写赠言是当时很流行的一种同学间的互相鼓励及传递友情的方式，关系好的还贴有照片，那纯真的脸孔，折射的是一个时代的印迹。尽管大多数人走出校门后各奔东西，甚至再未谋面，但我对他们中的一些人记忆犹新。

会打鸣的瑞康牌报时器。这是20世纪80年代末由咸阳无线电二厂生产的，出厂于1991年。它不仅有电子显示屏幕、语音报时，还能通过模仿公鸡打鸣来报时。它几乎成了老婆和我上班、孩子上学的依赖，你想几点起床，它就几点叫你，从不偷懒，也不误事。即便是在电量不足、来不及更换电池的情况下，它仍然嘶哑着嗓子为我们全家服务，因而孩子上学从未迟到过。更为奇怪的是，我数次搬家，因不小心曾摔过它至少六次，可它不用修理，也未出过故障，如今的它，像战功显赫的勇士，虽遍体鳞伤、浑身缠满胶带纸，但还是倔强地服役着。遗憾的是，就是生产了这么优质产品的国营咸阳无线电二厂，多年前由于产权纠纷而淡出了人们的视线。我相信大多数家庭都用过这个产品，如今市场上却再也不见它的踪影。

"如意"牌18寸彩电。这是我1991年结婚时老婆的嫁妆之一，也是当时很抢手的紧俏商品。要知道，当时买彩电是要找人、拉关系、走后门、排长队的。1988年，我在新疆同学那里亲眼所见，乌鲁木齐的同事为了让我同学给他捎台"如意"彩电，不惜将自己一件价值400多元的好皮夹克（相当于当时3个月工资）赠予了我的同学。尽管如今陕西的"黄河"断流、"海燕"折翅、三秦人民不"如意"，当年的韶华不再，但岁月留痕，记忆犹存。

大罩子老台灯。有别于近年来影视剧中那盏民国时期的绿色长罩子台灯,我家的这个是花瓶式柱子上面扣一宛若清朝官员大帽子的那款。这是1995年的物什。2003年以前,我的灯下写作几乎全靠它,但由于破损已"退役"七年。我每每见它,仍思绪万千……

说来说去,我这些"古董"实际上并不是什么古董,只是年代久远,我认为可以留住记忆、留住情感、留住美好的回忆。对我来说,时间愈久,它们的"身价"愈高。

顺手牵羊

人的一生,始终要与人、财、物、时、事相伴,与喜、怒、哀、乐、忧相随。前者为管理者应具备;后者是平常人之情绪。如此反复,波浪前行,相伴一生。

由于6日是二十四节气中的小寒,朋友们的电话、微信、短信问候纷至沓来。我的一位最要好的朋友,为了帮我御寒,还专门请我捏了个脚。双脚长久地浸泡在浓浓的中药里,足底的血管纷纷舒展,全身的神经渐渐放松,一天的疲劳慢慢解除,使我在这最寒冷的季节里备感温暖。因而昨晚回家比平时稍晚了些,泊车后就匆匆上了楼,一觉睡到自然醒。

今早刚一出门,看车的收费员就急忙地向我走来,并问我怎么没关车窗玻璃。我被问得一头雾水,遂疾步走向停在路边的爱车,方发现四窗半开、车厢狼藉、杂物散落,很明显被人翻过。我仔细检查了两遍,发现除了我随身带的印章(写书法用)被窃外,并无其他东西丢失,于是也没报案,草草整理完后就出发了。

行走在路上,我一直在想,是我忘了锁车,还是有人撬开;是专门行窃,还是顺手牵羊。从乱翻的迹象和所丢的东西看,显然是顺手牵羊。顺手牵羊是经常发生的事,因为生活中总有一些马大哈。马大哈被顺手牵羊,人们自然理解,我并非马大哈,也遭顺手牵羊,自己就一整天不能原谅自己。

丢了私章其实并不是什么大事,谁拿去了也等于无用。我非大名人,章子骗不了人,也哄不来财。但此物对我来讲,却很重要。一枚刻的是我的姓名,另一枚是我书房"墨花斋"的闲章,皆为闲来写作时的必备品,也是我随身携带之物。窃者之所以动心,一是遵从"贼不空走"一说,二是此二印章为玛瑙石材质,故在其发现没什么值钱物什后,只好顺手牵羊了。

塞翁失马,焉知非福?顺手牵羊,厄运难测。在农历羊年即将到来的时候,被顺手牵羊,就预示着羊年顺手、羊年走运、羊年平安……如此一想,便愁云不再,笑逐颜开,岂不乐哉!

(2015年1月7日于墨花斋)

尚 耕 园

如今城里的孩子,谁知道五谷杂粮,谁晓得春播秋收,谁懂得劳动艰辛?教科书上所言:"锄禾日当午,汗滴禾下土。谁知盘中餐,粒粒皆辛苦。"农村长大或出身农家的子弟也许感同身受,生于城市、长于城市的新生代们,肯定是很难体会的。

"乡下人的都市饭庄,城里人的乡下厨房"——这是西安大秦岭农业发展有限公司的经营理念。四年前,儒商出身、当过知青、阅历丰富、见解独特的陈志宏先生发现,如今的孩子不懂稼穑、不爱劳动。于是,他将自己的庄园命名为"尚耕园",意为崇尚农耕、提倡种植、养殖、强体、养生。著名作家、诺贝尔文学奖获得者莫言先生曾六次在这里就餐,且每次必点辣白菜,如今,"莫言辣白菜"已成为就餐者必点的一道招牌菜。加之莫言先生的题字,使这个可同时容纳一千人就餐的庄园,更具文化魅力。

采天地精华,育太空蔬菜,享田园风光,品绿色佳肴。尚耕园地处秦岭北麓,位于西安环山路中段鸭池口,是西安市农委授牌的首批市级农业休闲示范项目。庄园以乡村田园、秦岭风情、耕读体验、生态种植、养生保健为主题,是一个以太空农业种植与城市阳台蔬菜种植、养生餐饮、耕读文化体验、黑凤鸡(黑羽药鸡)养殖、绿色食品加工、庄园特产销售为一体的大型庄园。

中国黑凤鸡是我国独有的珍稀种源,早在唐朝时期,黑凤鸡就作为乌鸡中的极品被列入宫廷御膳和药材。经国家农业部鉴定,黑凤鸡不仅富含黑色素,还含有抗癌元素硒等矿物质,是稀缺的滋补佳品。

年关将至,南山庄园的石磨面、五谷杂粮、石板大米、黑凤鸡蛋挂面、黑凤鸡、黑凤鸡蛋、黑凤鸡汤、酱辣子、葫芦鸡、饺子馅、净菜、蒸碗及太空五彩椒、太空番茄、生态草莓、养心菜、补血菜、降压菜、胰岛菜、田七、马兰头等盆栽蔬菜将成为广大消费者购买绿色食品的首选。

这种以天然、有机、生态为宗旨,以传承耕读为己任,以绿色、养生、安全为担当的庄园,是西安之荣、三秦之幸、人民之福。

(2015年12月于墨花斋)

补 衣 女

以往一提起中华民族,我们一般要用勤劳、淳朴、善良等词来形容;一谈到中华女性,也多以勤俭、贤淑、温良等词来形容。在过去相当长的历史时期,贵族阶层的女性一般大门不出,二门不迈,深居闺阁,学做女红。对于平民百姓家的女性来说,裁裁剪剪、缝缝补补,既是一种本分,也是一种责任。有些时候,女性竟也能靠此为人做工、养家糊口、勉强度日。从这个意义上讲,针线活是旧时女子必须掌握的手艺。

然而,近些年来,衣服全是买的,做衣已少之又少。除了农村还有个别妇女做针线活,在城市,我们已经很少看见妇女们做针线活了。

就以补衣为例,过去我们所习惯的"新三年、旧三年、缝缝补补又三年,老大穿、老二穿、改改补补老三穿"的时代宛若隔世,衣服烂了想补一补还得找专业人士。在西安,假若你衣服破了洞、开了线、烂了面,想找人补,一定会有人告诉你:"去开元,那里补衣女很多。"

"开元"是开元商城的简称,位于西安市中心最繁华的钟楼东南角,这里车水马龙、人山人海、川流不息。不知从什么时候起,这儿突然来了一群补衣女,她们成群结队,见人就问:"补衣服吗?"在一般人看来,这种营生不会有好的市场。但事实上,她们已经存在了好多年。究其原因,就是现代人的生活节奏加快,在家做针线活的女性越来越少。补衣女大多来自南方,以中年农村妇女为主。她们的工具很简单,身挎简易布包,内装针头线脑,手持专用木陀,只要接到活,就打开小马扎,戴上老花镜,埋头干起来。她们心灵手巧,总能将衣服补得平平整整、不露针脚,令人满意,的确方便了市民。

和其他事物一样,补衣女这一行业也有其两面性。这一群体在给百姓带来便利的同时,也存在一些问题——她们随意围在人行道,肆意坐在花栏上,还时常漫天要价、大声喧哗,有时还和顾客发生口角或肢体冲突。市容宣传、执法车就在旁边,或是同情这些打工者,或是没有好的治理规范措施,工作人员就那样视若不见,就如此放任自流,就这样置若罔闻。

(2016年4月14日于墨花斋)

限 烟

  某位领导强调开会时不许吸烟,好多人不习惯。领导就讲了个故事,说他在北京开会时,烟瘾犯了,想抽烟却无地可抽,并且忘了带火。突然发现远处有人抽烟,就凑上去借火。与他们一打招呼,才发现他们也是陕西人。于是,在自嘲的同时甚觉尴尬,抽了几口后,就摁灭烟头,再不抽了。

  近年来,戒烟的宣传比比皆是,一些公众场合已无人抽烟。吸烟者也只有到指定的吸烟区域去。我是一位吸烟者,而且烟瘾较大。在几十年的吸烟史中,也曾多次想戒烟,但是屡试屡败,没见成效。这几年,忽然发现身边好多烟龄比我长、烟瘾比我大的领导和朋友都戒了烟,自己不免也有些触动,暗地下了不少决心,却终未成功。

  后来,家人、朋友劝我说,既然戒不了烟,就尽量少抽点吧,一定要限量。我觉得极有道理。可是,说起来容易做起来难,还是收效甚微。清明前后,气候反常,近日的倒春寒和连续的小雨,使我身体不适,有些感冒,自然吸烟就少了好多。

  近三天来,坚持较好,甚为喜悦。为了自检自纠、自勉自励、自我约束,特写此小文,但愿限烟有成效。

(2016年4月11日于墨花斋)

尽一个锅底下烧

"尽一个锅底下烧",是指好多锅支在一起做饭时,由于柴禾有限,每个锅都火力不够,如果同时进行,做的饭肯定是夹生的,相反,如果把柴禾集中到一个锅底下烧,做出的饭肯定是熟透的。这句话可以引申为做事要一件一件办实、做稳,才能成功。

20世纪90年代末期,工人下岗、农民进城,有人改行,有人赋闲,就连大学生就业、择业都成了亟待解决的社会问题。好多人今天干这,明天干那,后天又干了新的工作,这种做法用时下的话说叫"灵活就业",其实用老话说就是"打短工"。因此,不知从什么时候起,人和人见了面打招呼的第一句问候语成了"还在×××单位上班吗",这是对你的质疑,也是对你诚信力、公信力的拷问。我相信既然别人会这样问,肯定是你没有尽一个锅底下烧。

我上初中时,英语课本上有个寓言,说蝙蝠由于有鸟的翅膀和兽的长相,便游走于鸟兽之间,结果鸟儿们嫌它不是纯鸟儿,兽们嫌它不是纯兽,弄得它自己都弄不清自己的身份,找不到归宿。这个寓言告诉我们,人在社会上做人做事,只要认准的,就要坚持不懈地做下去,既不能半途而废,又不能浅尝辄止,更不能轻言放弃。

《西游记》大家都爱看,我们除了对孙大圣机智勇敢、除妖斗魔的过程感兴趣外,对于唐僧师徒不惧路之迢迢、难之重重,历经八十一难,最终到达西天取得真经的精神也格外崇尚。《西游记》里的唐僧师徒取经的精神其实也是中华民族百折不挠、勇于吃苦、不计得失、执著追求的宝贵精神的反映。还有著名的愚公移山的故事,愚公为了搬走堵在自己家门口的太行和王屋两座大山,带领儿孙日夜劳动,移石、挪土、清障,手搬、肩挑、人抬,当有人笑话他这样永远也搬不了山时,愚公说,我搬不完还有儿子,儿子之后还有孙子,子子孙孙无穷尽也,就不信搬不走它们。愚公的精神终于感动了天帝,天帝便派夸娥氏帮他搬走了这两座大山,实现了愚公一生的愿望。

尽一个锅底下烧,是我的一位朋友常挂在嘴边的口头禅,也是他做人的准则。在长期的实践中,我觉得这句话说得很有道理,也适应于眼下就业难的现实。电视剧《老大的幸福》和《我的美丽人生》讲的都是普通人的平常事,无论是老大做足疗,还是王小早做保姆,由于他们对自己所从事的职业都非常热爱和执著,最终他们不但受到了尊重、赢得了信任、收获了爱情,而且收获了人生中宝贵的满足和幸福。他们的故事不也证明了"尽一个锅底下烧"的益处吗?

对企业来讲,尽一个锅底下烧就是做品牌。一些企业产品既多且杂乱,样样都有,却样样都不精,没有主导产品和拳头产品,从而销路不畅,效益不佳。其原因之一,就是没有将"柴禾"尽一个"锅"底下烧。

家乡的河流

一条东西走向的渭河,把咸阳分为南、北两部分。我的家乡就是渭河以南的一个村子。

咸阳,是秦始皇嬴政建立的我国历史上第一个大一统王朝的都城,地处九嵕山之南、渭水之北,因山水俱阳而得名。

我的家乡位于西安、咸阳交界处,沣河、渭河交汇口的西安沣东新城。打我记事起,沣河日夜汩汩流淌,水面清澈见底,鱼儿触手可及,河边绿树成荫,头顶蓝天如洗。每到夏季,伙伴们总是偷偷地跑到河里戏水。一到傍晚,劳作了一天的庄稼人,脱掉衣服,甩掉鞋子,伸开膀子,一头扎进水里,洗去一天的污垢、汗水、疲劳,水性好的,干脆躺在水里"飘黄瓜";村里的男女老少,三五成群,叽叽喳喳,趁着夜色的掩护,不顾性别,忘了羞涩,也潜入浅水湾,洗衣服、摆毛巾、洗澡、说笑、打闹。谁都不干扰谁,谁都不笑话谁,尽情地享受着大自然的恩赐。

河底全是沙子,不时有小鱼儿蹭过人们的脚,痒痒的,麻麻的,这一刻,人们尽享人与自然和谐相处的美好时光。那个情景,那种惬意,至今仍然萦绕在我的脑际,怎么也挥抹不去。

到了周末,远在城里的市民骑着自行车,带着老婆孩子到这里来,有的垂钓,有的游泳,他们带着吃食、饮品,玩上整整一天,夕阳西下,方踩着暮色归去,给寂静的农村和河滩平添了诸多色彩。

渭河在我们这里河道很宽,平时没有多少水,河床两边全是黄胶泥,长满了各种各样的野草、野花,河边野鸭不断、兔子欢跳、黄鼠乱窜,颇有小草原的野趣。一到放学和暑假,我们便跟着大人去放羊、割猪草、捉河鳖。这里偶尔也有蛇出没,好在小伙伴们手里都有镰刀,万一遇到危险,就可以防身。

渭河最美的季节是夏秋两季,尤其是遇上连续的阴雨天,渭河水必然暴涨,河面一下子淹没了整个河滩,宽得宛若大海。从上游有时会漂下来淹死的牲畜的尸体,都被村里水性好的人打捞上来,然后交给公安处理。

这种场景,人们习以为常。在我的记忆里,渭河每年都涨水,但我们村从未发过水灾,村里的老人们都说,因为村名叫"渔王",是老祖宗冥冥之中保佑着呢。长大后我才明白,渭河流经我们村子的河段,河床平坦,河谷宽广,河堤坚固,因而水不会蓄积,也不会回流,更不会倒灌。

由于有沣水、渭水的滋养,家乡水资源相对丰富,小河流、小水潭、小水池星罗棋布,庄稼也长得比别的村子好。人们过去吃水的井,在井口伸手就可用桶打上水来,其水清冽、甘甜,浸润了几代人的情感。

1989年,西安市自来水公司第四水厂在村里修建通水工程,至今,西安西郊的人们吃的还是我们村子的水。也就是在那时,村里家家户户通了自来水,修了水泥路,村民们也由种植粮食改为种植蔬菜,且渐渐富裕起来,成为全省首批省级文明村。

然而近年来,家乡的沣河和渭河却失去了昔日的秀色,水位一再下降。城镇化进程使干涸的河床成为少数人取沙、采沙、卖沙的摇钱树,往日的沙坑渐渐成了臭涝池、垃圾坑。和所有地方一样,新农村建设开始后,农村的垃圾处理成了一个摆在各级政府面前的严峻课题。

  多年前,我住进了城里,由过去的渭河以南变为渭河以北。有缘的是,我还住在渭河岸边。近年来,咸阳市在渭河上先是建成了烟波浩渺的咸阳湖,后又修建了若干个绿荫如盖的森林公园,城区渭河段的面貌发生了翻天覆地的变化。进入"十二五"以来,国家又投资600多亿元进行渭河治理工程,家乡作为受益区,必将在不久的将来变成水清、树绿、花香的世外桃源。

  入夏以来,每到傍晚,人们便三三两两地走向渭河岸边,散步、健身、观景、乘凉。

  走近渭水北岸,欢快的乐曲此起彼伏,女士们的广场舞、健身操姿态飒爽;老人们的交谊舞舒缓有度;孩子们放着风筝,蹬着脚滑车穿梭奔跑。渭河水平静地从人们身边流过,笑声荡漾在城市夜空,幸福写满家乡人的脸庞。

关中人的快乐生活

  陕西是中华文明的发祥地,关中平原最西端的宝鸡,又是西周文明的摇篮。

  关中是秦人的故乡。秦国是春秋战国时期的一个诸侯国,是华夏族西迁的一支。公元前770年,秦襄公护送周平王东迁有功,被封为诸侯,秦始建国,占领了被戎人和狄人占领的原周朝在陕西的领地。从公元前677年起,秦国在雍城(今宝鸡凤翔)建都近300年。

  公元前349年,秦孝公从栎阳迁都咸阳。咸阳因地处渭水以北、九嵕山之南,山水俱阳而得名。公元前350年,秦孝公任用商鞅进行变法,重农抑商,废除世卿世禄制度,奖励军功,编制户口,实行连坐之法,使秦国成为战国中期以后最为强大的国家。公元前337年,秦惠文王即位。公元前316年,秦灭蜀,从此秦国正式超过楚国成为战国七雄中版图最大的国家。

公元前246年,秦王嬴政登基,开始了他对六国的征服。从公元前230年秦灭韩国,到公元前221年秦灭齐国,最终统一六国。可以说,秉承了周秦胆略和汉唐遗风的关中人,自古就有刚直不阿、英勇顽强、豪爽威猛的性格。

在汉代,长乐宫是在秦离宫兴乐宫基础上改建而成的西汉第一座正规宫殿,位于西汉长安城内东南隅,始建于高祖五年(公元前202年),两年后竣工。长乐宫遗址平面呈矩形,东西宽2900米,南北长2400米,约占长安总面积的六分之一。据记载,长乐宫"周回二十里",宫城四面各辟一门,东、西两门外筑有阙楼,称东阙、西阙。前殿是宫内主要建筑,殿西有长信、长秋、永寿、永昌等殿。此宫四面各开宫门一座,仅东门和西门有阙。宫中有前殿,为朝廷所在。高祖九年(公元前198年),朝廷迁往未央宫,长乐宫改为太后住所。

唐代长乐公主名李丽质,是唐太宗的嫡长女,为唐太宗与长孙皇后所生。其性格开朗,正如其名一样天生丽质,为人仁爱,她容色绝姝,又擅长书画,深受李世民与长孙皇后宠爱。皇帝给公主命名长乐,就是希望她永远地快乐。

贞观十七年(公元643年),长乐公主因气疾而亡,年仅23岁。太宗痛失爱女,多次痛哭后仍难以抑制悲哀,并让其陪葬于昭陵。

长安有市有坊,市是指商业区,坊是指住宅区。古有长乐宫,是指皇室子弟居住之所,故而得出,长乐坊是指达官贵人居住的地区。

唐代大诗人孟浩然有诗云:"秦城旧来称窈窕,汉家更衣应不少。红粉邀君在何处,青楼苦夜长难晓。长乐宫中钟暗来,可怜歌舞惯相催。欢娱此事今寂寞,惟有年年陵树哀。"即是对长乐宫兴衰的生动描述。

品尽醇香，独恋其味
——从"吃"文化说起

古城西安，建都历史悠久，文化积淀深厚。在人们尚未解决温饱问题的漫长时期，父老乡亲们见面，总是习惯性地问一句："你吃了没？"从这不难看出人们对肚里那口食的重视，也反映了"民以食为天，食以安为先"的俗话。

随着社会的发展和改革开放的深入，延续了千百年的见面问候语已在不经意间悄悄发生着变化——"你好！""忙啥呢？""去哪？"人们相互点头致意，如果话语投机，就掏烟互敬，畅聊一番。从这可以发现人们的观念转变为追求精神享受了。有趣的是，在陕西相当一些地区，尤其是农村，男人之间一见面，就会掏出烟问："吃烟不，给，吃一根。"这充分反映了陕西人骨子里的耿直、坦诚、厚道。

早年读著名作家贾平凹先生的一篇散文——《吃烟》，初读感到有些诧异，明明是吸烟，为何要叫吃烟。等自己也成为众多烟民中的一员时，对吃烟有了深刻的理解。首先，吃是动词，主要是通过嘴来完成的；其次，从一支烟点燃到吸毕，一支8厘米左右的烟卷在吸者口中慢慢变短，直至吸到根部，就像人们吃一般食物一样慢慢消失；不管是一支烟、一盒烟，还是一条烟甚至更多，总是在嘴的吸食下，从多到少、由长变短、从有到无。这，难道不是"吃"完的吗？

吃烟听起来没有其他地方所称的"抽烟""吸烟"文明、优雅、动听，但细究起来确实有其合理性和准确性。无论是早期的水烟、旱烟，还是后来的纸烟、卷烟，都是经过人们的嘴去吸吮，再到咽喉、肺部。故陕西人说"吃烟"是有道理的。

冬至　饺子

中国古代先民用自己的长期观察、生产、生活实践经验,总结归纳出了"二十四节气"。在漫长的农耕文明长河中,指导和服务了人们的生活,而且今天和以后仍然发挥着无可替代的作用,为世界做出了巨大贡献。甚至有人建议,将"二十四节气"并入中国古代四大发明之后作为"第五大发明"。在这一诉求下,前不久,"二十四节气"被作为世界非物质文化遗产而申遗,这是中国人的骄傲,这是中华民族的自豪。

文人对二十四节气更是敏感,著名作家路遥先生《平凡的世界》小说开头写道:"1975年二三月间,一个平平常常的日子,细蒙蒙的雨丝夹着一星半点的雪花,正纷纷淋淋地向大地飘洒着。时令已快到惊蛰,雪当然再不会存留,往往还没等落地,就已经消失得无踪无影了。黄土高原严寒而漫长的冬天看来就要过去,但那真正温暖的春天还远远没有到来。在这样雨雪交加的日子里,如果没有什么紧要事,人们宁愿一整天足不出户。"这段精彩的开头,就是对二十四节气中"惊蛰"到来前的景色的描写。

冬至,作为"二十四节气"中的一员,与元宵节、端午节、中秋节、重阳节、腊八节、春节节日等一样,历来被国人所重视。仔细分析,这几个节气或节日都和吃有关,如元宵、粽子、月饼、甜糕、饺子等等。一个这么大的国家,在节气里家家户户吃同一种食物,这将是何等的壮观、奇异。

就以饺子为例,虽是日常茶饭里的一种,但全民集中吃者,只有两个节点,一是冬至,一是春节年夜饭。

每年冬至这天,不论贫富,饺子是必不可少的节日饭。据说这种习俗,是因纪念"医圣"张仲景冬至舍药留下的。

张仲景是东汉南阳人,他的《伤寒杂病论》,集医家之大成,被历代医者奉为经典。张仲景有名言:"进则救世,退则救民;不能为良相,亦当为良医。"东汉时他曾任长沙太守,访病施药,大堂行医。后毅然辞官回乡,为乡邻治病。其返乡之时,正是冬季,他看到白河两岸乡亲面黄肌瘦,饥寒交迫,不少人的耳朵都冻烂了,便让弟子在南阳东关搭起医棚,支起大锅,在冬至那天舍"祛寒娇耳汤"医治冻疮。他把羊肉、辣椒和一些驱寒药材放在锅里熬煮,然后将羊肉、药物捞出来切碎,用面包成耳朵样的"娇耳",煮熟后,分给来求药的人每人两只"娇耳",一大碗肉汤。人们吃了"娇耳",喝了"祛寒汤",浑身暖和,两耳发热,冻伤的耳朵都治好了。后人学着"娇耳"的样子,包成食物,也叫"饺子"或"扁食",因而坊间就有了"冬至吃饺子不冻耳朵"的说法。

西安是十三朝古都,又是中西部的中心城市,除了羊肉泡馍、葫芦头、肉夹馍、凉皮等,饺子也是人们常吃的一种美食。如"白云章""德发长""同盛祥"等百年老字号饭店,如过去的解放路饺子馆的饺子宴都是当地人招待外地朋友的首选之物。

每到冬至,饺子原料、肉、菜格外热销,超市冻饺、皮馅供不应求,与饺子有关的摊点常常排成长龙,大小饺子馆的座位就会爆满。家家户户都在剁饺馅、擀饺皮、包饺子、吃饺子。

饺子主要分干、汤两种。干的吃法是将饺子盛在盘、碗,配以醋、酱、香油、蒜泥、葱花、芫荽等调成的蘸汁,吃时用一支筷头戳破饺子使汁渗入,再用两只筷子夹起送入口中,其香也醇,其味亦正。关中人喜食辣椒,若在汁中佐以油泼辣椒,那更是色香味俱全,口脾胃大开。

汤饺多为酸汤,汤里有芝麻、木耳、虾皮、香菜,看起来水汪汪惹眼,吃起来口喉胃舒坦。若不小心噎着了,赶快喝几口汤,立刻进食顺畅,口口含香,连吃带喝,胜似神仙。

近年来,人们生活水平普遍提高,吃饺子不再只为填饱肚肠,饭量也不如从前。于是就有人将饺子艺术化,出现了袖珍小饺子、多彩榨汁饺等,使人们在进食的同时,尽享生活的多彩、美食的乐趣。

冬至是寒冬的开始,饺子是团圆的象征。在寒冷的冬日,煮一锅水饺,吃一顿美食,驱一股寒气,带一份祥和。家庭和谐、社会安定、祖国昌盛,是每个中国人心底升腾的最大心愿、企盼、祝福。

(2016年12月21日冬至于墨花斋)

人生吟唱
REN SHENG YIN CHANG

跋涉者之歌

清脆的鞭炮,送走了去年的欢喜
火红的灯笼,点亮了新年的序曲
喧天的锣鼓,敲出了秦人浑身的气力
嘹亮的歌声,唱出了龙年全新的机遇

瑞雪褪去了冬日的寒意
暖阳热吻着春天的步履
呼吸着初春清新的空气
农报人谋划着腾飞的大计

我们敞开视野,捕捉陕西的记忆
我们睁大双眼,搜集难得的信息

看那炎帝故里,可爱的宝鸡

这里是猕猴桃搭起的千里绿棚,那里是渭河水滋润的庄稼地

"农家乐"乐了农家,哨子面吃得人直冒热气

我们农报人的眼睛,深情地望着这里

瞧那杨凌农科城,使陕西享誉,让世界惊奇

这里是中国农业的发祥地,现代农业的示范区

每年一届的农高会,博得农民的心仪,赢得世界的赞许

我们农报人的笔头,重重地落在这里

礼泉的苹果带动了陕西,红遍了华夏大地

去年肉价疯长,惊动了温家宝总理

总理亲临这里,为生猪大户解决燃眉之急

新农村建设的典范,就在老区旬邑

乾陵脚下的娘子军,致富不逊须眉

我们农报人的心,和农民一样欢喜

古城西安高楼林立,三农发展更是了不起

高效农业、观光农业、休闲农业、现代农业,令人啧啧称奇

在西安周边走走看看,农民的笑脸最靓丽

我们农报人的相机,始终聚焦在这里

三秦的粮仓在渭南,陕西的东大门即将崛起

金黄的粮食,雪白的棉花,让我们足食丰衣

甘甜的瓜果,清香的蔬菜,让农民满心欢喜

我们农报人,常年活跃在渭南的农田里

耀州辣椒获得国家领导高度赞许,那就是咱的周总理

惠家沟土鸡蛋走俏都市,宜君的核桃名扬千里

印台的红土,陈炉的瓷器,铜川的厕所革命书写传奇

我们农报人的目光,欣喜地瞄向这里

退耕还林,治坡造地,延安的山峁峁披上绿衣
窑洞变高楼,土路成高速,老区人民扬眉吐气
安塞迎来了总书记,他和农民扭起秧歌,共沐新年新喜气
我们农报人,始终关注着这块革命老区

治沙英雄,层出不穷,沙退人进,创造奇迹
沙漠出产土豆,荒原种出蔬菜,农家好不欣喜
陕北在发展,榆林在裂变,世人为之惊异
我们农报人,讴歌榆林,不遗余力

鱼米之乡数汉中,山清水秀人美丽
夏天,西乡的樱桃笑红了脸,秋天,城固的柑橘笑岔了气
茶乡人的笑声越过汉江,飞过巴山,飘向川渝
我们农报人的脚步,常常停留在这里

平利的绞股蓝,紫阳的花鼓戏
岭南数不清的特产,安康看不尽的神奇
一江清水送北京,一路送去咱陕西人的深情厚谊
我们农报人的问候,就在群山起伏的农家里

秦岭最美是商洛,看山看水看稀奇
现代农业已起航,核桃板栗创新意
千里万里去打工,从国内到国际,都是咱农民好兄弟
我们农报人,永远和他们在一起

领略关中的风采熠熠
感悟陕北的腾飞秘笈
看遍陕西的致富传奇

我们农报人的心,始终在三农,始终在陕西

一年365天,我们都行走在可爱的三秦大地

跋山涉水,不管艰难崎岖

翻山越岭,不畏道路险奇

走基层,面对面

访农户,心连心

把记者的神圣职责扛在肩上,将老百姓的喜怒哀乐认真搜集

我们陕农报的功绩,历史不会忘记

回头看,我们已走过59个春秋,历史不短

想一想,半个多世纪的历程,辉煌灿烂

岁月,已让多少年轻记者,青春难还

岁月,已使多少资深编辑,白发斑斑

岁月,已把多少明锐校对,视力缩减

岁月,已令多少老报人像蜡烛一样将生命烧干

我们在艰难中求索,在创新中发展,我们生生不息,我们孜孜不倦

一个意志一条心

一个目标一股劲

发扬农报的光荣传统

继承农报的敬业精神

这是一代代农报人在媒体竞争中的接力

这是农报精神薪水相传所迸发的神奇

新时期,新起点

新目标,新农报

报纸追求高品位

管理追求高水平

经营追求高效益

发行追求高增长

队伍追求高素质

发展追求高速度

一人一把号，共吹振兴农报一个调

常说百姓心中事

感动万千平凡人

我们的足迹遍布三秦的山山水水

我们的汗水洒进乡村的角角落落

我们饱含激情

我们关注农村

我们报道农业

我们服务农民

我们无愧前人

我们无愧来者

以人为本、科学发展的"农报理念"，是我们源源不断的养分
克难攻坚、争创一流的"农报精神"，是我们深植大地的树根
走在前列、舍我其谁的"农报速度"，是我们蓬勃向上的枝干
顺势而上、鼓舞人心的"农报效益"，是我们枝头累累的果实

回眸揽山秀，攀登步步高

爱国志　民族魂　才子笔　三农情

我们农报人就是耕耘者

纸是田，笔是犁

笔耕墨种是我们的工作

农家尚有"挂锄"之日

农报永无"休耕"之时

春华秋实,岁月留痕

新的一年已经来临

我们不怕挑战,责任勇于承担

我们不怕艰难,宏愿必将实现

破碎的梦,不再肢解

跋涉的人,永不停歇

人生之路,曲折似藤

人生之诗,壮丽如虹

这是农报人性格的倔强

这是农报人精神的张扬

这是农报人挽起的坚硬臂膀

这是农报人挺起的铮铮脊梁

这是农报人对未来事业的无尽向往

这是跋涉者之歌的步步铿锵

(注:此诗为 2012 年陕西日报社元宵节晚会获奖作品。标题、内容稍有改动。)

书香幽幽伴我行

——写在世界图书日之际

莺飞草长,鸟语花香

万物复苏,春风荡漾

点瓜种豆,播撒希望

春雨无声,意在土壤

万物生长靠太阳

我们的工作和成长,离不开书籍的滋养

看看祖辈弯曲的脊梁

我们无法等待太久太长

人人都在编织幸福的梦想

幸福的梦想离不开图书的墨香

让我们掬一缕虔诚

携手步入书本的殿堂

我们在工作中读书

我们在读书中工作

我们吮吸着文化的琼浆

我们迸发出知识的力量

静一静浮躁的心绪,攀爬书山

让我们的身心更强更壮

给自己充电,为自己鼓掌

昂起胸膛,展开翅膀

张开双臂,让梦飞翔

为今天奠基,为未来囤粮

世界图书日每年只有一次

读书是我们必不可少的营养

仓颉造字,为后来的图书形成做了开创

先秦诸子,争鸣出智慧之光

文艺复兴,激起社会发展的潮落潮涨

工业革命,带来科学知识的全球飘扬

人类文明的道路,无一不被知识点亮

社会进步的轨迹,无不闪耀着书本的光芒

中国文化的基石,四书五经

华夏历史的文明,周秦汉唐

"修身齐家治国平天下",凝结着先贤的光辉思想

"博学、审问、慎思、明辨、笃行",至今仍有深远影响

先秦诸子百家,文字激荡

无论历史如何变幻,人们从未中断咏唱

汉魏诗赋,飘逸和畅

唐诗宋词,文采飞扬

"先天下之忧而忧,后天下之乐而乐",成为做人做事的标杆

"人生自古谁无死,留取丹心照汗青",成了民族忠魂的标向

多彩戏剧,是高台教化的担当

四大名著,是古典文学的榜样

根深叶茂的经典文化,是祖先留给我们的精神宝藏

鲁迅杂文、小说,揭穿了旧中国人吃人的本性,发出的呐喊声声铿锵
郭沫若的《屈原》,震醒民族沉睡的魂魄,激励着勇士拿起大刀火枪
《林家铺子》《骆驼祥子》《家》《春》《秋》,造就了文学巨匠
《围城》《死水微澜》《冰心文集》,诸多大师的心智写在纸上
璀璨的现代文学泰斗,在新中国黎明前夜格外亮堂

《白毛女》《小二黑结婚》《暴风骤雨》,解放区文学令人难忘
贺敬之、赵树理、丁玲、周立波等,为土地革命、婚姻自由谱写新章
《新儿女英雄传》《吕梁英雄传》,再现抗日烽火战场
《保卫延安》《林海雪原》,使我们铭记先辈的悲怆

《钢铁是怎样炼成的》,昭示我们不惧困难
普希金的诗句,使我们理想信念更加坚定
从托尔斯泰到高尔基,从司汤达到莫泊桑
从《战争与和平》到《基督山伯爵》,从《茶花女》到《红与黑》
我们将视野扩展得更广
从中汲取世界名著的给养

我们在《红岩》上高唱《青春之歌》《把一切献给党》
我们聆听《雷锋的故事》,让《灵与肉》不再彷徨
我们在《芙蓉镇》咀嚼《蹉跎岁月》,感悟历史的创伤
我们不再《浮躁》,像一颗颗《新星》扶摇直上
文学,是我们的食粮
图书,是我们审视历史的秘方

文学大省数陕西,陕西的作家亦辉煌
一部《史记》,记载着三千年的兴亡

一部《创业史》,刻画了农村发展的长廊

《人生》搬上银幕,撼动了几代人的心房

《平凡的世界》,因被誉为"茅盾文学奖王冠上的明珠"而异彩独放

沉甸甸的《白鹿原》,把民族秘史尽情宣扬

《秦腔》像那秋日的高粱,红遍神州,在秦人内心沸腾激荡

路遥、陈忠实、贾平凹、高建群、京夫

陕军突起,风疾浪狂

古有《齐民要术》,那是祖先研究农业的聪慧之囊

今有农业百科,这是现代科技的登场亮相

大田耕作变成大棚种植,农民种地再不用看老天的模样

吃饭农业变成挣钱农业,农民的钱袋子鼓鼓囊囊

科技的支撑,使现代农业园区遍地开花

实现"三个陕西",已成为乡村最美的乐章

攀登书山,了解"三农"

让我们的报道不再外行

潜心书海,掌握政策

让我们的工作不再迷茫

书本就是拐杖

知识就是力量

书香幽幽伴我行

天天闻我书声琅

人人向往中国梦

三秦处处弥书香

(注:本诗在2012年5月陕西日报传媒集团纪念图书日诗歌朗诵比赛中获奖。)

麦 客

捏一把镰刀

攥着全家人的温饱

跋山涉水

走州跨县

个个都似苦行僧

高楼大厦最底层的台檐

就是你晚上睡眠的床板

小吃摊前照见人影的面汤

没雇主时也可以饱肚御寒

成群结队黑压压一片

坐卧在都市路口的道沿

望眼欲穿哟

等待着农家兄弟的随时召唤

金黄的麦田成了你的画卷

一把镰刀抒发着你的情感

浑身使不完的劲儿

全在你身后倒下的一片片麦田

骄阳熨烫着你的脊背

洁白的衬衣渍云斑斑

对垄传来熟悉的乡音
慰藉着对妻儿的思念

女主人香喷喷的饭菜
是对你最热情的款待
来不及休息又磨镰出征
因为你明白
忙碌的镰刀是生活的主宰

远方传来收割机的轰鸣
警惕的鸟儿飞出了梧桐
麦客的心里不再宁静
夜行的脚步更加匆匆
镰刀在月下加快了频率
他在黑夜里收割又一个黎明

（注：原载于1996年6月7日的《陕西农民报》，有删改。）

诗 四 首

之 一

同窗求学好几载,乡音乡情永不改。

青丝缕缕写春秋,笑声飘过长城外。

（2016 年 2 月 27 日于北京）

之 二

冬去春来天变脸,轻尘尽拂遮视线。

空气混浊心不宁,受友相约近远山。

独坐静处吃纸烟,凝望乡景起波澜。

一口细面在箸头,定神细思明灭间。

（2016 年 3 月 5 日于墨花斋）

之 三

山叫少华山,景色不一般。

人在岸边走,清水何急湍。

拾级向上攀,步步有奇观。

静心细思量,人人似神仙。

（2016 年 4 月 26 日于少华山）

之 四

重泉古镇在东府,朋友接风散心处。

马嵬驿站再扩展,醉是初春洗尘土。

（2016 年 4 月 28 日于蒲城）

井

水爱的是井
井爱的是辘轳
辘轳爱的是绳
绳爱的是桶
桶爱的仍是井

有了井
就有了辘轳
有了辘轳
就有了绳
有了绳
就有了桶
有了桶
就有了井

井是放大了的桶
桶是缩小了的井
井是变长了的桶
桶是变短了的井

没有井
就没有辘轳
没有辘轳

就不用绳

没有绳

桶还是桶

没有辘轳

井还是井

是辘轳盘起了绳

是绳牵引了桶

是辘轳和绳吊起了桶

沟通了井

生活就是一口井

生活就是一架辘轳

生活就是一根绳

生活就是一只桶

不要人为去挖掘陷阱

不要只做架在一口井上的辘轳

不要在脖子上缠绳

不要做七上八下的桶

水可以照见每个人的身影

辘轳可以挽起每个人旋转的人生

绳能将我们与外界沟通

桶可以告诫我们做事照章而行

这就是井

这就是辘轳

这就是绳

这就是桶

引导我们每个人的人生走向成功

拜年有感

之 一

年关脚步乱,时间已向晚。

应邀把事谈,煮茶论长短。

铺纸于毛毡,提笔寄赠言。

冰心在玉壶,新春扬巨帆。

（2016年2月5日于墨花斋）

之 二

木门开两扇,我在门口站。

岁月有年轮,感慨万万千。

大门沉甸甸,门槛有长短。

关启用门闩,院内生炊烟。

（2016年2月7日于墨花斋）

之 三

新春拜年走四方,难辨是城还是乡。

百姓生活过得美,家家都在奔小康。

（2016年2月9日于墨花斋）

之 四

本来出门看冰雕,无奈天热冰已消。

残雪秋千荡悠悠,人勤春早有喧嚣。

宏兴码头真热闹,人声鼎沸传欢笑。

关中新添一景点,遥想早旧时味道。

(2016 年 2 月 10 日于墨花斋)

之 五

正月初六假已满,驱车缓缓过草滩。

东晋桃源幽而静,车少人寂空气鲜。

闲庭信步四处看,曲径通幽瓦舍轩。

燕子低徊楼宇顶,一丝春意在眼前。

(2016 年 2 月 13 日于墨花斋)

丑丑与秀秀(信天游)

(一)

三道岔里有俩娃,男丑丑来女秀秀。

丑丑今年二十八,未婚小伙他最大;

只因身矮脸又长,姑娘一见就躲藏。

秀秀芳龄二十六,就她一人没嫁走;

不是没人相中她,是她"园中"在挑"瓜"。

同龄人已经生了娃,急坏了她妈和她大。
母亲说得磨破了嘴,父亲急得跑断了腿。
三道岔的人一聚,闲话多得像秋雨。

(二)

咬锅盔须得自己有牙齿,
人活着就得有点真本事;
丑丑人丑心里秀,
多年一直学养兔,
果树栽培也摸索,
学科学更要用科学。
秀秀脸俊心善良,
巧手能绣活鸳鸯,
裁剪理发她样样精,
十全十美没毛病。
人说秀秀实在太傲气,
所有的后生她都不中意?

(三)

收了麦子收不了米,
事业成功比啥都更美。
丑丑想的果树和养兔,
秀秀钻研服装和刺绣。
好事常常须多磨,
要靠天撮与地合。
走路要用自己的步,
何必让别人来搀扶!

丑丑秀秀一拍即合，
全岔上下炸开了锅。
人说金花配的是银花，
西葫芦只能配南瓜。
"秀秀你一朵娇艳的花，
咋能忍心往牛粪上插？"
"我嫁丑丑碍你啥？
意见再多又能咋？"
父母要与秀秀断关系，
丑丑家怕事差点要泄气。
还是秀秀的决心大，
死活都要把丑丑嫁。
都说丑丑烧了碌碡壮的香，
不然咋能把秀秀娶上。
好男不图嫁妆好女不图家当，
连婚礼也不讲排场。
婚后还不到半年，
现代家具齐置全；
兔子欢跳果子美，
刺绣没少赚外汇。
人人都说丑丑秀秀是天生的一对，
三道岔里演了一出天仙配。

（1995年6月）

游棣花古镇有感

陕南名镇山水佳,宋金名邑数棣花。

古色古香清风街,文学巨匠贾平凹。

沿街门铺顺路下,秦楚文化来配搭。

千亩荷塘映田野,幸福惠及百姓家。

(2015 年 5 月 10 日)

城市的夜空
——悼汪国真先生

相对于农村

城市的夜空多了色彩,依然斑斓

有月亮和星星挂在苍穹的夜晚

是风雨吹拂洗涤后的呈现

楼群间的公园

一睹星月的笑靥

脚下的绿地是那么柔软

和煦的凉风将白天的炎热驱散

踮起脚尖

深情地仰望天边

一颗流星

瞬间从天际滑落,宛若云烟

汪国真就这样匆匆地走了

给诗坛带来悲伤和遗憾

精美的诗句

被一座座城市收藏

让每一个读者惦念

不凡的名字

在世间流传

作为诗的国度

也作为诗的故乡

我们在诗情里陶醉

我们在画意中睡眠

没有诗人的夜晚

我们捧着诗句用心吟唱

我们枕着愉悦用情弥坚

告别一个旧的荒漠

开拓一片新的蓝天

城市的夜空依然喧嚣

一个个新的诗人将会走在路上

使月夜不寂

唤繁星闪闪

（2015 年 4 月 27 日于墨花斋）

爱你的时候

（一）

爱你的时候
路是那样短
还未感觉
已经走完
最难忘
最难忘那个小路湿湿的夜晚
露珠真大
难道夜也会哭吗
就像我昨夜
用泪水
用泪水浸湿的那个伤心的梦

爱你的时候
时光好像在飞转
昨天还是春季
今个儿便成秋天
那个秋天的那个夜晚
黄花怎么枯萎了
不几天
不几天就会凋落
那只鸽子飞走了
飞走了

还会归来么

什么时候

什么时候

爱你的时候

对花也是同样的爱恋

周身散发的温馨

无时不使我

不使我将你步步紧跟

摘一朵

摘一朵最艳丽的花送给你

送给你

不写一个字

明白吗

它在说

它在说

（二）

爱你的时候

怎么就没当心

没当心使花失落

难道

那朵美丽的小花

就这样

就这样真的遗落

踏着惆怅

踩着寂寞

你在前头

我在后头

爱你的时候

总有点儿

总有点儿羞涩

我坏么

——心中爱的花儿已经开了

我却灼伤了

灼伤了你的大手

你真笨

姑娘小小的心计

小小的心计你都猜不透

说过了"再见"

说过了"分手"

我

我真想哭

爱你的时候

夜真静

静得只听见流水在唱歌

唱着她那无忧的曲子

但愿

但愿小路无尽头

爱你的时候

总舍不得分手

最爱和你并肩散步

到路口了

你默默地回头

该分手了么

那眸子里写的是什么

爱你的时候

月亮和星星总陪伴着你和我

彼此都不愿

都不愿在这花好月圆的夜晚分手

星星笑了

小花绽开在你脸上

酒窝里斟满了甜甜的微笑

月光下

月光下我的门牙也止不住地笑

轻快地

轻快地跃过去

顽皮地

顽皮地伸出小指头

你一直送我到家门口

我又送你到家门口

悄悄话儿永远也说不够

(三)

爱你的时候

爱你的时候感情变得脆弱

谁也经受不住

经受不住即使是玩笑的痛苦折磨

为了藏住

为了藏住满眶的泪

你把爱的双翅面向空墙

面向空墙你想飞翔

轻轻地捡起沉重的忧伤

沉重的忧伤需要爱的土壤

庄重地走向命运的门廊

在命运的门廊里你仍带着忧伤

带着五月小树林的气息

在小树林的气息里带着月光下

带着月光下马拉松的里程

带着一叠燃烧的信笺

还有这本

你划红杠我划蓝杠的书

里面夹了

夹了个像我的纸剪的小姑娘

爱你的时候

爱你的时候最珍藏你的美丽脸庞

瞬间凝驻了

凝驻了永恒和以往

那首无字歌在轻轻飞翔

轻轻飞翔着从不动的唇飞向你

飞向你的心房

我要作一只自由的鸟儿

在寒冷的季节飞向南方

爱你的时候

爱你的时候只是爱你

——你是我的唯一

因为我已把巢筑在这里

因为这里有爱的阳光

即使风暴把我冻僵

把我冻僵

你的微笑便会令我安详

勇敢地

勇敢地张开你的翅膀

你拥抱的

你拥抱的不再是

不再是纸剪的小姑娘

（注：本诗写于1987年春，1990年获《女友》杂志社"情人岛"诗歌大赛奖。收录本书时，略有改动。）

土　炕

你存在于北方

是百姓生活起居的依仗

是驱赶疲乏的土床

是休憩御寒的考量

通常都是融做饭与取暖于一体的连锅炕
你
就是土炕

在灵魂深处
有一个地方
她是一代知青的记忆
她是一个时代青春的释放
她是对几载农村生活的咀嚼
她是一段岁月的锤炼与滋养
她是一笔人生苦难磨砺的品尝
她是先辈们的第二故乡

梁家河
陕北高原腹地一个曾经贫瘠的小村庄
你就生活在这窑洞里的土炕
芦苇席子光亮亮
碎花被子薄又凉
小小方桌支一张
一盏油灯蹲其上
再现着你们生活、工作、学习的场景
弥漫着小米杂粮的幽香

一顶棉帽
把七个冬天的寒冷抵挡

吹糠见米

在这人生最美好的季节
你就睡在这张土炕
劳动的汗水在此流淌
支书的重担挑在肩上
治沟造地提高粮食产量

陕北第一个沼气引自南方
全村农具都出自你建的铁匠坊
当年你带领群众修筑的淤地坝
坝内的各种庄稼一直四处飘香

盘腿坐在你曾住过的土炕
思绪锁住了久远和以往
张张旧照片仔细揣摩
件件旧物具反复瞻仰
忆峥嵘岁月的斑驳时光
看梁家河人提前迈入小康
人生不再迷茫
驱遣阵阵忧伤
重新定位自己方向
船儿在此起航
信念
就来自于这张普通却不寻常的土炕

（2016年4月6日于延川梁家河）

白河印象

出门就爬坡,一步一脚窝。

秦楚大码头,文化快乐多。

江南秀城郭,书画求自乐。

秦巴汉江地,沃土发展热。

(2016年3月28日于白河)

桥 儿 沟

白河河街古城镇,徽派建筑具匠运。

依山建屋石阶陡,清泉眼眼沁民心。

桥儿沟里有底蕴,衷家大院藏史痕。

拾级慢下细游览,耿家大院有纵深。

(2016年3月28日于白河)

乘 船

楼宇窜云端

海边金灿灿

你是购物天堂

你是非常人寰

远近扑朔迷离

一片灯火阑珊

这

就是维多利亚港湾

香江渐远

船儿平缓

宽敞平稳而不颠簸

窗外的夜景变得模糊

谈笑须臾间

换了风景

变了口岸

澳门在眼前

(2016年10月6日)

端午感怀

粽叶泛香

糯米甘甜

在中华大地的每一个家庭

我们在这一天将粽子盛在碗盘

为的是记住一个伟大的灵魂

楚人屈原

艾叶驱虫

香包绽放

古老的端午节里

杯里曾把雄黄酒盛满

欢乐和喜悦洋溢在老人和孩童的脸庞

图的是不忘一个一身正气的化身

执著信念

龙舟争流

浪花飞溅

人们使出浑身的气力疾速划桨

大家嘶哑着嗓子拼命追赶

为的是留下一种不灭的精神

追赶先贤

（2014年5月30日）

晚　聚

转眼到年关，朋友约聚餐。

众人不饮酒，杂粮悠香散。

美食送舌尖，乡愁犹重现。

菜味穿肚肠，一碗糊涂面。

（2015年2月14日于墨花斋）

叙 旧

世纪之约在京城,三觥四筹话旧情。

谈笑风生如往昔,不枉千里探访行。

(2015 年 2 月 5 日于北京)

边塞诗四首

(一) 秦直道

发一声号令

吼几句秦腔

子午岭上就有了秦人修筑直道的脊梁

从咸阳宫发兵

十一驾战车并行

三天三夜就到了包头战场

这是世界上最早的高速公路

两千多年来仍静静地如砥平躺

没有隧洞

无须架桥

顺着山势蜿蜒到七百公里外的草原

至今仍是咸阳到包头距离最短的大道

因比古罗马大道还早二百年而傲视西方

征战多

运输忙

多少将士生与亡

锅盔馍

当干粮

捷报从此传咸阳

秦王恩赐一碗酒

多少男儿奔战场

鼓角争鸣刀枪舞

车马啸啸战匈奴

长城之外鲜血洒

大秦版图再扩大

陕西愣娃一上阵

敌人闻风丧破胆

亏得秦直道

宽阔笔直路平坦

肆意用兵多潇洒

赳赳老秦人

英雄把敌杀

硝烟远去

你是那么宁静

秦直道还是那么平整

人生吟唱

绿草如毯

主路基上再无树木生出

竖起耳朵聆听

依稀还在回荡当年的雄风

秦直道

你是冷兵器时代战争的缩影

你不是一段简单的路程

你还是大秦帝国的历史之声

你更为世界公路史立了头功

（2016年7月24日于陕北）

（二）旱　柳

红墩界

神树涧

百年古树站道旁

旱柳如盖溢翠香

你像士兵一样守在山峁中央

历经数个世纪的阳光

原始森林里是高原靖边人的故乡

这是一块神奇的地方

古老使你意志坚强

即使成了枯干倒在地上

褐密的根系仍向八方伸张

优美的根雕造型也不会令你哀伤

历经百年沧桑

枝条依然上扬

不管躯干是否变成空囊

绿色

永远是你伸向蓝天的向往

旱柳

你就是高原人的精神畅想

你就是华夏民族性格的映照

　　　　（2016年7月24日于靖边毛乌素大沙漠）

（三）根　赞

千年不倒

倒后千年不朽

这,是胡杨

你的身子枯了

绿色依然盎然

你的内芯空了

生命还在顺延

这,是旱柳

树根躺在地上

造型天然雕成

绿地为你作床

睡眠肯定很香

沙柳点缀其中

草甸绵软泛青

站起来是一幅画

躺下去一首诗

润了高原

绿了沙漠

从不表功

也不埋怨

就这样百年千年

就这样值得礼赞

（2016年7月26日于靖边神树涧）

（四）无 题

岁月需要磨砺,蓝天白云如洗。

古道长城断痕,枯树磨盘不寂。

（2016年7月25日于塞北）

无 题

平日常读书,间或多下乡。

信笔宣纸上,墨迹留四方。

淡泊名利场,惟为精神往。

直抒胸中臆,人生不荒凉。

酒　道

西城嘉林酒道馆,佳酿齐全养慧眼。
大秦酒道多厚重,众友小酌逐笑靥。
酒亦有道用情专,梁山红袖拂云端。
挥毫泼墨存记忆,诗仙葫仙与酒仙。

(2015年6月10日于墨花斋)

雪　吟

昨夜北风入长安,今日雪花飞满天。
踏雪寻梅点点红,别番风景一片片。
素来松柏耐岁寒,世事沧桑多变迁。
人生四季不寂寞,冬有三白兆丰年。

(2016年1月31日)

油 纸 伞

头顶油纸伞
旗袍身上穿
挪步在舞台
优雅全身绽
手握一把伞
漫步在水边
荷花扑鼻香
品正貌亦端

眸子扑闪扑闪
腰肢细而惹眼
走一脚摇曳今天
摆两步憧憬未来

油纸伞
就这样深情款款
就那般令人迷恋
油纸伞
一头系着雨江南
一头拴着乌篷船
就这样走向美丽
就如此迈向灿烂

风雨中如云似烟

岁月里孕育笑靥

靠的是执著

凭的是信念

（2016 年 7 月）

云　海

远处看海

如云

白浪滔天

海潮翻滚

声如雷

风儿劲

力量大如神

高处览山

入云端

云海如纱

随风飘动

山犹静

仙境蜃楼

多了景致

换了人间

人生吟唱

日似灯盏

映红蓝天

云淡

白黑相伴

似有雨来

求得安眠

（2016年7月2日于墨花斋）

止 水

是月的宁静

是夜里无风

你依然那么透明

你还是波澜不惊

一泓碧波相伴

心就止水般晶莹

坐在葫芦架下

独享大自然的馈赠

夏的燥热

耳畔响彻的是无尽蝉鸣

间或掺杂着蛙的怨声

没有蚂蚱的傍晚

你们的合奏如影随形

丰富了人们的视听

把夏天的故事吟诵

止水无语

装的是城市的倒影

纳的是乡村的风情

也把周遭的嘈杂包容

不为日月差遣

不被星辰改变

居一小隅

洗涤污浊

把清澈传递

呈现的是干净

孕育的是精灵

（2016 年 6 月 19 日于墨花斋）

背　影

将草甸甩在身后

就是把烦恼丢给草木

背影并不高大

沉稳的影子却能站立一秋

凝望远方

山峦无声

沟壑被掩盖在广袤的草丛

绿树摇曳

森林里起了长风

背影不动

点缀了醉人的山景

背影

看不见面容

背对了眼睛

影子里却藏着坚定

八面临风

（2016年8月2日于墨花斋）

西安万花山庄

是山鸣

是谷应

是清水奔腾

是白云堆积

在山里在峪口的一座楼

是远离都市没有喧嚣的一座城

是炎炎夏日不堪酷暑的世外桃源的幽静

有造型

有内容

楼宇似鹤立鸡群

亭榭是踽踽独行

山庄是万山丛中之朦胧

涧峪是艺术与大自然的有趣相映

树绿草浓

蝴蝶伴蜻蜓

天阔草原平

掬得缕缕山风

或坐或行

不会出汗

无须空调

吃喝由你

胃口大增

天然的氧吧换了面容

变得年轻

哪管

吹的是东风还是西风

（2016年7月31日于墨花斋）

绣 疆 山

感悟新疆不出关,西安西城绣疆山。
手抓米饭大盘鸡,拉条拌面味道鲜。
装修考究有特点,民族风情一串串。
地道作坊烤全羊,羌笛歌舞美酒干。

(2016年6月26日于墨花斋)

中 秋

没有夏月的轻浮
少了冬日的冷淡
在夏天过后的仲秋夜晚
你画了一年之中最亮的圆

是怕吴刚在桂花树下太黑
是怕嫦娥在月宫过于孤单
高高地挂在天际
让华人仰视着赏鉴

月亮是放大的月饼
月饼是缩小的月亮
在这秋色秋韵的夜晚
多少人在为你聚欢

中秋

一年之中最美好的一天

把多少话儿掏出

隐藏的又有多少夙愿

望着你的笑脸

景慕你的容颜

那一方静谧和深邃

全来自于自信与安然

(2016年9月15日于墨花斋)

清　闲

独往森林边,氧吧空气鲜。

天高山峦低,湖面倒影滟。

脱鞋草圃坐,小树阴凉浅。

日头高高照,吃烟觅清闲。

(2016年9月11日于墨花斋)

星　夜

寒至蛇冬眠

暖生马蹄疾

已是数九冰雪时

煮酒论佳绩

围炉夜话谈兴起

众难寐,喜相聚

黄昏坐一起

披星戴月归

还是雾霾锁古城

吃烟消疲惫

掌灯通论来年事

桩桩议,万籁寂

内心波澜漪

热血一滴滴

又逢腊梅绽放日

盼雪飘大地

翘首迎风独站立

好梦圆,福皈依

(2014 年 12 月)

梁家河有感

伏羲黄河演八卦,乾坤扭转定天下。

陕北高原梁家河,知青旧居传佳话。

（2014 年 8 月 29 日）

韩国小忆

昔日出门去,几番风雨追。

壁炉旁边坐,别墅迎友归。

海阔船儿稀,海鸥低徘徊。

云堆青山顶,小酌三五杯。

（2016 年 5 月 14 日于墨花斋）

励志美文
LI ZHI MEI WEN

喜忧宝鸡峡

题记：大旱之年，赤地千里，目前全省大部分地区土壤含水量持续降低，1560万亩旱秋作物绝大部分干枯绝收。此时，宝鸡峡灌区却传来喜讯：经日夜抢灌，灌区内61万多亩秋苗已破土而出，崭露新绿。欣喜之余，我们将目光投向这项伟大的水利工程。然而，深入采访后，我们震惊了：这条造就了我省最大粮仓的喷水巨龙如今已遍体鳞伤、不堪重负了。它那衰颓的身躯仿佛在无声地呐喊：人们啊，水利是造福子孙万代的事业，千万莫荒疏了！

在八百里秦川西部，绵延横亘着一条巨龙，一条曾经铸就辉煌，现在仍在铸造辉煌的蛟龙。

这条名为宝鸡峡的巨龙，西起宝鸡以西的渭河峡谷，东至泾河岸边，全长180多公里。

20多年来,这条龙泄悬河、行渠水,灌溉着沿线97个乡镇的300万亩土地,造就了我省关中西部这座最大的粮仓,还因此在大旱之年引出了一条喜人的报道:

久旱无雨,赤地千里,严重的旱情又一次出现在关中地区,我省目前最大的宝鸡峡灌区正在尽最大努力日夜抢灌,使61万多亩秋苗破土而出,崭露新绿……(《陕西日报》1995年7月4日第1版)。

循着这则报道,推开时间之窗,我们的目光投向了宝鸡峡的过去、今天,更投向它的明天。

昔日辉煌

1958年10月,7万名水利建设者浩浩荡荡开进宝鸡峡水利建设工地,他们要在渭河北岸的黄土塬坡上修建一条人工天河。

这是一项曾被前苏联专家宣判了死刑的工程。因为工程沿线塬高坡陡、沟壑纵横、隐患成群,且有170多个新老滑坡体,要修建渠道简直难于登天。

然而,谁能理解渭北高原缺少雨水、十年九旱的痛苦?多少年来,这里的人们眼巴巴望着塬下的渭水——黄河最大的支流滔滔东去,却只能咬紧干涩的唇、用力耕耘脚下干坼的黄土,生活得那样艰涩。人们是怎样地期盼渭水甘霖啊!

这亘古的愿望只有在共产党的领导下,只有在新中国才能实现。

宝鸡峡灌区,这个如今在关中西部无人不晓的宏大引渭灌溉工程,始于1937年著名水利学家李仪祉先生主持修建渭惠渠。截至1971年,在渭惠渠的基础上,渭高抽水工程、引渭上塬工程相继建成。渭水从此不仅涌流在平原,也通过长长的管道,滋润着焦渴的旱塬。一个集引、蓄、提、排为一体的大型灌区出现在关中西部。

宏伟的工程铸造了引人注目的辉煌,下列数据可以作证:

灌区有效灌溉面积占全国第五位;跨越沣水、全长880多米的双管桥式大倒虹引水流量为全国第一；从宝鸡市到眉县常兴镇的98公里原边渠道,宛如"悬河",将近一半修建在各类滑坡体上,其地质地形之复杂、流径之长,亦为全国之最。

此外,宝鸡峡引渭工程还包括全长208.5米、最大高度30米的漆水河渡槽以及4座有效库容1.69亿立方米的水库和22座专用事故退水工程等。它的渠系也堪称庞大——共有总干渠和干渠6条,长413公里;支渠和分支渠69条,长700公里;配水系统斗渠1750条,长2500多公里;田间灌水系统中分渠长4042公里……

这项工程彻底改变了关中西部渭北高原靠天吃饭的状况,其灌溉面积占全省的十八分之一,渭北因此出现了塘库密布、叠翠溢香的新天地。特别是自1971年引渭上原工程通水以来,已累计灌地1.7亿亩次,灌区粮食亩产由156.7公斤提高到如今的600公斤左右,相应增产粮食150多亿公斤。森林覆盖面积也由灌溉前的2%提高到8.4%。

以灌溉面积最大的礼泉县为例,宝鸡峡引渭上原工程通水前十年,该县连年吃国家返销粮,通水后有效灌溉面积翻了一番,耕作制度由一年一熟变为一年两熟或两年三熟,粮食亩产增加了近8倍,从而成为全国20个年贡献商品粮超亿斤的县(区)之一。

"没修宝鸡峡,咱把苦儿扎;有了宝鸡峡,日子顶呱呱。"这段出自扶风县农民唐志杰之口的顺口溜,形象地道出了宝鸡峡灌溉工程给灌区群众带来的欢乐!

今日困窘

然而到了今天,我们不得不面对一个严峻的事实:宝鸡峡工程——这条曾经铸造了水利与农业辉煌的巨龙如今竟是伤痕累累,负伤呻吟。

驱车在宝鸡峡灌区,一个突出的感受是:这条"龙"衰颓了,如"关中八惠"之一的南干渠,渠道淤积,建筑物年久失修,斗门进水困难,斗分渠大部分平毁,

80%的面积无法灌水。宝鸡峡引渭灌溉管理局的同志介绍说,灌区内17座抽水站、发电站已运行30多年,电气绝缘老化,机器磨损严重,管道沉陷漏水,出水率降低20%~30%,使11.9万亩的农田不能正常灌溉。按现有面积和灌溉制度计算,灌溉年均缺水3.27亿立方米,干旱年缺水6.69亿立方米。今年我省遭遇了新中国成立以来最严重的干旱,宝鸡峡虽日夜抢灌,仍有近百万亩地无水可灌。

严重缺水只是问题的一个方面,由于渠体损坏而带来的灾害更是触目惊心——

1970年,北干渠李家坡段决堤,淹没绛帐车店,迫使陇海线停车10个小时;

1988年,北干渠95公里引水期间,墓穴塌陷,决堤后造成直接经济损失20多万元;

1991年7月,正值抗旱保秋关键时期,原边总干渠73公里处左岸高边坡出现一条3~4厘米的裂缝带,幸亏抢救及时未造成大损失。这段渠体至今仍有33个滑坡体,稳定性较差,总干11公里、28公里、73公里和91公里处仍潜伏着较大的危险性。

此外,现已探明,"大跃进"时期修建的105公里长的北干渠上,平均每30米就有一个隐患……

虽然,自1988年以来,随着陕西省政府"增强农业后劲项目"的实施,宝鸡峡灌区的基础建设和改造步伐加快了,至今已完成林家村渠首加固、总干渠98公里部分险段治理、东三区扩建、北干漆水河钢管改造、干支渠险段衬砌加固等工程70多项,但是,终因资金缺口太大,灌区老化失修、严重缺水等诸多问题未得到根本解决。宝鸡峡汨汨流淌的渠水仿佛在呻吟诉说着它企盼改变现状的心声。

呼唤明天

昔日辉煌,今日困窘——这不应有的强烈反差促使我们去深入探究其成因,寻觅走出困境的良方。

据宝鸡峡引渭灌溉管理局的领导介绍,宝鸡峡引渭灌溉工程前期尾留项目多,配套任务大,加之灌区上游空流渠段长,地质条件复杂,看护维修任务繁重,且抽水面积大,从而使电费负担加重。与此相对应的却是未按工程供水的商品属性核定水价,收费标准太低,入不敷出,亏损叠加。1980年,管理局实行自收自支以后,这个矛盾更加突出,工程和设备维修费逐年减少。1980年至1989年共投入维修资金647.7万元,药少病多,致使工程老化、失修问题有增无减。

"解决问题的根本方法,只能从改革中去寻求,只能从市场经济中找出路。"经过几年摸索,管理局的负责人如是说。

于是,管理部门开始大搞第二支柱产业。自1982年起大面积推广综合经营,至今全局每年综合经营产值已达880万元,利润61.5万元。然而这点收入相对于庞大的资金缺口,仍是杯水车薪。

于是,就有了对水的商品属性的认识,有了水利工程应兼顾社会效益和经济效益的认识,也就有了1981年、1986年、1989年先后3次水价的调整,更有了去年省上提出的"稳住一片(粮、棉、油、灌溉水价)、放活一头(果园等高效作物灌溉水价)"的原则,在此原则下,从今年起,省上已对果园、蔬菜、药材、西瓜和苗圃等经济作物的灌溉水价做了适当调整,以适应把农业、水利推向市场的客观需求。

执行新水价以后,管理部门提出"让利群众,平稳过渡"的指导思想,并努力搞好水费廉政建设,新水价政策已基本为群众所接受。农民们心里自有一杆秤,他们说:"粮食和苹果价都高了,水价当然也该调整。浇一亩地,过去和现在的水价都折20来斤麦钱,浇一亩果园的水价还折不到一袋苹果钱,再说咱还要靠水增产哩。"群众的理解和支持促进了今年春灌抗旱工作的开展,水费收缴率也好于往年。

然而,还必须看到,尽管实行了新水价,目前宝鸡峡灌区的水价仍然仅是成本水价的48%!

在新形势下,与农业紧密相关的水利工程不可避免地要被推向市场(实际上已开始被推向市场了),眼下的困窘,或许是计划经济向市场经济转轨过程中必然要经历的过程。可是,我们眼下只能坐等改革进程,而一任水利事业、一任宝鸡峡工程慢慢倾颓吗?假若失去了灌区,农业又怎能"稳"得住呢?又何谈增强农业后劲呢?

因此,也就有了我们今天再一次的呼唤,呼唤社会进一步提高对水利建设重要性的认识,呼唤大家都来关注水利建设的发展,加强对水的保护、利用和宣传,增加对水利建设的投入。相信我们的愿望得以实现之时,便是宝鸡峡这条巨龙重新腾飞之日。

千军万马兴修水利的动人情景不应只出现在计划经济的昔日,更应该出现在商品经济日益发展的今天。

后记:完稿之时,记者的心情仍久久难以平静。在随宝鸡峡引渭灌溉管理局的同志连日采访中,我们目睹了那里的工作条件,感触颇深。宝鸡峡职工为我省的水利事业做出了巨大贡献,而他们的办公电话多数仍是手摇的,办公桌是国民党时期留下的,其中南庄发电站的车间几乎倒塌,四周全用蜘蛛网般的钢筋拉直,机器竟是二战时期的战利品。这里职工的生活亦十分艰苦。诚望我们的报道能引起社会各界对水利事业的重视和支持,终使水利事业这条巨龙腾飞于三秦大地。

(注:原载 1995 年 6 月 1 日《陕西农民报》、1995 年 7 月 22 日《陕西日报》周末版头版头条,并获"海大杯"周末头条大奖赛"第三季度好稿"奖。此稿为作者新闻作品代表作,收录至本书时略有删改。)

长征：一本读不尽的"教科书"

对于红军长征，几代中国人都刻骨铭心；对于长征中的诸多故事，不少人皆耳熟能详。2016年10月22日，是红军长征胜利80周年纪念日，举国上下都在以不同形式来纪念这一人类史上最伟大的奇迹，缅怀老一辈无产阶级革命家和革命先烈的丰功伟绩。因为，长征是我们中华民族一本永远读不尽的"教科书"。

红军长征发生在1934年10月~1936年10月。1934年10月，第五次反"围剿"失败后，中央主力红军（红一方面军）为了摆脱国民党军队的包围追击，被迫实行战略大转移，退出中央根据地进行长征。

在长征途中，前有堵截，后有追击，上有飞机轰炸，下有大炮袭击，到处是关卡，随时有敌人。红军不仅要行军，还要作战，更要保存实力，在这样险象环生、一路荆棘的行军过程中，中央红军共进行了380余次战斗，攻占了700多座县城，红军牺牲营级以上干部430人，其平均年龄还不到30岁。期间，红军共经过11个省，翻越18座大山，跨过24条大河，走过荒无人烟的草地，翻过连绵起伏的雪山，行程约二万五千里。1935年10月，红一方面军到达陕北吴起镇（今吴起县城），与陕北红军胜利会师。1936年10月，红二方面军和红四方面军到达甘肃会宁与红一方面军会师，至此，红军长征结束，为党中央扎根陕北奠定了基础。

我就是听着长征的故事长大的。小时候，每到少先队活动日，辅导员老师都要拿张《中国少年报》给同学们讲故事，而讲得最多的，就是红军二万五千里长征。受过这一革命传统教育的人，对巧渡金沙江、强渡大渡河、飞夺泸定桥、突破乌江、四渡赤水等故事耳熟能详，其鲜活的故事让人百听不厌，其红军情怀、军人情愫、英雄情结鼓舞、激励、鞭策了几代人。毛主席的著名诗篇《长征》，是我们人人会背的篇章，就连小时候背的草绿色挎包式的书包上，都烫印着"红军不怕远征难"的字样。那是一段多么令人难忘的时光。

长征是人类历史上前所未有、极其伟大的大行军。它创造了无与伦比的英雄业绩,谱写了惊天地、泣鬼神的伟大革命诗篇,它既是中国革命史的奇迹,又是世界军事史上伟大的壮举。

一个国家、一个民族、一个团队、一个人,是要有点精神的,长征精神就是中华民族百折不挠、自强不息的民族精神的最高表现。长征给我们留下了许多宝贵的精神财富,其不怕艰难困苦、勇于战胜困难的大无畏精神;乐于吃苦、不惧艰辛的革命乐观主义精神;敢于战斗、无坚不摧的革命英雄主义精神;重于求实、独立自主的创新精神;善于团结、顾全大局的集体主义精神;无私奉献、不怕牺牲的革命主义精神等,无论在80年前的长征时期,还是在80年后社会主义现代化建设这一新的"长征"阶段,都是一笔无价的精神财富。

同时,长征是一本读不尽的"教科书"。它教会我们日常学习、工作、生活的向上积极态度;一生做人、做事、处世的多种应变能力;面对困难、险情、绝境的灵活战胜方法。

在新时代,面对复杂的经济下行压力,我们在经济发展新常态下,更应该继承和发扬当年红军长征的精神,把长征精神变成推动我们各项事业前进的巨大力量。正视困难、迎难而上,就有无穷动力;抓住机遇、不怕挑战,就能充满生机;齐心协力、不断创新,就会充满活力;自我加压、无私奉献,就会焕发工作热情;目标一致、不遗余力,就会激发工作干劲;众志成城、形成合力,就会取得最终成功。

长征：一种坚定的信仰大考验

举世闻名的二万五千里长征，成为中国革命的史诗，人民军队的神话。毛主席在《论反对日本帝国主义的策略》一文中谈到长征的意义时曾形象地说："长征是宣言书，长征是宣传队，长征是播种机。……长征是以我们的胜利、敌人失败的结果而告结束。"那么，长征能够取得胜利，我认为最关键的一点就是中国共产党所领导的红军将士人人都有一个坚定的信仰。

信仰指对某种主张、主义、宗教或某人、某物的信奉和尊敬，并把它奉为自己的行为准则。1934年10月，由于左倾冒险主义的错误领导，以及敌强我弱的力量对比，中央苏区第五次反"围剿"战役惨遭失败，红军第一方面军（中央红军）主力从江西瑞金出发开始长征时，他们就有一个共同的信仰，那就是逃脱危机、另寻生路。在长征途中，敌人布防严密，红军危机四伏，险象环生。红军将士面对的是要渡过一条条波澜壮阔的大河，要翻越一座座巍然耸立的雪山，要穿过一片片茫无边际的草地。他们爬雪山，过草地，踏沼泽，历尽艰辛；天当房，地当床，衣单薄，风餐露宿；受干渴，抗严寒，忍饥饿，断水断粮；实在没有食物吃，就吃草根、啃树皮、煮皮带以维系生命……经过浴血奋战，顽强杀敌，红军在"敌军围困万千重"的逆境中转战两万五千里，终于从敌人的封锁包围中杀出一条血路，谱写了一曲曲动人的革命乐章。

所有这一切，红军凭的是什么？是信仰。红军指战员在长征途中表现出的革命理想高于天的坚定信仰，对共产主义的执著信仰，对中国革命事业的无限忠诚，为劳苦大众得解放的笃定信念等是任何一个历史时期都无法超越的。

改革开放以来，随着物质的日益充裕和人民生活水平的不断改善，拜金主义、享乐主义等一度有所抬头。之所以出现这种情况，就是因为信仰不坚、道德滑坡、诚信缺失。党的十八大以来，"八项规定"使党风、政风得到好转，但仍有一些人敢冒天下之大不韪顶风违纪、我行我素，这是党和人民坚决不能容忍的。

艰苦奋斗是我党的优良传统,保持和发扬艰苦奋斗的作风,才能进一步坚定共产主义理想信仰和社会主义信念,这是共产党人崇高的追求和强大的精神支柱。在革命战争年代,革命先辈抛头颅、洒热血;在社会主义建设中,他们自力更生、奋发图强,发扬艰苦奋斗的作风;在建设中国特色社会主义道路和现代化建设中,我们仍然要靠艰苦奋斗的精神战胜前进道路上的各种困难,并不断丰富艰苦奋斗的内涵,将崇高信仰与现实工作统一起来。

改革开放和社会主义现代化建设是人民群众的事业,我们要尊重人民群众的首创精神,也只有靠人民群众的广泛参与,各项事业才能取得成功。我们还要加强党与人民的血肉联系,将人民群众蕴藏的积极性、主动性、创造性保护好、发挥好。实现这种结合,就要把奋斗精神和忧患意识统一起来,在新的历史起点上,以坚定的信仰把长征精神和时代精神相融合,践行社会主义核心价值观,实现中华民族伟大复兴的中国梦。

文　　缘

3月28日,雨过天晴,风和日丽。

一大早奔往华阴,吃过午饭顾不上喘息,又于下午赶至富平,等晚上回到家,已是疲惫不堪,一瞅车上的里程表,一天竟然行驶了350公里。

快到家前,知名作家赵新贵先生来电,让我去他家取新出的《咸阳百年优秀散文选》。我说太晚了,就不去他府上打扰了,我拿了书就走。他说:"那我在小区北门口等你。"我说:"那谢仁兄了。"

大约20分钟后,我如约赶到,果然见他站在路灯下,腋下夹着书,眼睛直盯着马路对面。走近一看,方知除了《咸阳百年优秀散文选》,他还给我分别拿了新出的由他任总编、社长的已办了17年的双月刊杂志——《检察文学》2014年第2期,由他担任院长的咸阳华夏英才文化艺术研究院主办的杂志《古渡》,以及他的女儿、青年作家赵焜出版的新书《葬礼》。

一个电话引来这么多收获,这是我怎么也没有想到的。赵新贵以家乡古豳大地特有的热情、真诚、厚道,着实给了我一份早春温暖的欣喜。

回到家后,我才知道,惊喜还远远不只这些。《咸阳百年优秀散文选》是为了传承和发展咸阳文化,更好地反映咸阳数百年来优秀散文创作成果,而前无古人地将咸阳籍作家的作品或者外籍名家写咸阳的作品加以梳理、遴选、汇编,既有明代文翔凤的《减粮议》、清末萧芝葆的《散文三章》、宋伯鲁的《张氏怡怡别墅记》、民国陈尧书的《重修咸阳的钟楼碑记》、张季鸾的《烟霞草堂从学记》、现代刘愿庵的《给妻子的遗书》等巨匠名篇,还有范紫东、阎纲、雷抒雁、李星、杨争光、邹志安、吴克敬、峭石、沙石、"咸阳三海"(程海、王海、冯西海)、雷涛、耿翔、杨焕亭、孙皓晖等名家的作品也在其列,真可谓名家云集、精品荟萃,为此书增色不少。

这些大家或名家中的不少人,是我所熟知的,其中的好多人与我都有交往,有的关系还相当密切。我感谢和敬佩赵新贵先生为咸阳乃至陕西文学事业的辛勤劳动和殚精竭虑,为家乡的作家们奉献心智、搭建平台、矗立丰碑。

我本人入选该书的作品是《三访路遥故里》,该作原发表于《陕西日报》,是写在路遥逝世20周年的一篇回忆性文章,是当年同类文章中受到较多关注和好评的一篇,也成为本人散文的代表作。虽由于篇幅受限,入书时编者做了删改,但仍不失文章的主旨。

咸阳,是中国第一个封建王朝秦国的都城,在中国乃至世界历史上占有着举足轻重的地位。咸阳文化积淀深厚,文人墨客众多,近年来的文学创作繁荣,文事活动增多,文学精品纷呈。如《大敦煌》《天堂》《关中匪事》《爱恨无奈》《汉武帝》《大秦帝国》等,都在省内外产生了较大影响。作为作家中的一员,我深感欣慰、备感自豪。

在人心浮躁、追逐金钱、崇尚名利的今天,好多文学期刊和期刊社在磕磕绊绊中走向衰落,从摇摇晃晃中走向倒闭,在风风雨雨中走向停刊,原因之一就是方向不对、经营不善、特色不明。《检察文学》已办了17年,在这漫长的岁月里能一路走稳、一路走顺、一路走红,凭的就是坚韧,靠的就是信念。该刊物如今已在省内外颇具影响,不计其数的文学爱好者、地方作者、文学新人、年轻作家通过这个载体展示才华、成才成名。赵新贵先生愿作人梯、甘作嫁衣,扶持了他人,守望了文学,也成就了自己。

摆在我案头的这本《检察文学》,不但封面上有我入选作品的导读,书中也刊载了《三访路遥故里》这篇文章。

翻开《古渡》,别的我先不谈,仅赵新贵先生能把《咸阳百年优秀散文选》的目录刊在上面的举动,作为资深传媒人和文学界的一员,我就觉得新贵不但"文",而且"化",他懂市场、会经营、善包装,是个地地道道的文化人,使三本书刊互为推介、形成联系,实属智者也。

使我更喜出望外的是,《检察文学》的封二开设了"本刊部分作家风采"一栏,我又被列在首位,真是受之有愧。当时赵先生只是让我提供一张生活照,孰料竟是在此"登台亮相"。

本来是一次相遇、两人相约,却是三本书刊(若加上赵焜女士的《葬礼》,也应是四本,由于尚未拜读,姑且不作评说)、四大惊喜。难道真是2014逢"4"吉"4"么。

这,就是文缘;这,就是人缘。这使我进一步印证了"世界很大,圈子很小"。生命中注定要见到的人,必然会在某个时刻在某个地方相遇,只不过是迟早的事。这,就叫缘分。有缘的人,不受时间限制,不被空间制约,不因天变却步。

文人间的缘分和友谊,从某种程度上讲,就是文章间的互识,作品间的互知,交往间的互信。在我的诸多阅历中,以书为伴、以文结缘的故事时有发生,以文相识、以书深交的朋友不胜枚举。赵新贵先生与我的相识、相知、相交便是明证。

过去文人圈讲"卖石灰的见不得卖炒面的",文人相轻、文人相妒、恃才傲物、自命不凡之事时有发生,那是旧时文人的陋习。我以为,无论什么时代、什么环境,人要尊人、敬人、服人。这是作为人,尤其是作为文化人应具备的基本素质。任何人都有长处,都有这样或那样的缺点或不足。只要我们放大别人的优点,正视自己的短板,就一定会成为一个活在当下、胸怀天下的文思泉涌、佳作不断的成功者。

爷爷的手,舅舅的面,恩师的话

几年前,坐一朋友儿子的车回家,交谈中感慨万千。十多年前他还是个7岁左右的孩子,如今已是上着班、开着私家车的大小伙子了。由于我和其父交往甚密,加之其父时常对他讲起有关我的故事,他对我还是很熟悉、很尊重的。

这孩子叫彬,小时候父母不在身边,从小和西安的爷爷奶奶生活在一起。十多年前,爷爷去世,几年前,他奶奶也去世了,父母也在十年前住进了省城。

如今,他和父亲各自开着自己的车上下班,全家人都住在一起,每天见面,其乐融融。但由于父亲忙于工作,对他人的事情格外热心,和彬很少进行谈心,所以彬的所想、所思、爱好、兴趣、欢乐、痛苦等父亲并不知晓。可作为儿子,他竟能给我把他父亲描述得那么高大、伟岸,并对父亲寄于某种希望。这使我联想到,古人由于思想和手段有限,好多东西实际从一开始就是错的。比如仓颉在造字时,也许累了,打了个盹,将"矮"和"射"弄反了,"重"实际是"远","出"才是"重"。只因一开始就错了,人们用习惯了而已。平时我们常讲"知子莫如父"。我想,这一事例恰恰要将这个话倒过来说——"知父莫如子"。

彬对我说,他小时候父母常从乡下来西安的爷爷家看他,给他带来好多换洗衣服和好吃的东西,临走还要给他留下零花钱。每次父母要回老家,他就哭成了泪人。这时,总是爷爷那双有力的大手,紧紧地攥着他的小手,将他一步一步牵回家。"爷爷的手那么大,那么有力,我的手那么小,攥得可紧了,我至今都忘不了。"彬动情地说。他说得很平静,我心头却起了涟漪。就和朱自清先生描写父亲的名篇《背影》一样,这不仅是爷爷的一双大手,还是爷爷对儿子、对孙子、对家族的一种责任、爱心、亲情和担当。

我小时候也有过相似的经历。由于种种原因,我6岁前的生活几乎都是在外婆家度过的。外婆家的邻居常笑我是"磨镰水"。我当时不懂什么意思,后来才明白,农人在收割麦子时,隔一会儿就要在磨刀石上磨刀片,这时就要滴上水,如此反复,收一天甚至几天麦子,镰刀不断地磨,水却不完不换,直至黑洞洞、稠乎乎。意思是戏耍我来外婆家的次数太多。

外婆共有五个子女,其中三个儿子便是我的舅舅。按次序母亲是老大,论儿子们大舅为长。除了大舅,其余两个舅舅我并无太深的印象,倒是有个按家族排行被我称为"二舅"的堂舅的形象,在我的幼小心灵深处甚至一生也挥抹不去。

二舅在外工作,先在县粮食局,后到县革委会、县政府工作,他工作积极,办事认真,还是省劳模。他很喜欢我,我遂和他感情甚笃。二舅家的两个哥哥和三个姐姐把我都当作自己家庭中的一员。至今还有一张我穿着小绿军装、戴着最小的姐姐用红塑料剪了一个小红五角星缝在上面的小羊帽照的"全家福",挂在二舅的家里。我作为最小的家庭成员被簇拥着坐在二舅的腿上,他面带笑容,搂着我,至今想起,热泪泉涌。

二舅上下班路过外婆家门口时,我常和儿时的小伙伴在无忧无虑地玩耍。深冬的一天,天刮着大风。二舅看见我就问:"吃咧没?"我说:"吃咧。""吃的啥饭?"我说:"拌汤(小麦面粉做的糊糊)。"二舅急了:"啥,面汤(他听错了),那咋能成,走,跟舅吃面条去!"

二舅手拉着我走得很快,生怕饿了他最疼的外甥。我几乎是随着他的大步跑到了食堂。那还是用粮票、吃国有食堂的时代,舅舅掏了四两粮票、两毛四分钱,给我买了两碗臊子面。我那时到底小,只顾自己吃,也没让舅舅,他吸着烟,笑嘻嘻地看着我吃完,就把我领到他的县革委会宿办室。那时候正时兴革命现代样板戏,舅舅是干部,手里常有戏票,我和表姐年龄相仿,便常常去县剧院看戏。《红灯记》《沙家浜》《智取威虎山》《杜鹃山》《海港》《白毛女》《平原作战》《红色娘子军》《洪湖赤卫队》……几乎所有的戏我都看过。尽管那时还看不懂戏,但这为我以后走上文学道路作了启蒙,打了基础。

二舅退休后,我已工作。只要有机会,我都会去看望他。12年前,我去县上办事,在宾馆安排好住宿后,我利用晚上空闲时间去看二舅。二舅激动得把因准备睡觉已脱了的衣服又重新穿好,接待我这个远道而来的外甥。我后来才知道,其实那时二舅已身患癌症,每天要到医院打点滴,家里人都替他隐瞒着病情。

第二天,二舅推着自行车,高一脚、低一脚地给我驮来了一袋子苹果。我说:"二舅你年纪大了,要捎东西我自己开车去取,你跑这么远的路,把你摔了咋办。"他说:"这轻轻地,不咋地。走,舅带你吃饭去。"我和二舅吃完饭,他去医院打针,我忙我的工作。回到西安不久,就得到二舅去世的噩耗。我心肝欲裂,痛不欲生。我的二舅呀!我大哭了一场,好长时间都缓不过来。

1990年,我认识了我的恩师。他领我常吃的饭就是单位附近的羊肉泡。每次必加一块钱肉、一个鸡蛋。1993年,在我备受委屈、无处伸冤之际,我从基层去西安的单位找他,那时候通讯欠发达,我也无法提前打电话。到他单位门口时,已经是下班时间。正当我失望无助,在报栏看报时,他下班走出大门,一眼就看见了我,说:"骏骊,在这儿干啥呢?"

"我来找你。"

"走,先吃饭去,有啥事吃了再说。"

就是那一声召唤、那一顿午饭、那一次相见,他开导我、规劝我,使我醍醐灌顶、茅塞顿开,从此走上了新闻道路,成为我的人生转折点。转眼21年过去了,我们亲如兄弟、好似战友,情谊甚笃。

他常常告诫我说:"十几二十年前,我们都是一支烟、一碗饭、一支笔、一颗心走到一起的。多年来,大家相互关照、互相搀扶、紧紧簇拥着走到了今天,要珍惜这来之不易的缘分。现在,你就是把一个羊肉泡馍馆送给别人,也不一定能交这么久、这么好、这么深的朋友……"他的一席话,使我深受感染,终身受益。

人的一生很短暂,真正做人干事也就几十年的时间。从我朋友的孩子彬能记住爷爷的手,我时刻不忘二舅的面条,到我铭记恩师的教诲,都说明了一个道理,亲情、友情是每个人一生中不可或缺的人间大爱。拥有了这些,人才会变得善良、友好、睿智、可爱,才能成才、成事、成名、成功。

(2011年11月于墨花斋)

农业在新丝路经济带上大有作为

一棵桑树,一片桑叶,一只蚕蛹,一条丝线,一卷丝绸,由2000年前汉代的张骞打开了一条自古长安至中亚乃至欧洲的"丝绸之路"。由此将东方文明与中亚、西亚乃至欧洲诸国贸易相连,成为中国人内心的丝路情结。

习近平主席2013年秋季的哈萨克斯坦等国之访,又从国家战略层面重申、重修、重结现代新丝绸之路,有益于国家,有益于人民,有益于世界!

古丝绸之路是将中国丝绸、茶叶通过驼队运往中亚诸国,而丝绸的原料是蚕丝,依托是养蚕,根基是桑树。因此,无论是种植桑树还是养殖桑蚕,都是中国古代种植业、养殖业、纺织业的伟大功绩。而从事种植、养殖、纺织的人,正是我们先民中的广大农民。

在过去相当长的历史阶段，只有朝廷官员、上流社会、富贵人家才穿得起绫罗，买得起绸缎，丝绸在当时属于奢侈消费。老百姓普遍因穿粗布衣裳而被称为"平民""布衣"。古诗里的"遍身罗绮者，不是养蚕人"就是过去这一历史现象的真实写照。

由此可见，中国古代的农业是非常发达的，丝绸贸易使丝路沿线诸国了解了中国文明，了解了中国农业，了解了中国纺织业，同时也将中国没有的各国货物通过驼队运回中国，如此反复，使中国和外国有了国际商贸往来，打开了一条商业"黄金通道"。

丝绸之路到了后来，除了丝绸、茶叶，又把中国的陶瓷运往西亚乃至欧洲，从而丰富了商品内涵，扩大了商业交换范围，繁荣了商贸市场。

陶瓷、陶器是中国重大发明之一，其用料是陶土，方法是泥塑，加工用火烧，操作者自然还是以手工艺为业的农民。从上述角度讲，古丝绸之路的开拓者是官方，而丝绸、茶叶、陶器等产品供给者是农民。

5月23~26日，第十八届东西部合作与贸易洽谈会在西安隆重召开。为了贯彻习近平主席2013年秋季提出的共建丝绸之路经济带，这次西洽会和首届丝绸之路博览会一并举行，丝绸之路沿线各国经济参赞、使节、商界精英、国内各级政府官员、经济领域专家学者、企业代表踊跃参会，参展商数量和签约数为历届西洽会成果之最。

在西洽会陕西展馆中各市、县展位上，琳琅满目的特色农产品、高科技农业成果登台亮相，各领风骚，异彩纷呈；来自国内外的参会者、参展商及群众驻足停留，纷纷品尝，竞相签约，使人感到现代农业的磁性，现代农民的骄傲，现代农村的魅力。

陕西是农业的发祥地，西安是古丝绸之路的起点，杨凌又是全国唯一的农业高新技术示范区，农业在新丝路经济带上大有作为。我们要珍惜历史，抓住机遇，发挥优势，将我们的农产品做出特色、做出品牌、做出声势，在新丝路经济带上扬帆远航。

（注：此文先后荣获"第十八届西洽会暨首届丝绸之路国际博览会"中共陕西省委宣传部奖、中华全国农民报协会二等奖、陕西新闻奖等多项殊荣。）

合作共赢是丝路经济带上的风景

央视一套专题片《丝路——重新开始的旅程》，我认真看过，极有深度、厚度、广度，有兴趣的读者和农民朋友不妨关注、重看一下，以便重温历史，增长知识，了解世界。

个体与个体成为伙伴，国家与国家成为邻邦，时间与空间在历史中不断迁徙；商品与贸易在这里交汇，汉语、英语、阿拉伯语在这里吃香。从古到今，行走在丝路上的人，都是勇于在荒芜中重建生活的人，都是经历了苦难、离别和跋涉的人。这，就是我看了《丝路》的初步感受。

沧海桑田，岁月流逝，丝绸之路的起点已由2000多年前的汉长安，南移至世界小商品贸易地浙江义乌。这个当年名不见经传的江南小镇，已发展成全球最大的小商品集散地，如果你到义乌的国际贸易城每一个摊点停留2分钟，那么转完该城，就需要一年半的时间。

如今，每天都有3万吨的货物从这里运往古丝绸之路沿线的国家，成为新丝路。央视用"丝路——重新开始的旅程"为题，其用意正在于此。从而使古丝绸之路沿线国家的商人频频来到义乌进货、投资，甚至落户、扎根。这真是中国现代史上的奇迹！丝路的未来起点在哪里？终点又在何方？谁也说不清楚。

每个人都有自己心中的丝路，每个人对丝路都有新的认识。让我们重新把丝绸之路的起点拉回到古长安。长安当时是一个拥有200万人口的世界上最大的城市，吸引海内外嘉宾，接受八方来朝。时光过去了千年，如今，以西咸新区为标志的西安国际化大都市建设，更彰显了西安的城市霸气、城市野心。

丝路上崛起的阿联酋中心城市迪拜，聚集着使用汉语、英语、俄语、哈萨克语、阿拉伯语的人，在复杂的语境中，许多人不得不用手语来进行语言和思想交流。迪拜街头的广场舞，吸引了不少中国人参与，随着音乐节奏的快慢，步点在不断地调整，参与者愈来愈多，与中国各个城市流行的广场舞毫无区别。

徽菜、川菜、粤菜等在这里流行，产自中国的商品，每天从迪拜以3万吨的货运量运往中东、非洲及更远的地方。

作为丝绸之路经济带上重要的省份，陕西有着坚实的基础和区位优势。如今国家大力发展现代农业，不断提倡订单农业，积极进行职业农民培训，电子商务、农产品出口已愈加频繁。未来的农业必定是无国界的农业，未来的商贸必将是合作的商贸。站在新的历史起点上，我们要以西洽会和丝博会为平台，和丝路沿线国家建立广泛、深入、密切的联系。我们应该敞开胸怀、包容万物，开发新产品，开拓新贸易，寻求新伙伴，以创新、合作、执著、诚信的精神去引领、去开拓、去发展，达到来去自由、互利共赢的目的。

昔日古丝绸之路上的驼铃业已凝固成为一段荣光的历史，今天新丝绸之路上繁荣的物流业已成为一道靓丽的风景。丝路不只是商业的贸易，还是文化的交融，产业的竞争，更是合作的裂变，文明的碰撞！

永远的刘力贞

2014年11月3日,暮秋已深、孟冬渐至,北风瑟瑟、降温频频。在这突变的季节里,传来一个不幸的消息——刘力贞老人因病在古城西安逝世,享年85岁。这个消息使业已转冷的冬日更加阴冷、更加冰寒。

陕北延安志丹县,名将孤女美名传。刘力贞是被毛泽东誉为"群众领袖、人民英雄"的西北红军和西北苏区主要创建人刘志丹的女儿。刘力贞生于1929年,1948年已有两年党龄的她在延安大学校办工作。在那里认识了后来的丈夫——《陕西日报》记者张光(后任《陕西日报》总编辑)。新中国成立后,刘力贞赴中国医科大学学医。20世纪60年代,陕西遭受大旱,她带病带领由30人组成的医疗队赴陕北重灾区米脂县救灾。1980年,刘力贞当选陕西省人大常委会副主任。离休后,担任陕北建设委员会顾问、陕西老区建设促进会会长等社会职务。

知道刘力贞,是在学生时代的书本里;见到刘力贞,是在报纸、电视、会议上。我最后一次近距离见到刘老,是在2013年6月28日的一场活动中。那天,由中华全国农民报协会主办、我报承办的"全国农报看陕西"大型异地采访活动启动仪式暨纪念《陕西农村报》创刊60周年座谈会在西安举行。陕西省的有关领导和《农民日报》等全国30多家涉农媒体的总编、社长参加会议,刘力贞是受邀出席此次会议的原省级老领导之一。按照分工,我被安排在接待主要领导组。当时天正热,会议定在下午2点开幕。参会的人员陆续报到,西安古都大酒店一片繁忙。大约1:40分,刘力贞、张光同时来到。我一眼认出领导后,首先将消瘦、年迈、满头银发的刘老搀扶着上了2楼贵宾室稍作休息,会议开始前5分钟,又将刘老扶进会场,并小心翼翼地将她与张光先生安排到主席台座位上。

刘老给我总的印象是和蔼可亲、平易近人、没有架子。让人感动的是,那么热的天,那么长的会议,刘老竟然从头听到尾,张光先生还作了热情洋溢的讲话。会后,老人还和与会的几百人照了合影。孰料,那一见却是最后一面,那一别竟是最后的诀别,那张照片已成永远的纪念。

刘力贞走了,她走得是那样的豪迈。她生前和爱人始终要求子女和后辈不要以刘子丹后代自居,做一个端端正正、自食其力的人;刘力贞走了,她走得是那样的磊落,她一生淡泊名利、做事低调,只愿为人民做一些实实在在的事情;刘力贞走了,她走得是那样的安详。她曾说过,父亲当年闹革命,就是为了让穷人过上幸福日子。今天我们所做的工作,就是继承前辈的遗志,把我们的生活过好。

刘力贞带走的是一个时代、一桩故事,留下的是一段精神、一笔财富!最后的刘力贞,永远的刘力贞,一路走好!一路走好!

(此文为纪念刘力贞的重头稿件,是唯一在刘力贞追悼大会上散发300多张的作品,受到众多领导赞扬。)

凭窗眺望陈忠实

——谨以此文缅怀陈忠实先生

巨人西去　文学天幕的一颗文曲星瞬间陨落

2016年4月29日,刚刚上班,网上就发出著名作家、中国作家协会副主席、第四届茅盾文学奖获得者、长篇巨著《白鹿原》作者陈忠实先生逝世的噩耗。

我不敢相信这是真的,也不想接受这一事实,于是多方求证,待消息得到验证后,泪水涌出眼眶,且将我手里的纸张滴湿了。就在4月28日我所在媒体召开的"首届陕西乡村文艺创作座谈会"上,有文友问我:"最近见陈老师没?我将书寄给他半年多了,手机没人接,短信也没回,不知怎么了?"

我说:"陈老近来身体很不好,好多人都在托我找他。他一直在住院。"不料,前一天提起,次日陈老就撒手而去,离开了他的亲人、同事、朋友、学生、读者。真乃天妒英才也!

不一会儿,消息发布愈来愈细,传播范围愈来愈广,转发的人群愈来愈多。我在转发时,特意在"陈忠实"后加了"先生"二字。此后的有关报道,果然都称"陈忠实先生"。

在与陈老的多年交往、交谈中,我印象最深的就是,他说,陕西人不习惯在男士姓名后加"先生"二字,这与陕西悠久的历史、深厚的文化底蕴、文学大省的地位很不搭调。

上午10:09,单位总编办打来电话,说领导安排我写一篇纪念陈忠实先生的文章。同时,又有不少朋友发微信劝我不要过于难受,要节哀。但适得其反,朋友越安慰,我越难受,以至于后来打电话都哽咽抽泣起来。于是,我站在阳台,面对近在咫尺的陈老工作室行注目礼,并鞠了三个躬,祈祷他一路走好。

我与陈老认识始于20世纪90年代中后期;我与陈老来往,是在近十几年中,而且过往甚密,建立了深厚的友谊。我曾写过并发表了《我心中的陈忠实》《删繁就简三秋树 关中原下陈忠实》《陈忠实笑望白鹿原 那10年世外桃源的生活》《探秘著名作家陈忠实先生的阅读生活》等多篇有关先生的文章,并将样报和样刊都送给了先生。

大约从陈忠实、贾平凹、王西京等人起,陕西的文化人纷纷都有了工作室。相对而言,陈老的工作室最为简陋。关于这点,我在别的文章里已有描述,在此就不赘述了。我要说的是,早在2010年,我也搞了个简陋的工作室,位置就在陈忠实先生工作室北边,离陈老工作室直线距离只有两百米,或者说是一墙之隔。我之所以选在这里,一是便于随时拜访陈老;二是为文友找陈老求字、签名时方便;更重要的是为我精神上始终有个仰仗,心灵上有个寄托,每每想他,便可站在阳台凭窗眺望,以激励自己,避免惰性。五六个春夏秋冬,多少个日日夜夜,我就是在这样的情况下工作、学习、生活的,读书、思考、写作的。

如今,陈老走了,他的工作室空了,我的心里也空了。过去,我可以凭窗眺望,想象先生抽雪茄、写文章、题书法的风采,如今,我只能凭窗回忆、回想、回味先生与我之间的件件往事。

做人低调　白鹿原是他一生的精神意向地

熟知陈忠实的人都知道,他没有名人架子,为人低调,做事认真,喜欢扶持文学新人。他属于大器晚成的作家。他对故乡、对农民、对土地、对劳动一往情深。在他的作品中,一直有这种情结、这种眷恋、这种守望、这种歌颂。他在长达10年间,一直住在白鹿原的老家,创作塑造出了许多充满乡土气息、在田野劳作的普通农民形象。在我的一次采访中,陈忠实告诉我,他一生最幸福的时刻,就是在白鹿原下那十年。

2012年8月18日,离9月13日电影《白鹿原》公映时间已剩不多。我给陈老打电话说要采访他。他说:"过来过去就是那点事,就免了吧。"我说:"这次拍电影,非同小可,是广州《家庭》杂志约稿。"他说:"那好吧,晚上咱到东门外老孙家见,我请你吃羊肉泡。"

这是我与陈老第一次单独吃饭,还未等我开口,他就如家中的长者一样,给我递过来两个馍,笑着说,先掰馍,边吃边谝,一下子缓和了气氛,拉近了距离。吃饭间,陈老说:"你要问啥,随便问,你问我答,这样简单。"谈话就在这样轻松的环境下开始了。谈话间,我突然发现一个秘密,就对陈老说:"陈老师,我今天最大的收获是破解了您的人生密码。""是吗?说说看。"他用诧异加好奇的神情看着我,点燃了抽了半截的雪茄,听我下文。我说:"您的生命密码是'2',您一生中的人生重大节点都与'2'有关。"他这时已经停止了抽烟,让我说详细点。我接着说:"您出生于1942年,生日是农历6月22日,1982年成为专业作家,1992年小说《白鹿原》问世,到电影《白鹿原》拍成,正好是20年,《白鹿原》从最初的畅销到现在的常销,已超过200万册等。"陈老说:"看来你把我了解得透透的。"吃完饭,陈老背着他的黑色皮挎包,里面装着文件、书稿等,显得很沉。挎包的翻盖已经褪色,且有了裂纹、皱痕,根本合不上。我说:"我给您背。"被他拒绝了后,我又说,"包旧了,该换了。"陈老说:"这包已经跟了我17年,背惯了,有感情。"我将陈老送上车,心里生出些许感慨。后来,我写的这篇文章连同当晚陈老为《家庭》题写的"阅读《家庭》,品味生活"的寄语,发表在了当年的广州《家庭》杂志上。陈老看到杂志后说,不错,写得原汁原味,并鼓励我好好干,多出佳作。

2012年9月7日,由杨澜、孟非主持的电影《白鹿原》首映式"白鹿原之夜"大型晚会在西安城市运动中心举行。我有幸见到了王全安、张雨琦、张丰毅、刘威等剧组主创人员。那天,陈忠实很高兴,也很精神,当场挥毫写下"九天之尊长安地,白鹿古原十三朝"的墨宝。短短两句诗,既写出了西安是十三朝古都,又点名了白鹿原,可谓匠心独运,智者之作。这也是当时陈忠实为什么要把电影首映式选在9月13日的原因。由此不难看出他对三秦大地的热爱,对古都西安的感情。那天下着瓢泼大雨,晚会结束送别时,我握着陈老的手说:"祝贺您,陈老师,今天晚会很成功!"他笑着说:"这是给全安过事哩,我来凑个热闹。"这是我认识先生后见到他最为开心的一天,也是听到他笑声最爽朗的一次。望着消失在雨幕中的陈老,我想,今夜,他一定能睡个安稳觉了。

2013年,我所在的媒体要办六十年报庆。我负责纪念丛书编辑、名人字画征集等工作。我去找陈老,他分别为《岁月年轮》《踏石留痕》《乡村记忆》题写了书名,并题写了"风雨沧桑六十载,披荆斩棘农报人"的寄语。报庆是6月28日,我邀请陈老出席。他笑着说:"我最近身体不好,医生不让我到人多的地方去。我给你写一幅字作为祝贺吧。"我说:"那太感谢您了。"陈老后来写下"为农民利益发声,为基层干部壮行"。值得一提的是,所有这一切,都是免费的。单位领导和我心里都有些过意不去。领导托我买礼品去感谢陈老。我知道陈老一直抽雪茄,不抽纸烟,从早年的"工字"牌、"巴山"牌到后来的"皇冠"牌。我送去"皇冠"雪茄、报庆特刊、三本丛书、纪念品等。陈老首先拿起书,说:"这么厚,这么沉,不容易,你们做了一件大好事、大实事。"我说:"我代表报社感谢您对我们工作一如既往的关心、厚爱、支持!"他摆摆手说,应该的。回去后,我又写下了《陈忠实盛赞陕农报》,发表在头版上,以示谢意。

删繁就简　读者永远是最好的朋友

陈忠实先生曾对我说,他最怕麻烦。有啥事电话里说,能办的事就帮人办,办不了就直接说明,以避免来来往往。

他说:"我最喜欢的一句话就是'删繁就简三秋树'。这是郑板桥的一句诗。该诗后一句是'领异标新二月花',我不喜欢。"在我与陈老的多次交往中,每到饭时,我要请他吃饭,他说:"石油大学的大食堂饭菜很好,自助餐,啥都有,简简单单吃了饭,我还能休息一会儿。"

晚年的陈忠实,很少外出,生活也极有规律,基本上是宅在工作室。外界各种各样的活动,他能不出席就不出席,但有一件事他是永远不会拒绝的,那就是给读者签名。

他告诉我,作家写书的目的,就是拥有成千上万的读者。《白鹿原》自问世以来,各种版本的发行量每年都在10万册以上,至今发行量已达到近300万册。几乎每天都有读者找陈老签名,少则一册,多则数百册。陈老说,有一个月30天,他一查日历,28天都在签名,还不包括一天几拨的。

2014年6月13日,我带着十几位朋友去陈忠实工作室。一开门,他说:"哎呀,这么多人。"我说:"这些都是您的粉丝,而且华县这位朋友住在西安已等候了两天,兰州这位朋友把机票都改签了。"陈老听后,二话不说就坐在简陋的书案上签名。我看他忙不过来,就主动说:"陈老师,今天我来给您当书童。"他笑了笑说:"好,你给咱盖章。"于是陈老每签一本,我就将他的大印盖在上面。他叮嘱我,章子要盖在他名字上。于是我小心翼翼地照做。一摞摞书籍在陈老手中被签上名,递给我盖章,我再交给朋友,如接力棒,似流水线,是那样自如、和谐、优雅,不觉已是一个上午。陈老顾不上休息,又与我带去的朋友一一合影,看得出,虽然有些疲惫,但陈老心里很惬意。回去后,我写了一篇文章《今天我来当"书童"》。

多次劳烦先生,我心里总有愧疚,一直想着怎样感谢陈老。2014年4月2日,我像平常一样,早上凭窗眺望,就看到了先生的工作室,想到了陈老。随即我给陈老打电话,请他晚上到西安荞麦园吃饭。没想到,他爽快地答应了。

下午两点刚上班,陈老给我打来电话,问:"晚上吃饭没啥事吧?"我说没有。他在电话那头说:"我就怕有啥事,万一给你办不了,耽搁你的事。"我说:"没有事,交往这么多年,还未请您吃过饭,今天趁您有空,聚聚。"他说:"好,晚上见。"

陈老很遵守时间,大约5:40就来了。我给他逐一介绍在场的人,我们的社长、老总、主任等一一与他握手,大家把带来的书拿出来,请陈老签名。陈老非常高兴,问东问西。我还就他新出的第100种书《白墙无字》探讨读书心得,他记性很好,思维敏捷,和大家很快就聊得很投入了。

吃饭期间,当陈老知道是我过生日时,抱歉地说:"你不早说,也不让老汉给你带个礼物,这事弄的。"我说:"您那么忙,能和您吃顿饭,是我多年的心愿。谢谢陈老大驾光临。"

饭后,大家逐个与陈老合影。这次与陈老会面为我的生日增加了无限快乐,成为我至今过的最有意义、最难忘记的生日。回来后,我写了一首诗:《生日有感》(外一首)。四月百花竞芬芳,高朋满座心舒畅。删繁就简三秋树,荞麦园里小吃香。请教大师指方向,媒体历来有担当。白鹿原下陈忠实,接通地脉做文章。

这是我唯一一次请陈老吃饭,不料,也成为最后一次。近几年,每遇到他,他只说身体不好,谁知疾病这个恶魔就在离陈老74岁生日还有两个月的时候,夺走了这位在陕西文学界乃至中国文坛举足轻重的大师的生命。

凭窗眺望陈忠实,不只指地理概念上的距离,更是他作品的深度、做人的宽度、做事的长度、影响的高度。

古有司马著《史记》,今有陈公《白鹿原》。当柳青、杜鹏程、路遥、陈忠实等纷纷谢世后,当一个城市的文化名人、文化符号消亡后,我们的支撑点又在哪里?没有大师的时代,将是一个精神贫脊的时代,用大师精神重塑文化绿洲,需要数代人的努力。

陈忠实,一位忠于人民、忠于文学、踏实做事、为人平实的人民作家、关中好人、慈祥老人。

他的生命虽已完结,但他作品的生命力将随日而长,伴月弥久;他文学艺术的感染力、影响力将生生不息,被世世敬仰;他在当代文学无可替代的地位,将走出陕西,走向世界。

(2016年4月30日于墨花斋)

说 得 着

前几天去外地,与某单位一处级领导交谈,这位长我十岁的老兄说,我是他一生中第三个"谈得来"的朋友。这使我备感意外,同时也很兴奋。

每个人从牙牙学语、上托儿所、上学前班开始,就有儿时的发小,玩耍的伙伴。上了小学、中学、大学,就有了同学;参了军,经了商,就有了战友、朋友;走向社会、参加工作,就有了同事、同僚……

随着时间的推移,好恶的不同,行业的差别,同学、战友、朋友再多,有缘分、谈得来、说得着的人也许越来越少,以至于有人活了一辈子,真正能交心的真情朋友却没有一个。

就拿相亲找对象来说,除了长相、家庭、学历等要相互匹配外,是否能"谈得着""说得着",有共同语言也是一个重要的衡量标准。

同理,在单位,在社会,能否和人长久相处,到底能交多少知心朋友,都取决于有无"谈得来"的有缘者。

著名作家、茅盾文学奖获得者刘震云先生的长篇小说《一句顶一万句》,讲的就是人和人之间的兴趣投缘,言语投机。

在我们每个人的一生中,难免有高兴的事需要与人分享,有难肠的事需要向人诉说,有隐私的话向知己知音相告,困惑的事需要和说得来的人互商,有重大的事需要和人互讨……这一切的一切,都不是能和所有人讲的,而只能与"谈得着"的人分享。谈得着的人,没有年龄之分,此为忘年交;没有地域之异,此谓神交;没有地位之别,此是心交;没有性别约束,此乃知己……

人景慕人、佩服人、喜欢人,自有景慕、佩服、喜欢之道,自有相谈、相识、相交之理。这与身份、地位、距离几乎没有关联;与贫富、物质、行业根本没有干系。人和人能不能成为至交、良师、益友,关键是要看是否与对方有缘分、谈得来、说得着。尤其在当今物欲横流、人心不古的时代,要真正交上谈得着的人,实属不易;要找到说得来的朋友,确实很难。就以我的这位朋友为例,即将退休,方才找到了三个"谈得着"的人。再回过头想想,自己在社会上奔走了多年,真正能谈得来的人,也是屈指可数的。

浇树浇根,交人交心。但愿我们每个人,都有与自己"谈得着"的人;但愿我们每个人,都有更多"说得来"的人。

(2014 年 4 月 18 日)

美丽地活着 优雅地老去
——观百位旗袍佳丽晋级六十强有感

女人绽放美丽,有多种多样的表现方式;女性展示优雅,也多是在公开场合。如何将美丽、高贵、优雅集于一身?怎样把服装、文化、表演融于一体?一般人是做不到的、办不到的、弄不成的;可是,赵小鸽做到了,旗袍办到了,中国旗袍会陕西总会弄成了。尤其是他们提出的"美丽地活着,优雅地老去",发人深省、催人奋进、令人感动。这是我在2015年6月20日作为评委参加由陕西旗袍总会和陕西大唐旗袍文化传媒公司主办的"中国梦·我的梦·旗袍梦"百位佳丽晋级六十强大赛后的总感受。

女子爱美,天性使然。从古到今,无论是西施、王昭君、貂蝉、杨玉环这四大美女,还是刘晓庆、巩俐、范冰冰等明星,抑或是城里、乡下、山沟里,总不乏貌美、品端的女子,总也不缺出众、超群、不凡的美女。

在文人笔下,美女永远是歌颂的对象,爱情与婚姻永远是创作的主题,男人和女人之间永远有着讲述不完的故事。而这些对象、这些主题、这些故事总离不开两个字,那就是"美丽"。我们常常将女人比作花、比作水、比作云,无非想说明女人长得漂亮、性格温柔、光鲜可人。

美丽和漂亮因时代的不同而内涵有异。唐代女性以胖为美,那时,大唐是世界上最强盛的帝国,唐长安城是世界上唯一人口超过百万的大都市,还是各国纷纷朝拜的神圣之地,更是开放程度最高的都城,雄厚的国力、富足的经济、多彩的生活,使女性着丝穿绸、披金戴银、体肥丰腴、发髻高挽、袒胸露乳,曾经荣耀了一个时代,引领了世界风尚。到了当代,人们的生活大为改观,审美标准都发生了巨大变化。自改革开放以来,人们将美女基本上定位在了"瘦脸、蜂腰、长腿"上,特别是在大都市,以这种标准选美、选秀、选模特的赛事屡见不鲜。

不知从何时起,以旗袍文化为主题的培训、健身、走秀、演出等活动渐渐在古城西安落地、扎根、发芽、开花,且如雨后春笋般成长、蔓延、扩散。陕西旗袍总会就是这一行业的领跑者、领航者、领军者。

让女性"美丽地活着,优雅地老去",这是陕西旗袍总会的宗旨。之所以提出此宗旨,我窃以为原因如下:

如今,都市女性经济收入相对富足,生活追求相对较高,爱美健身已成时尚,美容美体已成潮流,留住美丽已成共识,此其一。旗袍是古典服装、传统文化的代表,在中国有广泛的消费群体,在西安有深远的影响。有陕西旗袍总会会长赵小鸽,副会长刘晓莉,副会长、金牌走秀培训导师赵菁等一大批信念执著、无怨无悔、追求美丽的人率领,一定能够让更多的女性书写美丽、绽放美丽,此其二。旗袍爱好者一般以中年女性为主。中年女性现在最讲究养生保养,且她们都有追求美丽、享受快乐、优雅老去的自由、浪漫,都乐于参加各类有益、健康、时尚的活动,旗袍培训就是一个不错的选择,此其三。

在本次晋级大赛中,30位佳丽的走秀在鑫月的独唱《女儿情》中拉开了晚会的序幕。进入比赛环节后,100位选手分"玫瑰""玉兰""牡丹"三组,10人一组,有序登台。她们仪表端庄、落落大方、面带微笑、风情万种。大家人人尽心、个个努力,尽管最终只决胜出60名佳丽,但所有人在T台上充分展现了自身,展示了自我,展露了自信。

伴随着众佳丽的登台走秀,张宁的舞蹈《国韵》、李妍的古筝配诗朗诵、茶艺、谢慧红的舞蹈《彩云追月》等节目,把观众带向了艺术的殿堂,给人们奉献了一道道视听盛宴。在悦耳的曼妙歌声中,金牌旗袍走秀培训导师赵菁女士凭借自己专业的舞蹈技艺、娴熟的舞蹈功力,如天女下凡般翩翩起舞,婀娜多姿,优雅舒展,欢快流畅,光艳夺目,尽显东方女性的柔美、贤淑、典雅,也把旗袍文化、青花瓷文化之古老、典雅和博大演绎得随心自如、淋漓尽致,将晚会推向了高潮,赢得现场阵阵掌声。

美丽地活着,就是让所有热爱旗袍的女性朋友们活在当下、面向未来,用旗袍演绎自己流动的生活、转动的舞台、滚动的人生;优雅地老去,就是希望我们热爱生活、渴望舒展、企盼幸福的女性朋友在文化中励志,在艺术中怡情,在生活中愉悦,无怨青春,不负年华,无悔岁月。

(2015年6月21日于墨花斋)

司 晨

久居都市，喧闹的市井麻痹着我的视线、听觉、感官。昨夜突降骤雨，烦扰老兄驻于渭北某县城，竟然完整地听到了鸡叫三遍。随着第三遍鸡叫，果然天际出现了鱼肚白，使人顿感"雄鸡一唱天下白"和"雄鸡报晓"之况味。

我生在农村，长在农村，根在农村。小时求学时，家里连个钟表都没有。掌握时辰的唯一指望，就是家里养的公鸡打鸣。春、夏、秋季还罢了，一到冬季，瞌睡一多，也不知鸡叫了几遍，起床就急急火火往学校赶。到了学校，往往学校大门还未开，老师宿舍的窗户也是一片漆黑。缺吃少穿的20世纪70年代的冬天，似乎比现在要冷一些。我和小伙伴要么跺脚，要么搓手，实在冷得不行，就捡些柴禾、纸屑、树枝、沥青、塑料纸、油毛毡等易燃物点燃取暖，直到上早操的铃声响起……

还有一种情况，有些小公鸡初学打鸣，常常报错时辰，害得我有时半夜两三点就起了床。难怪民间有句谚语："鸡娃子叫鸣，按不住迟早。"我以前在西安南城偶尔也能听见鸡叫，听到时已是拂晓，完整的"叫三遍"从未听到。起初有些纳闷，后来经自己考证得出结论：那是农贸市场卖鸡者从乡下带来待卖公鸡们的叫声。

这次在县上听到公鸡司晨，在倍感亲切之余，便有了乡愁、怀念。在钟和表普及以前，勤快、聪慧、敬业的公鸡，竟然日复一日、年复一年地忠于责任、恪尽职守，从不偷懒地为人类打鸣司晨，使人们的生产生活、工作学习、日常作息有条不紊、有时可依。这种无私奉献的精神，值得我们人类思考、学习、借鉴。

如今，我们正处在社会转型期、矛盾聚集段、改革深水区、发展关键期，每个人若能像公鸡司晨这样干好本职工作，树立服务意识，坚守自己岗位，中华民族伟大复兴的中国梦必将早日实现。

（2014年4月10日）

吉 雨

3月21日春分过后,古城西安每天的最高气温一再飙升,23、25、27……使人一下子从早春进入到夏天。早上穿的还是外套,中午就得穿上衬衫、短袖;时尚的少女、少妇们则身着一袭袭裙装漫步在大街小巷,为"二八月乱穿衣"做了最好的注脚。

中午天气闷热,到了下午3点以后,先是天色转暗,再是狂风大作,似乎去年冬季都未刮过如此大的风。待在室内,大风的呼啸声透过窗户缝隙传进来,听后使人战栗。到了4点多,已是风疾雨大,街上打伞的人们,不时被大风裹挟,顷刻间路面已是雨水漫地,真可谓"风雨交加"。

好一场来势凶猛的春雨。

古人讲:"好雨知时节,当春乃发生。"农夫说:"春雨贵如油,庄稼有盼头。"市民叹:"一场及时雨,新鲜空气来。"到了晚上8点半左右,雨停了,春天第一场雨就这样匆匆地去了。

路净了,人稀了,车少了。放眼望去,高低错落的大小建筑上的霓虹灯管五彩缤纷、有序闪烁;远近楼群里的万家灯火映亮窗前。

城市湿润了,尘埃洗涤了,视野开阔了,心情宁静了,睡眠踏实了,好梦陪伴了……

好一场酣畅淋漓的吉雨哟……

(2014年3月27日)

手　　机

　　手机是人们天天相伴的物什,大约初兴于20世纪90年代初,那时还有BP机,也叫BB机、传呼机。由于传呼机与手机从某种程度上都是当时的奢侈品,于是也就成了人的身份象征。当时人们普遍是"腰里别的BB机,手里提的是手机"。因为手机当时是七位数的模拟机,体积也较大,酷似砖头,且售价都在万元左右,也多是领导和老板持有,故叫"大哥大",后来使用的人多了,改叫"手提电话",再往后叫"移动电话",直至普及后体形缩小,人们须时时拿在手上而称"手机"。

　　我用第一个BB机大约是在1994年,那时谁要找你,一打传呼,若用的是数字机则要查姓氏代码,若用的是汉显机便可以知道呼者姓氏。无论是哪种机子,哪个传呼台,被呼者都得找座机或手机回电话。当年满街都是公用电话,生意很红火,打电话是要排队的。有手机的人很少,所以持有者显得很有派,大多是私企民企的老板。当时流行一个枕头状,一头露着一个圆孔,并有环提带,可拎、可夹的"手机包"。圆孔是用于手机天线外穿的,包一般由女秘书拎着伺候左右,电话一响,女秘书就会一边递电话,一边嗲声嗲气地说:"老板,有您电话!"老板拿起电话首先是抽出手机天线,或者用门牙咬出天线,方才开口讲话。现在想来,甚为滑稽。

　　我是1996年用的第一部手机,牌子是"诺基亚",也是模拟机,只能在西安用,离开西安,就没信号。当时资费很高,记得最高时一月达800多元。两年后,有了10位数的手机,我用的是"摩托罗拉"牌的。又过了两年,换成了11位数的小翻盖"摩托罗拉"牌手机,再就是"西门子""飞利浦""爱立信""长虹""三星"……至今想来,换了十几个机子。机子虽因这样或那样的原因更换,但号码始终没变。尤其是CDMA兴起至今,我的号码一直没变。

　　之所以频繁换手机,一是机子质量一茬不如一茬,老出故障;二是机子丢失或损坏,功能失效;三是内存太小,存储空间不足;四是智能更新,网速过慢……但总的感觉是,现在机子质量过差,用一两年就得更新。近日看到一则消息,说中国网民已过6亿,手机用户已达11亿,成为全球名副其实的第一消费大国。从过去装一个座机需要几千元到现在被逐渐淘汰,从磁卡电话成为摆设到公用电话亭几乎消失,从BB机到大哥大,从模拟机到智能机,从少数人持有到大众拥有……这是历史的必然,也是时代发展的必然,更是实现幸福梦想的必然。

(2014年5月18日)

算　盘

作为拥有五千年历史文明的中国,有许多国粹值得传承和弘扬。有人将四大国粹概括为中国武术、中医、京剧、书法,也有人将四大国粹归纳为筷子、算盘、丝绸、京剧。还有一种说法是由孙中山先生总结的最具代表性的四大国粹:中国京剧、中国国画、中国医学、中国烹饪。

无论国粹有哪些,四大国粹包括什么,我认为,凡是独有的、实用的、有使用价值的东西,就应该叫国粹。譬如算盘,是我们祖先发明的一种简便计算工具,几千年来被人们普遍使用。中国是算盘的故乡,在计算机业已普及的今天,古老的算盘不仅没有被废弃,反而因其灵便、准确等优点在许多国家方兴未艾。北宋名画《清明上河图》中,赵太丞家药铺柜上就画了一把算盘。2013年12月,联合国教科文组织在阿塞拜疆首都巴库正式将中国珠算列入人类非物质文化遗产名录,算盘珠算以其2600多年的使用历史,正式成为人类非物质文化遗产,成为我国被列入的第30个非遗项目。

过去,算盘是精明、财富的象征。谁掌管算盘,谁就是大财神、大管家、大掌柜。电视剧《走西口》里田青过百天,前来恭贺的人送来了好多礼品和玩具。

奶奶让不谙世事的田青爬在礼物堆里信手抓周，田青就抓起了一个小算盘，于是众人都说田青是做生意的料。虽父亲田耀祖因嗜赌败了家、破了产，隐姓瞒名走了西口，田青长大后，因生活所迫不得已也走西口，但他从无到有、由小到大，终成一代巨商。

新中国成立前，穷人大多不识字，到了年末，地主算盘珠子一拨拉，穷人就是一屁股债。歌剧《白毛女》中黄世仁大年三十算盘珠子一拨，逼债逼死杨白劳的情节，曾在几代人脑海里留下了烙印。

过去单位月底发工资，每个人看不看会计的脸不知道，但大家目不转睛关注的，肯定是会计手下的算盘。

中国第一颗原子弹的研制过程中，各种数据都是经过多少珠算专家用算盘计算出来的。

在计算器、计算机出现以前，算盘几乎被应用于各种领域、各个行业。过去小学还开设珠算课，珠算口诀曾是人人会背，打算盘也成为一门技艺。在各类珠算大赛中，好多人因打得一手好算盘而获得"铁算盘""金算盘"的殊荣。更令人惊异的是，在珠算与计算机的比赛中，神奇的算盘速算得出的答案准确无误，令许多计算机专家为之不解与震惊。

就是这样一个国粹，如今在新生代面前成为陌生的"文物"。算盘几乎退出了我们的工作学习，淡出了大众的视野，远离了大家的生活，然而，作为一种国粹、瑰宝、工具，每每看到它，我就会对中国传统文化生出感触、感到自豪、多了敬畏。

（2016年10月3日）

海外足迹
HAI WAI ZU JI

韩国纪行之一：走进韩国

2015年9月1日，对中国旗袍会陕西总会来说，是一个特殊的日子；对陕西旗袍总会的百位佳丽来说，更是一个值得庆贺、永生难忘的日子。

就是在这样一个平凡的日子里，受韩国群山市政府邀请，中国旗袍会陕西总会的百位佳丽身着旗袍、手执小旗、拉着横幅赶赴韩国，参加韩国群山市的文化艺术节。在本次艺术节上，中国旗袍会陕西总会的众佳丽将通过旗袍走秀、文艺演出、才艺展示，与韩国进行以中国旗袍和韩国韩服为主题的中韩传统服饰文化交流。正由于这一文化盛事，方显得这一天更加不平凡。

接到韩方邀请后，连日来，中国旗袍会陕西总会精心组织、科学部署、周密安排、层层遴选，在陕西旗袍总会副会长、金牌导师赵菁及培训部部长杜丽琴、后勤部部长李月英、大赛冠军李立、亚军郑乐珍、季军朱晋等人的认真指导下，众佳丽废寝忘食，反复打磨所要展示的才艺，即使在出国前一天也从未间断、从未松懈、从未停歇。

之所以如此,是因为陕西旗袍总会的决策者、诸中层、众佳丽,都知道此次机会来之不易。她们要代表中国,为三秦姐妹争光,为中国旗袍事业添彩。每个人心里都明白,这是中国旗袍走出国门、走向亚洲、走向世界的又一次机遇。中国旗袍机构那么多,为何韩方只垂青陕西?原因有三:一是陕西是中华文明的重要发祥地,古城西安是十三朝古都,历史悠久,文化积淀深厚;二是"一带一路"又将陕西推向了突出位置;三是自中国旗袍会陕西总会成立以来,活动众多,赛事不断,影响较大。故大家一人一把号,共吹中国旗袍走向世界一个调,戮力同心,争取以优异的成绩向祖国和人民汇报。

随着韩国大型国际航班在西安咸阳国际机场腾空而起,跨越1600多公里,历经2小时45分钟的飞行,载有中国旗袍会陕西总会百位佳丽的客机终于徐徐降落于韩国仁川机场。

从西安到首尔,从干旱半干旱的季风性气候到湿润的海洋性气候,异国的秋风、异样的风情、异常的感受,使大家兴奋、激动、感叹。

由于历史的原因,韩国曾由高句丽、济洲、新罗三大块构成,李氏王朝影响深远。因受我国文化影响,韩国文字也有中国字或偏旁部首,即便语言不通,你用笔把字写出来,也可以与对方交流。韩国以李、金、崔、朴四大姓为主,但各自姓氏同姓不同根、不同祖、不同宗,过去法律上不允许同姓结婚,后来隔了三代,出了五服,人们渐渐就淡化了这一概念。

韩国是资本主义国家,属于世界发达国家之一。韩国的国土面积仅有9.6万平方公里,是中国的百分之一,人口也不过5000万,是我国的二十六分之一,但其民族品牌观念强,满街都是韩国"现代"车。其GDP颇高,旅游业发达;境内近80%国土是山地,多以海拔400米的小山居多,最高的山也未超过1500米。就是在这样的国情下,韩国生态好、环境优、经济强、法治全。虽因国土面积有限,道路不是很宽,但平坦、笔直、干净、整洁。韩国人喜生食凉菜,不炒菜,据说韩国人一年吃的菜油,都不及中国人一月的量。他们天天都吃类似于中国泡菜、带有甜辣味的辣白菜，就是这个辣白菜，使韩国在2003年那场蔓延全球的"非典"中，无一例疑似患者。

韩国与中国有一个小时的时差，比北京时间早一个小时。天黑得早，也亮得早。大家抵达后纷纷给家里报平安，始料不及的是，几乎每个人都收到家人、朋友、亲戚让捎化妆品的消息。可见，韩国的美容业影响有多大，有多广！

（2015年9月2日写于韩国首尔）

韩国纪行之二：一江春水向西流

在中国，一直流传一句大家耳熟能详的话，那就是"一江春水向东流"。原因很简单，中国的地势是西高东低。长江、黄河两大水系均发源于青藏高原，其流向是向东。韩国首都首尔东西横亘着一条江，名叫汉江，是韩国的两大江河之一。首尔旧称汉城，在韩国人的说法里就叫汉阳城。从这个"阳"字上显而易见，首尔的城市是从汉江北岸开始兴建的。汉江的水向西流，证明韩国的地势与中国相反，东高西低，因而导致一江春水向西流。

首尔不是我们想象中的高楼林立、摩天接云，甚至你从其建筑一般、楼群偏少的表象中，不敢相信这是一个拥有1500万人口的国际化大都市。然而，当你在高低不平、坡多弯急、小山不断的绿树掩映间、水清空气鲜的城市徜徉一番后，你才懂得什么叫生态城市，什么为宜居之都，什么是山清水秀。

经过数十年的发展，江南已成为大富豪、大财阀的聚集区。他们豪而不土，成为韩国经济的引领者，时代发展的成功者，富足生活的享受者。首尔最具象征性的地标叫青瓦台。青瓦台因建筑物屋顶用青瓦覆盖，楼呈青色而得名，更因是总统的官邸，而变得神秘、重要、显赫。其实，我想，青瓦台只是近在咫尺的王宫遗址景福宫的一部分，因为这里三面环山，古建林立，正是过去韩国王室办公、学习、生活的宫殿群。

令人惊奇的是，景福宫里勤政殿等的名称不仅与中国古代宫殿相同，且也用中国汉字书写，从中折射出韩国的文化传承与中国有着紧密的联系；更从另一个方面反映出韩国人民尊重历史、与我国睦邻友好的渊源。现在的韩国学校大多开设了汉语课。随着两国邦交的深入化、人民互访的普及化、友好往来的常态化，两国的文化交流会更加深入。

韩国是朝鲜半岛的一颗璀璨明珠，是世界上的发达国家之一。1910年，韩国沦为日本的殖民地。群山是韩国国际贸易港，日本帝国主义在甲午战争后统治该地区，位于韩国群山市的群山近代历史博物馆，便是明证。馆内展览内容由"城市的历史""掠夺的现场""庶民的生活""抵抗与生存""近代建筑"等板块组成。其中，展出的11栋群山20世纪30年代的建筑，使人仿佛身临其境。这里一度日化，人们的生活习惯、饮食起居、穿着服饰等，都有日本人的影子，如日式建筑的房舍、店铺、茅屋，人们穿的木屐、和服等。馆内收藏了韩国最多的近代文化资源，讲述了西海物流流通的千年历史，将面向世界的国际贸易港群山呈现在来访者面前。

群山近代历史博物馆秉承"历史见证未来"的宗旨，再现了这一古码头在近代历史上曾经经受的苦难、沧桑，再现了现代贸易港口群山作为海上物流流通中心的历史沿革、飞速发展、辉煌成就。

历史是一面镜子，奋起是一剂良药。在2015年9月3日纪念中国人民抗日战争暨世界反法西斯战争胜利70周年前夕参观之、追忆之、感悟之，我以为，让处于东北亚的韩国与位于其西面的中国互访共赢、多方合作、世代友好，不也是一江春水向西流么？

（2015年9月3日凌晨写于韩国）

韩国纪行之三：旗袍陕西总会在韩国演出成功

2015年9月3日，韩国全罗北道全州市GSCO酒店如过节一样热闹、隆重、欢腾。受韩国全罗北道政府、文化体育观光局、韩国全州时装协会邀请，中国旗袍会陕西旗袍总会100位旗袍佳丽从西安走出陕西，走出国门，漂洋过海，一路风尘，在匆匆访问了韩国仁川、首尔后，疾速赶到全罗北道全州市，参加以中国旗袍和韩国韩服为主题的"中韩传统服饰文化交流"活动。

全罗北道文化体育观光局长李志成先生致欢迎辞。他说，人们生活的基本条件是衣食住行，而衣食住行中首推的就是"衣"。中国的旗袍与韩国的韩服正是传统服饰中的经典，是女性朋友的最爱，是一个国家的文化符号。全罗北道具有悠久的历史与文化，被列为世界文化遗产的高敞支石古墓群、百济历史遗址区、板索里、泡菜、农乐等有形、无形的文化遗产都在全罗北道。全罗北道拥有艺乡之美誉，很多景点和美食都最具韩国特色。旗袍和韩服不仅象征中韩传统文化，而且也体现了民族自豪感。中国旗袍会陕西总会与韩国全罗北道全州时装协会以最能代表两个国家的传统服饰为主题，举办这次韩中传统服饰交流会，是具有深远意义的。本次国际交流活动，将促进和加深对两国民间文化的认识与理解，进一步实现两国间的文化交流和发展。

中国旗袍会陕西总会会长赵小鸽女士发表演讲。她说："秋风送爽瓜果香，中韩人民友谊长。在这迷人的季节里，我和我的100位旗袍佳丽受邀来到韩国，在此进行文化交流，我感到非常荣幸、激动、自豪。中国的旗袍组织很多，贵国能选择邀请我们陕西旗袍总会，这是我们的荣幸；来到韩国，感受到韩国人民的热情和对中国旗袍的喜爱，我无比激动；站在国际舞台上，表演中国旗袍，我异常自豪。中国是一个具有五千年悠久历史的世界文明古国，中韩人民一衣带水，世代友好。陕西是中华文明的重要发祥地，省会西安历史上曾是十三个王朝的建都之地。关于中国旗袍和韩国韩服的这次文化交流,正是两国服饰文化的一次大展示,希望我们互相学习、共同进步。"

中国旗袍诞生于几百年前的清朝,因满族八旗女子穿着而得名。到了20世纪二三十年代,旗袍曾在中国北京、上海、广州等大城市风靡一时,成为那个时代知性女子、贵族阶层的最爱。几个世纪以来,追随着时代,承载着文明,旗袍以其流动的旋律、潇洒的画意、浓郁的诗情,表现出中华女性贤淑、典雅、温柔、清丽的性情与气质。近年来,中国政府大力挖掘、弘扬、传承传统文化,旗袍作为女性服装之瑰宝,被重新提到了重要议事日程之上。原因是旗袍是中国传统经典文化、古典服饰文化、现代表演文化、舞台艺术文化的综合反映。中国旗袍会陕西总会是一个年轻的群体,因为年轻,我们有自己的抱负和理想;因为年轻,我们有更多的激情和勇气;因为年轻,我们有更多的时间去体现自己的价值。为了将陕西旗袍文化、旗袍事业做大、做优、做强,站在国际的视野寻找差距,中国旗袍会陕西总会以"旗袍"为载体,通过旗袍传承文化,让中华女性内外兼修,并为东方女性提供一个可以释放、可以提升、可以展示的纯女性交流平台,向全社会倡导、传播中华女性素质教育,弘扬中国传统文化,让世界了解旗袍,让旗袍改变生活的理念。在内外兼修的同时传承中华民族的经典传统,让女性朋友们"美丽地活着,优雅地老去"。中韩两国同属亚洲,有文化的差异,也有文化的共融。诚望本次访问和文化交流能给两国人民带来福祉,能给中韩文化增光添彩,能给两国民间互访搭建平台。随后,两国代表当场签署了战略协议书,双方还互赠了中国旗袍、倒流壶陶瓷、韩国韩服等礼品。

仪式结束后,中国旗袍会陕西总会的百位佳丽身着鲜艳、华丽的旗袍,分别手执团扇、灯笼、油纸伞、倒流壶瓷具等富含中国元素的道具,在宽大、敞亮、高端的T台上走秀表演,赢得韩国朋友及在场观众的一片喝彩。韩国全州大学时装系的20位女大学生,身着华丽、高贵、宽松、大气的韩服进行表演,其青春靓丽的形象和独特的异域风情令人陶醉。

演出结束后,韩方邀请中国旗袍会陕西总会访问团参观了集韩国传统韵味于一身，在韩国知名度极高的全罗北道全州的韩屋村。大家赏夜景、观民俗、拍美照，其乐融融。

（2015年9月3日写于韩国）

韩国纪行之四：千年古都作外宾

小时候在西安街头看见金发、碧眼、白肤、魁梧的外国人，就异常羡慕。长大后每每看到成群结队的外宾朋友，就在想，人家怎么那么自由，说逛就逛。以致后来见的老外多了，也就习以为常了。

由于职业的关系，前两年我带队参加第十九、二十届中国杨凌农高会，采访了美国、加拿大、新西兰、比利时、澳大利亚、俄罗斯、埃及、荷兰等国的国际友人后，对外宾的概念才有了新的认识。一言以蔽之，外宾就是文明、礼貌、素质高的代表。

继9月3日中国旗袍会陕西总会的佳丽们在韩国全州成功进行旗袍走秀并与韩国进行传统服饰文化交流取得圆满成功后，9月4日，百位旗袍佳丽又作为外宾，在韩国庆州参加了"欧亚大陆、文化快车丝绸之路庆州2015世界文化博览会"。大家不仅品尝了类似于中国满汉全席的庆州包饭，还作为嘉宾观看了根据古代波斯口传史诗《Kush Nama》改编的大型实景舞剧《波斯王子》。该剧讲述的是波斯王子航海时，因翻船漂至海滩，被古新罗公主搭救，从此两人相爱。但是不久便传来父亲的王朝被人篡权，王子不得不离开新婚燕尔的公主，离开新罗，替父亲复仇，并献出了年轻的生命。王子死后，公主带着与王子所生的文武双全、有勇有谋、长大成人的小王子回到丈夫的国家波斯，小王子铲除了乱党，杀灭了奸臣，平息了纷乱。可就在此时，新罗政权也因外敌入侵逐渐削弱，江山岌岌可危。小王子自愿请命,快速反击,又随母亲回到新罗,杀逆贼、抗敌寇、收失地,最终夺取了政权,登上新罗王的宝座。整个舞剧集爱情、战争于一体,融灯光、电子、3D技术、音像、舞台美术于一身,情节感人,表演到位,震撼人心,表现了新罗和波斯多彩的文化,演绎了古代海上丝绸之路上的凄美故事。

庆州是韩国古都,是新罗、高句丽、百济时期古朝鲜的政治中心,悠久的历史、灿烂的文化、丰富的文物,使这里成为与中国古长安相媲美的著名旅游城市。

为了进一步增进中韩两国人民友谊,体验韩国饮食文化,当天下午,韩方还安排中方旗袍佳丽走进农贸市场,采购食材,下乡深入农庄,自主制作晚餐。旗袍佳丽们奋勇争先,分组行动,下厨烹饪,将一道道美食端上餐桌,尽情享用,载歌载舞,欢乐无比。当日,恰逢陕西旗袍总会旗袍佳丽任新娟、王新爱二位女士的生日,韩方代表张昌国、朴先生,中国旗袍会陕西总会领导班子,所有佳丽及韩国群众在草坪上为她们举办别开生面的草坪生日party。大家在异国他乡为两位"寿星"端蛋糕、点蜡烛、唱歌曲,将本次中韩文化交流推向了高潮。这真是:中韩人民一家亲,文化交流心连心。互学互融手牵手,友谊长存胜黄金。

(2015年9月4日写于韩国)

韩国纪行之五:繁荣富足说釜山

釜山是韩国的第二大城市和重要码头,也是世界四大海港之一。这里海岸线长,海域辽阔,山水环绕,高楼林立,如美国之纽约、中国之上海,虽不是首都所在地,经济富足实属一流。

釜山仅765平方公里,这里最宏伟的建筑和地标性建筑,我认为当属广安跨海大桥。该桥始建于1994年12月,竣工于2002年12月,历时8年。据了解,该桥全长7420米,宽18～25米,为两层、双行8车道互通式桥梁,总投资7899亿韩元,堪称海上第一桥。

众所周知,韩国是世界上美容、整形技术最先进、最发达的国度,而催生这一产业最原始的动力,便是他们本土研发、生产、销售的各类化妆品。而这些化妆品的生产地,正是釜山。没来韩国以前,常常从新闻上看到中国游客到韩国后如何疯狂地购买化妆品,也仅是从眼前一闪,对此现象从未做过评论。9月5日,中国旗袍会陕西总会百位佳丽出访韩国,进行旗袍走秀和传统服饰文化交流后,佳丽们来到政府指定的釜山中央化妆品店,立即被眼前琳琅满目、丰富多彩的化妆品所吸引。由于有些朋友受人之托,有备而来,竟然出现了不亚于抢购的场面。进去时还是空手,出来时已是大包小包,不少人买了拉杆箱盛货,也有人打了好几个包。两个一组,三个一堆,有的挑选,有的排队,有的交费,经过多人协作,方完成交易。也许,对美的渴望、追求、享用早已超过理智,以至于有人打趣道:"这些败家娘们还不知道回去被老公怎么收拾……"玩笑归玩笑,但从此不难发现,韩国化妆品在女性心目中的地位和对她们生活的重大影响。

十年前,釜山市的人口约400来万,如今,据说还不到350万。和所有发达的资本主义国家一样,韩国人口出现负增长。出现负增长的原因,是年轻人为了干事业,结婚两年内是不会生孩子的。一旦想生,必须在两年内将妻子身体调理好,以便生出健康、聪明的孩子。用来调理妻子身体的,就是釜山的土特产、世界上最好的人参——高丽人参。高丽人参既可食补,又可药用,产量大、品质优、声誉响。如今,人们根据年龄、性别、身体强弱、疾病轻重等的不同,将高丽人参加工成粉末状、液体状、胶囊状、片剂状等不同剂型,深受世界各地朋友喜爱。

釜山的另一个经济增长极便是会展文化。国际电影节在此举办,APEC峰会在此召开,世界各国首脑政要高端会议在此举行,由此带动了旅游业发展,使釜山经济快速发展。

来到釜山,有一个景点非去不可,否则,就等于没有来过釜山。这个景点就是海云台。海云台实际上被韩国人称为南海,与我国山东威海隔海相望。今天,由于天阴,海天一线、海天一色的景象均在灰色基调下、薄云浅雾中观赏。我们抛开往日的矜持、拘谨、优雅、束缚,听涛、跺沙、踏浪、拍照,融入大海的怀抱,在异国他乡彻底地放松。

韩国其他城市的人们都企盼能去首都首尔工作或定居,而唯独釜山人没有这种想法。经济富足了,釜山的年轻女性也就多了几份娇柔,成为釜山又一个值得研究的社会现象。

(2015年9月5日写于韩国)

韩国纪行之六:世外桃源济州岛

如果论起韩国的政治文化中心,自然非首都首尔莫属;倘若说起韩国的经济发展前沿,釜山应该当之无愧;但是谈起韩国商贸旅游,济州岛必然首当其冲。

近年来,韩国政府大力发展文化事业、旅游产业、商贸行业,在全球颇具影响,得到了国际社会的广泛认可。世界各国的首脑政要频频在此召开重要会议,许多情侣纷纷来此旅游,新婚夫妇将此作为度蜜月的首选之地。济州岛四面环海,空气清新,生态优良。这里因风多、石头多、女人多被称为"三多",因无小偷、无乞丐、无大门被称为"三无"。风多,是指台风;石头多是岛的性质所致;女人多是因为济州岛没有工业,过去很长一个阶段,男人们靠出海打鱼为生。由于对气象难以预测,仅凭自己生活经验决定出行。一旦遇到台风、海浪、飓风,就有翻船、致残、丧命的危险。日复一日,年复一年,青壮年男性一再减少、妇女、儿童一再增多,用济州人自己的话说,就是阴气太重,人丁不旺。因此,在韩国没有出台《婚姻法》前,济州岛的男人们是可以一个人娶数个老婆的。有了《婚姻法》后,他们也和世界多数国家一样,实行一夫一妻制。济州岛总面积只有18000平方公里,人口60多万。但这里没有小偷,岛上的人自古到今没有发生过不劳而获或掠夺他人攫取不义之财的先例。正因上述原因,无人以乞讨为生。只要他们双手稍微动一动,岛上丰富的食物就不会让人食不果腹,更不可能沦为乞丐。既然无小偷、无乞丐,济州人家家户户都不建大门,真正达到了"夜不闭户、路不拾遗"的境况。

使人意想不到的是,这么远的济州岛竟然与中国有关、与陕西有关、与咸阳有关。原因是秦始皇统一六国后,派徐福率五百童男、五百童女前往东海蓬莱一带寻找长生不老药。徐福越走越远,也来到了济州岛,因未找到长生不老药而无法回去,秦始皇嬴政及秦王朝也过早地消亡了。据传说,徐福有可能隐居济州岛,教人桑麻、耕作、医药。这从两个方面可以得以佐证。

一是济州岛的韩医非常发达,有与中医相比而无不及的影响。通过岛上资源制作的五味子、野蜂蜜、马油等系列保健品,无污染,原生态,不含任何添加剂、防腐剂等,长期以来被人使用,足见其功效非凡,故从秦代始,极有可能徐福在此传授医药知识。韩国是全世界人均寿命排在第二的国家,但济州岛排名韩国第一。就韩国整体而言,人均寿命78岁,济州岛人均寿命高达83岁。这不能说不是一个奇迹。而创造此奇迹者,正是从古到今岛人代代相传、家喻户晓的徐福。

二是在济州市城邑民俗村大长今,有一位"石头爷爷"的石像雕刻引起所有人的兴趣。尤其是导游带着诡秘的神情,说石像的头部和鼻子像男性的"尘根"时,大家都笑得不可开交。但是,我没有笑,因为根据我数年的潜心阅读和日常阅历,无论是古代中国,还是古埃及、古罗马,在多种出土文物中,对于生殖崇拜,似乎随处可见。过去,战争、灾难、疾病等使男人早亡,故生养儿子、传宗接代这些思想一直禁锢着济州人。

我前年写过一篇关于汉阳陵的文章，里面也提到了汉俑、汉裸俑。其反映的就是因长期的战乱导致男人匮乏，因而追求繁衍、以补兵源的战略思想。

韩国城邑大长今民俗村的"石头爷"，不是别人，以我思考，正是传说中的徐福。道理很简单，五百童男童女日久生情，因情而爱，因爱而婚。他们长大后谈婚论嫁，世代繁衍，历经几千年，就这样形成一个地域的一方文化，成为自古至今流传在韩国、镌刻在济州人心中的文化图腾。

（2015 年 9 月 6 日写于济州岛）

韩国纪行之七：一颗白菜滋养起的民族

出访韩国以前，有的朋友劝我不要去，说韩国饭不好吃。还有朋友说，你就等着天天吃大白菜吧。听了他们的话，我一边说没事，一边就去忙自己手头的事，至于去了吃什么，能否吃惯，对我来说无关紧要。

早在 3 年前，我去东北三省采风，既去过吉林省的中国朝鲜族第一村，也到过辽宁丹东中朝边境鸭绿江，更在朝鲜人开的酒店下榻、用餐过，零距离地接触他们、观察他们、采访他们，写了多篇游记，对朝鲜族的大致情况、民风民俗、地域文化也略有了解。由于历史原因，朝鲜半岛被一分为二，但无论国与国的纷争有多么激烈，两国人民的饮食及生活习惯却是基本一致的。因此，我对其饮食并不陌生。于是就随中国旗袍会陕西总会的百位佳丽利利索索、欢欢喜喜地出国了。

飞机降落在首尔仁川机场，访问团百人分乘 3 辆豪华巴士准备在韩国首次用餐。领队在路上也介绍了，说韩国人喜食白菜、萝卜、豆类、菌类等素食蔬菜，喜喝冰水及饮品，不喜欢炒菜，喜欢水煮蔬菜和煲汤，味以清淡、无油或少油为主。大家这次来，肯定能减肥，回去肯定能瘦一圈，说着我们就到了酒店。

这里是每四位一桌,自愿组合,每个桌子横着相连,大家坐在一起宛若"百叟宴",不仅气氛热烈,而且气势壮观。这时,大家才发现小菜有辣白菜、腌黄豆、海蜇、泡椒、黄瓜、海带丝、豆腐、生菜、洋葱等,中间围一平底锅,锅内煮着蔬菜,类似于我们的火锅。每桌有一塑料壶备满冰水,碗、刀、叉、勺,一律为不锈钢的,若需要用筷子,一般也都是不锈钢的,很少有木筷或竹筷。泡菜虽为辣味,但放有砂糖,故吃起来是甜辣味,愈嚼愈香。主食为米饭,韩国盛产大米,筋道耐嚼,使人胃口大开。此后的一日三餐中,别的菜有没有无所谓,辣白菜如穆桂英挂帅,阵阵都到。起初,有的人还吃不习惯,两天过后,常常出现一份不够吃,一而再、再而三地向服务员索要的场面。出国前,有人提示带上方便面,结果,因韩方安排用餐及时、搭配科学,大家根本没有因不习惯而饿肚子。所以方便面跟随大家多日,辗转两国,怎样去,又怎样回,没有派上用场,权当也出国旅行了一番。

在中国,大白菜是一种普通、廉价的蔬菜。20世纪80年代以前,国人生活水平普遍偏低,白菜、萝卜也吃不上。那时,人们都有腌咸菜、制泡菜、做浆水菜的习惯。尤其是广大农村,家家户户都备有腌制菜品的大缸、深坛、瓦罐、陶器等,以解决冬天无菜吃的问题。以我省为例,陕南、陕北至今还有做咸菜、腌酸菜、吃泡菜的习惯,关中地区有此习俗者已不多见。如今,反季节蔬菜更是随处可见,大白菜自然进不了百姓的厨房,上不了家庭的餐桌,更不能端上酒店的宴席。大家稍作留意,就会发现,新闻上时不时报道某地白菜、萝卜、包菜、芹菜、菜花等大量滞销,一斤几毛钱都无人问津的消息。而在韩国这种经济发达的国家,一颗白菜却滋养起一个民族。白菜可谓是韩国人的"国菜",是每个人每一天生活中不可或缺的伙伴,是生命中赖以延续的至爱。

一颗白菜可以满足一国之需求,可以温暖一国之人心。一个国家、一个民族,能够天天吃同一种菜——辣白菜,足见其民族传统文化的传承性、坚韧性、凝聚性、一致性。

(2015年9月7日写于墨花斋)

韩国纪行之八：国人抢购没有错

近几年，亚洲金融危机持续，经济发展减缓，各国普遍受影响。尤其是地处亚洲金融圈子核心的香港、澳门等地区和泰国、新加坡、韩国、日本、马来西亚等国家。但有一个行业近年来非常吃香，这就是风靡全球的旅游业。作为人口大国的中国，自然被上述国家和地区列为重要客源地。于是，各类旅行社以诱人的价格吸引中国人去组团旅游。中国人也因此打破传统的观念，特别是对于不爱出门的陕西人来说，也改变过去的保守，一拨一拨如潮水般赶往国外，开眼界，长见识。如今，在世界各地，到处都有中国人的影子。只要出国，有一个重要环节便是购物。媒体也经常曝光有关中国人购物的许多不文明行为。

这次到韩国，在购物环节上我发现，一是场地狭小，加之国人嗓门大，显得秩序有些乱。化妆品是女士的最爱。男士们在外找地儿吸烟，女士们争先恐后购物、排队、交费、打包。原预留的2个小时的购物时间，过了3个小时有人还未出来，足见韩国的商品是多么吸引她们。

国人出国后疯狂购物，我认为不足为奇。一是国外商品货真价实，无假冒伪劣，无虚高价格。以韩国为例，发现兜售假货者罚款1亿元韩币，再傻的人也不会为制假造假冒如此大的风险；二是无论样式款式均引领国际潮流，买了不会落伍；三是国人轻易出不了国，一旦出去，家人、亲戚、朋友都得捎带上，所以显得购物疯狂。在我发了前七篇纪行后，大秦岭父亲山文化研究会副会长史蓓女士写来感言，极富见地。我将之附在这里，作为本文的结尾——

我是三年前去的韩国，去之前很多人也劝我不要去，没有油盐的饭菜一定吃不惯。对我而言，吃什么不重要，重要的是我见识到了什么，感悟到了什么，体会到了什么。韩国的治国成功之道，韩国民众的礼仪传承，韩国饮食的清淡，韩国人的爱国热情……都是我们需要学习的。

首尔市中心巨大的山体其实是用垃圾填埋而成的,山丘上种满的绿植却成了风景,这给我们巨大的启示,当我们还在制造大量的垃圾食品和各种无法处理的白色甚至黑色垃圾时,与我们隔海相望的韩国早在环保方面有了巨大的突破并成为我们的榜样!

(2015年9月8日写于墨花斋)

韩国纪行之九:又到首尔听海风

　　一件事情、一项事业,需认真对待,用心处理,唯有这样,事情才能办好,事业才能做大。这是我继9月初访问韩国后,于10月26日与中国旗袍会陕西联合总会众佳丽二次走进韩国、再次来到首尔的新感受。

　　十月的首尔,气温与9月份相比明显降低,凉凉的海风里充满湿气,街上的行人并不多,整洁的环境令人陶醉。半岛的小雨丝丝柔情,久违的辣白菜再回舌尖,可口的饭菜沁人心脾。

　　首尔的夜晚那样宁静,酒店的格调这般温馨,室外的情景如此令人动容。原来,中国旗袍会陕西总会副会长、访韩旗袍走秀总统筹、金牌培训导师赵菁,顾不上长途劳顿,来不及稍作休息,一放下行李,就召集众佳丽们分组在下榻的酒店车库外有限的空地上进行培训。大家心情激动、热情倍增、豪情万丈,一步步走、一遍遍练、一次次改,直到赵菁老师满意方才回房间休息。中国旗袍会陕西联合总会副会长、本次访韩总带队刘晓利,中国旗袍会陕西总会副会长、本次访韩走秀总统筹赵菁,陕西旗袍总会总导演、本次访韩副总指挥赵若盟等与韩方代表、中国旗袍会陕西联合总会海外市场部部长张昌国等就这次文化交流及行程进行反复讨论、研究。其间,本次访韩目的地京畿道平泽市文化局长冒雨赶来首都首尔,一是看望中方人员,二是就28日的演出事项,与陕西旗袍联合总会的领导们进行磋商。

寒风裹着疾雨,落在首尔极其普通的一条小巷里,伴着夜色,和着柔光,在这个不寻常的夜晚,海风让旗袍人内心掀起阵阵涟漪,使佳丽们对两天后的登台演出充满信心,兴奋不已。

(2015年10月26日写于韩国首尔)

韩国纪行之十：世纪三八线　快乐南怡岛

入韩后的这场秋雨,整整下了一夜。27日一大早,在持续的大雨中,按照韩方安排,中国旗袍会陕西联合总会一行,前往韩朝边界的军事分界线、著名景点"三八线"旅游区参观。令人惊喜的是,中国旗袍会陕西联合总会的佳丽们一到,雨驻了,天晴了。

第二次世界大战末期,盟军协议以朝鲜半岛上北纬38度线,作为前苏联和美国两国对日军事行动和受降范围的暂时分界线。北部为苏军受降区,南部为美军受降区。日本投降后,就成为大韩民国与朝鲜民主主义共和国的临时分界线,通称"三八线"。

1950年,朝鲜战争爆发,战争结束后的1953年7月27日,在"三八线"的基础上,调整朝鲜南北分界线,划定分界线两侧各两公里内为非军事区。习惯上仍被称为"三八线"。本来同属一个国家的朝鲜,就被此线分裂开来。从此,韩国称朝鲜为北韩,朝鲜称韩国为南朝鲜,相互敌视、不相往来,至今已有半个多世纪。几十年来,半岛南北局势紧张,亲人失散难以寻找,骨肉分离不得相见,几代亲人不能团圆。"三八线"成为一条相思线、伤心线、寄托线。多少家庭的几代人,为了见到亲人、祈求团圆,身等残、眼盼瞎、人到死,也好梦难圆,未能如愿。

　　看了"三八线",方体悟战争对国家、对民族、对百姓造成的疮伤,在当时、目前乃至以后都是无法弥补的,和平对于一个国家、民族、人民是何等的来之不易,我们应该倍加珍惜。离开"三八线",陕西旗袍联合总会访问团一行在快速参观了韩国民俗文化馆之后,立即赶往韩剧《冬季恋歌》的拍摄地——春川南怡岛。

　　因电视剧《冬季恋歌》而走红的南怡岛,吸引了来自世界各地的游客。这里山清水秀,风光独特。豪华游船摆渡间尽赏四面景色,游客诧异欢呼下随意拍照留影。《冬季恋歌》拍摄地被茅草屋、石砌墙、小建筑环绕点缀,乏绿、渐枯、泛白的宽大草坪,透亮、略干、金黄的银杏树叶,鲜艳、成片、深红的枫叶,高大、挺拔、苍翠的水杉松针,踩上去柔如地毯,看上去美丽如画,和着岛屿四周的江水,为这个深秋作了完美的诠释。只有脚印与身影徘徊在这里,笑声与歌声回荡在这里,美好与愉悦封存在这里。

(2015 年 10 月 27 日写于首尔)

韩国纪行之十一:说说免税店

　　一般来讲,旅游和购物是一对孪生姐妹。购物不一定非去旅游,但旅游肯定必不可少要去购物,尤其是在香港或者国外。以前我撰写过关于此类话题的文章,核心意思是说,国人之所以喜欢在香港、韩国购物,主要原因是这些地方没有假货,性价比高。

　　凡来韩国者,多多少少都要购买化妆品。无论你在韩国哪个城市,一般购物的地方为两处,一是乐天大商城,二是免税店。韩国本土产品质量可靠,价格合理,实用性强,故一般去韩国者都会选购,而且相当一部分人就是冲着其本土产品而去的。如"后""雪花秀""丽人堂""高丽雅娜"等系列产品,几乎是每个中国游客的最爱。一种产品能长期、持久、广泛地受到广大游客的青睐,足见其在广大消费者心中的地位。面膜是销量最大的护肤品之一,由于销量大,韩国人又讲究环保,面膜等常用护肤产品包装简单朴实,因而常被外界仿冒。为了最大限度地杜绝假冒伪劣仿冒品,韩国的化妆品每三个月就更换一次包装。

除了质量,价格和政策因素也对游客的购物倾向产生了重要影响。韩国政府实行外国游客购买本土产品退税的政策,退税比率最高可达7%。此外,为了把旅游产业做大、做强、做优,在著名景点和地铁站口,有会说中文、英文、日文等语言的青年志愿者对来自世界各地的游客提供义务向导等服务。硬件、软件都具备了,前往韩国的游客自然不会少。

在韩国购物另一处重要的地方是免税店。免税店以销售国际品牌为主。首尔目前有4家免税店,随着游客数量的不断增加,已不能满足市场需求。眼下,有两家免税店正在兴建中。另外,釜山、济州岛等城市也有免税店。在两次去韩国访问期间,我看到有乐天免税店、新罗免税店、华克免税店、东和免税店等,天天人山人海,家家生意火爆。

有了如此好的政策,凡来韩国者,无人不去购物,无人不进商场,无人空手而归。大家一进店就购物,购物之多,历时之久,花费之高超乎想象。

(2015年10月31日写于首尔)

走进狮城新加坡

没来新加坡以前,大脑里的大致概念为:新加坡是"花园城市"、狮城,是亚洲四小龙之一。到了新加坡,首先感受的是其灼热的高温,这里一年只有一季,那就是夏季。

新加坡只有 400 多万人,加上外来劳工,总人口不到 500 万,但是,这里经济发达,物价较高,法治严明,因而社会秩序好,文明程度高,国际交流多。

新加坡是热带国家,属热带雨林气候,是一个拥有多元文化的现代社会,主要由华人、马来人和印度人三大种族组成。华人、马来人、印度人习惯上被称为华族、马来族、印度族。新加坡人口以华人为主,约占总人口的 70% 以上。在新加坡,用华语、马来语、印度语、英语四种语言都可以交流,英语是官方语言,其他族除了学习本族语,还要学习英语。

街上的门店店招,一般以中英文共同标识。英文字号较大,中文字号偏小。遗憾的是,以华语为例,华人的后裔虽然在学汉语,但几乎是在被强迫状态下学习的。故新生代华人虽然会说一些汉语,但如果让其书写,用新加坡当地人的话说,就等于"要命"。于是在新老华族中就出现了"中文+英文"的口头表达、沟通、交流现象。

新加坡多元种族的存在,丰富了本地文化。他们的传统服装和风俗,也形成了新加坡独特的色彩,同时,还给新加坡带来了各式各样的美味佳肴。在这里,你不但可以吃到本地独特的小吃,也可以品尝到其他国家的佳肴。

在新加坡,空调只有冷气。常年的高温、永远的夏季使这里的汽车、酒店、机场里冷气常开。奇怪的是,外地人因酷热而埋怨,当地人却穿着外套,真是一方水土养一方人也。新加坡的海滨景观甚为壮观,有亚洲第一的诸多地标性建筑。站在这里,极目蓝天白云,远看海水湛蓝。如果不是太阳紫外线太强,你是不会轻易离去的。海滨公园美丽如画,各类热带树木、花草争奇斗艳。其中,好多种花木,我们因从未见过,所以也叫不上名字。欣慰的是,天气再热,只要你来到树荫下,就会凉风习习,汗退热减。这里有一种树叫"雨树",它枝干粗壮,伸展向上,树冠如盖,形似雨伞,在雨季,正是这些像雨伞一样的大树,为人们挡雨阻风。

新加坡社会保障好,法律执行严。谁家有几个马桶,政府都了如指掌,因为要征"马桶税"。50年前的楼房,现在看起来依然干净整洁,仿佛新的一般。原因是政府每5年要清洗、翻新、整修一次楼宇外墙、楼道、屋顶等。因此,每座楼房外墙无斑点、漏痕,无脏垢,无破损,从而保证了国民工作、学习、生活环境的安全整洁。新加坡植物园特色也很明显,无论是一百多年前原始森林里的老树,还是路边新生长的幼苗花草,政府都给其办有"身份证",以防树被盗伐和便于科学管理。新加坡的商场晚上9:30以后就不再对外销售酒类产品,以防酗酒滋事,违法犯罪,香烟也不许卖给14岁以下的未成年人。在"黄、赌、毒"中,新加坡是无"毒"国家。因法律规定涉毒判死刑,犯罪成本太高,直接拿生命作代价,故无人染指。关于"黄",该国设有红灯区,是合法的。"赌"过去没有,但后来有了几家赌场。不过,由于国家实行夫妻宣誓互相监督制,大多数人还是不沾染赌的。

新加坡土地稀少,资源有限,故本土产品不足,商品依靠进口,价格比较昂贵。用餐点菜时你就会发现,蔬菜类比肉类还贵。除此之外,新加坡可以说是一个购物天堂。在乌节路,旅客可以看到摩登、壮观的购物中心,里面摆满了琳琅满目的商品。不论是白昼还是黑夜,新加坡绝对有各式各样的休闲设施,让人们尽情地享受欢乐时光。从博物馆,到咖啡馆,再到夜间场所,都能给人们提供多姿多彩的节目。

昔日下南洋,华人逃难、偷渡、侨居的地方,如今已成为东南亚的重要海运港口和经济中心,已对全球经济产生重要影响。

(2016年4月17日于新加坡)

森林之都马来西亚

如果把新加坡比作花园城市,那么,马来西亚就是名副其实的森林之都。

马来西亚热带森林覆盖率高,原始森林茂密,以棕榈、橡胶树、白树、雨树、芒果树、香蕉树、椰子树等热带乔木为主,其他灌木夹杂,几乎形成了互相织网、密封厚实、紧紧缠绕的全覆盖。由于常年高温,阳光炙烤直晒,马来西亚的树木虽常年绿色却并不苍翠,森林茂密也不很高大,草坪宽广但干枯泛黄。饭店里的菜品,做得不细,白米饭粗糙味寡,与东方菜系相去甚远,和南亚风格如出一辙。历史上多国的殖民和入侵,使这里文化多元,混血儿多,有些纷乱。马来西亚也是以马来族、华族、印度族三族为主的国家,华人约占全国总人口的25%。马来人实行一夫多妻制,一个男人最多可以娶四个老婆,拥有八九个、十来个孩子的家庭极为正常。马来人容易知足,无论是工作还是生活,都比其他的人慢几拍。导游总结的是:慢! 慢! 慢! 其间,在我与马来人几天的接触中,确实发现了他们这一普遍特点。

著名的马六甲海峡是马来西亚一个重镇,六百年前郑和下西洋,就来到过这里。马六甲海峡位于马来半岛与苏门答腊岛之间,呈东南—西北走向,其西北端通印度洋的安达曼海,东南角相连南中国海,是一个海上战略要冲。当年随郑和下西洋的浩浩荡荡的大帆船商队,先后有12000个忠骨埋葬在马六甲的三保山。1984年,政府要平掉这些坟茔,被华人联合筹措300万元马币将其保护起来。其中,200万元上缴了政府,100万元在墓园里建了世界上唯一一所建在陵园里的佩公小学,从此,三保山改名为中国山。每年清明节,别的单位放一天假,佩公小学却放假一周。中国山旁是宝山亭,宝山亭也叫郑和庙,郑和原姓马,回族人,生于云南,因郑和身份是太监而未用他名字命名庙名,此亭为了纪念郑和之功而修建。郑和庙大门左侧有一棵古树——丹榕树,枝繁叶茂,合抱有余,参天矗立,但树身有一用水泥修补处,导游讲,那是抗战期间日本炸弹炸的。树虽受了伤,却保护了郑和庙。所以,当地人将此树称为"平安树"而年年祭拜。郑和庙的屋顶,用的是世界迄今为止现存的唯一保护完整的"卷帘瓦"。卷帘瓦为金红色,做工细致,铺设精密,形状独特,远看像竹帘一样好看,故得此名。郑和雕像不大,在门里右侧,凡进此庙者,必在此留影,寄托哀思。

距离郑和庙不远处,是一座为抗战英勇牺牲的3000名抗日英雄建的墓地,纪念碑上镌刻的,是蒋介石题写的"忠贞足式"。

马六甲的古街上,到处可以看到当年殖民地的遗迹。这既是马六甲历史的活教材,也是马来西亚的民族史,还佐证着中华文明对马来半岛的影响。华人祖辈藏在甲板下,无食物供给,无人身保障,经过一个多月的海上漂泊,来到南洋,一般已是十之死二三,在这样的惨状中,华人到南洋下锡矿、割橡胶、做劳工,以养己、成家、立业、奋起,造就了一大批闻名遐迩的商业巨子、各界精英。现有的马来西亚华族,自力更生,艰苦创业,在马来西亚闯出了自己的一片天地,创立了家业、事业,在马来西亚活得有尊严、很体面、极成功。

华人受中国传统文化影响,每年的春节、元宵节、清明节、端午节、中秋节等都要过。至今,他们还让后代背诵《千字文》《弟子规》《三字经》《唐诗宋词》等,并且将《红楼梦》《水浒传》《三国演义》《西游记》等作为常设科目,从少儿起就开始培训。中华文化在此传承、传播,令人欣慰。

马来西亚的地标性建筑是位于吉隆坡金融中心的双子楼。双子楼投资18亿马币,高452米,88层,1998年落成,是全球排名第七的超高层大楼。该楼为国际石油大楼,中东好多国家的石油总部都设于此。马来西亚的高速路过路费相当便宜,折合成人民币,每公里一毛多钱。更为特别的是,摩托车可以上高速,限速70 km/h,成为高速路上一道风景。马来西亚近年来正在迁都,首都吉隆坡略显凌乱,新都太子城一片鼎盛,红顶清真寺全球第二,别致首相府气魄不凡,首都国王宫庄严奢华。大门两边骑士英俊,卫兵威武,使来人眼前一亮。

在马来西亚和新加坡,我发现很少有近视眼,特别是在马来族中,近视率基本为零。你也许想不到,新加坡、马来西亚这样经济较为发达的国度,好多地方竟然没有 WIFI,即使有,密码也不告诉员工。原因一是使用 WIFI 须付费,二是怕员工因上网而耽误工作。

而我们回过头对照自己,还有几人能离开手机?到底还有多少人不再低头?

（2016 年 4 月 19 日写于马来西亚）

哲思妙语
ZHE SI MIAO YU

莫言盛赞西安大秦岭南山庄园

"白云南山尚耕园，柿树栗林竞百年。乡墅风情豪门宴，亦耕亦读亦悠然。"这是诺贝尔文学奖获得者、著名作家莫言先生赋诗对西安尚耕大秦岭南山庄园的生动写照。

西安的农家乐、度假村、庄园很多，但以崇尚耕读、回归自然为理念，以文化为载体、以开发陕菜、维护老百姓舌尖安全为己任，自耕自给、特色经营者并不多见；由诺贝尔文学奖获得者、著名作家莫言先生题名、留字、赞誉者更是难能一见。而西安大秦岭南山庄园就因特有的风格、菜品、口味等，独享莫言先生盛赞的庄园。

这里地处秦岭北麓，北临环山大道，西接野生动物园，东为子午路口，满目翠绿，山风习习，林密水清，是都市人体验农耕生活，文化人感悟乡野画卷的理想之地。南山庄园将种植、养殖、采摘、垂钓、登山、餐饮融为一体，既能让人看到野生的柿子、板栗,又能见到唐宫廷御用、用海洋饲料喂养、西北特有的黑凤鸡,还可以吃到黑凤鸡肉,喝到人手一小紫砂壶,随时倒入一小盅如品茗般品尝的鸡汤。更能吃到、买到黑凤鸡蛋和黑凤鸡蛋挂面等。

在中科院大连化学物理研究所、中国西部航天育种基地等科研院所的技术支持下,他们采取"公司+农户"等模式,先后开发了陕北壳寡糖五谷杂粮、红枣种植基地;陕南壳寡糖香菇、茶叶种植基地;关中壳寡糖小麦、活体蔬菜种植基地及大秦岭黑凤鸡养殖基地等农业项目。大秦岭南山庄园的菜品,围绕秦岭山珍及陕南、关中菜的特点,自主研发、开发陕菜内容,丰富陕菜品种,弘扬陕菜文化。

著名作家莫言先生曾先后六次在此吃饭。因他喜欢吃这儿的辣白菜,庄园的菜谱上就有一道菜名叫"莫言辣白菜"。莫言先生题写道:"酸辣白菜味道足,鸡汤泡馍暖肚肠。终南山下农家宴,可以迎驾待君王。"来的次数一多,先生感悟就深,又写道:"种菜南山下,避世得清闲。青椒似羊角,金瓜如磨盘。一壶家酿酒,两碗手擀面。高谈兼阔论,满座皆欢颜。"从此不难看出莫言先生对辣椒的喜爱,对白菜的钟情,对南山庄园的感情。

西安大秦岭农业发展有限公司董事长陈志宏先生是一位儒商,他才思敏捷,睿智果敢,做事实在,为人大气。几年来,他早出晚归,倾尽心智,不断调整更新品种,转型经营项目,完善管理手段,创新产品品牌,提高庄园品位。每隔一段时间,庄园就会增添新鲜的内容,给游人带来意外的惊喜,吸引了更多的游人。针对日益增长的消费需求,今年他又增设了婚宴,建起了一次可容纳七八十桌的宴会大厅,也可在室外草坪举行婚礼,庄园还可以召开视频会议。下一步,公司将开发城市家庭阳台立体种植蔬菜、花卉等项目。一个全新的风格独特的南山庄园,必将迎来更多的新老朋友。

(2013年7月于墨花斋)

拜年与红包

眨眼已是初五,年味渐深,年意亦浓,年趣变淡。就在年假即将离去的时候,亲戚仍在走动,拜年还在继续,红包还有出进。

拜年,是个动宾词组。拜是动词,年为名词。据传说,年是一种庞大、威武、凶猛的野兽,每到农历腊月便到凡间祸害生灵,殃及百姓,抢掠孩童。人们为了保性命、求平安、祈福祉,便在除夕夜贴红对联,挂红灯笼,点柴草火,燃脆爆竹,擂牛皮鼓,吹长唢呐,以震耳的声响吓走旧年,用火红的颜色保佑、祈祷、祝福新年。如此反复,流传至今,成为中国人的重要节日。

如今,过年的方式也千差万别。有去省外国外旅游的,有南方北方互动的,有东部西部互访的,有城里乡下轮换的,也有特殊原因坚守工作岗位的。

由于过年前边有一个关键词"回家",因而"回家过年"仍然是大多数中国人的传统习惯。回家过年,是每一个国人的祈盼,也是父母与儿女团聚的心愿。尤其是近几十年来,外出打工增多,亲人相聚减少,农村成为空巢,人们团聚的梦想由希望变成期望,期望成了祈望,祈望又成奢望。只有过年,才能满足所有人想与亲人团聚的这一朴素情愫。

要过年,就得拜年。儿子儿媳给父母公婆拜年,女儿女婿给父母岳丈岳母拜年,侄子外甥给叔舅婶妗拜年,新亲给所有长辈拜年,同事朋友同学相互拜年等等。

大约从腊月二十七八开始,电话、短信、彩信、微信拜年就逐步升温,到大年三十至初一上午达到顶值。特别是作为全球观众最多的中央电视台,其羊年春节联欢晚会上,竟然首次开展"摇一摇"加微信、大拜年、摇红包、中大奖活动。我也在参与中收到朱军、刘涛、吕薇、周炜从春晚演播大厅发来的拜年录音。据悉,这次活动参与者达8亿之众,抢到红包者有2亿之多。

新媒体、大数据的时代,拜年不再是面对面,发红包也不再非得付现金。这种新潮流、新方向、新常态,令人激动,催人振奋。

(2015年2月23日农历羊年正月初五于墨花斋)

接地气　通地脉

不管是记者、作家、书法家,还是编剧、演员、歌唱家,都要走访基层,深入生活,接近群众,用行话讲,叫接地气;从效果看,叫通地脉。

上边待得长了,办公室坐得久了,被城市喧嚣弄得烦了,工作作风就会浮,脑袋瓜子就要钝,笔杆笔尖就生锈。今年,因工作关系,下基层的次数有些频繁,但作为我对自己的要求来讲,还是做得不好,锤炼得不够。21日,随《农民日报》、《陕西日报》、西部网、陕西传媒网、《三秦都市报》、《西安晚报》的同行去咸阳市长武县,参观西安金政供水公司的城乡人畜饮水环保节水及远程电子监控系统,深受启发。尤其是看到山大沟深、梁峁纵横、干旱缺水的长武县安装了西安金政供水公司的节水设备后,省时、省工、省电、省水、省事等效果明显,打心眼里对长武县委、县政府率先在咸阳北部五县引进高科技、新设备,实施惠民工程而拍手叫好。

接地气,实际就是下基层、进社区、到农村、入农户、报实情。这样的行为越多,你就会不断校正自己的言行,时刻感念生活的美好幸福,随时洗涤自己的心灵。

通地脉,说白了就是到村子转转,进地头看看,入农户听听,心连心办办,也就是将基层的困难、群众的疾苦反馈给政府,给老百姓扎扎实实地解决实际困难。

天有三宝日、月、星,地有三宝水、火、风,人有三宝精、气、神。日月星每天都按照规律在各自轨道运行;水火风因气候变化常出异况;精气神受水火风影响而与其共生共长。人生活在地球上,就要适应大自然,提高自己的生活质量。

要这样,就要接地气,通地脉。做到了,就会通人性,知世故,懂社会。

(2014年7月21日于墨花斋)

由拉面说起

晚上去小吃城,见削筋面不错,遂要了一碗。在等饭间,正巧碰见邻家的"牛肉拉面"摊位正在转让。老板边叹气边说:"怪了,兰州牛肉拉面这么有名,为啥在这里就卖不动呢?"

我仔细一看,别的小吃摊位前人满为患,这家店门前却是无人光顾。我的一位兰州朋友曾告诉我,在兰州,就叫牛肉面,没有拉面这一说。外地人为了说明此面是用手工拉成的而称其拉面,又因用牛肉汤浇之食用而叫牛肉拉面,还因产地在甘肃兰州,故称"兰州牛肉拉面"。平心而论,牛肉面筋道、爽口、味鲜,是适合西北人口味的美食。这家牛肉面之所以卖不动,我认为是"天时、地利、人和"都不具备。天时:正值夏天,酷暑难当,人们多以凉食、快餐、便饭为首选,谁去吃滚烫的拉面?地利:这里是城区,吃者多是上班族。拉面一老碗,城里人吃不完,农村人不够吃,倘若再带上烧饼、肉夹馍等,也许品种多样还能吸引些顾客;人和:关中人喜欢吃biáng biáng面、黏面、扯面、软面、棍棍面等干面,一边吃干面,一边盛一碗面汤,讲究原汤化原食。就连关中西府有名的岐山面,也要带饼,或者也分带汤的和干拌的,热的和凉的。拉面与陕西各种面食相比,多少年了就一种做法、一种卖法,无人问津自然是再正常不过了。古人讲,天时不如地利,地利不如人和,做生意者更应懂得这个道理。

自2007年8月16日我在《陕西日报》发表《袁家农民真气魄 二十万元买点子》一文后,陕西省咸阳市礼泉县烟霞镇袁家村关中印象体验地当即走红,成为我省最有名、最火爆、最成功的农家乐。袁家村规定,所经营的业务不得重复,质量必须达标,否则,不得经营。加之其村北靠唐太宗李世民昭陵所在地九嵕山,可谓地利;袁家村自20世纪80年代已经出名,此为人和;国家大力支持美丽乡村旅游,真乃天时也。具备了上述之因,当然结出了丰硕之果。

(2014年8月5日于墨花斋)

七 夕

关于七夕的由来我没有查阅资抖,也没有考证,但我想最早的出处应该是中国古代神话传说《牛郎织女》。

织女喜欢牛郎的朴实、勤劳、善良;牛郎爱慕织女的漂亮、聪慧、贤淑。这是中国古代劳动人民向往的一种理想化的男耕女织的田园生活,也是旧时文人骚客描绘的浪漫家庭图画。

然而,由于织女是天宫美丽的仙子,牛郎是人间的凡夫俗子,王母娘娘一怒之下,用头上的金簪在天际一划,便形成一条宽阔的银河,将两位有情人加以阻隔。每到农历七月初七晚,王母娘娘便在银河上搭起鹊桥,允许牛郎和织女会面一次,故称七夕。

唐明皇李隆基贵为天子,后宫佳丽多达三千,他却独宠杨玉环。唐代大诗人白居易《长恨歌》中的一句"在天愿作比翼鸟,在地愿作连理枝",道出了帝王所向往的平民爱情,历来为国人所咏叹!

近几年,国人逐渐重视起了七夕,尽管不如西方情人节热烈、隆重、开放,但在这一天,约会、订婚、结婚、举行集体婚礼者比比皆是。我的一位同事嫁女,就选在了七夕,使女儿的终身大事办得有文化、有品位、有意义、有特点,我表示完全赞同。

执子之手,与子偕老。既是老年人对儿女辈的希望,也是对自己一生婚姻生活的实践。这种愿景古代先民有,现代平民有;中国人有,外国人也有。

愿七夕之日,天下有情之人得以相聚;看今夜银河,牛郎织女再次相会。

(2014年七夕于墨花斋)

关门弟子

说起弟子,就得说师父或师傅。国人耳熟能详的师父,自然是唐玄奘,弟子当然是孙悟空、猪八戒、沙悟净、小白龙。

这是神话小说,姑且不论。但中国最伟大的师父,当属儒家学说创始人孔丘。不仅华夏大地近年来成立了许多国学研究会,世界各国也都在建孔子学院。孔老夫子生前弟子三千,贤者七十二人,堪称功勋师父,其弟子也无愧为圣人之弟子。

我窃以为师父一般是传道的,师傅多指授业的,师父和师傅共同担当着解惑的使命。从这个角度讲,唐宋八大家之一韩愈《师说》里所说的"师者,所以传道授业解惑也"既包括师父,也包括师傅。从感性上讲,师父承担的责任、义务、工作要重一些,如寺庙里的方丈、住持。到了现代,各级各类教师成了最大的"师父",因而称"老师"。师傅一般是手艺、技术、本领的示范者、引领者、推动者,如豆腐师傅、面包师傅、木匠师傅等。不管是师父还是师傅,都是理论的传承者、行业的领跑者、精神的守望者。

在文化圈,凡是长者、职称高者、地位显者、成就大者、影响广者,都被称为"老师",其从者、追者、随者就是他们的弟子。不少人也因这样或那样的原因成为师父,广收弟子。如孔子与子路、康有为与梁启超、华罗庚与陈景润;在演艺界,如常香玉与小香玉、马季与姜昆……

受传统文化影响,"一日为师,终身为父"的观念被国人推崇,旧时因弟子中总有不忠、叛逆、背道者,师父担心"教会徒弟,饿死师父",总会"留一手"。在身体状态、环境、时局等因素的影响下,会收最后一位徒弟,俗称"关门弟子"。

关门弟子一般是师者最器重、最寄期望者,品质自然是第一考量要素,德行当然是首要条件。特别是在当今人心不古、物欲横流、世风日下的环境中,还会不会有高尚的师父、笃诚的弟子、文化的传承、技艺的延续?还有没有心连心、面对面、手把手的无私传道者?

天知道,地晓得,人自明。

(2014 年 7 月 31 于墨花斋)

鸭　子

高考结束后,女儿的同学将自己养的两只小鸭子送给女儿,自己随父母旅游去了。先是说帮着看管,旅游回来后又说不要了。女儿刚考完试,虽未远离,但今天与同学聚会,明天与伙伴唱歌,后天又去亲戚家串门,反正是两头不见人,天天不着家。这样,饲养两只鸭子的义务就落在了妻子的身上。

天气太热,家里放不成,阳台不宜放,妻子只好找了个废纸箱,将鸭子圈在里面。一会儿丢菜叶,一会儿拌吃食,一会儿添饮水……几天后,鸭子吵吵喳喳,气味增大,影响了邻居,实在无法再养下去。于是我们趁周末将之送到乡下的老家。当时的两只鸭子,浑身泥污,好在我家小院有一小片竹园,无人引导,鸭子便自行卧于竹荫之下,间或四处走动。好的一点是,原本作为宠物的小鸭子,自幼生活在城里,又一直被圈养,因此并不乱走,也不远跑。小竹园便成了它们自由的天地。约摸两周后,我再回老家,方知它们中的一只因天气太热而不幸死去,只剩下一只形只影单、孑然一身地走来走去,看着怪可怜的。

这次我回家,发现鸭子突然长大了,原来的黄毛褪去了,杂乱的毛色变白了,黄色的嘴巴长长了,整个身体光溜了……当初的丑小鸭变成了"小天鹅"。

竹子翠绿,鸭子洁白,为初秋静谧、清新的农家小院平添了动感,注入了灵性,增加了乐趣。

(2014年8月16日)

保　养

在现实生活中,我们经常会发现,同样年龄的人,有人看起来要比实际年龄苍老一些,有人却比实际年龄年轻很多,主要区别在于皱纹、皮肤、头发、气质、神态、走路、思维等。归根到底,我认为是重视不重视保养的结果。

保养不仅指化多浓的妆,穿多么华丽的衣服,吃多少鲍鱼海参……国人所熟知的著名影星刘晓庆,容颜之所以光鲜,还可以扮演少女,一直青春永驻,是因为她非常重视饮食、作息、生活,更重要的是始终保持健康、向上、乐观、积极的人生态度。

这,才是每个人最好的保养。

人要保养,汽车也需要按时保养。如今的司机已大不如从前。95%以上的人只会开,不会排除故障,更不会捣饬修理。4S店刚好弥补了这一不足。同样一辆车,按不按时进行车辆保养,在不在4S店保养,结果大不一样。7月末,西安连续多日温度维持在38度左右。有一天,我乘坐一同事的车出去办事,他把空调开到最大,行驶约20分钟后,车内温度还是降不下来,使人热汗直淌。我问他是不是没加冷媒?他竟说冷媒是啥,还需要换吗?我又问车几年了。他说6年,从未换过冷媒。

我再没有说话。凭经验,我已断定他的车肯定从未按时保养过,更从未进过4S店。社会上相当一些人,认为4S店收费高,从而选择便宜、廉价、简易的路边店保养车子,宛若人患病选择小医院、黑诊所、假大夫一样,结果可想而知。

人吃饭是为了活着,而人活着不仅仅是为了吃饭。人学习、工作、劳动的目的是创造财富,创造财富的目的是为了生活,而不是活着。物质是供人使用的工具,钱多钱少,都能过活,但身体不检查、不保养,失去了健康,就得不偿失了。

(2014年8月16日于墨花斋)

水 土

水,即水源、河流、湖泊;土,即土地上生长的动物、植物、粮食。水土一般是指人类生存、生息、生活的相对固定的居住地理区域、范围。人类的历史,无不是沿着有水源的地方迁徙,世界四大文明古国,均是沿河流发展起来的。因为水是人类赖以生存的先决条件,其次才可谈得上生产粮食、蔬菜、水果,饲养牛马、猪羊、鸡鸭……

由于气候、温度、土质的不同,南方与北方、东部与西部、国内与国外的水土有别，导致人与动植物的适应性大有差异。西藏的牦牛养在南方，必死无疑；南方的竹子，种在西藏，肯定难活。早年我刚走出校门，即去新疆乌鲁木齐教书，在西去的列车上，见一位上海的检察官带了一长辫子大蒜，好奇地问他为何如此，他说："吃饭时就上大蒜，助消化，以防因水土不服患肠炎、拉肚子。"后来，我亦效仿之，果然非常灵验。南方人喜欢饮茶、喝粥、吃米饭，肠胃不易吸纳硬食，新疆人常吃拉条子、馕、肉食，但在吃的同时要煮砖茶喝，一为去油腻，二为助消化。外地人初去吃饭，若就着大蒜，就可消毒、防病、服水土。

中国地大物博，各地水质酸碱度有异，十里乡俗风情不同，饮食习惯更是千差万别。出门在外，谁都不背锅、不带灶、不夹碗，人在哪里，就得入乡随俗地喝当地水，吃当地饭。开始也许因水土不服而肠胃不适，可一旦水土服了，便可胃口大开，饭量大增。

将"水土"一词引申开来，就如环境。你可能与某个新的学习、生活、工作环境"水土"不服，且你也无法改变之，怎么办？难道让环境顺从你吗？显然是否定的。那怎么办？我认为只有两个字——适应。

（2014年8月16日）

路上随想

之一　一路有雨

芦苇，已多年不见，突然发现，倍感稀罕；谷子，已久未亲近，看到沉甸甸的谷穗，似乎闻到了小米的清香；高粱，更是多年未遇，看见它，即想起了童年、少年时吃着高粱面馍馍，夹着青椒辣子，难以下咽的苦难岁月。追忆过去，咀嚼往昔,体味当下,感慨良多。

　　天气多变,风雨交加,芦苇在风雨中摇曳,心灵在雨季里洗礼。远处不是马车,也不是驴车,而是送煤的骡车。看见骡车跟在汽车之后,走在主人之前,停在人行道旁,主人忙前跑后的身影,想起时断时续的雨……车主的家在何方?路有多远?他的家里仅靠他和骡子这点脚力,即使每天这样辛苦劳作,能否改变窘况?何日才能摆脱困境,走出大山,过上舒坦的日子?

　　一路有你,一路有雨,一路给我们留下思索的话题。

之二　缺　位

　　无论是跟驼队、赶马帮,还是坐班车、乘火车、坐飞机,都要提前赶到,原因是出发的号角一经吹响,就不能掉队,更不能缺位。有道是:马前不越位,马后不掉队,有为就有位,无为就让位,不管迟与晚,不分大与小,不论老与少,不辨迟与早,时时要有位,处处站稳位,事事不缺位。

　　21世纪是合作的时代、团队的社会、共赢的时代,一个人干不了的事,两人干;两人做不了的事,众人干;众人干不成的事,大家干。人是群居动物,母系、父系氏族社会是这样,中华五千年文明如此,现在和未来更是如是!如斯,则分享快乐,共得幸福,走向成功!

之三　力　量

　　两个人掰手腕,胜者为力量强者;两个人摔跤,未倒者为力量强者;一根筷子易折断,一把筷子牢牢抱成团;一根竹竿,难渡汪洋海,众人来划桨,向前开大船。

　　这,就是力量。

　　力量有时是有形的,有时是无形的;有时是少林功,有时是太极拳。少林武功太硬,不一定能取胜;太极拳虽软,却能以柔克刚。刚的东西,太硬就易折;软的东西偏柔,柔中带刚。软硬兼施,该硬则硬,宜软则软,刚柔并济,此谓力量。

团队是一种力量,行业是一种力量,聚会是一种力量,相会、相聚、相知、相谅、相让更是一种力量!

之四 提 炼

中秋节将至,从中央到地方,关于中秋节严禁公款购买月饼等规定深入人心,昔日的天价月饼销声匿迹。

中秋前夕,去一老朋友单位了解党的群众路线教育实践教育活动进展情况。他是一位老领导,善学习,会提炼,喜总结,工作经验丰富,处事能力较强。他告诉我,他对执行中央八项规定、开展党的群众路线教育实践活动最基本的要求是"上下不走动,同局不吃请,同楼不倒水,基层零接待"四句话。仔细想来,这位老兄的提炼,通俗易懂,简单明了,执行方便。

从小事做起,从自己做起,不愧为经典的提炼!

之五 心 愿

8月下旬去陕北出差,途经清涧时,又驻足路遥故里,走进路遥纪念馆。

与以往不同的是,路遥家的崖畔又做了修缮。高大的斜坡三角形墙体上画了路遥剪影的巨像,右书"路遥故里"。过去立在他家对面、三面围栏、上书"路遥故里"的石碑不见了影踪,取而代之的是简约而不简单、肃静且非寂静的路遥纪念馆。

"路遥纪念馆"五个大字是著名作家冯骥才先生所题,金黄色的大字在蓝天白云下、黄土绿树间显得尤为醒目。馆内陈列着路遥先生各个时期的照片、主要代表作、用过的生活物品、参加的众多活动的记录、两座蜡像等。

当我走到一组报道路遥生前和逝后情况的报纸前时,突然发现最晚的一期是2009年的,感觉有些残缺,遂找来工作人员,告知其我本人在纪念路遥逝世20周年的2012年11月25日,在《陕西日报》发表了一篇《走进路遥故里》的文章。他们立刻握住我的手说,路遥英年早逝,文字、影像等资料较少,近年来纪念文章也有限,希望将报纸原件快递到纪念馆,以便收藏、陈列……

路遥是我及我的上辈、同辈众多人崇拜的偶像。我是读着《人生》《平凡的世界》长大的。能够以这样的形式纪念这位文学巨匠,是我平生最大的心愿。

路遥首先是陕北的,路遥当然是陕西的,路遥更是中国的,路遥也必将是世界的。离开时,我在留言本上写下:茫茫陕北大高原,平凡世界不平凡。人间疾苦多少事,尽在路遥巨笔尖。

这,也是我的一桩心愿。

雨　德

人是旱虫,热了、干了、燥了、旱了就盼下雨,连下几天,下多了又发牢骚。

7月下旬,在陕西省水利厅的组织下,我与来自12家新闻媒体的同行一同去采访关中大中型灌区的抗旱保秋情况。经了解,河流、水库、机井缺水,水源不足,秋粮减产、歉收甚至绝收已成定势。

东自渭南市东雷二期抽黄、省交口抽渭灌区,西到省宝鸡峡灌区,中至省泾惠渠灌区,虽日夜抢灌"救命水",还是有好多靠天吃饭或浇不上水的地方的人因无法灌溉而心急如焚。尤其当好多朋友看到我的报道分别在微信、我所供职的媒体、《农民日报》等平台发表后,纷纷来电询问情况,其中地处黄土高原沟壑区的咸阳市长武县,就有五六位朋友打来电话,反映庄稼快旱死了……

实际情形是,进入6月以来,陕西普遍干旱,其中以商洛最为严重,关中西部的扶风、武功、乾县、长武、旬邑也不容乐观,全省29个县区广遭旱灾。采访时,各大灌区的领导都预言,未来10天如果再无降水,水库将要干涸,人畜饮水就会有问题,更谈不上农业灌溉了。

刚进入8月,有人就在网上发出了三原西郊水库快要干枯见底的消息。省委书记立即去西安市的主要水源地黑河调研,了解到黑河水库的水只够给西安市供水38天……于是,省气象局自8月5日起,在人工影响天气办公室的精心组织下,出动飞机8架次、2000多枚增雨火箭实施人工增雨,于是才有了自北向南、由西渐东的降雨。其中,部分地区还出现了大到暴雨。

这样一来,在陕北、陕南、渭北等地的部分山区,又出现了滑坡、泥石流。在一些煤矿采空区,还出现了地裂缝、地基塌陷、房屋或墙壁下沉等情况。好端端的抗旱,又变成了抗洪,让人啼笑皆非。

尽管如此,由于降水分布不均,至8月8日下午6点,还有十几个县没有下雨,省气象局人工影响天气办公室计划继续实施人工降雨,把秋粮减产的损失降到最低程度。一位农民说,旱时能干死,涝时能淹死,这句话形象地道出了关中地区旱与涝的矛盾对立关系。

中国人自古就有求雨的传统,历史上的大旱犹在耳畔,生态保护并非空话,节约用水从我做起。雨是大自然赐予人类的珍贵礼物,我们应该敬畏自然,保护地球上的生物、资源、环境,更要感恩自然。

迁 坟 记

居住在县城边缘的舅舅家所在村子的公坟用地即将被开发,上边限定了时间要他们迁坟,我于4月30晚赶到距西安近200公里的舅舅家。

当天晚上,挖掘机在坟地里连夜工作,发电机的轰鸣暂时掩盖了人在这种阴森环境下的恐慌,上了岁数的男人们将遗骸重新装殓在缩小了的新制棺木中,待次日凌晨5点左右吊装上车。一阵噼里啪啦的鞭炮响过以后,装载棺木的车就如活人乔迁新居一样,驶往新的墓地。

"五一"当天凌晨不到5点,二舅就给我打电话让我起床。我到他家门口时,才5点一刻。6点整,迁坟队伍出发。新的墓地在约5公里外的沟边上,虽然天还未完全亮,但坟地里已是人头攒动,一片繁忙。舅舅家在村里是个大户,这次要迁的有我外公、外婆、大舅的坟共3个,还有堂大舅母、堂三舅的,一共涉及5座坟地。事先挖好的墓坑自东向西从外公始依次排开,降棺、封口、填土、堆坟、插花圈、敬香、点蜡、化纸、扣首、作揖、礼毕。如此反复,直到5座新坟一一堆成。

当天高原的风很大,人人都是灰头土脸。点香蜡时,打火机使不上劲,一盒火柴划完了,就是点不着。最后用砖块搭个小"屋",才解决了这一难题。人被风吹得站立不稳,尘土随风扬起,看看大多数乡党红彤彤的"高原红"脸蛋,方理解长年累月的风吹和较大温差造成的晒冻使他们根本无力抗拒!

迁坟结束后,我们又赶到两年前迁至此的堂二舅坟前。坟在一个土崖下,风水较好,据说是堂二舅的大儿子提早给选的地方。这里没有风,亲戚们都稍舒了一口气。我给二舅点燃一支烟,报了姓名,点了香蜡,燃了冥币,磕了头,即随众人返回。

他们生前相处甚是和睦,死后仍然葬在一处,也算是圆了"团圆"的初衷!

皇帝死后的埋葬地叫"陵",贵族死后的埋葬地是"墓"或者"冢",普通人的埋葬地称"坟"。虽是同一概念,却非同一外延。过去人讲入土为安,如今因社会经济迅猛发展,活人到处都在被移民搬迁,死人也不得不被频频迁坟。靠近大中城市的迁坟,多以骨灰盒位移作一了结,山区有沟边的荒地,还是棺木的缩小与土葬。

火化也好,土葬也罢,都是后人对前人亡灵的安置,魂魄的哀思,英灵的祭奠,亲情的延续。

(2014年5月3日)

喜忧马嵬驿

春节期间忙着走亲戚、会好友、看病人,没有正儿八经出去转。几位朋友自大年初二起就在聊天中谈到去了兴平马嵬驿,一问起感受,他们只有三个字——人多,挤。这是能够想象到的,但到底人有多少,能挤成什么状况,一时我心里还真没底儿。收假后的第一个周日,是羊年正月十一,按照习惯,没过十五,年还不算过完。孩子也马上开学了,远处去不成,便选择去近处的马嵬驿转转。

职业的原因使我总能捕捉到最新的信息,积极的思考使我常可寻觅着城乡的变化。此前,在马嵬驿初建、初成雏形时,我先后去过两次,对其风格、基调、主题、模式、规模、特色等都很惊异、认同、赞许,同时对创办者为城乡群众打造的这一关中特色旅游地报以敬佩。

马嵬驿以杨贵妃墓所在地马嵬坡为依托,以兴平西北部塬坡、沟道、荒地为场地,以关中、陕西乃至周边省份各类小吃、食品、特产为龙头,以唐文化为主题,集饮食、购物、旅游、养殖、加工、娱乐等为一体,现代中渗透着古老,质朴中洋溢着传统,民俗中流淌着文化,是我省目前乡村旅游中规模较大、门类齐全、特色鲜明、人气旺盛、经营尚好的一个典范。

这,可以说是马嵬驿的"喜"。

今天来马嵬驿,眼里是另一番景象,心里也是另一种忧愁。大约从兴平西城区四〇八厂向北一拐,同方向的车辆迅速就会并成三四排,前面的车辆爬行如蜗牛,后边的车子紧跟似接踵,远方的司机急躁像猴子,喇叭不停地乱摁,马达反复地空转,人们纷纷埋怨。此为忧愁之一:"堵车"。好不容易车子挪动了,可在离马嵬驿路口大约一公里处,路两边的农民就吆喝、劝说、引导车辆停在自己的"停车场",每车次10元,免计时。沿西宝北线马嵬驿路口东西约三公里,掉头的和乱停的简直乱成一锅粥。看着不时有警察疏导交通,我想,这种乱象已不止一天两天了。不明情况的人,硬着头皮把车往马嵬驿长坡开,由于堵塞严重,性急的人也难敌无处不在、10元停一次的各类"停车场"主人的招徕。此谓第二忧:"停车难"。进入景区,向下俯瞰,远处"停车场"上的各类汽车如鱼鳞般波光闪闪,颇为壮观;进出景区的人流穿梭不断,摩肩接踵,宛若赶集;人人都嫌人多,又被多人簇拥着、裹挟着、无奈着。此谓第三忧:"拥挤"。最令人担忧的还是第四忧:"毁田"。省道两边,长坡东西,所谓的"停车场",实际是耕地的主人为了眼前的既得利益自行将自己的麦田毁掉。

马嵬驿景区的硬件建设是无可挑剔的,而交通、停车却成了影响生意、降低声誉的硬伤。希望兴平市、马嵬镇政府敦促马嵬驿管理者科学、有序、规范地运作,使兴平的美丽乡村旅游走向正轨,发展壮大,成为品牌。

(2015年3月1日写于墨花斋)

非常元宵节

昨夜突如其来的一场雨雪,使业已变淡、渐远的年气、年趣、年味又因降温、风雪而变得浓烈、炽热起来。羊年的正月十五元宵节就在下午时分有了新的活动、内涵、意义。

春节前的2月9日傍晚7点,我接到单位通知,说10日是陕西日报传媒集团工会征集春联的截止日期,领导希望我参加此项活动。通知太晚、时间紧迫、毫无头绪,我便将通过微信传来的工会文件反复看了两遍,夜深人静时,找出本子,拿出笔,躺上床,垫高枕头,斜倚在床背上,一边苦思冥想,一边在本子上打草稿,先拟了十几副,后经筛选,选定了8副,又字斟句酌、默读推敲、反复修改,将本子上的对联写到手机上，于10日凌晨1点多发到了办公室同志的微信上，并叮嘱他上班后交给工会。

3月4日下午，办公室打来电话，说我写的春联分别获得二、三等奖，还有一个优秀奖，3月5日元宵节当天展出并颁奖。听到这一消息，我并未有太多兴奋，只是在想获奖的作品有可能是8副中的哪几副。下午到了会场，我才知道，获得二等奖的作品是：报社浩气长存频加马力新常态中奔新路，集团雄风不减再握羊毫大手笔下绘大图。与我预料的完全一致。三等奖作品的内容是：辞旧岁耳畔犹闻骏马四蹄击鼓声声响，迎新春眼前还现羚羊双角开春阵阵鸣。优秀奖作品写的是：八骏嘶风传捷报报业兴旺，五羊跳跃展新图图画似锦。这两副作品获奖出乎我的意料。无论怎样，获奖总是一件令人欣喜、欣慰的事，加上收假后集团颁发的"新闻二等奖"，更给这羊年的元宵节平添了些许喜庆。

从这件事中我归纳的体会是：凡事只要用心、认真、肯干，就会有所回报、收获。在日常学习、工作、生活中，我们缺少的不是能力，而是态度和品德。一个人，无论做什么，只要具备良好的品德，端正做事的态度，坚守良好的习惯，运用正确的方法，就会不断提升自己的能力，取得成功。

在农历正月十五，虽然由于天阴、降雨，我们没能看见圆圆的月亮，但掩饰不住红红的春联、红红的灯笼、红红的证书、红红的日子带给人的喜悦。在这样一个非常的日子里，从集团领导手中接过获奖证书，心里非常温暖；锣鼓、狮子、变脸、舞蹈、演唱、杂技等文艺演出，又将春联颁奖、元宵节晚会、灯谜活动变得丰富多彩、热闹非凡，可谓过了一个非常的元宵节。

(2015年3月6日写于墨花斋)

抱团取暖

抱团取暖是今年流行的一个新词汇,官方在用,坊间在用;书面语用,口头语也在用。在这寒冷的冬日,想起抱团,就会想到取暖;要想取暖,就得抱团。

年龄稍长一些的人都知道,20世纪七八十年代,人们的生活水平普遍在温饱线以下。农村学校里的教室窗户,连玻璃都装不起,每到冬季,要么用柴草、砖块挡风,要么用塑料纸、油毛毡挡风,光线不好不说,一遇西北风,塑料纸呼啦啦作响,叭叭叭乱飞,使人如坐冰窟,似在寒窑。那时,师生每天早晨第一件事就是跑步上早操。趁那大约20分钟的活动时间,大家方可胳膊腿发热,手脚脸不冻。等进了教室,老师如教练般带领全班同学一会儿搓搓手,一会儿跺跺脚,一会儿揉揉耳朵,等冻情稍有些缓解,再抬头看讲台上的老师,常是冻得鼻涕直淌,腿脚发抖。

一到下课,同学们还是喜欢找一墙角,聚若干人,男女分开,挤在一起,关中人称之为"挤窝窝"。挤窝窝的目的,其实就是抱团;挤窝窝的效果,说白了就是互相取热,图暖和。

时光过去了几十年,儿时乡村求学的情景宛如发生在昨天,寒冬教室里的窘相犹在眼前。

自有电脑、手机以来,先是QQ,再是博客、微博、微信、微视……人们的通讯手段发生了根本性变化,交流、交往、沟通变得快捷方便,朋友圈子变得越来越大,抱团取暖显得尤为重要。

以近两年为例,微信的出现、应用、普及,使人与人之间距离不断缩小,人们的个性不断得以张扬,思想情绪得以宣泄,海量资讯得以尽览,电话短信日益减少,甚至连以往办公收传文档常使用的QQ也备受冷落,智能手机的多功能也将电视、电脑的重要性淡化……

有了微信，就有了微信群。微信群可以是单位的、同学的、朋友的、战友的、行业的、团体的、协会的……它突破了领域限制，跨越了区域。微信及微信圈的朋友，已不是过去传统观念里的同学、乡党、同事、战友等。以我之经历和理解，群基本上是以兴趣、志趣、乐趣为前提，先是由一个有影响力的人倡议，再是几人响应，接着是互相引荐，最终不断扩大。

群和群不一样，人和人有差异。有的群，整天晒美食、谈消费、泄私愤，无聊、空洞、低俗；有的群谈思想、讲人生、赏音乐，向上、向善、向美。因此，在选择群时，一定要谨慎小心。

有了群，就少不了活动。因为群主一般都是热心公益、热爱生活且社会影响大、人脉资源广、组织能力强、性格开朗者，所以线上活动搞得有声有色，线下活动办得如火如荼。

近来我参加了一个成员层次较高的线下活动，群主是相应领域的领军人物，群友大多是其熟人，且是各个领域的成功人士。尽管微友之间并不认识，但因在线上聊过，大家并不陌生，在线下一报名字即可对号入座，没想到一下子来了近200号人。大家谈笑如鸿儒，往来无白丁，在推盏间说笑，在觥筹间祝愿，在举杯间欢呼，在兴奋间合影，不失为一次有意义、有品位的线下聚会。

这，就是抱团取暖。

21世纪是一个合作的时代。近年来我本人发起或参与的活动较多，每参加一次，就会结识一些新朋友，发现一些新问题，感悟一些新哲理，接收一些新信息，得到一些新启发，写出一些新文字。

这，就是与人抱团；这就是报团取暖。

(2014年12月12日)

误　　读

经常外出,四处行走,碰到的人形形色色,遇到的事情千奇百怪,有的令人啼笑皆非,有的使人回味无穷。其中,误读现象时有所见,略举几例,与朋友们分享。

号称世界第八大奇迹的秦始皇兵马俑,常被人误读为"兵马桶",过去有,现在也有。

宝鸡岐山有个重镇蔡家坡,竟被人误读为"蔡家皮"。

武功县长宁中学,被人误读成武功县长"宁中学"。

有一次我在基层驱车赶路,遇一农妇,向其打问去一乡镇的路怎么走。农妇不假思索地告诉我:你向前直走,走到"马耳"向右拐,再走10公里就到了。我被弄得一头雾水,稍一动脑,方知该农妇所说的"马耳",其实是"聂冯",是西铜高速与老机场高速的交汇处。农妇不仅不认识"聂冯"二字,而且念反,只读了两个字的一部分,即她认识的"马""耳",像读日本的片假文。幸亏我常走西铜线,知道"聂冯"这个地名,否则,怎么也不会把"马耳"与"聂冯"联系起来。

某县一位老新华书店经理告诉我,新华书店1937年3月创建于革命圣地延安,是中国共产党最早创办的企业之一。毛泽东主席曾三次给新华书店题写店招。后来全国各地新华书店的店名,一直沿用毛体至今。前几年,每逢元旦、春节,各单位都需要挂历,他们也准备印一批。他给办公室的干事特别交代:记住,"新华书店"四个字要用毛体,不要印刷体。干事向他保证一定按领导指示办。

过了一周,印好的挂历拉了回来,他打开一看当即就傻眼了。原来,挂历印得很精美,但是"新华书店"四个字,竟然是该干事自己用毛笔歪歪斜斜写上去的。他叫来干事质问,干事一脸委屈和无辜地辩解道:"你不是让我用毛体吗,我就是用毛笔写的呀?"弄得经理气不打一处来,只好宣布将这批挂历作为废品处理。

(2014年6月5日)

水　韵

　　自20世纪90年代起,自西向东,由南到北,我几乎走遍了全省大多数地方的水库、灌区,也写过大量关于水的文章。这次在渭北黄土高原的某水库稍作停歇,方觉另有一番旱塬水韵。

　　与我以往所见的水库相比,这座水库库容偏小,水量偏少,水库呈不规则漏斗形,水源来自哪里尚未考证,水库功能也不知晓,但她似镶嵌在旱塬腹地的一块绿宝石,为这块热土平添了诸多景趣。

　　路直、麦黄、天蓝、水清、草绿、羊白,从水库大桥南侧望去,草坪如茵,绿树似盖,悠闲的牧羊人坐在一边,任由羊儿随意吃草,远处的村落若隐若现,构成一幅天然、完美的水韵图画。

　　岸边偶有垂钓者,也有从远方赶来的休闲者,个别热恋中的少男少女拥坐在水边,谈着窃窃语,说着悄悄话。人与水和谐相处,心与心无缝交流,微风徐来,神清气爽。好一派天水一色、人水共彩的画卷,令人神往。

(2014年6月4日)

稿　　费

　　文人通过写文章、画画、写书法所得的收入,文雅的叫法是润笔费,通俗的说法是稿费、稿酬。这是对文人付出劳动的认可,也是文人价值的体现。

　　我大约是1989年在省报上发表了第一篇处女作,当时得到了2元的稿费。那时工资也就70多元,对于这区区2元钱,自然兴奋了很久。当时还是铅字排版印刷,我和所有文学爱好者一样,只求自己的作品见报、变成铅字,哪里还计较什么稿费。此后,便有3元、5元、8元、15元、30元不等的稿费单不断涌来。到了年底,单位看我写稿辛苦,发表文章较多,一是奖励了我140元,二是安排我到区上、省上参加培训。从此我与文字、文学、文事结下不解之缘。

　　1991年,当时全国最有名的期刊《女友》杂志搞诗歌大赛,我的诗作《爱你的时候》有幸荣获优秀奖,奖品之一便是路遥先生的绝笔之作《早晨从中午开始》。读了这部作品,我才真正理解了什么是作家,好作品是怎么来的,进而对文学更加痴迷。

　　同年,著名作家吴克敬先生找到我,说他准备出一本报告文学集,要我写一篇万字报告文学。记得当时动笔时,恰逢五一,我熬了一个通宵,一气呵成地写完了一万字的《渔王村今昔考》,当时我用的笔名是"逆浪"。在《秦都潮》一书付梓出版时,吴老师给我改成了"秋浪",从那时起,我的笔名就以"秋浪"或"秋朗"叫开了。1994年,我进入报界后,有老师说姚骏骊名字多好,骏,是跑得快的马,骊是纯黑色的马,传说中的龙,连在一起就是跑得快的黑马,不要再用笔名了。

　　转眼二十年过去了,我在省级以上报刊发表的文字、出过的文集已逾350万字,且与陈忠实、贾平凹等老师过往甚密,交往很多。尤其是陈忠实先生,他告诉我,1992年50万字的长篇小说《白鹿原》出版时,人民文学出版社按最高标准付给他1.2万元稿酬,已是打破纪录了。可见,稿费对于作家真可谓杯水车薪。

下午回到家,整理资料时,忽然翻到2012年广州《家庭》杂志给我寄的《删繁就简三秋树　白鹿原下陈忠实》一文的稿费单,一篇3000来字的文章,稿费是4590元。在市场经济日益完善的今天,多数报纸、杂志连生存都成了问题,有的象征性地有稿酬,有的干脆没有。《家庭》杂志竟然能优稿优酬,特稿特酬,且经久不衰,发行量超过200万册,一方面说明杂志质量高,吸引了众多读者,调动了不少作者,另一方面说明了南方与北方、沿海与内陆的差距。

其实,无论稿费高与低、多与少,这只是对作者劳动的一种补偿。文人把文学当作事业,大多数是糊不了口的,更谈不上养家。诺贝尔文学奖获得者莫言先生的成名作《红高粱》起初被张艺谋改编为电影时,稿酬仅为800元。

在5月23日~26日西安举办的中国东西部投资与贸易洽谈会暨首届丝绸之路国际博览会上,清华大学著名教授熊澄宇坦言:文化不能只当事业,这样,一文不名;文化只有变为产业,如是,一路飘红……

祝愿天下所有的文字、文学、文化工作者,既文又化。用我多年倡导的观点来说,那就是:"文"人之文贵在"化"!

(2014年6月3日)

瘦了　胖了

瘦人太瘦,人说,瘦得猴精,瘦了精神;瘦人变胖,人说,胖人有福,胖了富态;胖人太胖,人说,胖得出奇,肥得似猪……人的嘴是圆的,舌头是扁的,信口开河,品头论足,莫衷一是。

女性发胖,多因爱美心理要去减肥,岂不知早在一千多年前的唐代,人们是以胖为美的。中国古代唯一的女皇武则天、中国古代四大美女之一的杨贵妃，都是胖美人。如今人们对美女的审美标准一般为"小脸、蜂腰、长腿"，因而助推了美容，兴隆了瑜伽，红火了健身。男人发胖，多因食肉熬夜，常饮啤酒，久坐贪睡，缺乏运动……个别领导、老板甚至军官，都挺起了"将军肚"，上楼就喘气，见热就冒汗，行动多有不便。

无论男性还是女性，发胖除了上述原因，还有一个重要的原因是现在的食品多有添加剂，早熟、反季节的蔬菜、瓜果给我们带来的并不全是益处。我在2012年前一直很瘦，尤其是1995年前，我的体重基本上是120斤以下，此后至去年，体重一直保持在150斤。不料，2012年瘦到极致，仅110斤左右，究其原因是长期熬夜写作，过量饮浓茶刮去了油脂，导致体虚头晕，体检时方知患了缺铁性贫血。医生告诫我要多吃"红肉"，戒茶(茶偷铁)。经过一段时间治疗与调养，终于血色素正常，体重又恢复到了150斤。

近日出外，经常有人说我比以前胖了、发福了。5月23日一体检，果然体重成了160斤，这使我觉得不得不减肥。如今，减肥广告铺天盖地，减肥方法五花八门，但我只遵循八个字——管得住嘴，迈得开腿。相信在一个月内，大肚腩消失，精干人重现。

(2014年5月27日)

今天我来当"书童"

书童是古代文人身边的随从、跟班、秘书,其主要职责是随时站立先生左右,听候先生差遣,伺候先生文事活动。小到旧时私塾先生,大到孔子孟子,书童是个必不可少的角色。

三国时期,天下纷争,群雄四起,自称汉室宗传的刘备得人心、顺民意,欲匡扶汉室刘氏江山社稷,但英勇有余,谋略不足,于是去南阳卧龙岗三顾茅庐请诸葛亮出山相助,每次为刘关张三兄弟开门、传话、沏茶、接待、应对者,便是书童。书童不一定具有高深文化,但必须识文断字有涵养,聪慧伶俐巧公关。因此这个差使是要有眼色、较灵活、不懒散的人去当。

因种种原因,我几天前预约著名作家陈忠实先生为几位文友书写4个书名、2幅书法。在等先生电话期间,我近日要拜会陈先生的消息不胫而走,不少文友、朋友、乡党都想借此机会见见心仪已久的陈老。我对大家的要求有两点,一是不要叶公好龙,二是提前准备好陈忠实先生的著作。有的老板从郑州赶回,有的朋友从渭南、华县、三原赶来。华县的王锋先生,为了抓住这次难得的机会,一下子在西安住了两个晚上;兰州的一位朋友,本来是在西安出差办别的事,一听说6月13日能见陈老,竟作废了已订好的6月12日下午回兰州的机票。他们的真诚令我动容。

和以往多次造访陈忠实先生一样,冥冥之中老天总是安排我与陈老雨天相见。这次去的人较多,达13人,大家带去的书也有40多册。在签名期间,陈老一看来的人多,虽感诧异,但不想让"粉丝"们失望,于是坐下来一边写一边说:"小姚,你今天给咱盖章。"我笑着说:"好的,陈老师,今天我来当书童。"于是,我接过陈老的石刻印章,蘸上印泥,在第一本陈老签的日期上,盖了一下。陈老笑着说:"要盖在我的名字上。"于是自第二本起,我都按照陈老吩咐所盖。期间,我就觉得自己今天像个"书童"。为陈忠实先生做点辅助性工作,乃是我的至荣,又是难得的机遇,也是我人生的一大阅历,更是我文学从业生涯中最宝贵的精神财富。

(2014年6月13日)

笔　筒

久日未伏案,突然在书房发现一个笔筒,不由得想说几句话。

这个笔筒是2013年秋我去内蒙古首府呼和浩特时买的,质地为羊皮,周身不但有马的图案,还有"马到成功"的字样。上沿、棱面、底部均是缝制工艺,既有民族特色,又具收藏价值,我更因我的名字里有两个"马"而倍加喜爱此物。

使我自己也吃惊的是,笔筒里插的几乎都是铅笔,圆珠笔、中性笔很少,钢笔更是已无踪影。这一现象说明:自电脑普及以来,写字越来越少。铅笔只是临时写字、偶尔记事、应急书写时用用。

每个人初开始写字,都是从铅笔开始的。铅笔的笔芯主要是石墨,铅属于碳,碳具有永久性,故铅笔写字保存时间较长。用铅笔写字,必有橡皮,因为一旦写错需要修改,橡皮可以擦了重写。

过去铅笔2分钱一支,橡皮3分钱一块。就是这么便宜的文具,还要省吃俭用才能买得起。买了铅笔,还得买把小刀子。小学生掌握不了削铅笔的要领,常常浪费,因而削铅笔常是放学回家后家长代劳的。后来,有了带橡皮的铅笔,小朋友都很喜欢,也有了转笔刀,大家如获至宝。再往后,有了一头是红色笔芯,一头是蓝色笔芯的红蓝铅笔,这种铅笔平时舍不得用,只有在上美术课时,大家才用它来学画画。家境好的同学,有的用蜡笔、水彩笔,谁要想借用,得软磨硬蹭好一阵儿才能用一小会儿。那种稀罕劲儿至今令人难忘。

上学至三年级左右,大家要用自来水笔,每个人都得带瓶墨水。墨水一般是蓝色的,笔写得没水了,就要吸水。有时水笔质量不好,一吸水管口常泄漏,染得满手是墨水。红墨水是老师批改作业时专用的。学校为了节约办公费,相当一部分老师要用蘸笔。蘸笔头大、尖宽且分叉,写出的字较粗,老师手一重,不是红墨水乱溅,就是笔尖将作业本戳烂。有时候一不小心,打翻红墨水瓶,一班同学的作业本都被染成了红色。

到了20世纪70年代末,钢笔出现了。那时大概一支五毛多,好一点的要一块多,记得较好的是"英雄"牌、"永生"牌的,钢笔克服了铅笔、圆珠笔、水笔、蘸笔等的缺点,做工细,写字快,又美观。在吸了不久蓝墨水后,就出现了碳素墨水。碳素墨水写出的是黑字,很耐看,不褪色,持久性强。那时,好多同学就开始练习硬笔书法了,我就是其中之一。

20世纪七八十年代,好多农村还未通电,凡是用过的墨水瓶,大都被洗净后做成煤油灯照明用。现在想来,既艰苦,又充满乐趣。

大约在2000年后,中性笔出现了。水笔、钢笔用得少了,墨水也就很少有了,过去修钢笔的摊子,再也见不到了。

现在的学生,铅笔是一捆一捆地购,中性笔芯是一盒一盒地买,不但造成大量浪费,而且字越写越差,难以写出一手好的硬笔字。更为可怕的是,电脑、手机的普及,电子教学的应用,使学生写字的机会越来越少。即便是成人,大多数人除了偶尔签名,书写的机会也很有限。试想,假如我们长此以往不去写字,大脑里除了"钱",不知还储存着何物!

笔筒是一个文化符号,一面镜子,一种考量。透过笔筒,我们每个人都要反问自己"我多久没有写字了""我还会写多少字""孩子以后都不会写字怎么办"等问题。

在多数家长热衷于送孩子攻奥数、练钢琴、弹古筝、学舞蹈的同时,请一定莫忘了提醒孩子动笔、书写、练字,写好字,好好写字,把字写好。

(2016年10月10日于墨花斋)

热 学

最近一段时间没有下雨,除了热,还是热。多年不见的蓝天如海,从未现过的白云堆积,到了傍晚,晚霞映红天际,时有乌云聚集,宛若水彩画,令人心情愉悦,生出万般遐想。

无论是低层、高层还是别墅,窗外空调的主机嗡嗡作响,人们宅在家中,或看电视,或做美食,或睡午觉,尽享空调之清凉,清静之空间。

这时,若手捧一本书,或坐或卧,静心阅读,其脑也清,其境亦佳。若读困时,任书自手脱落,倒在枕边,掉在床下,等醒来时,再执卷在手,畅想思考,握笔记事,写感言,发微信,不失为一件乐事。我将此季节的如此行为自称为"热学"。

最近微信上广传一张毛泽东主席读书的照片,号召如今的领导要向毛主席那样多读书,我表示十分赞同;著名作家贾平凹先生创作一般喜欢在夏季进行,值得我们文化人学习;著名作家、宝鸡市作协副主席、宝鸡市国学研究会会长李巨怀,冒着酷暑去凤翔县东湖出席凤翔国学研究分院成立仪式,令我非常钦佩。

凤翔是古秦之都,雍城天下闻名,我们常说的天下九州,就包括雍州。一代文豪苏东坡曾主政凤翔,为了和杭州西湖对应,在凤翔修了东湖。东湖不仅风景秀丽,石刻石碑也随处可见,历史典故亦相传甚远,选择这样有历史底蕴、文化传承的风水宝地搞这样的文事,我也认为是一种"热学"。

学习是一种习惯,文化需要文化人去继承、创新、推广。今夜我撰此文,仅以个人之悟,唤全社会读书之风、学习之气。

(2014 年 7 月 20 日)

不　争

如今的人怨气多、牢骚多、酸话多,稍有不满就发泄,仇官、仇富、嫉贤妒能者不在少数,那是因为他们都是冲着名、奔着利去的。

古人云:"天下熙熙,皆为利来;天下攘攘,皆为利往。"

改革开放前,农村不管是合作化、互助组还是人民公社,小到一把葱、一撮芫荽,大到红薯、粮食、肉类,也要按户或按人计算清楚、分配公道。所以村人一听到"分"或"领",就知道是生产队分发东西了。有时因秤高秤低、堆大堆小等还吵架、撕扯,那都是因为人们穷怕了。智者这时就会说,国人不患穷,而患不均。过去,城里有些单位与家属区在一个院子,且常发东西,小到日常用品、米面油,大到价值较高的购物卡等。因为是经常,所以人们司空见惯。一旦发东西,家属们扶老携幼就去争、就去领,因之也发生不少矛盾和纠纷,严重影响正常办公秩序。领导在年终会上就发火:一天干工作挑肥拣瘦、推诿扯皮,一旦后勤上发东西,哪怕发一支牙刷,有的家人婆娘娃娃一齐跑,老头老太齐上阵,完全忘了体面、尊严、人格。

这,实际上就是争。

有些人,上学时争名次,工作后争地位,暗地与人比财产,追名逐利,活得太累,尖薄无情,寡恩少义,到头来反倒自己吃亏。

孔子说:"君子矜而不争。"老子说:"天之道,利而不害,圣人之道,为而不争。"晚清张之洞将孔子的话解析为:不争,即一不与俗人争利;二不与文人争名;三不与无谓人争闲气。这样豁达的人生态度,超凡的人生智慧,脱俗的人生境界令人钦佩。老子的话,是启迪我们,做事要顺其自然。

争则生乱,乱则不宁,不宁则变。用今天的话来讲,就是要知足常乐。在一个机构、一个团队,我一直倡导"马前不越位、马后不掉队、马群不喊累"。一个人,只有找准了自己的位置,心无杂念,才能做好事情。

"做官不揽权、干事不粘钱、敢代群众言",这又是一种做人的风范、担当,做事的风格、气度,人生的观照、通透,是一种不争。一个科长,盯的仅是处长的位子,因为市长、省长离之太远,他争不上、够不着、当不了,因此也不想。

人生而有欲,欲而不得,则不能无求;求而无度量分界,则不能不争。争则乱,乱则穷。不争,乃大争;不争,则天下人与人不争。

得之我幸,失之我命,不为名累,不被利趋,有的只是淡淡地吟唱,恬静地生活。我们不与父母争,不与子女争;不与家人争,不与朋友争;不与强人争,不与恶人争。顺天应物,淡泊名利,则宠辱不惊,健康快乐。

一轮日头挂在天际,日出时,自下而上映红的天空叫朝霞;同样的日头,到了黄昏日落时,从上到下映红的天空叫晚霞。朝霞与晚霞从不相争,天天你退我让,人类无论在朝阳还是夕阳下,看到的是同样的绚丽、壮观、美丽,感受到的也同样是亮光、温暖、笑脸。

(2016年6月27日于墨花斋)

修　养

大人说话,小孩最好别插嘴;老人未动筷,晚辈就不能先吃;领导讲话,台下不要窃窃私语;乘坐公共交通工具,主动为老弱病残孕让座……

这,就是修养。

第一次接触"修养"一词,是在初中语文课本上刘少奇同志的《论共产党员的修养》一文中。由于年少无知,不少同学们把"修养"错解为"休养",学了课文,仍是一知半解,加上那时的教师几乎全是文化水平有限的民办教师,对"修养"也难释其义,自然不会给学生留下深刻的印象。该文至今在我的脑际也只是留下了个标题。随着年龄的增长,阅历的增多,知识的增加,方对"修养"有了理解。

一个人,是要有点修养的。

过去人讲,坐有坐相,站有站相,吃有吃相。谈起出身高贵人家的女子,称"大家闺秀",说到普通人家的女孩叫"小家碧玉";形容人"落落大方""衣着得体""谈吐文雅"……

这,就是修养。

中国是礼仪之邦,历来尊儒。儒家尚礼,崇尚长幼有序、男女有别、尊老爱幼……一个人有无修养,取决于平时的历练、习惯的积累。

修养是一种习惯,修养是一种境界,修养是一种高度,修养是一种力量。有了修养,就有了气质;有了气质,就有了气场;有了气场,就有了人脉;有了人脉,成功便不远了。

大音希声,大象无形。弥勒佛高大伟岸,始终微笑;观世音救苦救难,慈眉善目。中国首位诺贝尔文学奖获得者莫言先生获奖后说:"我虽获了大奖,并不说明我是中国最优秀的作家……"著名作家陈忠实先生在别人向他求字时,总是说:"我这不是书法,是字,只要你不嫌难看,我就给你写。"贾平凹先生著作等身、誉满天下,可是,当人们尽献甜言蜜语时,他老是客气地讲:"我是成名了,但未成功。"

这,就是修养。

大家如此,常人更该如此;名人这样,我们为何不这样?

李大米小传

中国秦歌第一人、著名音乐人十三狼有首歌叫《陕西愣娃》。他解释"愣"的意思是：心怀天下，行走四方。

今天，在古城西安，就有一个陕西愣娃李大米，将他的有机富硒大米卖到1斤260元。在刚刚闭幕的第21届中国杨凌农业高新科技成果博览会上，仅5天时间，就卖了157.6万元。真称得上是名副其实的陕西愣娃吧！

李大米名叫李治民，是陕西翠草碧叶生态农业有限公司董事长。因他近年来种水稻、产大米、卖大米，因姓李，人们都称他为"李大米"。天下的大米很多，号称"小江南"的陕南汉中自古就有种植水稻的传统，但生产有机富硒大米，在我省尚属首家，在西部也是唯一一家，在全国也不多见。有些大米是有机的，有些大米是富硒的，但像这样既有机、又富硒、还无糖的大米，确实稀罕，因而昂贵。

2012年，李大米积极响应党的十八大号召，进行土地流转，勇做职业农民。在中科院、西北农林科技大学专家、教授指导下，经过考察、论证，在汉中市南郑县黄官镇何家沟村选择了2万亩山地，投资1400万元种植有机水稻。从种子、耕地、育苗、插秧、灌溉到收割、脱粒、晾晒、包装，所有工序都是纯手工、无公害的，是地地道道的无污染、纯天然、绿色健康食品。2013年，李大米的翠草碧叶有机富硒大米首次上市，80万斤大米短时间内销售一空。原陕西省委书记安启元，著名作家、中国作家协会副主席陈忠实先生，美国西部贸易促进会等，都对有机富硒大米赞不绝口。在去年第20届农高会上，翠草碧叶有机富硒大米荣获"后稷特别奖"，陕西省副省长、杨凌示范区管委会主任祝列克，亲切接见了翠草碧叶董事长李治民先生。

今年，李大米在农高会汉中展区，投入180斤大米，现场蒸了4锅米饭，煮了10锅米粥供游客品尝。群众很激动地吃到了陕西臻品大米，员工很高兴因农高会他们赚得盆满钵溢,陕西翠草碧叶的富硒有机大米在农高会成交157.6万元,备受中外高端人士垂爱……它还有其独有的特点——中国唯一一款可生吃并保护肠胃的大米。富硒有机、防癌抗癌、营养安全、水果香型及长粒雪白的特点,震惊了吃了一辈子大米的吃饭人!电视台、报社、网站各路媒体竞相采访,李大米成了本届农高会上最火的参展商和新闻焦点人物。

李大米当过兵,他的身上既有军人的睿智、刚毅,又有关中愣娃的执著、坚韧。在暮秋的农高会上,他首战告捷;面对冬春的高端市场,他也一定会赢得成功!

棉麻如丝　心气若兰

一种传统服饰,加以现代工艺,赋以文化元素,便成了都市女性的新宠,寻常百姓的最爱,老少咸宜的素裳。这就是"棉麻西施"梁红的创意、创新。置身于浓郁的文化氛围、书卷环境、风雅之室,品茗谈书画,听琴论得失,驻足观精品,你就会心绪宁静、谈吐儒雅。

梁红是西安大红鹰文化传媒公司董事长,其在西安业务曾做得风生水起、颇有影响。近年来,她在与德国合作工程的同时,开发了以展示葫芦文化为主题的镂空葫芦灯,其灯具畅销海内外,她因此被誉为"葫芦西施"。这两年,她以企业家的眼光、文化人的情怀、商人的睿智,开发棉麻制衣,自行设计,加以独特吊牌,私人订制,一款一件,会员优先。短短几个月订单似雪花,好评似潮水,她也因此被称为"棉麻西施"。梁红不是传统意义上的企业家,也并非一般人传统印象里的生意人。她做文化、习书画、弹古筝,时时就会呼朋唤友,动辄就要组织活动,会所常常座无虚席,是一位典型的儒商。

受梁红盛情邀约,我与几位好友与之短聚,临别之际,我为其写了两幅字,一幅是"棉麻如丝 心气若兰",一幅是"棉麻素裳 文化经典"。前者是描述棉麻本是质地粗糙之物,在梁红的打造下,如蚕丝、丝绸般质地好。梁红学画以来,专攻兰花画技,加之其做人正派、为人大气,据此,我挥笔写下"棉麻如丝 心气若兰"。后者意指棉麻是最具原生态的朴素衣裳,更是东西方文明的有机融合,已成为一种经典文化符号,便信手写了"棉麻素裳 文化经典"。这两幅字,深得梁董赞赏和喜爱,当场表示将挂于她的棉麻服饰体验地。

被誉为"葫芦西施"和"棉麻西施"的梁红,祖籍是陕北延川县梁家沟,与习近平总书记下乡插队的梁家河相邻。她有着陕北女子的果敢,当代女性的泼辣,知性儒商的沉稳,做着文化,做着事业,方向是对的,效率肯定就不会低。

(2016年2月4日于墨花斋)

状元楼里吃饹面

饹面是一种面食小吃,属面条,是饹饼浇上臊子汤加以烹饪,吃起来筋道、耐嚼、柔软、回味悠长。如今,有的超市里就能买到。一提起饹面,关中地区尤其是咸阳的朋友,包括我本人,都知道名气最大的当属礼泉。然而,当我品尝了咸阳市永寿县美食城状元楼饭店的饹面后,才知道最地道的饹面在永寿。

2月3日,我的朋友李建龙先生告诉我,2月2日晚,以弘扬永寿传统文化元素,展示丝路地域人文风采,彰显全县文艺人才最高水准,提振百姓文化娱乐精神的永寿县首届2016春节联欢晚会在县体育馆圆满举行。整个节目内容丰富,特色鲜明,独唱、歌伴舞、小品、秦腔、歌曲联唱、唢呐等都体现了永寿本土特色,从创意、策划到编排全部自己完成。晚会以原创为主,反映了永寿经济发展,人民群众共享改革发展成果,群众幸福指数显著提升的新局面,是一场十分接地气的晚会。中国秦歌第一人十三狼先生也表演了精彩的节目,并说,这是永寿县首次举办的规模大、水平高的春节联欢晚会。与此同时,县上第三届道德模范之一、咸阳市道德模范张军锋受到表彰。他俩希望我去永寿聚聚。

永寿是我常去的地方,李建龙是我的好友,张军锋也是我的旧识,故我想,年前聚聚也好,便抽空赶了过去。到了饭时,我再次来到状元楼饭店,见到了该饭店经理张军锋。张军锋是永寿名人,多年来,他资助全县每年的高考文理科状元,得到县上多次表扬。我也曾经在2014年3月报道过他的事迹。午饭就安排在张军锋的店里。其烙面可口纯正,令人叫绝。烙面是状元楼的招牌饭,之所以好吃,一是烙面用麦草火烙制;二是汤煎、油汪、辣红、筋道、飘香。即使吃到末了,汤仍然很烫,原因是厚厚的辣椒油为之保温;三是量小,改通常的大碗为一口香,类似于岐山、乾县等地的臊子面,可谓一绝。

烙面与饸饹成为状元楼的名小吃。由于张军锋古道热肠、乐善好施、童叟无欺、服务周到,几乎全县的单位、群众就餐,都会选择状元楼——这个因多年资助高考状元、支持教育事业、热心慈善公益的小饭店。状元楼成了槐乡永寿人气最旺的好去处,不少人就是冲着烙面和饸饹去的。

我作为一位普通食客,一下就吃了4碗,饱了肚肠,驱了冻殇,一路暖意融融,整天乡情流淌。感慨之余,写下几笔,愿大家有空去状元楼把这道特色美食烙面品尝。

地 下 室

　　进入七月,气温骤升,从早到晚,热气腾腾。空调几乎全负荷地运转,但久吹空调,难免不适,离开空调,又直冒热汗。

　　游泳池满了,满得如同下饺子。短暂的凉爽之后,到了室外还是酷暑难当。在过去"深挖洞、广积粮、不称霸"的"备战备荒"年代,城里留下的"防空洞",多年来被人开发,成为市民最好的纳凉去处。但也由于容量有限,大多数人还是无缘光顾。

　　十多年前,我所住的小区分房时,一家至少要附带一个地下室,好多人嫌麻烦,根本不要,我因是顶楼,分到了两个。大的紧靠西墙,狭长,因占据了走廊的面积,就比一般地下室大出几个平方。貌似过去基层乡镇政府办公楼的两头,因多了走道的部分,一般都是书记、镇长的"官邸";小一点的与别人家的无异,清一色有个小窗户通向室外通风换气。

　　地下室一般用来堆放杂物,室内有床、有桌、有椅,闲暇时坐下聊天、打牌、小憩,因冬暖夏凉,成为极端天气下的福地。

　　这几天,地下室就派上了大用场,外出归来,先别急着上楼,坐在其中,立马汗消热散,顿觉心静脑清。点一支烟,喝一口茶,上一会网,等休息充足了,再上楼打开空调,即可忽略室外阳光,不再认为这是暑天。

(2014 年 7 月 16 日)

墨 花 斋

大约从20世纪80年代末,从事文字工作以后,为了使自己长期浸淫在书堆里,吸收知识的营养,培养孩子书香门第的观念,我便给自己的书房起了个极雅的名字"墨花斋"。二十多年来,我的大多数文章、书法作品都是在这里写出来的。

近日秋雨连绵,晚上坐在墨花斋,听着窗外毫无停意的雨声,台灯暖亮,大脑清静,想来想去,还是读读书、写写文字为好。

偶然读到一位极具才气、著作颇丰的青年作家的一篇散文,除了被其朴实的语言、熟稔的叙事、优美的句子吸引外,印象最深刻的是他谈到的一个严峻话题——"不会写字了"。

我每写一篇文章,关注我的朋友都问我为何天天写、经常写。我的回答也是"怕自己提笔忘字、不会写字了"。身为当代文人,首先应该是观察者、思想者、书写者,将社会的发展、人文的变化、自己的感悟写出来、记下来。如果长时间依赖电脑,说不准真的有一天,我们就不会写字了!

这一切,不用别人安排,不必流于形式,不可装腔作势,纯粹是内心世界的表白,人情练达的流露,个人兴趣爱好的表现。著名作家方英文先生是文学界的大腕,是我尊敬的前辈,是我时刻学习的榜样。多年来,他几乎每天用竖格稿纸写百字小品文、美文,且用毛笔书写。在辨思、哲理、寓意皆具备的作品中,读后便会油然对文字生出敬畏,对方先生生出敬意,对文化生出敬仰。

他的佳作,在他看来仅是信手拈来,在读者眼里却是如获至宝。部分美文书法精品,通过他担任主编的《报刊荟萃》,走出陕西,走向更远。与方先生相比,我在墨花斋的用功还不够扎实,写作尚欠勤奋,作为也不突出。于是我再次调整态度,不断确定方向,及时总结得失,使墨花斋墨点飞溅、墨香喷洒、墨花竞开……

(2014年9月10日)

大山小民

昨夜至今日凌晨意外地失眠,打发时间的唯一办法便是写点文字,聊以慰藉自己的心灵。

下面我要说的,是我在陕南某县的一个小故事。大约在两个月前,我途经陕南某县,正值午饭时间,顿想在此吃了烤鱼再回西安。

这里是秦岭腹地,溪水常流,草绿林茂,鸟语花香,风景如画。因为此前我与朋友曾在这里吃过两次烤鱼,故半道上我还给这次带的新朋友吹嘘:"走,我带你去个地方,品一下该县的特色烤鱼。"

到了该店,我把车停在远处,与朋友步行至烤鱼店。虽是午饭时间,这儿并无他人吃饭,我纳闷:莫非走错了地方?再三打量,里外细看,才确定就是这个地方。我一点菜,来的服务员也是生面孔,几番闲谈,方知前边的老板将此店转让给了眼前的新老板娘。

与西安等地的烤鱼做法不同,这儿先是将鱼架在木炭上烤,然后将鱼放在平底锅里,伴以豆腐、土豆片、辣椒、青菜、香菇,佐以花椒、八角、鸡精等佐料,加水煮沸,让鱼入味,如火锅般边加热边食用。味道的确特别,吃了入胃入心。如有需要,主食可以要米饭,也可以下手工面。如若小酌几杯酒或饮料,伴着山风,听着水声,在这人稀地广的山城,也不失为一种世外桃源的乐趣。

令人始料未及的是,由于店里只有我们两位顾客,老板娘就主动上前与我们搭讪。初以为她热情好客,聊着聊着她就问我们是做什么的,住什么地方,问烤鱼好不好吃。我都一一礼貌地应答着。到了中途,又问能不能帮忙在西安给她找个地方开店。我想,西安毕竟人多,咱也相对熟悉,帮帮人也是应该的,就说回去后给她打听打听。谁知到了最后,她更来劲了,竟说"咱们合开鱼店怎么样?你们提供地方、资金,我出技术……"我想,她既有此设想,即使我自己无此意向,也可以看其他朋友有无此兴趣。同时,我想,她既然要我们帮忙,就应拿出诚意,起码这顿饭会打折吧。

出乎意料的是,买单时,收费是平时的一倍还多,这使我多少有些不爽。本来是图清净吃个便饭,却无端遇到这样刁钻的话痨老板娘;本是饭间闲聊,却拐来拐去要合伙做生意。且不说别人对开馆子有无兴趣,仅仅是萍水相逢,初次相见,就给陌生人上套。最后,明明我们已显不悦,她还硬要我们留电话。出于礼节,我说:"你把你电话给我们留下,有合作对象时我给你打。"

她留了电话,我们也开车上路了,一拐过弯就对这个"大山小民"的表演生出反感,她留的写在纸上的电话号码,也被坐在副驾驶位上的朋友撕得粉碎,扔出窗外,随风而去……

(2014年6月11日)

门　　槛

在中国传统文化中,有一个不可或缺的内容,那就是民居文化。在民居文化中,有一个逐渐被人们遗忘的内容,那就是门槛文化。

门槛,是旧时木质大门下的一道横向镶入两扇门礅间的木板。原因是古人为了防止门扇受潮、变形,将门轴装入门礅上的旋窝,内侧凿有深槽,以装门槛使门下封闭严实,也起到防盗防窃的作用,也是主家为陌生人设置的一种障碍、界线,是里外的一个区分,还是身份、地位、贫富的一项标志。

在农村生活过的人,大都知道门槛,并有因忘钥匙、晚回家或小孩子受责罚而钻门槛的经历。随着城乡一体化、农民市民化、住宅楼房化、大门落地化,新生代农民和农裔城籍者,已很少见到门槛。只有在北京故宫、北京四合院、西安老巷子、山西乔家大院、平遥古城、韩城党家村等古建、民宅,我们才会发现各式各样的门槛。

门槛的高低、宽窄、大小、长短、薄厚、材质一般与主人的财富成正比,家境殷实、富足者,一般门楼高,门槛也高;光景恓惶、紧巴者,一般门楼低,门槛也低。故,过去的人讲究门当户对,计较地位均等。尤其是在男女婚姻上,更是多方打听,四处比较,若门不当户不对,一对姻缘就有可能消亡。坊间也就有了"人家门槛高,咱高攀不起……"等怨叹。在社会上,大学生要就业,用人单位就会设置这样或那样的"门槛",多少饱学之士、优秀人才被拒之门外。老百姓去政府办事,也常常因各类形形色色的"门槛",难办成事。

进入深秋,气温降低,风多干燥,寒流入侵。上了年纪的人或体质虚弱者,最容易生疾患病。他们轻则感冒,重则住院,使医院里本来就紧缺的床位更加紧张。

千百年来,民间一直流传两句话:一句是"人活七十古来稀",一句是"七十三,八十四,阎王叫你商量事"。第一句话,是说在过去科技、医疗不发达的时代,人的寿命能活到70岁,已是很罕见、很了不起、极理想了;第二句话是说73和84这两个年龄是人的危险期,老百姓习惯上叫"门槛"。意思是,73和84是两道坎儿,如果迈不过去,生命即有可能终结。

到底为何有此种说法?尽管说法不一,莫衷一是,但是,有一种说法比较普遍。那就是说孔子活了73,孟子活了84。在人们眼里,孔子、孟子都是圣人,圣人尚且如此,常人怎么能活过圣人呢?

在现实生活中,人的一生有好多坎坎坷坷、风风雨雨、门门槛槛。只是在这两个年龄,因从小受那句谶语的影响、心理暗示、误导误引,使心力交瘁、体力羸弱、抗力不济的人心衰、心灰、心冷,从而难以逾越这道心理"门槛"。

重阳节将至,我在这里祝天下所有的老人们吉祥安康,晚年幸福。并希望家有老人的中年朋友们一定要让自己的老龄父母矫正心态、阳光生活、科学养生,没有渡不过的江河,没有跨不过的门槛。

(2015年10月21日重阳节写于墨花斋)

什么也不会

突然有一天,有人问我:"你除了会写文章,还会干什么?"我回答:"什么也不会。"什么也不会,是大多数国人的共性。科学研究表明:一个人一辈子至少应该从事六种以上职业,才能适应各类社会挑战。可在中国,这似乎有些不太现实。

在中国,大多数人一生就只干一件事,且不一定能干好。尤其是工人,一个工种也许一干就是一辈子,每天上班都是前一天工作的简单重复,一旦失业,很难再会干别的。古代的文人讲究精通"六艺"（礼、乐、御、数、书、射），礼指礼仪，乐是乐律，御是驾车，数是计算，书是写作，射是射箭。这些要求，在今天看来，很难有人做到，如"礼""书""射"。从这些范畴来看，实际上就是要求读书人要文武兼备、智勇双全。在战乱年代，有的文人也投笔从戎，战功赫赫，最终青史留名，令人敬仰！

到了后来，文人尊崇的就是"琴、棋、书、画"。仔细看，没了"御""射""武"的元素，成了纯"文"人。到了近代，以毛泽东、鲁迅、郭沫若等为代表的大家，在写文章的同时，书法也写得很棒。可是，到了现代或者说现在，文人大都只剩写文章一件事了。无论是硬笔字还是毛笔字都写得不如前人了。电脑的普及和手机智能化，使新生代文人不但提不起笔，而且不会写字。这，不能不说是一种悲哀。

什么也不会，是一句警示语，也是一句励志语。这就要求我们每个人尽可能地丰富自己的知识，学会多种工作、生活技能，不断地充实自己，以防被社会淘汰。在北、上、广、深等一线城市的地铁上，我们随时可以看到手捧书本、心无旁骛、专心阅读学习的人。快速的节奏，过高的压力，激烈的竞争迫使每个人都要自加压力、自觉学习、自我提升。

这样的风气和习惯一旦养成，既是城市之幸，也是百姓之幸，还是民族之幸，更是国家之幸。总有一天，当有人问你会干什么的时候，我们就可以理直气壮地说："我什么都会！"那才是最自信、最荣光、最快乐的时刻。

（2016 年 5 月 10 日于墨花斋）

半截黄瓜

早上去厨房，偶然发现案板上有半截黄瓜。之所以引起了我的注意，是因为这个黄瓜是"黄"的，而不是我们通常所吃的"绿"黄瓜。

顾名思义，黄瓜黄瓜，颜色肯定是黄的，就如玉米，过去是白色颗粒的，茄子，过去也是白色的。在农村长大或20世纪六七十年代的人，我相信都有这段记忆。

然而，不知道从什么时候起，黄瓜成了绿的，玉米成了黄的，茄子成了紫的、绿的，红薯成为紫的，土豆成为彩色的。时代在变，农作物颜色在变，品种在变，味道在变，品质也在变。

如今食物品种林林总总，好吃好喝应接不暇。可是，大家总觉得吃不出过去的滋味、过去的感觉、过去的养分。

前一段与一朋友下乡，他非要买花皮甜瓜，说白皮甜瓜皮厚、光滑，吃着没感觉，一看就知道他也是恋旧的主。近年来，我们一直强调餐桌安全、舌尖上的安全，说到底就是农产品质量出了问题，从转基因食品，到地沟油，再到假鸡蛋、假莲花白等。我们会莫名地发现胖人多了，疾病杂了，怪病多了，寿命短了，性早熟了等。

网上经常可以看到，有人质疑，过去农民种地都预留种子，农村都有植种场、科研站，而现在呢，种子都是外面的，有些还是转基因的。农作物在催生剂的作用下早熟，人们吃了后，又怎能起到好的作用呢？

近年来，我发现过去的老饭馆、旧酒店的凳子、椅子已偏老，场地、空间已偏小、拥挤，朋友之间想去敬个酒、碰个杯，还得让人让一让方可欠身从侧面通过。原因之一就是胖人太多。甚至连飞机上的航空座椅，好像现在坐下也有些窄小了。这一切，可以说与我们的饮食都有关。眼下，我们时常可以看到有机、富硒、无糖、高钙的绿色、无污染、原生态食品的宣传广告。那么,到底有多少真正是,有多少滥竽充数、浑水摸鱼?老百姓不是火眼金睛,不好辨别,也难分清。

就像这半截黄瓜一样,看到后先是惊讶,咬一口却无味道。乡土在何处?乡愁在何方?乡村又怎样才能做到望得见山,看得见水,记得住乡愁?

(2016年5月10日于墨花斋)

有心人说

每天早晨打开手机,看到有人向你问好,春夏秋冬,从不间断,这种人,就是有心人。朋友一起聚餐,大家只顾狼吞虎咽,即使有领导或长者因故暂时离座,多数人自顾自夹些"硬菜"先吃为快。这时,就有人说,××没在,给他把菜留出来。说着就将几个好点的菜品用公筷夹入未在者的碗碟,这种人,就是有心人。别人邀请去做客,大多数人空手就去了,总有一些人带着水果等礼品供大家一起分享,这种人,就是有心人。

当你遇到困惑、迷茫徘徊、独处一隅、穷困潦倒时,多数人躲你、避你、厌你,突有一日有人来看你,这种人,就是有心人。你曾因职业、职务、职责帮过某些人,经年已久,也许你都不记得了,可在某年某日、某种场合、某个时段,碰到有人拉着你的手,千恩万谢,这种人,就是有心人。

当你有一天听到有人说,我一直在关注你、研究你,我可以把你的故事讲一大堆时,这种人,就是有心人。当你的文章因某论点引起争鸣,因某故事打动某人,他在某时告诉你时,你就会觉得,这种人,就是有心人。当有一日你起床洗漱时,发现停水了,这时,有人给你送来洗脸水,这种人,就是有心人。凡此种种,不一而足;往事如烟,缕缕清香。

5月23日,是《在延安文艺座谈会上的讲话》发表74周年纪念日。文学艺术界都在以不同的方式举办纪念活动。在5月22日,我正想着写一篇文章,却因故没有动笔。就在这一天,老朋友薛先生与我相见,见面第一句话就是:"我给你送报纸来了,都是陈忠实老师逝后的有关纪念文章,我知道你和陈老师关系熟、感情真,就给你特意收集了。"我说:"我有,我手机里已收藏得不少了。"他说:"你收集得肯定不全,期间你外出不在,我专门替你收集了一些专稿。"我接过厚厚一摞报纸,有《三秦都市报》《西安日报》《西安晚报》,都是追忆陈忠实先生的专题文章。这些文章,有的我读过,有的未读过;大多数作者,是我认识的名家;不少作者,都是我的文友。读后使人从不同角度、更多方面对陈忠实先生有了更深了解,遂感叹薛先生不愧是个有心人。

"三十六计"里有一计叫"投其所好"。投其所好其实就是抓住对方的兴趣、心理、习惯,褒义上讲是适应对方,贬义上说是抓住对方弱点、软肋、毛病,以便实施攻心之术。薛先生与我相识、相交数十年,知我兴趣,晓我脾性,通我爱好,助我多载,在纪念《在延安文艺座谈会上的讲话》发表74周年之际,送我文化、精神食粮,可谓雪中送炭、雨中送伞、病中送药,是最珍贵的礼物,令我非常感动。

有心人实际就是细心人,细心人也是热心人,热心人还是善良人,善良的人必是热爱生活的人、正直的人、快乐的人。感谢天下所有有心人。愿人人都成为有心人!

(2016年5月22日于墨花斋)

大　麦

通常，人们都知道小麦，但不知道大麦。或者说多数人见过小麦，没见过大麦。还可以换句话来表述：在庄稼地里，我们见到的多是生长着的小麦，却分不清同样生长在庄稼地里的大麦。

过去，农村人笑城里娃，分不清韭菜与麦子，那是因为城里孩子没有农业劳动实践和生活阅历。现在，说起小麦与大麦，恐怕连农村娃也难以识别。

当代著名作家贾平凹先生曾写道："我回到故乡，问正在嬉戏的孩童——你爸叫啥名字，没有人回答不上来的；再问你爷叫啥，回答就不一定准确了；三问你太爷是谁，清一色的回答都是不知道。"由此看来，三代以下或三代以上，都不会被当代人记住，因而中国有句谚语，那就是"富不过三代"。

我从小生在农村，长在农村，干过农活，熟知农事，了解农业，懂得农民。多年前，一到逢年过节，领导就问我过节去哪里。我毫不犹豫地回答：回家。这个家就指的是父母所在的农村的家。每每这时，领导就貌似羡慕地感叹道："唉，你土生土长，有根。我们非陕西土著的，没亲戚，是豆芽菜，在这里没根。"我听后就有了些许身为当地人的小满足。

古人云：父母在，不远游，游必有方。一位哲人也说过，家的存在是以父母的存在而存在的，或者说，故乡的概念，是以父母的存在而存在的。走入社会20多年来，国家发生着前所未有的变革，农村也演绎着日新月异的变迁，故乡也在迅猛发展中不断变化。城市面积急剧扩张，农村土地一再被吞噬，农民普遍出来打工，农村青壮年减少，留守儿童增多，村落陆续消失。为拆迁、补偿而进行维权的事件时有发生，为纠纷上访、闹事者司空见惯。昔日的麦田，在不知不觉间淡出我们的视野，取而代之的是××开发区、××新区、××楼盘。奇怪的是，城市化后的小区名称，一夜之间又叫××小镇、××新村、××湾、××山庄……由此可见乡土的回归,土地的回归,乡愁的回归。

借去乾县办事之机,一画家朋友邀我去乾陵转转。我们打破常规,在当地人引领下,从景区墙外边聊天边游览。不经意间,我发现在大风中摇曳的一片翠绿,甚感兴趣,便问:"这是什么草?"朋友先是一愣,进而一笑,说:"你们城里人真逗,这不是草,是大麦。"我走近细看,果然是大麦,顿时脸上有些发烧、汗颜、羞愧。

大麦是小麦的孪生妹,比小麦高、粗、大,纤维高、秆粗壮、成熟早,多用来作牲畜饲料、酿酒原料、生物配料、加工辅料、食品添料。小时候,在农村随处可见,今天见之,倍感稀奇,如同有时下乡见到高粱地一样,我便喜出望外地为之拍照。一般来讲,大麦比小麦要成熟得早,收割得早。当农村发生本末倒置、顺序颠倒的事时,就有人用"大麦先熟还是小麦先熟"的谚语来质问。望着业已泛黄的大麦,尽管由于极度干旱它显得有些缺水,也无人施肥,但在劲风中,沉甸甸的麦穗还是舞来舞去,仿佛一群训练有素的士兵,整齐地尽情摇摆,自我欢庆成熟、丰收的日子。

午饭安排在乾陵脚下的一家农家乐。这个农家乐坐北面南,依崖筑窑,摆了餐桌,设有土炕,铺有凉席,异常干净。外面烈日当空,窑内凉风习习。没坐多久,人便身心清爽,劳顿全无,心绪宁静。

窑洞外的顾客大声说话,大杯喝酒,大口吃菜,大碗咥饭,我却在不断思忖,反复琢磨,几度闪现有关大麦的记忆碎片及大麦带来的诸多与土地、乡村、农业有关的问题。

(2016年5月19日于墨花斋)

跟　　事

　　人生在世,要经历好多事,其中婚丧嫁娶最为常见。民间叫"过事",去的宾客叫"跟事"。从小到大,我跟的事不少,但这次跟事却有了新的感悟。

　　早在两周前,同事送来请柬,说5月18日结婚,请我到他老家乾县喝喜酒,我当即应允,他笑了,我也笑了。这位同事姓翁,因年龄小,大家都叫他小翁。小翁2014年进入报社,当过我的内勤,能吃苦,肯干活,会办事,有主见,特诚实。分内的事,小翁干;分外的事,小翁也干。8小时之内的事小翁干;8小时之外的事小翁还干。只要领导交办、同事委托、朋友转达的事,小翁都会办好。这,在他这个年龄段的年轻人中,实属罕见,因而赢得了全社上下一致认同。

　　基于以上原因,小翁人缘不错,少长喜爱,姑娘垂青。不知不觉,小翁恋爱了,女朋友还是同事。经人牵线,由人搭桥,多人撮合,一对新人喜结连理,携手前行,步入婚姻殿堂。全社领导悉数到场,五六十名员工前去祝贺。社长在致辞中讲道"四喜临门""七点希望",足见小翁的为人和业绩。

　　婚礼在酒店举行,说不上奢华,却也喜庆;谈不上铺张,但也实在。婚礼结束后,小翁执意让我留下。晚上,小翁邀请我与其他8位同事直接去他老家。小翁老家在乾县东北角的注泔镇,村子叫羊牧村,地势高,人稀少,常刮风,一面临沟,三面有坡,满地都是苹果树、梨树、枣树、杏树、花椒树。从村子的西头坡顶,就可以看见乾陵的主峰,是一块风水宝地。

　　已当了20多年的老支书也姓翁。他告诉我,全村2700口人,村子70%的人都姓翁,据说,祖上是从福建、浙江一带迁徙而来。羊牧村分北羊牧村和南羊牧村,他们属于北羊牧村。羊牧村过去叫羊圈村,村人嫌村名不雅,改为了羊牧村。不管是羊圈村还是羊牧村,都是古代为皇家养羊、放牧的地方。循着翁支书的介绍,我左转右转,前看后看,感受到了古村落的寂静,大山沟的野风和老渭北的苍凉、空旷。

这里十年九旱,靠天吃饭。干旱使这里少了灵动,凸显着丝丝贫瘠。村人沿崖畔居住,道路顺平地蜿蜒,沟底已废弃多年的土窑洞,是知青插队时的旧居,虽已破败,亦掩饰不住时代的印记。

暮色降临,村里一片漆黑,天空上闪烁着繁星。我们聚集在小翁家小院的小方桌前,拉家常、品小菜、喝着酒、吃细面,抛开都市的喧嚣,进入原生态田园,没了烦恼,少了俗气,多了乡情,说笑一路,开心一路,跟事一路。

分手时,小翁站在车外,腰板直挺,面带微笑,目光坚毅。我就在想,继承了福建、浙江基因的小翁,今天一下子长大了,在他成为一位丈夫的这一刻,脸上写满了成熟、责任、担当。小翁有了这种自信,必将开辟新的道路、新的事业、新的人生。

(2016年5月18日于乾县)

今夜有风

每到斜阳西挂、夜幕降临,月亮便悄悄地从东方爬起,星星迅速地将之围伴,形成了众星捧月的天象。这时,如果眼前有花草,身边有流水,再掠些风儿,该是怎样地舒心、诗意,令人神怡。

今夜,就是这样一个令人陶醉的佳境。

白天太阳照射在大地上的热量,在傍晚时分已逐渐散发,河边的脚步多了,锻炼的身影多了,纳凉的人们稠了。

因为,今夜有风。

树叶在风中沙沙作响,流水在风下波光粼粼,衣角在风里时掀时张。藤类植物的末梢,在金色的长廊木架顶上时而上下,时而左右,时而舒展,时而卷跃,连同附近广场众多的花草一起在风中飘动,声中呼应,演绎风吹草动的图画。远处秦腔自乐班的激越唱词,时断时续,风将曲吹散了,把词吹乱了,调子吹变了,但丝毫没有影响人们的心情、热情、激情。

因为,今夜有风。

广场舞、健身操、太极拳等的爱好者如痴如醉。篮球场上,仍有年轻人矫健、敏捷地穿梭投篮的身影,他们在这有风的夜晚,不太饮水,没有擦汗,很少休息,进行着一场场角逐。

有风的夜晚,长廊木亭下的长而宽的条凳上坐满了人。往日总能听到的因蚊子叮咬发出的拍大腿、胳膊、脸的声音没有了,人们说着话,吸着烟,玩着手机。不到十点,因风有些大,好多人已离开。

长廊空旷、宁静且干净,我像以往周末的晚上一样,坐而静思,戳一段文字,寄一番心绪,安一缕情丝。

因为,今夜有风。

(2016年6月5日于墨花斋)

抱团温州人

温州人出名,始于改革开放。他们能吃苦,脑瓜灵活,会做生意,因而在全国颇有影响。小到针头线脑,大到商业、贸易,即使是微利,只要不亏本,他们就动手、就投资、就兴业,就这样一分一厘,就这样从小到大,就这样走遍天下,就这样声名远播。前几年,全国大中城市房地产火热,不少地方都出现了"温州炒房团"。这些房子,一部分是温州人自己住的,而大多数是用于囤积、倒手、赚钱的。

由于各种原因，近几年我有幸结识了几位温州人。影视界的几位朋友几年前在陕北拍电视连续剧《温州一家人》，该剧由台湾著名演员李立群和大陆著名影星殷桃主演，讲述主人公一家人背井离乡到温州，从拾荒到做皮鞋、开关、灯具、石油生意等的草根创业史。该剧以对一户普通人家的原生态创业纪实，呈现了中国改革开放30多年社会转型变化的大历史，讲述了一代创业者的智慧、意志、情怀。在陕北拍的是主人公投资油井的坎坷故事。时值寒冬，我与几位同事刚好在那边出差，就绕道定边县，去看望我认识的分别做导演和演员的三位朋友。吃饭期间，他们谈到电视剧，说起温州人，讲到好剧情，顿时使我对温州人有了好感。加之《大宅门》《乔家大院》《走西口》等剧的热播，人们从这些商人中找到一个共同的秘诀，那就是"诚信"。

虽然大家天天都在讲诚信，但天天都能听到关于假货、假币、假人的事，即使国家将"诚信"纳入社会主义核心价值观的层面，仍杜绝不了无良商人的无孔不入。一个时期以来，诚信缺失成为全社会深恶痛绝、防不胜防、无可奈何的一大现象。温州人则不同，他们遍布全国的角角落落，单干守诚信，合作讲公平，对外不张扬，无论干哪一行，都低调做人，高调做事。这只是他们成功的经验之一。随着与温州人交往的增多，友情的加深，了解的深入，我发现他们还有一个特点，那就是"抱团"，或者说"心齐"。

关于"抱团"，我写过一篇文章，主要是说如今的社会是一个合作型社会。一个人干不了的事，两个人干；两个人干不动的事，三个人干；三个人干不成的事，更多的人干。大家习惯上称之为"抱团取暖"。同样，大家都知道，也都明白，就是很少有人能做到。但是，温州人做到了！他们在任何城市，不是一个人在孤军作战，而是通过友情、乡情、商情等团结起来、凝聚起来，不拆台而补台，不互贬而互助，不拆伴而同行。这种精神，过去是这样，现在是这样，将来肯定还是这样。

过去，有人把河南人比作"中国的犹太人"。当我接触了温州人以后，我认为,真正称得上"中国的犹太人"的,还是温州人。因为他们不仅是为生活而奔波,他们更是在爆发生命的张力,演绎生活的精彩,诠释人生的意义。他们一生都在为体现自我的价值,创造自己的财富,实现自身的梦想而努力、奋斗、自强。

温州人不是孤立的一个人,也不特指哪个人,它代表的是一个群体,一种现象,一道风景,更是吃苦、创业、实干、诚信、抱团的代名词。

(2016年5月17日于墨花斋)

贵德守道 做有为委员

在东府渭北黄土高原,在渭南合阳黄河岸边,在黄河湿地处女泉旁,有一位土生土长的渭北汉子,他用自己过人的睿智、胆略、卓识,以旅游文化产品为依托,以爱心捐赠为常事,以弘扬传统文化为己任,开创了一条独特而又艰辛的阳光之路。

2015年9月22日,一场具有特殊意义的捐赠仪式正在渭南市临渭区桥南镇花园小学操场上隆重举行。孩子们正在给前来探望他们的叔叔、阿姨系上红领巾。"我弯下腰,看见了小男孩那张纯真的笑脸,纯净的眼睛,他举起右手向我致以少先队队礼,瘦弱的身体向我靠近,用稚嫩的双手给我系上红领巾,就在那一瞬间,突然之间感觉自己好像回到了令人心酸的童年时代,我的眼泪禁不住哗哗地流下来了。"张根孝跟记者谈起了自己参加那次举行的关爱留守儿童公益活动的真切感受时动情地说。

在这些留守儿童中,有的父母离异,有的父母在外打工,有的丧父丧母家庭残缺,大多和爷爷奶奶孤守在山区。他们是社会飞速发展中被遗忘的弱势群体。"做一个有爱心的人,关注百姓生活,关爱身边的弱势群体"是张根孝作为一个政协委员给自己设定的履行政协委员职责的义务之一。多年来,他一直向贫困山区的孩子们捐款捐物,关注关爱抗战老兵,为抗战老兵的生存困境奔走呼吁,参与多项公益活动。他先后支持赞助合阳电视台创办"文化合阳"栏目;制作《洽川览胜》光盘免费赠送游人;资助民俗专家史耀增出版《合阳风物传说》一书;出资在《渭南日报》整版彩印宣传合阳旅游文化商品;10年间制作了各类洽川旅游小纪念品及宣传品万余件赠送游客;自己还投资创办"合阳特产网"和"合阳旅游商品展销厅",企业安置多名残疾人就业,在省城西安还设有办事处和销售窗口,用多种渠道积极宣传与推广洽川文化。张根孝委员虽然省吃俭用,但他先后为社会各项公益事业花费上百万元。用张根孝的话来说,他所做的这一切,"都是为了让更多的人了解古莘文化,让更多的人能幸福快乐地生活。"那么,张根孝到底是何许人也?

张根孝,陕西合阳洽川人,退伍军人;合阳县第六、七、八届政协常委,渭南市第三、四届政协委员;现任合阳县洽川旅游文化开发中心总经理,合阳县"洽之宝"手工艺品专业合作社理事长。他先后被授予"陕西省乡土拔尖人才"称号、渭南市"五一劳动奖章"、渭南市"文化先进个人"称号、荣获合阳县民间工艺品大赛特殊贡献奖。2012年2月,其创办的合作社被合阳县委授予"专业合作社示范社"称号,获得合阳县人民政府颁发的"支持洽川旅游发展贡献奖"。2012年到2013年,企业被评为文化产业先进单位;2014年,他被中共合阳县委评为"合阳旅游发展突出贡献者";2015年2月,他被政协、渭南市委评为"树形象、接地气、做贡献"优秀政协委员。谈到众多荣誉,张根孝并没有平常人的踌躇满志和得意洋洋,相反,他时时回味创业时的艰难和辛酸,并把过去的困难和艰辛经历作为财富,激励着自己去拼搏,去回报社会。

新世纪之初,他抓住合阳县委县政府提出的"建设西部旅游名县、经济强县"的富民强县战略机遇,克服资金的困难,于2003年创办了合阳县首家旅游商品企业"洽川旅游文化开发中心",依托景区文化资源专业从事旅游文化产品研制、开发、营销,先后开发出旅游文化产品八大类,上百个品系。其主导产品有"洽川蒲荞生态枕""土布床单""洽川喜馄饨""民间手工绣花鞋"等,形成了远近闻名的"洽之宝"品牌,产品投放市场后即以鲜明的地域文化特色,厚重的黄河文化底蕴,深受游客和业内人士好评。其中,所开发的洽川生态枕系列产品先后获得中国杨凌农高会"后稷金像奖"和陕西首届旅游产品博览会"最受欢迎奖"。同时,他还投入资金对洽川文化资源进行整合,对其进行了全方位的知识产权保护,注册保护性商标11个。洽川旅游文化开发中心成为合阳文化资源商标持有最多的企业,不但为合阳经济建设和旅游产品发展提供了文化支撑,而且为企业创造了良好的经济效益。

张根孝是优秀的企业家,他时时心系民生,积极参政议政,在担任合阳县政协委员二十年来,先后向渭南市和合阳县两级政协提交提案和社情民意近百件,多次被评为"优秀提案人"和"社情民意先进个人"。在合阳县政协第八届三次会议上,张根孝委员以"让洽川更完美 让旅游富百姓"为题的发言,受到了县委、县政府的高度重视和采纳。张根孝委员心怀大爱,有志有为,乐善好施,心系民生,也许他的胸怀和品德只能用全国政协委员、著名书法家雷珍民先生为他题写的"贵德守道"四个大字才能诠释和解读。

这个生于如诗如画洽川美景中的男子汉,用自己从容而稳健的脚步走出了一条洒满善爱和温暖的人生之路。让我们祝愿张根孝委员和他的洽川文化旅游开发中心越办越好,越走越远……

(2015年10月于墨花斋)

大师之路　神圣而遥
——旗袍陕西联合总会、陕西总会、延安分会缅怀路遥先生纪实

陕北的冬天格外寒冷,残雪散落在高低起伏的山山峁峁,寒风掠过大路两旁的沟沟岔岔。驱车行驶在210国道,内心升起一片欢腾。

2015年12月21日,在我的倡导下,西安分会会长王新爱,金牌走秀培训导师、陕西总会副会长赵菁,陕西延安分会会长尹维霞等领导,率陕西延安分会旗袍佳丽共15人,一起前往清涧县路遥纪念馆,向路遥先生塑像敬献花篮,赠送期刊及参观纪念馆、故居,缅怀这位文学大师,活动取得圆满成功。

早在12月18日,我就与路遥纪念馆馆长刘艳女士取得联系,约定21日率队前去凭吊路遥先生,并表示将载有自己的《再见,路遥;再见,路妈妈——风中,母亲的守护》文章的2015年第17期《家庭》杂志捐赠给路遥纪念馆。刘馆长说:"好啊,欢迎姚老师来清涧作客!感谢您为路遥先生做出的贡献,谢谢!"21日,因刘馆长临时有事外出,便委托工作人员白女士接待。21日一大早,大家从延安出发,前往榆林市清涧县石嘴驿镇王家堡路遥纪念馆,接受文化的熏陶、文学的洗礼、大师的感召。到达纪念馆后,双方进行了简短座谈。我首先说明了活动主题、内容、形式、程序,然后,我和赵菁代表中国旗袍会陕西联合总会、陕西总会向路遥雕像敬献花篮;王新爱、尹维霞代表中国旗袍会陕西延安分会敬献花篮。鲜花摆放在塑像两侧,将孤寂、荒凉、灰色的黄土高原点缀,带来一丝灵动和生机。献完花篮后,全体人员一字形排开,向路遥先生三鞠躬。礼毕后,我将5册《家庭》杂志赠送给了馆方代表白卓女士。

仪式结束后,大家在讲解员的引领下,听路遥童年、少年的苦难经历,和成长历程,短暂、辉煌的创作生涯,平凡、伟大的壮美人生。通过看图片、实物、影像、雕塑,大家对路遥先生更加了解、更加尊敬、更加膜拜!当大家看到馆藏玻

璃柜子的显著位置摆放着我发表在2012年《陕西日报》上的《走进路遥故里》时，更是仔细阅读、纷纷拍照。

走出纪念馆，大家来到对面崖畔上的路遥故居。物是人非，人去院空，满目冷清。昔日路遥一家人的生活场景、概况、情景，通过4孔窑洞、院落、枣树映射出来、展现出来。大家一边参观，一边感叹，认为深受教育，不虚此行。临别前，我挥毫泼墨，写就"大师之路 神圣而遥"八个大字，巧妙将"路遥"二字融入其中，表达了对路遥先生的无限仰慕，道出了大家的普遍心声，为本次活动画上了圆满句号。

病　　说

又是黄叶落满地，秋去冬来寒风急。季节转换，气温大幅降低，人的免疫力骤降，身体多有疾患，此谓生病。

生病是很正常的事情，人食五谷，喜怒哀乐，七灾八难，身体每时每刻都在变化，心情、情绪、心态时时都会受到影响，工作、学习、生活处处都会因环境而摇摆波动，又怎能不生病呢？

通常情况下，病人以儿童和老人居多。儿童生病，是体质、免疫力差而引起，加之儿童语言表达受限，故在各种连续的啼哭中，父母知道孩子不舒服，大夫知其有病痛，因而各级各类儿童医院的大夫，才是最伟大的医生。然而，由于诸多因素，误诊、漏诊的现象也屡见不鲜，导致儿童失语、失聪、失明、残疾乃至夭折的情况也时有发生。老年人因体质、免疫力降低，被疾病困扰、折磨者比比皆是。尤其是一些疑难杂症、慢性病、绝症，更是威胁老年人健康和生命的杀手。我们都希望自己的父辈和祖辈长寿，却无法避免地看到他们因疾病备受折磨,耗尽心血,油枯灯灭,最后痛苦地离开我们。

20世纪90年代中期,我曾采访了赵步长等一大批名医,撰写并在《陕西日报》发表了大量关于医药、医疗、医院、医生、院长方面的稿件。至今有3个人我印象最为深刻。一位是步长集团创始人赵步长先生。他说过,"品"字由三个口字组成,第一个"口"是企业形象,第二个"口"是产品质量,第三个"口"是百姓口碑。另一位,就是著名肿瘤专家田景丰。他风趣地讲道,"癌"字是病字里头一座山,山字上面三张嘴。三张嘴在山上吃你,能不得病吗?用陕西土语讲,就是某某某"癌"去了,也就是生命该完结了。因而癌症被称为威胁人类健康和生命的第一杀手。第三位是陕西君寿堂制药有限公司总经理许君寿先生。我于1997年给他写的发表在《陕西日报》上的文章,至今他仍逢人就背诵其中的精彩章节。有了多年和医学界打交道的经历,对于近日自己患的颈椎增生、肩周炎就看得很轻、很淡。

11月9日一大早,起床后感觉左臂有点儿疼痛。原以为是睡觉不小心压了胳膊或者是落枕,根本就没在意,便驱车去了外地。没想到在到达目的地后,吃饭的时候,胳膊忽然抬不起来。这一情况迅速被我的朋友互相转告,结果先是铜川的一位朋友说有药,又托另两位朋友把药从铜川捎给了我。还有一位当医生的朋友,多次劝我去其工作的医院,要找最好的大夫为我诊治。我一边感谢一边说,如果需要,我一定去。到了晚上,富平的一位朋友听说我病了,非要拉我去医院。我说不要紧,休息一晚上就好了。但他说他在楼下车里等我,我只好随他去了医院。经诊断、检查、拍片,方知是颈椎增生。胳膊疼的原因是颈椎增生压迫神经所致。按了摩,开了药,做了针灸,我才离开。

病虽然诊断对了,疼痛却从未减轻,而且越来越重,连车都开不成,甚至疼得我无法入眠。勉强睡着了,但是每到凌晨,又被疼痛折磨得醒来几次。我知道我的病因是长期伏案工作,埋头写作,劳累过度造成的。大家都劝我好好休息养病,但是,这一段恰恰是我最繁忙的时期,好多工作无法推辞。

我的好朋友、著名骨科大夫段长松先生,一直牵挂着我的病情。从外地出差一回到西安,就亲自上门为我诊病;我的另一位朋友李立女士,在偶然间碰到我时,因陋就简,给我刮痧。经过刮痧才知道,身体的痧毒是多么严重,而且发现我患有肩周炎。

我本文字工作者,多愁善感,易受感动。以上提名和未提名的朋友,使我感动于人性的善良、友情的温暖、人情的珍贵。他们当中,有的人与我萍水相逢,有的人与我并无交往,有的人与我相识不久。他们有如此的行为、举动,从某种程度上讲,是喜欢我的文字,认可我的为人,这使我尤为激动,心怀感恩。

生病只是身体的功能和身体器官的运转暂时失去了平衡和协调。有些人,患了感冒,也许吓得会失去生命;有些人,得了癌症,也许还可以继续存活若干年。原因是什么?我认为就是一个心态问题。

生理得病不要紧,心理疾病最可怕。有些人,身无病但心有病,身病尚有方可医,心病却无法施救。只要我们以新常态定期体检预防疾病,以平常心正确对待疾病,以坦然心情积极配合治疗,就会赢得健康、快乐、幸福!

人无远虑,必有近忧。人有三年旺,神鬼不可挡;人有三年背,不能怨社会。没有人一生永远一帆风顺,没有人一直不患疾病,没有人不希望自己健康长寿,迈过去的都是好年景,跨过去的又是新桃源。

人来凡世间,不过三万天。钱财身外物,切切勿太贪。权力天外天,只求体康健。日子淡淡过,功利如云烟。

(2015年11月18日写于墨花斋)

雪　迟

从刀郎一曲"2002年的第一场雪,比以往时候来得更晚一些"起,作为西北和陕西的中心城市的西安,以暖冬为主基调的气候就一直延续。加上近年来的雾霾,人们只有在干燥、灰暗、雾蒙蒙的环境下生活。

农历有了闰月,春节就来得迟些。腊八节当晚,2015年的第一场雪就这样姗姗而至了。我将这场人们期盼已久的瑞雪,称为迟雪。迟来的雪使空气变得洁净、湿润,而气温下降,加之地面结冰、打滑,给人们出行带来不便。一大早,广播电台就传来省内多条高速限行、封闭等消息。马路上车辆追尾、蹭刮、碰撞等事故接连发生。保险公司纷纷出险,交通警察频频出动,成了雪景里的另一道风景。本来就不好搭的的士,以各种借口拒载,即使你坐上了,司机也不时见缝插针地随便拼座。

由于车不好搭,只要是同一方向,先乘者对于和自己相同命运的后乘者也并不表示不友好。于是,的哥们就在这混沌中算计着自己的生意。在搭车高峰期,私家车、黑出租、摩的等穿梭于人群稠密区,置身于寒冷风雪中的人们只有慌不择路、急不选车地各自坐着匆匆离去。

夏天有暴雨,冬日逢大雪,这是自然现象。然而,近年来人增车增,逢雨积水,遇雪打滑,城市的各项管理正经历着前所未有的挑战。如今,各级都在喊新常态,新常态的基本条件应该是无论风雪雷电,我自岿然处之。

令人不解的是,就这小小一场雪,已使我们生活秩序有些混乱,手足有些无措,心理难以适应。那么,假如是一场大雪或持续降雪,我们又该如何从容面对?

瑞雪是晶莹的,大地是洁白的,我们的预案却万万不能是一片空白。

(2015年1月28日于墨花斋)

藏

凡是古董文物，价值不菲，人们就要收藏。金银财宝，不便示人，主人就要埋藏。常用之物，以备急需，大家就要储藏。战乱年代，重要人物、作战方案、文件资料遇到危险时，就得隐藏。为少数人所控，又为多数人抢夺的财物，常要匿藏。怕东西放坏、腐烂、变质、发霉，早先是窖藏、冰藏，自从发明冰箱后，就要冷藏。赋予意义、寄托感情、难以割舍的物件，总会珍藏。

藏的对象，也许是一个人，一件物什，一桩隐私，一段秘密，一个故事，一些经历。

藏的反义词是露。如露富、露官、露财、露才、露色、露气，泄露机密、信息、计划等。在影视剧里，我们常常会看到，当敌方逮捕共产党员后，因敌人知道这些人都是重要信息源，身上藏有大量重要机密，于是严刑拷打、威逼审讯，大多数人都能藏住，叫守口如瓶，凡是敌人越想知道的，"打死也不说"。直到皮开肉绽，甚至不惜献出生命；相反，也有个别人耐不住酷刑，经不起诱惑，几番恐吓，就和盘托出，当即变节，成为叛徒。前者为我们称赞、颂扬，后者被世人唾弃、不齿。

水低成海，人低成王。到了当代，有些人人心浮躁，内心急躁，遇事慌躁，说话烦躁，做事毛躁，只表现了露，没有做到藏；淡忘世界观，淡漠人生观，淡化价值观，成了物质的附庸、金钱的奴隶、精神的穷汉。

"有书真富贵，无事小神仙。"从一朋友书法作品中悟出，有不少德才兼备、身怀绝技、修养至深、信念坚定、负有使命的人深藏不露，默默耕耘，低调做人，守望道德底线、人文情怀、精神家园。

龟之所以长寿，是因好静且善于藏头；秋天的苹果经过冬季储藏，春夏都能吃到；动物虽然冬眠了，供给其生命能量的，还是秋天积藏的营养；出头的椽子先烂,是由于常年露头;有人仇富、仇官,是因为有人爱露富、炫富。

藏的目的是为了在关键时候不为所困,在重要地方派上用场,在危急关头释放能量。藏是一种哲学,藏也是一种境界,藏还是一种文化。

(2016年6月1日于墨花斋)

稀罕的红高粱

有很长一个时期,几乎看不到青纱帐般的红高粱地,见不到高秆、细脖、大穗的红高粱,吃不到高粱米、高粱面、高粱饭。依稀记得夏秋两季行走在陕北高原时,方可见到迎风摇曳、晃头晃脑的红高粱身影。

节前有人去乡下,我从照片上看到了挂在铁丝上的高粱穗,架在树杈的高粱穗,稀稀拉拉的高粱穗,不禁勾起了久远的回忆和浓浓的乡愁。

高粱属于杂粮,多生长在干旱半干旱地区。20世纪70年代,高粱曾作为主粮,一是与麦面搅和在一起擀面条吃,二是蒸成馒头夹着青辣子吃。著名作家路遥先生在长篇小说《平凡的世界》开头描写的孙少平在学校灶上最后领走的黑馍馍,实际上就是高粱面做的馒头。

我小时候也吃过黑馍馍,至少在上高中前后,黑馍馍与白馍馍都是白黑各一半地往学校背。那时住宿条件特简陋,一个大仓库般的房子,就是学生宿舍,大通铺上,每人只有一尺五宽的地方。馍布袋就挂在头顶上的铁丝或绳子上。每当开饭时,来自农村的同学们大都带着自己从家里带来的馍馍,用搪瓷缸或搪瓷碗在学生灶上接些开水,吃开水泡馍,就这样简单地填肚子。条件稍好的同学,有的带些咸菜、酸菜,再次一些的,是家里自腌的长辣椒酱。别的季节尚还凑合,一到秋天阴雨时,就由于吃这些长辣椒酱,害得大多数同学拉肚子,没遍数地跑厕所。

高粱做的黑馍馍刚蒸好出锅时,软软的,就些菜即可下咽。一旦冬天凉着吃时,硌牙、割嘴、伤舌头,如狗吃石头般无法啃动。

由于大家都吃不饱,白馍馍常被嘴馋饭量大的同学偷走,黑馍馍也难免有时被老鼠糟蹋。好多时候,黑馍馍由于面粗、扎喉、难咽而使人哭笑不得。更难为情的是,坊间一直流传一句谚语:吃了高粱面,让你屙不下。所以,吃高粱面成为一种恐惧、一种无奈、一种心病。但在缺衣少吃、物资匮乏的那个特殊的年代的困难日子里,我们还无力给自己的胃挑拣食物。

改革开放以来,高粱种得少了,小麦、玉米产量提高了,我就再很少吃到高粱面,也很少看到过高粱。只有在陕北行走时,有时会吃到高粱,尤其是陕北的高粱米饭,让我领略了高粱的另一种吃法。

过去,可以说家家户户都有高粱的影子。一是用高粱梢子至一定距离削断后缚成的笤帚,二是用长高粱秆做盖房用的箔子,三是用之做帘子、围挡、简易墙,四是用高粱秆前半部细秆做蒸馍馍的箅子、盛食物的盖子等。

高粱收获前后,秆是甜的。大人小孩都如啃甘蔗般地争相去啃,为的是咂巴咂巴那甜味,但也因其是苦甜味啃几口就不得不扔了。

到了冬季,高粱秆是农家做饭、烧炕必备的柴禾。虽然不耐烧,但毕竟也是一种天然燃料。

现在的高粱,被大量地用作酿酒的原料。诺贝尔文学奖获得者莫言先生的中篇小说《红高粱》里的高粱,就被大量用来酿"十八里红"烧酒。

渐凉的秋意款款已至中秋意蒙蒙,红红的高粱已熟,秆头沉甸甸的。吃食高粱面、高粱米的岁月已成往事,看到高粱穗、高粱秆旧貌如昨。作为粮食作物的一种,红高粱曾经有过它的辉煌,也就有现在的宿命,更会有未来的新生。

(2016 年 9 月 12 日于墨花斋)

文学就是一堆柴

自从燧人氏钻木取火以后，人类由茹毛饮血变成了吃熟食。而供燃烧之用的主要原料就是柴。柴可以是树叶、枯草、枝丫、茎干，也可以是朽木、干木、树干。将之粉碎、劈开、晒干，就是柴草、柴禾、柴源。柴若是湿漉漉的，就会只冒烟，不起焰，要做饭烧水是不行的；只有干柴，方可噼里啪啦作响，跳跃高蹿成焰。也就是说，柴是干的才好使。

旧时，砍柴是一种劳动，卖柴是一种职业。后来为了省事，人们又发明了木炭，在相当长的历史时期中，"柴、米、油、盐、酱、醋、茶"被称为"进门七件事"，而被列为第一位的，就是"柴"。多少人曾因为无柴而吃不上饭，影响了生活，危及了生命，可见柴的重要性。因此，无论是皇室还是平民，家里必有柴房。煤炭、石油、天然气等被发现后，柴禾渐渐退出了人们的视野，但在一些偏远山区、落后地区，仍有人用柴烧火或取暖。

文学是一堆柴，是指作为精神营养、文明素养、人文给养，文学如燃料一样看似零星、散乱、无序，可是经过文人加以整理、堆砌、摆摞后，当人们需要时，即可滋养心灵、抚慰忧伤、激励斗志。

文学就是一堆柴，是说文学作为文化的有机组成部分，要常备、常学、常写、常用、常新，在不同的历史阶段，不同的时代背景下，为人们奉献出光和热，照亮人们前行的脚步。

文学还就是一堆柴。人们用之不竭、取之不尽，在浩瀚的文学宝库中，无论是古代甲骨文字、竹简丝帛、线装石印，还是现代铅字排版、激光照排、电脑打印的作品，都如柴禾般积累，如柴禾般上架，如柴禾般码齐，为的就是让人们根据所需随时抽取，依据爱好自我遴选，按照兴趣可以挑拣。

文学也就是一堆柴。燃烧的是作家智慧，光焰着芸芸大众，使人睿智，催人奋进。

（2016 年 9 月 13 日于墨花斋）

文艺文化
WEN YI WEN HUA

仰望路遥

又是11月17日,一个值得铭记和怀念的日子。一转眼,路遥先生离开我们已经整整22年了。早上一打开电脑,缅怀路遥的文章不时映入眼帘,作为路遥先生的崇拜者、敬仰者,我还是难以按捺抑郁的心情,随手写点新的文字,仰望路遥这位文学巨匠。

某日去某市出差,饭时选了一家饺子馆,意外发现路遥先生一幅上书"余味无穷"的书法作品,落款时间是1986年9月18日。由于此前只见过路遥先生的钢笔字,他的书法作品在社会上流传甚少,我便仔细端详,用心揣摩,反复回味,并用手机拍了下来。经思考,我觉得该字应是路遥先生生前为享誉全国的西安解放路饺子馆所题。这家小店的店招上写的是西安解放路饺子馆分店,有心者或经营者将之收藏,并悬挂于墙上,一是彰显文化底蕴,二是招徕饭馆生意,三是表达对作家路遥先生的崇敬。遗憾的是,这么珍贵的书法作品,竟然被烟火熏得发黄变黑、陈旧破损,让人看了心疼。随着时间的推移、人事的更替、环境的变化,最早收藏此字者不知是谁,中间转承者又为何人,今天经营者有无文化?

路遥是一个传奇,黄土文学是一种现象,《平凡的世界》是一个高度。我的一位领导朋友曾经告诉我,《平凡的世界》小说广播连播录音他断断续续听了20年,常听常新,再听不厌,百听不倦。别人不解,我却明白这位朋友的乡土情结、黄土情怀、农家情愫。这,才是真正地对文字的景慕,对文学的敬畏,对路遥的敬仰。我的朋友圈子里有很多作家朋友,每每谈起路遥,从未有批评者,原因之一就是他写出了一个时代、一段历史、一种记忆……

欣闻新拍电视连续剧《平凡的世界》将于春节前后播出,借习近平总书记10月15日文艺座谈会的东风,陈忠实、贾平凹、高建群等文学大家都接受了媒体采访,畅谈贯彻习总书记文艺座谈会讲话精神,振兴陕西文学事业,新的文艺复兴之花必将在文艺的春天开放。

敬仰路遥,因他宏大的叙事;敬仰路遥,因他灵巧的手笔;敬仰路遥,因他深远的影响;敬仰路遥,因他留下的宝贵财富;敬仰路遥,因他不朽的精神!

阅读可以触动人的文学敏感神经
——探秘著名作家陈忠实先生的阅读生活

5月8日上午,我致电著名作家、中国作家协会副主席、第四届茅盾文学奖获得者陈忠实先生,就目前全省开展的"三秦书月"和快要到来的"纪念《在延安文艺座谈会上的讲话》发表72周年活动",请他谈谈有关读书的话题。陈老在电话那头说:"最近我身体不太好,医生不让讲话,咱们是老朋友,你把我的有关书籍翻一翻,看着写篇文章就行了。"

晚上下班回到家,我立即找出陈忠实先生的《原下的日子》《接通地脉》《白墙无字》三本书,有侧重点地再次快速阅读,到了深夜11点多,终于理出了写作头绪。

柳青的《创业史》是陈忠实大半生的沉迷

早在1959年春,陈忠实从报纸上看到著名作家柳青新作长篇小说《创业史》即将在《延河》杂志连载的消息,就早早地俭省了两毛钱等待着。那时他正上初三,终于从西安纺织城邮局买到了泛着油墨气味的《延河》。他读完开篇的《题叙》,便生出一种从未产生过的特殊的阅读感受。

小说巨大的真实感和亲切感,语言深沉的诗性魅力,尤其是作家对关中风土人情细腻而透彻的描写,使陈忠实第一次开始关注自己生活的这块土地。

后来,陈忠实在灞桥镇的西安三十四中读高中,随之得知巴金主编的大型文学刊物《收获》刊发《创业史》,就托在城里当工人的舅舅买到了这期《收获》。该书发行单行本时,他又托舅舅给他买了首版《创业史》。陈忠实几乎是置功课于不顾地一口气读完了《创业史》(第一部),从此对文学产生了浓厚的兴趣,对小说深深地痴迷。他认为,反复阅读小说就是一种诱惑。读高二时,他和班里几个同学创办了文学社,主要是办一些不定期的墙报,自己发表自己的作品。

陈忠实在陕北南泥湾参加劳动锻炼时,除了带着按当时规定必带的《毛泽东选集》,他还私藏了《创业史》,并在南泥湾的窑洞里阅读。有时,书动辄就被人拿走,买了丢,丢了又买,如此反复,陈忠实说,竟然先后买了9本《创业史》。这对于陈忠实来说,既是空前的,也肯定是绝后的一个数字。

走向社会,《创业史》成了陈忠实枕边的必备之物,以至于1973年他发表第一篇短篇小说时,许多人都说他的语言风格像柳青。

赵树理的《李有才板话》促成陈忠实第一次借书和创作

陈忠实读初二时,有一篇课文《田寡妇看瓜》是著名作家赵树理写的短篇小说。陈忠实想,自己身边也有这些事,原来自己整天生活的乡村和天天见面的父老乡亲之间发生的故事,都可以写成文章,这使他像哥伦布发现新大陆一样惊奇,文学创作的冲动由此萌生。

充溢着阅读兴趣,怀揣着写作梦想,陈忠实平生第一次走进了学校图书馆。他是冲着赵树理去的,于是就借到了赵树理的中篇小说单行本《李有才板话》。书中有趣的乡村人和事,可以说在陈忠实生活的村子都能找到相应的原型,这使他喜出望外,对读书更加痴狂。这是他第一次借书,也是他读的第二本小说。

从此,他开始模仿赵树理,创作了四五千字的第一篇短篇小说《桃园风波》,这年,陈忠实只有15岁。

不久,他又在作文本上写下了第二篇小说《堤》,经老师推荐,寄给了陕西省作家协会主办的《延河》杂志,虽未发表,但打那以后陈忠实知道了《延河》,也知道了投稿可以获取稿酬。

一段功利性的阅读为小说《白鹿原》问世做了铺垫

在陈忠实的文学生涯中,阅读不仅占用了很多的时间,而且是一个伴随终生的难以改变的习惯和意识。即使在把一切出版物都列为"黑书"封禁的"文化大革命"时期,陈忠实"地下式"的秘密阅读也从未中断。此前的大量阅读都是非兴趣性的,但增添了知识,开阔了视野。

在陈老的阅读生活中,只有一次是怀有很实际、很具体,甚至很功利的目的。这,就是20世纪80年代中期的一段阅读经历。那时候,陈忠实正在酝酿构思长篇小说《白鹿原》。

他选择了一批中外长篇小说进行阅读,如王蒙的《活动变人形》、张炜的《古船》等。正是那段大规模的有明确目的的阅读,使陈忠实获得了关于小说结构最直接、最透彻的启发,同时也触摸到了关于文学创作的本质意义。

陈忠实先生曾经说过:"平生乱读书,其中包括一些人物传记读本,有的是影响乃至改变一个国家历史进程和民族命运的人,有的甚至是影响世界格局和数以亿计的多种民族命运的人,也有在自然科学和文学艺术领域卓有建树的人,这些书籍对我认识世界,不断校正自己人生脚步都发生过启迪和作用。"

他认为,写作者通常都是在不断地阅读,好的创作一定离不开丰富的阅读。"我至今还未遇到,也没听说过不读书的作家。阅读可以触动开启那根对于文学敏感的神经",他说。

阅读乃心之烛,博览是智之库。阅读可以丰富一个人的内心世界,营造艺术天地,阅读更能提升思维,所以古人讲开卷有益,以文学创作为乐事的人更是如此。

陈忠实还谈道,他从来不向人推荐作品。因为各人的兴趣爱好不尽相同,各人有各人的选择。买了读不出兴趣的书,不如不买。放下不读,再买一种,总会找到爱不释手的书,他本人就是这样选择读书的。

为读者签名永远是件乐此不疲的事

在我多年与陈忠实先生的接触交谈中,得知他可以拒绝吃请、参加大型活动,但有一项他不会拒绝,那就是为持他书的读者签名。

陈老一直坚持认为,对作家劳动最好的回报,就是拥有千千万万热爱自己作品的读者。作家写书的目的,也正是希望有更多的人阅读自己的书。因此,只要读者找到他,他都会认认真真地签上自己的名字,盖上私章。陈忠实出版的各种书籍迄今已有100种之多。去年秋季,西安出版社新出的散文集《白墙无字》,就是陈老的第100种书。自长篇小说《白鹿原》问世以来,该书每年以各种版本出版的数量都在10万册左右,从1992年小说刚面世时的畅销到22年来的常销,不正是这本划时代、奠基式、枕头般的巨著所折射的无穷魅力么!

"九天之尊长安地,白鹿古原十三朝",这是2012年9月8日晚,在杨澜、孟非主持的"电影《白鹿原》西安首映式暨白鹿原之夜大型文艺晚会"上,陈忠实先生书写的一幅书法作品。既对西安曾经作为十三朝古都做了高度概括,又对白鹿古原做了诗意寄托,足见一代文学巨匠的文字功力和思想境界。

当主持人杨澜采访陈忠实先生让他谈感想时,他说:"当我每次从国外回到北京,心里就油然发出:啊!祖国,我回来了!当我每次从外省回到西安,心里就会发出:啊!陕西,我回来了!当我每次从西安城向东一过浐河,心里就会发出:啊!故乡,我回来了!这次《白鹿原》电影马上在全国公映,我又发出:啊!小说终于被王全安先生拍成电影了……"

这种黄土情怀、朴实做派、秦人秦语,感染了所有在场的嘉宾和观众;这部鸿篇巨制、文学巨著、文化瑰宝,正是陈忠实先生博览群书的积淀、厚积薄发的呈现、大音希声的风范。

(2014年5月于西安)

向张贤亮大师致敬

晚上正准备休息时,从网上和微信朋友圈惊悉一代文学大师、著名作家张贤亮先生于9月27日中午因病在银川去世的消息。先是不相信,进而查消息源,得到准确印证后,作为张贤亮的崇拜者,我心里感到十分悲恸。在向张先生致哀的同时,我觉得更应向这位大师致敬。

张贤亮1936年出生于江苏南京,1955年从北京移居至宁夏。1957年被打成"右派"送农场劳动改造,当过农民,作过教员,一关就是22年。1979年平反,1980年创作了著名的小说《灵与肉》,后被改编成电影《牧马人》,从此成名,蜚声文坛。在我未考证之前,可以大胆地说,张贤亮的《灵与肉》,是伤痕文学的开山之作。由此拉开了20世纪80年代伤痕文学的序幕,成为同时代作家创作的一个方向,也涌现出了一大批文坛新秀、文学大师。我就是这一时期文学的忠实读者,我后来的阅读习惯、文学积累、写作兴趣,都是受这一时期的作品影响,并得到启蒙、教化、引领的。其中,张贤亮的小说《灵与肉》我读过,改编的电影《牧马人》我看过,而且读过、看过好几遍。张先生笔下的农民、农村、牧场,所讲述的劳动、爱情、苦难,尤其是改革开放初人们的高尚价值观,使人感动。正因如此,张贤亮这个名字连同《灵与肉》《牧马人》《男人的一半是女人》等优秀作品被人们所知晓,被读者所认可,被我所牢记。

身为国家一级作家的张贤亮,不是简单的文人,而是既文又化的文化人,通俗地讲,就是儒商。张贤亮后来在宁夏银川市镇北堡创建了我国第一座民办西部影视城。张艺谋的《红高粱》就曾在此拍摄,走出了张艺谋、巩俐、姜文3位国际巨星。现在看来,若加上《红高粱》小说的作者莫言先生,应该说成就了四位世界级大腕。

我曾造访过两次西部影视城。第一次大约是2004年秋季,我去定边出差,一看银川近在200公里外,于是首次去了宁夏回族自治区首府银川。当时我主要目标就是影视城。到了镇北堡,已是下午,立刻被贺兰山、河西走廊,塞外风光所吸引。影视城里的矮墙、土房、旧街、酒楼、茶馆、赌场、当铺、镖局、戏楼、县衙、牢房、擂台;《红高粱》中的酒坊、酒缸,巩俐坐过的轿子、睡过的大炕、铺的被褥;《牧马人》中的旧房、农具、灶炕;电影《大话西游》中的蜘蛛洞、妖精造型以及元宝、银圆、油饼、辣椒、馒头、肉菜等道具,使人目不暇接。尤其是展室内装置了百十台电视,分别循环播放着在影视城拍过的所有影片,期间,播放《牧马人》《红高粱》的电视前游人最多。

我去拜访张贤亮先生时,工作人员说张先生刚坐车离开几分钟,她一说,我才想起,我进来时,是有一辆黑色别克车与我擦肩而过。原想以后还有与先生见面的机会,就没再联系,至今看来,那次未见张先生,已是终生遗憾。离开时,我在留言簿上写道:"银川镇北影视城,贤亮先生倾真情。坐地拍摄千古戏,明星大腕个个红。"2011年冬,我第二次去西部影视城,感觉古朴依旧、繁华不减、变化颇大。来自全国各地的各大剧组整天来往穿梭于此,走廊上挂满各类剧照,不少拍摄过的场景原样保留,以供游客参观。但是,由于张先生社会事务缠身,我又一次错过了与之谋面的机缘。

张贤亮是当代伟大的文学家。他不仅写书,还兴办实业,是中国文坛的榜样,也是率先兴办企业、做大文化产业的楷模。我们向这位已故大师致哀的同时,更应该为他对文学、电影、电视、文化的巨大贡献致敬!即赋诗一首,以表缅怀之情:

曾经沧桑冤屈蒙,数载过后不年轻。巨笔著书灵与肉,贺兰山下写人生。银川镇北影视城,文化产业领先锋。坐地拍摄千古戏,明星大腕个个红。

冯西海印象

生活在西安的人,未上过钟楼、大雁塔、古城墙的比比皆是。问其原因,他们共同的想法是:这些东西就在咱家门口,又跑不了,迟早都可以上。事实上,有人一生也许只是近距离地观望,再无登楼、攀塔、爬城墙的机缘。

与西安毗邻的古城咸阳,自古为京畿之地,且是中国第一个封建王朝秦的都城。就现代文学而言,因长期浸淫在这皇天后土之中,也涌现了一大批文人墨客。20世纪八九十年代以来,阎刚、雷抒雁、邹志安等走向全国,蜚声文坛,程海、王海、冯西海被誉为咸阳文坛的"三海",声名远播。其中,冯西海先生与我最为熟悉。但正像本文开头西安人在钟楼边却从未上过钟楼一样,作为咸阳人,正因为我与西海太熟,总想着迟早都可以给他写点文字,谁料,交往20余年,这个心愿仍未了却。

1月8日上午,冯西海来省作协办事,顺便去灞桥见一朋友,下午与我见面,专程给我送来了刊有他书画作品的《翰墨雅集》一书。我打开一读,很是惊讶:该书竟然用8个页码刊载他的书画作品。其中,他2010年5月创作的画作《夏欲的挣扎》备受学界推崇,专家为其估价为30万元。

冯西海是著名作家、中国作家协会会员、陕西省作家协会长篇小说专业委员会委员、咸阳市作家协会副主席、咸阳文学院副院长,出版发表长、中、短篇小说等文学作品500多万字,兼任数十家书画院、书协、美协名誉主席、顾问、副院长等。他的小说紧扣时代,贴近生活,恣意写实,影响很大;其散文因其自称"瓜棚主人",又将其文学意象地定格在渭河边的"两寺渡",因而面向基层,笔写众生。其文字如水流淌,似友叙旧,质朴耐读。他的作品在陕西、西部乃至全国都有广泛的读者群,赢得了社会各界的一致好评。

冯西海当过某省报的记者,因此用记者的视野观察事物、寻觅素材,以文学的形式描写普通群众、讲述中国故事;冯西海做过秦都区宣传部副部长,所以对官场生活、社会现象、人生百态体验较深,他以自己的独到经历感悟人生,以人生的波折编写故事。因而,他的文学触角异于他人,写人叙事娓娓道来,件件作品有血有肉。他是用真情实感在创作,用旺盛精力在工作。

古之文人,必备"琴棋书画"之功,西海先生作为现代作家,其书画功底堪称扎实,书画造诣颇为深厚,艺术风格独树一帜。西海是作家,圈内人都知道;西海写字画,知道者并不多。然而,在他2013年举办的"冯西海书画展"上,他一举成名,作品纷纷被抢空。

细品西海先生书法,中宫收缩得当,线条随意流畅,笔墨浓淡适宜,章法流于自然,平中见奇,拙中见雅,结构沉稳,笔画灵动,看似稚拙,实则高深。他的画作,大胆随意,浓墨重彩,不求具象,却突出神韵,色彩热烈奔放,奇迹般地跨越了具象、抽象两种境界,直接升华到了意象的领域,是作家文学才情与艺术悟性的集中体现。其书画作品入选全国作家书画展两次(入册获奖)、陕西作家书画展三次,进入西安五十名实力派书画家精品联展。《华商报》称其与莫言先生"一起玩作家书画"。西海先生的作品被陕西省图书馆、陕西省众多党政机关、社会机构、饭店、茶楼、画廊、博物馆、藏家收藏、刻木、装裱、悬挂。

有朋友评论说，冯西海是作家群里少有的书画家，是书画家群里难得的作家。我深表赞同。也有人说，冯西海的字与贾平凹先生的字神似，是临了平凹先生的。就此我问过西海，他笑着说，我写的就是我的字，别人那样说，也许是因我们的字有相似之处罢了。

在我看来，冯西海作为作家，其近30年创作出的10多部小说，大多都是一个字一个字写出来的，他的硬笔字就写得相当漂亮，毛笔书法也相得益彰；书画他已练了整10年，俗话说，书画同脉。饱读诗书、著书颇丰、涵养颇深的冯西海，其字画感悟、创作经验、自如程度，应该与他下的苦、出的力、流的汗是成正比的。

文学艺术之路还很漫长，冯西海的文学、书画创作的春天在习近平总书记在2014年10月15日文艺座谈会上的讲话发表后显得生机无限。冯西海的文学、书画创作事业，也一定会在"讲话"精神的鼓舞下，一路坦荡、一路向好、一路凯歌！

（2015年1月9日于墨花斋）

小门大院

傍晚时分稍作小寐，晚上倍感精神，洗完澡去阳台远眺，不曾想一眼望到了近在咫尺的陈忠实先生工作室的大楼，于是便想起上周淘得的宝鸡知名作家李巨怀先生入选"西风烈"的长篇小说《书房沟》。

陈忠实先生对该书的评价是："书房沟，一方典型的地标，透射出中国人文观念在民间的深层含义;书房沟,一个特殊的符号,演绎着历史风云变幻的真实印记;书房沟,无数布衣的归宿,繁衍着祖祖辈辈充满人性化的传奇故事,是一部很值得嚼思的好小说。"

莫伸先生也说道:"《书房沟》已超越了文学作品特有的自身意义,对于一个时代的历史、人文、政治、经济及地域风俗、生命形态、理想视觉、审美情趣、存在意识等方方面面做出多角度、多层次的文本奉献。"

初读这部重现大关中西秦沧桑岁月变迁的惊心动魄的近代史,我发现李巨怀先生的笔触和视野,已走出了陕西农村题材小说固有的模式和狭小的空间,简单地用四个字来概括,那就是"小门大院"。

在中国现存的所有门中,"天安门"可能是最大的,但与庞大的故宫紫禁城的"院子"相比,"天安门"就显得非常渺小了。同理,不管是单位、机关,还是城市、乡村,无一例外的都是"小门大院"。

作家李巨怀先生潜心多年、精心构思、精美呈献的做法,就是不事张扬、低调务实、忠实文学的"小门大院"。

作品故事曲折,描写细腻,读后既让人替书中人物喜忧,又使人眼前豁然开朗,就好像多年不见的乡村老者,娓娓道来不知流传了多少代的陈年旧事。

时下,不少人哀怨事情太多、平台太窄、空间太挤、起点太低……尤其是刚走出大学校门的求职者,不愿到"小单位""小门店""小企业""小地方"去,岂不知丧失了多少机会,错失了多少机遇。

如果人人都能从小事做起、小活干起、小门进入,没准儿,门里就是你意想不到"大院"呢!

(2014年3月19日)

知　音

　　湖北武汉的《知音》杂志，是国内与广州《家庭》、兰州《读者》齐名的一家在国内拥有数百万受众、具有广泛影响、靠零售赢得市场的优秀期刊。

　　大约5月份，《知音》的一位资深编辑告诉我，他们准备新创刊一本文摘类杂志，叫《知音·集结号》。我表示非常赞同，并谈了自己的几点拙见：将知名情感类品牌与文摘类作品捆绑，满足了不同年龄、不同地域、不同层次读者的阅读兴趣，此其一；文摘类期刊与母媒《知音》互补、联动、共振，其余波、效应、人气相互聚合、裂变、发散，必将产生马太效应，此其二；新期刊、老品牌、好栏目，使老读者期待、新读者好奇、作者们探寻，文章的凝练，让人耳目一新、眼前一亮，此其三。

　　不久，我的这位朋友谈琳女士成了执行主编，《知音·集结号》正式创刊。我在其微信里时常读到她链接的文章，感觉选题新颖，内容充实，视角独特，遂逐一收藏，仔细品读，倍感受用。

　　后来，我让谈主编给我将每期杂志寄阅，她爽快地答应了。近日，我读到谈主编寄来的七、八、九三期《知音·集结号》，大致浏览了一下，发现选题果然大气舒展，主题鲜明，内容丰富，涉猎广泛，包罗万象。读之，知古今、晓中外、明人生、懂社会、熟文化。真不失为大手笔、大气魄、大期刊，真乃知音也！

（2014年8月7日）

《陆犯焉识》与《归来》

前一段见一朋友，他告诉我，他从来不用智能手机，原因是上网、聊天、玩微信太浪费时间；我的另一位老朋友，几个月前还从未用过手机，嫌麻烦，可自从开通微信，迷恋其中不能自拔；我本人每天要浏览新闻资讯、与人交流、抽空写作，也疲于微信耽搁宝贵时间和有限精力。于是与老友商定，即日起有空还是读书好。

不去喝酒、不去打牌、不去 K 歌、减少应酬……腾出的时间读读书，有了体会多思考，思考成熟写文章，长此以往，形成习惯，必是一笔宝贵的精神财富。

由张艺谋导演，巩俐、陈道明主演的电影《归来》，感动了不少观众，但你若问原著作者是谁，恐怕很少有人知道。早些时候，我的挚友给我送来了电影《归来》的原著小说《陆犯焉识》，我眼前一亮，读了几个章节。今天重新捧起阅读，诸多况味油然而生。

《陆犯焉识》的作者是严歌苓，她是著名美籍华人，21 世纪著名中、英文作家，好莱坞专业编剧，海外华人作家中最具影响力的作家之一，同时也是享誉世界文坛的华人女作家。严歌苓祖籍上海，是出名的"多产多奖"作家，作品有：《一个女人的史诗》《天浴》《扶桑》《人寰》《寄居者》《梅兰芳》《金陵十三钗》等。其中，多部作品被李安、陈冲、陈凯歌、张艺谋等拍为电影。

严歌苓小说语言高度凝练，不乏诙谐幽默的风格，其犀利多变的写作视角和叙事艺术成为文学评论家及学者的研究课题。她的小说和剧本，曾获多项国际大奖。多年的沉淀和积累，直接和间接的经历和经验，都成为她的创作矿藏。她用中文写作，几乎拿下所有华语文学类大奖，其中《陆犯焉识》荣列中国小说协会评选的 2011 年度长篇小说排行榜之首。

该小说讲述的是旧时大上海的故事。陆焉识本是大户人家的公子，其父去世后,继母强行将自己的娘家侄女冯婉喻嫁给他。与妻子没有爱情的陆焉识去美国留学,回国后,陆博士过着风流得意的大学教授生活,也开始了在继母与妻子夹缝间的尴尬家庭生活。

20世纪50年代,陆焉识被打成"反革命",在西北大荒漠改造了20年。孤寂中对半生的反刍,使他确认了内心对冯婉喻的深爱。冯婉喻曾是他寡味的开端,却在漫长的回忆里成为他完美的归宿。"文化大革命"结束后,陆焉识与冯婉喻终于可以团聚。然而,回到上海,已是物是人非,终成庸俗小市民的儿子排斥、利用他;已为大龄剩女的女儿对他爱怨纠结;唯一苦苦等他归来的冯婉喻却在他回到家前失忆……

曲折的故事,感人的描写,时代的印记,使人读后深为感动、感慨、感伤!

这,便是读书的好处;这,就是文化的力量!

(2014年8月6日于墨花斋)

新华里·咖啡书吧

在大多数人眼里,"先生"一词似乎仅用于男士,其实不然,优秀的女士也可以享用这一称谓。如宋庆龄、张爱玲、冰心、丁玲,以及今天刚刚在北京去世的杨绛先生等。

杨绛是著名作家钱钟书先生的夫人,是著名女作家、文学翻译家、外国文学研究家,被誉为与钱钟书势均力敌的"最贤的妻、最才的女",享年105岁。

杨绛1934年发表第一部短篇小说《璐璐,不用愁!》;由她翻译的《堂吉诃德》,被公认为最优秀的翻译作品,至2014年,已累计发行70多万册;早年创作的剧本《称心如意》,被搬上舞台长达60多年;93岁出版散文集《我们仨》,风靡海内外,再版达 100 多万册;96 岁出版哲理散文集《走到人生边上》;102 岁出版 250 万字的《杨绛文集》(八卷)。真可谓活到老,学到老,奉献到老,成为中国文化的代表性人物和现代文学史上的一个跨世纪的奇女子。尊称其为先生,当之无愧。

也许是一种说不清的巧合,一文友早些时候发现了一处闹中取静、读书淘书的好去处——新华里·咖啡书吧,邀我去转转。

新华里·咖啡书吧位于西安南城小寨商业圈十字西北角,由原新华书店(小寨店)改造而成。这里装饰独特、格调高雅、灯光柔和、舒适恬静,既能单坐私聊,也可并坐阅读,还可躺卧翻阅,更能点要饮品。不管你是幼儿,还是耄耋老人;无论你是急性子,还是慢性子,只要你进来,就有你需要的书籍,但凡你挑选,必有可读图书。如果你事先需要什么书,只要你吱一声,工作人员就会很快给你找到。

我向来偏爱文学、历史、国学类图书,经过翻阅、浏览、遴选,最终淘了 6 本。静的环境,新的图书,一扫近日来心中的阴霾和不快,签了名,留了影,愉悦了自己,充实了自我。

出则繁华,入则宁静,于浮世功名利禄之外,得一隅幽静书香熏染,望远土红尘,看风起云涌,任潮涨潮落。

(2016 年 5 月 25 日于墨花斋)

矿工作家东篱

和认识的所有作者、作家、文友一样,和我交往的作家朋友们,都是先读其作品,然后才见其人的。知道我省唯一的矿工女作家东篱,是2007年在一朋友处读到她的长篇小说《婚戒》,其清新的文笔、鲜活的人物、动人的故事给我留下了深刻印象,但彼此从未谋面。

今年4月23日至5月23日,我所在的媒体为了庆祝"世界读书日"和第五个"三秦书月",特开设了"读书是乐事"专栏。我相继预约了西安戴吉坤、张念贻,咸阳冯西海和只读过作品未见过人的西安雷小英,宝鸡李巨怀和铜川东篱6位作家为本报撰稿,我自己又写了《探秘陈忠实的阅读生活》。由于上述作家们的鼎力相助,该栏目被中共陕西省委宣传部阅评组书面表扬并呈送给了省委主要领导和抄送给了省内主要媒体。为了感谢大家对我们工作的支持,我代表报社先后将上述作家一一拜访。

见作家东篱,是我借次日赴渭南参加一个重要活动间隙进行的。今年已52岁的东篱,在铜川市政府供职,她着装俭朴,睿智健谈。说起她的文学创作,方知其长篇小说处女作是发表于2006年的《婚后不言爱》,《婚戒》是其第二部长篇,2011年又出版了长篇小说《生父》,形成了她的"三部曲"。东篱属于勤于笔耕、大器晚成、著作颇丰的作家。她生于矿区,长在矿区,工作在"煤城",作品里的故事也发生在矿区,她的读者也大都是与矿工有着千丝万缕联系和深厚感情的当地受众者。令人惊异的是,她的书大都写于夏季,而也无一不是销售于冬季。更为叹止的是,她每次都是在市文化宫签名售书,且都被热爱她的读者抢购一空。我问其因,她说读者爱看她的书,主要原因是书里写的是矿工的生活和故事。在文学市场相对冷清甚至萧条的今天,一位作家的书能如此畅销,实在出乎我的意料。

遗憾的是，就是这样一位极具潜力、我省唯一从事矿工题材写作的作家，并未引起当地官方及作家主管机构的足够重视。尤其是《生父》，人们都希望将其改编成影视剧，但由于某些人为因素，至今尚未如愿，成为这位矿工女作家的心殇。

著名作家路遥先生在创作《平凡的世界》时，曾在铜川矿区体验生活。他在创作笔记上描写铜川时有一句经典的话："这里不产铜，却出煤……"人们现在老埋怨没人读书，说白了是作家没有写出读者喜闻乐见、百读不厌的好作品。通过"东篱现象"，我要说：铜川不仅有好作家，更有热爱读书的广大读者。

（2014年6月18日）

找个作家做朋友

中秋节前，集团陕北籍的好友打电话说让我尝尝老家自制的月饼，我因事不在，他在今天送孩子赴重庆上大学报到去机场前，将月饼送给了我。看似普通、没有包装的陕北月饼，皮黄脆酥、馅饱味鲜。核桃、花生、芝麻、红糖等包在一起，咬一口满嘴溢香，咽下去回味无穷。朋友送给我的，不仅是月饼，更是文化。

走进办公室，桌子上摆放着宝鸡市国学研究会寄来的《金台观》杂志。原来，该刊发表了我的一篇文章《小门大院》，深为我的文友、著名作家、宝鸡市国学研究会会长、宝鸡市作家协会副主席李巨怀先生的细心、周到、敬业、执著所感动。下午快下班时，又从单位QQ群里传来在第十八届西洽会暨首届丝绸之路博览会上，我的文章《"新丝路"为农业发展带来新机遇》获奖的消息。短短的一天，物质、精神方面都有收获。这些文友们的所为，一扫自母亲住院以来的劳累奔波和连日来天地混沌、阴雨连绵的天气带来的些许愁云,使人心情倍加舒畅。尤其是作家李巨怀先生,他的长篇小说《书房沟》我只粗略地读了一遍。在未认识他之前,我以微信形式写了《小门大院》的读后感,没想到他那么细心、这般认真、如此负责地将此文刊发在他任主编的《金台观》上。

尽管我已发表文字300多万,发表文章多少篇,我已记不清,但李先生的这种热忱,使业已变凉的秋天,平添了丝丝暖意。在6月27日宝鸡"第二届金台观丛书"发行会上,我首次与李巨怀先生谋面,一为他的憨厚、直爽、率真、坦诚所感;二为他在自己进行文学创作之余,竟连续两年让金台区连出18册文学书籍而动;三为他娴熟的社交能力、组织才干、讲话水平所叹。社会上对文人的印象是自私、孤傲、贫穷、小气等。这是旧文人的不足,也是社会的偏见。文人,如李巨怀等,只要找准了路子,瞄准了方向,写出了佳作,就有了价值,有了地位,有了收获。

找个作家做朋友,做人就不会背离方标,做事就不会偏离轨道,作文就不会无病呻吟,生活就不会无味枯燥。

(2014年9月9日)

孤　本

对于文稿、文件、图书等,一旦稍不留神,保管不善,就会丢失或只留下一本。对于市场、社会、作者而言,只有一件(册、本)的,被称为孤本。

2003年,我出版了自己的第一本文集《跋涉者》。十多年间,朋友来来往往、出出进进,多有传阅、赠送,不想,由于当时没有经验,不懂囤货,不曾给自己留存样书。如今,不少朋友打问此书,我翻遍书架,才发现自己手头竟无一册,说来不禁尴尬,这在我心里一直是个缺憾。

本周去西府某县出差,偶然在一旧友书架上看到了这本11年前的拙作,如费尽千辛万苦方寻觅到自己失散多年的孩子般喜出望外,也似哥伦布发现新大陆般心潮澎湃。遂向朋友道明缘由,经同意后收藏了回来,成为孤本。看到旧物,如获至宝。我上看下翻,左擦右拭,在回味了诸多章节后,将之插入书架,端详良久,翻拍插页照片,趣事历历在目,感慨不绝于心,场景宛若昨天。

《跋涉者》插页里有一张我与著名作家贾平凹先生于2002年10月1日的合影。当时是铜川桃曲坡水库锦阳湖风景区举行晋升中国水利AAAA级景区授牌仪式,我与贾先生分别去参加了这一活动,在会上碰到了一起,就留了个影。

桃曲坡水库是1992年贾平凹先生长篇小说《废都》的创作地。他所住过的那间房子被他命名为"斯是陋室"。那次故地重游,对他来讲,已时隔十年,此其一;2002年,贾先生已至知天命之年,但头发乌黑,精神抖擞,显得格外年轻。我也清瘦细高,头发浓密。十二年后,平凹先生头发稀疏,皱纹较多,我也花发显现,略为发胖,可见岁月之变迁,世事之沧桑,此其二;《跋涉者》书名,为2003年初春我请平凹先生所题。与他的所有书法题名不同的是,一般贾先生书法作品的落款都是"平凹"二字,我却在当时特意向先生提出写全名,故落款是"贾平凹",此其三。

物以稀为贵,事以奇引人。孤本的《跋涉者》、十二年前的合影与独特的"贾平凹题",三件孤立的元素组成了更加有趣、有味、有力的文字集成、文学符号、文化记忆,留在我的书房,装在我的心底,藏在我的人生行囊里……

(2014年10月于墨花斋)

写在画布上的美丽
——著名画家廖婉凝女士油画印象

或笑容绽放,或凝神静思,或融入自然,或恬适释怀,人性的善良,个性的奔放,女性的柔和,均在著名画家廖婉凝的笔下鲜活起来、灵动起来、跳跃起来。这,就是我对廖婉凝女士油画作品的总体印象。

油画起源于西方,坊间俗称其为西洋画。西洋画传入中国,起初是在皇室、贵族、富人间鉴赏、悬挂、收藏,慢慢地才进入寻常百姓的视线。如达·芬奇的《蒙娜丽莎》,经典之作,无人不晓;《圣母玛丽亚》《最后的晚餐》,在不少场合都能见到。从这些世界名画中,人们身心得到愉悦,精神得以陶冶,境界得以提升。这时,我们才会真切地感受到油画的感染力、艺术的魅力。

从20世纪末廖婉凝本科师从西安美术学院王胜利等先生,研究生师从西安美术学院郭北平先生,在完全领悟、掌握绘画技巧后,将人物肖像作为主创的题材,她长期关注人性的变化,反复揣摩多种面孔的造型,不断捕捉人的内心世界,时刻探究表情后的精神追求,用手中的画笔敏捷地构图,快速地涂沫,精致地细化,从而使一幅幅作品在脑中形成,从笔下生成,由手中完成。

无论是对油画肖像艺术语言的探索,还是作品的精神力度,她都赋予其时代特征,并结合时代背景进行创作。她画女性,袒露中含着羞涩,兴奋中却蕴收敛。爱,显得大胆炽热;忧,也充满企望;躺,内心还在思考;站,与自然融为一体。人物的眼睛,活灵灵似会说话;面部的表情,活脱脱折射年龄;肢体的运动,唯美而极富神韵。胖,则有度不肥;瘦,则干而不柴;露,则松弛有度。衣服华丽而不艳,色彩鲜明亦不浓,款式时尚且不奢。

廖婉凝的油画,有西方油画的画技,融东方文化的精髓,集绘画与感悟于胸中,把美留在笔端,将爱藏于作品,用心创作精彩。就这样佳作不断,就如此搏击人生,就如斯立足画坛,就如是走向成功!

(2015年6月26日于墨花斋)

由电视剧《芈月传》说说读书

电视连续剧《芈月传》里有一段故事:秦惠文王嬴驷驾崩后,太子嬴荡即位。为了铲除异己,太后芈姝让已当大王的儿子嬴荡令芈月和儿子瀛稷净身出宫,押往燕国作人质。

由于芈姝早已给燕国送了重金与密信巴结燕后,打算陷害芈月母子,致使初来乍到、人地两生的芈月一行既经受天寒地冻的自然环境考验,又遭受驿官的刁难和讹诈。当驿官偷窥到芈月身边带有金银珠宝后,在风高月夜人为纵火。当芈月等从大火中死里逃生后,才发现驿官趁火打劫了她的财宝匣子。芈月陷入身无分文、饥寒交迫、穷困潦倒的人生最低谷。儿子、丫鬟、自己要吃饭、想生存,怎么办?芈月便夜以继日地在竹简上抄书,然后让丫鬟拿出去卖掉,换些柴米油盐以维系生计。

当丫鬟第一次将书卖掉后,芈月说:"幸亏世上有读书人,不然,我都不知道我们该怎么活下去……"看到此处,我两眼湿润,深感悲凉。

2016年的快递,似乎比往年多出不少,动不动就有快递员打电话让我取快递。其中,大多数是书。就近日而言,以收到书的时间来排,先是作家张静宇的影视作品选《静影沉璧》,再是胡宝岐的《墨读诗经》,下来是路遥纪念馆抽奖所赠的路遥先生绝笔之作《早晨从中午开始》及新闻奖类、文学类、外语类书籍和期刊等。我在打开邮包的刹那间脑际闪现的第一句话就是芈月那句"幸亏世上有读书人"。尤其在人心浮躁、物欲横流的今天,写文、著书、读书似乎不如过去那么火热,写书评者也愈来愈少。然而,写文也好,著书也罢,作者、读者必都是读书人。故,对于朋友的书、读书人的书,自己作为爱书人,多少也得谈点看法,不枉朋友著书之苦,寄书之愿。

知道张静宇,是在2010年春天。那时,我的一位涉猎影视的朋友鼓动我和别的朋友一起参与策划、编剧、制片、导演、拍摄陕西方言栏目剧《都市碎戏》《百家碎戏》《狼人虎剧》《法制故事》《微电影》等。其中,有个编剧的名字一再出现在我的眼前,这,就是张静宇。

张静宇是西府宝鸡凤翔人,供职于宝钛集团宣传部,与我是半个同行。与大多数作家一样,她从小痴迷文学、喜欢读书、热爱写作。一个偶然的机会,陕西电视台反映城市生活的《都市碎戏》,反映农村生活的《百家碎戏》,反映城乡生活的《千家故事》及西安电视台的《狼人虎剧》等引起了她的注意,遂动笔开始创作剧本。

当时,我也在编剧、制片人、导演方面牛刀小试,大约拍了10部,播出了8部,在省内外也引起了一些反响。张静宇这个名字及作品,就是在那个时候跃入我的眼帘,留入我的脑际的。

那时,西安有大大小小200家公司、2万名演员直接或间接参与碎戏的拍摄,电视台一年仅在此时段插播广告的收入就高达2亿元,使这个从重庆电视台《雾都夜话》嫁接过来的方言栏目剧红遍陕西,成了老陕人最喜爱的生活剧。张静宇也就是在这时进入剧本创作高峰期的。她以小生活、大道理的视野,以新闻人、观察者的笔触,以当地人、平民化的定位,讴歌真、善、美,鞭挞假、恶、丑,弘扬正能量,讲述好故事,传递好声音,创作了大量剧本,其中,被西安几家知名影视公司投拍并在省台播出的多达60多部。

这次,她将22部优秀剧本编辑成《静影沉璧》一书,其中,不少剧本已获奖。该书既是作者对自己这段经历的一个回眸、小结、展示,又是对未来所做的梳理、调整、规划。书中的剧本,既是文学爱好者的活教材,又是碎戏界人士的大回放,还是正在学习剧本创作者的禾苗。真乃大功一件,可圈可点。

直到2014年,我去宝鸡参加著名作家李巨怀先生组织的"金台观丛书"首发式,才见到了张静宇,才知道她是省作协会员、宝鸡市作协理事、宝鸡市戏剧家协会会员,才与她陆续有了交流、交往、交情。这次收到她的新作,深为她欣慰。

我收到作家赠书是司空见惯的事,但收到朋友买朋友的书再转赠我的,目前还是第一次。

由于种种原因,书法家冶柏霆知道我喜欢书法,先是寄来自己的书,我写过几句读后感,虽至今尚未谋面,但有些交流和友谊。这次,她专门买了西安电视台胡宝岐先生的新作《墨读诗经》,并寄给了我。

打开书方知,胡宝岐先生祖籍宝鸡岐山,是中国书法协会会员、陕西省书法家协会会员。此书为大十六开,轻型纸彩印,线装本,内容为用书法创作书写的《诗经》,极具品位,颇有价值,值得一读。

岐山是周室肇基之地,是周文化的发源地,是《诗经》的故乡。古公亶父、王季、文王、武王、周公、召公以及太姜、太任、太姒等,都是《诗经》中的主要人物。《诗经》里的故事,大都发生在这里。在岐山土生土长的胡宝岐,因对家乡的炽爱、对文化的崇尚、对书法的执著,故用书法艺术再现了《诗经》全文。这项工作,近年来省内书法家写者甚众,但是,唯胡先生以对家乡的情怀、《诗经》的理解、人文的观照去书写,令我肃然起敬。

胡宝岐在《墨读诗经——胡宝岐书法作品集》一书中,用魏碑变化的孩儿体书写,自由奔放,大小适宜,浓淡相间,布局合理,章法自然,书写流畅,摇摆有度,轻重到位,墨香四溢,足见其深厚的文化底蕴,老辣的书法功底,娴熟的书写技艺,高超的艺术造诣。

《早晨从中午开始》是路遥纪念馆新近所赠之书。过去我写过这方面的感悟，在此就不再赘述了。

幸亏世上有读书人，作家的劳动才会被人尊敬；幸亏作家都是读书人，故见到新书就会激动。但愿好作家越来越多，好书越来越多，读书人越来越多。

（2016年1月25日于墨花斋）

大雅天成成大家
——魏江先生书法艺术浅析

书法是中华民族的瑰宝，是中国传统文化的优秀代表和文明使者。

如今生活在中国的40岁以上的人，对书法都不陌生，在相当一部分教师、文化人、机关干部、老领导及离退休老同志中，书法几乎和打太极拳一样，格外受到上述人群的热捧。遗憾的是，在相当一部分写字者中，好多人只是写字，而非写书法，以至于书法家更是寥寥无几。

我在多种场合和文章中一再表述：书法的广义概念是指用毛笔在宣纸上写中国汉字。从这个定义来讲，好多人用刀子、拖把、扫帚、勺子蘸着墨汁写字，标榜为榜书、刀书、勺书等，我并不赞同其为书法，充其量为"杂耍"而已。这仅仅是从书写工具和书写方法上最简单地判断其是否为书法。若从专业角度来衡量，是否有师承，也就是常人理解的临帖，则是判断其是否为书法的重要标尺。

魏江先生就是我认识的诸多书法家中最为优秀的一个。

他于20世纪60年代初出生于东府古同州黄河岸边的大荔县。和所有成名书法大家一样，儿时虽不懂书法，却对汉字尤为喜爱，对报纸上的报头书法、印刷体、墙壁上白灰刷的标语久久端详，不停比划，不肯离去。对汉字的关注和迷恋，成了魏江最初的朦胧书法情结。

时光很快飞转到1997年,已成为一所名校高中历史教师的魏江,在同事、书法家蔚秉惠先生的建议和鼓励下,开始了书法练习和创作。虽已34岁,但他还是打破"人过三十不学艺"的世俗观念,潜心临帖,进步神速,从此与书法结缘,并一发不可收拾。蔚秉惠先生便成了他的启蒙老师。是年,魏江结识了"同州三友"的另两位——老大薛友文和老三董长绪,此二位如今也成了书画界响当当的人物。

后来,魏江拜著名书法家、书法评论家吴振锋先生为师,狂临王羲之的《圣教序》和《十七帖》等,一临就是4年。

2001年,中国书法家协会举办首届兰亭奖,是中国书法家最高奖项,参加者甚众。魏江以关中汉子"初生牛犊不怕虎"的勇气,整了个八尺四条屏,书体为行书加魏碑和隶书笔意。当时全国参加人数2万余人,入展仅500幅,魏江的作品就位列其中。

魏江出名了,一下子成了书法家。此后,魏江先生在工作之余,利用余暇,碑、帖通临,达到忘我、如痴地步。他认为:"碑与帖,如鸟之两翼,车之两轮。碑沉着、端厚而重点画;帖稳秀、清洁而重使转。碑宏肆,帖潇散。宏肆务去粗犷,潇散务去侧媚,书法宏肆而潇散,乃见神采。"

这是魏江对书法的理解、感悟和总结,也是他身体力行的书法艺术实践及成就。

观其书法,初看如冬日里的枯树枝,枝丫参差,粗细不一,接茬不齐,毛边不整,折痕无序,墨重似堆,排列凌乱,美感不足,阅读不便,观赏费力,不易推广,细品则用笔苍劲,涨墨到位,布局考究,章法朴实,挥洒自如,飘逸婉转,藏锋不露,疏淡有致,错落有度,笔法老辣,收笔稳健。我认为,他的书法里有人生、有激情、有生命、有张力,像四季更替,经历了春的滋润、夏的炙烤、秋的吹拂,成就了冬的成熟;如人生,有了年少的幼稚、年轻的狂妄、中年的磨砺,才会有老年的成熟。

魏江的字不是一般字,魏江的书法不是写给一般人的,一般人也欣赏不了魏江的书法,能欣赏魏江书法真谛的也不是一般人。魏江是用生命和激情去书写中国的汉字。他的书法世界就是人生世界。

每个人的一生无不是在拼搏、挣扎、抗击中度过,每个人都在生活中扮演着不同的角色。他写出的字,有的像孩童,有的像少女,有的像长者,有的像老人,有时似乎在狂笑,有时似乎在痛哭,有时又像在思考,像在奔跑、在歇脚、在擦汗……在小小的毛笔中,在洁白的宣纸上,他的情感、他的思想、他的精神无不变成串串符号,发人沉思,给人启迪,促人奋进。

这使我想到另一个问题——没有文化和知识做给养,书者充其量只是一个写字匠;有了文化素养和思想,写出的字方能成为艺术作品。魏江正属后者。他知识面宽,为人豁达,做事豪爽,说话干脆,待人诚实,心胸开阔,事业心强。这就造就了他的书法以行楷见长,魏碑兼之,既行云流水,又古道热肠。他后来在书法艺术方面不断取得新的成果,其作品入展第一、二届兰亭奖,全国千人千作展,全国第二届行草书大展,全国第八、九届书法篆刻展,全国第二届扇面书法展,纪念邓小平诞辰100周年书法展,纪念建党85周年书法展和首届公务员书法展等国家级大展,并在纪念红军长征70周年等多次全国书法大赛中获奖,多幅作品被陕西省美术博物馆及美国、日本等国的多家专业文化机构收藏。

粒粒数来皆辛苦,大雅天成为大家。魏江的书法,临于大家,取法乎上,根植传统,敢于突破,用心揣摩,破门而入,书法语言丰富,书法艺术独特,书法成果卓越,既有阳春白雪,亦有下里巴人,终于"自成一家面目"。魏江生活工作在具有深厚文化积淀的黄河岸边的黄土地上,凭着关中人坚韧不拔的毅力和出手不凡的作品、令人耳目一新的艺术,走出了三秦,冲向了全国,融入了世界,必成"一代书法大家"。

大器晚成王亚峰

暮秋初冬的秦岭,雾色染黛,若隐若现。在秦岭北麓的西安市户县草堂镇,画家王亚峰的家里却是高朋满座,笑声不断。原来,有几位外地的客人正在选购她的画作。像这样的情况,王亚峰几乎每天都能遇到。我们感到很惊讶,她却异常平静,处理完手头事,就与记者交谈起来。

王亚峰,笔名山花,祖籍陕北佳县,户县草堂镇是她的第二故乡。她自幼酷爱绘画,潜心学习、钻研、专攻国画,长期练习、构思、创作熟悉题材,专攻牡丹、山水绘画技巧,以下笔快、布局佳、上色准而取胜,在西安女画家中占有很重要的地位。

脸圆、个高、较胖,一脸敦厚、善良、朴实的王亚峰,正式学习画画较晚,但对于画画的兴趣却痴心不改。多年来,她一直坚持走出去学习、回到家练习、静下心研习的习惯。早在20世纪80年代的改革开放初期,人们刚开始普及使用被罩,为了美观,做被罩的人开始给被罩上绣花。尤其是邻县周至,刺绣非常有名。而王亚峰却是另辟蹊径,用画笔在上边画画。结果是她画的画比别人的刺绣效果要好许多,深受厂家和消费者喜爱。就这样,王亚峰不断地学,不断地练,不断地画,渐渐在周边小有名气。

她告诉记者,起初画画只是爱好,没有别的奢望,也没有固定题材,更没有效益之想。2003年,"非典"肆虐,她去西安出差,被"隔离"不许回家。她在西安住了10多天,期间,有幸与著名画家王西京先生共同出席宴会。餐毕,王西京先生现场泼墨作画,王亚峰一看,在王先生笔中,画画如此简洁、明快、神速,艺术的纯度、高度、深度感染了她,打开了她的思路,点燃了她的创作激情,激起了她的创作欲望。于是,她去书院门买了笔、墨、纸、砚、水彩等,决定将牡丹和山水画作为自己的主攻方向。也就是说,王亚峰正式进军画界,应该就是这个阶段,至今已 12 个春秋。牡丹富贵艳丽,曾是中国历史上唯一的女皇武则天的最爱,也是民间文人最喜欢的创作题材。由早年的洛阳牡丹,衍生出各地的牡丹,到随处可见的牡丹园,还有好多家庭客厅有悬挂牡丹的习惯,足以证明牡丹在中国老百姓心中的地位。艺术的生命力源于底层,源于生活,源于自然。

作为土生土长的乡土画家,王亚峰知道大家喜欢什么,需要什么,崇尚什么,故她笔下的牡丹,雍容华贵,活泼大气,构图夸张,色彩鲜亮。看她的画,赏心悦目,怡养心灵,无论是扇面、斗方、三尺、六尺,在她的笔下都能够挥洒自如,其画风深受群众欢迎。她笔下的山水,构图巧妙,远近结合,虚实有度,人景合一,山水相间,轻重有别,浓淡相宜,对大自然的热爱,对大秦岭的解读,对国画的感悟尽显笔端,让人看后深感意境高远,视野开阔,心旷神怡。真正达到了习近平总书记提出的"看得见山,望得见水,记得住乡愁"的境界。

有了这样的艺术张力、艺术魅力、艺术穿透力,王亚峰的画作近年来经口口相传、人人相告,前来求画者络绎不绝。有的求一幅,有的 10 幅,就这样流向周边,就这样走向外边,就这样走得更远。近几年,王亚峰佳作不断,名气上升,每天作画到很晚,几乎凌晨 2 点前未睡过觉。一年当中,她要参加户县、西安、省上的各类文化下乡活动。有时,去的全是书法家,画家就她一个,从早忙到晚,最后一个收摊。有人说划不来,她却觉得为喜欢国画的人画画,值。如今,在繁忙的工作之余,已 59 岁的王亚峰,还在户县、西安老年大学学习,刻苦钻研,笔耕不辍,担任绘画班讲师。她还担任户县草堂书画社副社长,经常为 100 多人授课,可谓大爱无疆,大仁至上。

户县是著名的画乡,户县农民画声名远播,户县的画家队伍在茁壮成长。有了这种生活土壤,有了这样的创作环境,有了这种执著的精神追求,她的艺术作品、个人名气、创作高度及艺术生命必然会迎来更多新的追随者。

(2015 年 11 月 5 日写于墨花斋)

简的(Jane's)工作室

大概从十多年前开始,城市多了一个新机构,那就是工作室。在我印象中,第一个应该是张艺谋工作室。因而早期的工作室是以影视界发起的。不久,陈忠实工作室,贾平凹工作室,刘文西、杨晓阳、王西京等的工作室也纷纷在古城西安诞生,直到现在,林林总总,囊括了文化艺术界外的诸多领域。位于西安南稍门中贸广场的简的(Jane's)工作室,便是一个新潮类的模板。

简的(Jane's)工作室由80后大学生毕利欢女士创办,是响应国家"万众创新,大众创业"的成功范例。其业务主要是为年轻人提供私人婚礼订制、私人宴会活动、花礼订制等。开业虽没多久,生意却异常火爆。

在去年8月陕西四美集团主办的医药行业歌手大赛中,我有幸被邀请为评委,毕利欢是主持人,就这样一起参与了预赛、决赛。去年12月1日,我在西安曲江国际酒店举办一个大型活动,人手不够用,我就给小毕打电话,她二话没说就按点来报到,我让她帮忙负责新闻媒体的接待等工作,活动搞完,饭都没吃,她就悄然离开了。我便对这个风风火火的80后有了好的印象。此后再联系,小毕不是在北京学习,就是去深圳上课,一副如饥似渴要把知识统统装进头脑的架势,使我对其好学、进取、创新精神多了些许关注。

毕利欢与我是同行,虽然年轻,但经历不凡。大学毕业后,她曾在《河北日报》供职,一干就是4年。就在报社要提拔她当部门副主任时,她却喜欢上了节目主持,追随爱人到西安,做电视节目、大型晚会类的主持等,干得风生水起,颇有影响。

多半年后的一个偶然机会,小毕告诉我,她建了个工作室,请我抽空去看看,喝喝茶,指导指导。我便在一个下午,推掉了手头的事,去了她的工作室。

毕利欢的工作室叫简的(Jane's)工作室,中西结合,十分浪漫。楼道的拐角处有指示标,门口的右手边有标识牌。工作室不大,却简约整洁;装修不繁,也清雅幽静。实木茶桌宽大,上等茶具瓷亮;地中海砖铺地,芦苇帘子半卷,给人以小清新、小田园、小自然的原生态感。铺着榻榻米的这间屋子,摆有红色、宽大的沙发,飘窗前的一角插着书籍,是其会客厅;隔壁的小间,有一桌两椅,是谈工作、说事情、签合同的地方。自4月份开业以来,不少朋友就在这儿交谈,很多客户就在此地签单。恬静的环境没有压力,优质的订制充满实惠。就这样一波接一波地来人,就这样一单续一单地红火。

入则宁静,出则繁华,这是人人向往的工作生活环境。简的(Jane's)工作室清静没嘈音,两耳无聒噪,适合新人出入、聚集、交流。南稍门车水马龙,昼夜皆繁华。当一天的工作结束之际,也常常是疲劳侵袭之时,这时走出现代化的楼宇,市井之声便从四面涌来,你便可从紧张的工作中融入放松的休闲时光。

私人婚礼订制,私人宴会活动,花礼订制,是都市人群现代化生活的必需。专业的订制、特色的订制、满意的订制,个性强、不重复、有创意,因而有商机、有客户、有市场。毕利欢抓住了这一商机,赢得了年轻客户,自然就获得了广阔市场。

(2016年8月5日凌晨于墨花斋)

夜访烙画画家席军锋

画画的方式很多,但用烙铁在木板上烙画,从业者甚寡,有成就者更少。陕西省华阴市岳庙办亭子村席军锋的烙画工作室,却使人眼前一亮、为之一振。

知道烙画家席军锋先生,是在去年夏季我牵头搞的一个大型活动上。我从西安赶到华山脚下,来到这位民间艺人位于破旧、简陋、潮湿、低矮的老宅子中的烙画工作室考察,他早早地就在西岳庙附近骑着电动车接我。一进工作室,我立刻被以人物、山水、动物、民居等为题材的烙画所吸引,遂看上看下、挪左搬右、察前观后,被他执著的精神和精湛的艺术造诣折服。其间,我叮嘱席军锋要立足西岳华山,依托旅游资源优势,将华山美景、历史典故、神话故事、民间传说、代表人物烙出来、拿出去、打出响。临走,他送我了一幅西岳华山西峰和一幅鱼翔水底烙画。后者被我选用并登在大型纪念画册上,从此,席军锋有了些小名气,我和他自然成了好朋友。一年来,经常在QQ空间和微信朋友圈看到席军锋的新作照片,我要么为他点个赞,要么与他聊上几句。一次,在与华阴市文化局长及岳庙办主要领导座谈时,我竭力向他们推荐席军锋。

这次来华阴出差,吃完晚饭,已是华灯初上,我又来到席军锋工作室。地方还是原来的地方,烙画作品却比原来多出许多,堆满了他本来就不太大的屋子,题材也比一年前宽泛了许多,有唐僧取经、四大美女、"一带一路"、清明上河图、十二生肖、梅兰竹菊、虎鹰鹿犬……从谈话中得知,有人上门购买,有人网购,有人预订,有人整批要货……势头非常好。

细看席军锋的烙画作品,工笔画功底扎实,取材立意积极向上,烙画布局大气、线条明快、画面逼真,惟妙惟肖,足见其对艺术追求之专一,对烙画工作之热衷。一杆普普通通的烙铁在席军锋手中恣意挥舞,张张美景在席军锋点烫中成形。席军锋有工作,烙画是他的业余爱好;席军锋是70后,还很年轻,烙画艺术之路还很长。

（2014年9月4日）

农裔城籍群体的当代文学史诗
——从《栀子花开》到《情岭》,探秘作家戴吉坤先生创作源泉

对于一位作家来说,最欣慰的事,莫过于作品成书出版;最激动的事,莫过于作品再版;最自豪的事,莫过于作家出版社将之出版发行。作家戴吉坤先生,就是感到欣慰、激动、自豪的那个人。

他于2009年发表的、由陕西太白文艺出版社出版的34万字的长篇小说《栀子花开》一经面世,便在读者中产生共鸣和反响,在评论界引起关注和广泛好评,在文坛引发震撼和巨大震动。他被誉为继贾平凹、王蓬之后,又一位描写陕南山乡风光的高手,更是独步涉猎城市工业社区、刻画工薪阶层人物、讲述工业题材的作家。

《栀子花开》面世后,陕西人民广播电台制作了37集有声小说连播,由资深播音海茵女士、孙凯先生播音。小说先后荣获多个奖项,被列入农家书屋配书目录,与他后来发表的短篇小说《汉江是一条河》已先后被改编成电影剧本并投拍。

《栀子花开》以陕西秦岭以南的陕南山区为意象地,以现实为基调,以改革开放30年为背景,以城乡爱情为主线,以主人公高秀山和不同环境下的3位女性之间的故事为主题,生动地再现了纷繁复杂的社会生活画卷。人物形象生动传神,情节脉络清晰,故事委婉动人,语言优美流畅。其景令人心驰神往,其情缠绵悱恻,其人物命运千回百转,不失为一部描写农裔城籍群体的当代文学史诗。正因为这部作品的巨大冲击力、广泛辐射力、持久影响力,时隔6年后,作家出版社又将之评为2015年重磅之书,紧随余秋雨先生的作品之后,位列新书排行榜第二名,且将书名改为《情岭》并于2015年4月正式出版发行。

5月18日晚,《情岭》作者戴吉坤先生邀请我与其他三位媒体界朋友小聚,

其间送我新书《情岭》。有人认为书名由原来的《栀子花开》改为《情岭》不好，我略加思忖后却认为颇有水平、极具深意、饱含情愫。原因如下：《情岭》谐音"秦岭"，秦岭是黄河、长江水系的分水岭，是中国南北方的地理分界线，如果取名"秦岭"，读者会误会成是写秦岭的，由于小说是讲述爱情故事的，故事发生在秦岭以南的陕南与秦岭北麓的西安，故叫《情岭》，此其一；作家戴吉坤先生出生在陕南，18岁参军前生活在陕南，与他书中塑造的主人公高秀山一样，故乡有他的亲人、记忆、留恋，有他眼前连绵不断的青山，有他心中一汪汪绿水，有他浓得化不开的乡愁，更是他离开农村、走出大山、奔向城市、成家立业、走向成功的"情"的"岭"，"岭"的"情"，此其二；主人公高秀山在农村读书、考上大学进入了城市，又在城市工作、生活、成家，从农裔变成了当时令人羡慕的拥有城市户籍的城里人，但进入市场经济后，因企业改制后的不景气、凋敝，自身跳不出生活的窘迫，囿于原地不思改观，妻子随别的男人在外闯荡，昔日被自己瞧不起的农民竟然成了土豪，自己却依然一贫如洗，爱情、婚姻、家庭瞬间遭遇摇摆、挑战、瓦解……似乎也到了"情岭"，此其三。

与路遥先生的《人生》《平凡的世界》描写农村青年通过苦苦拼搏、挣扎，要进入城市生活相反，戴吉坤先生笔下《情岭》的主人公高秀山通过上大学理所当然地当了工人、干部，成了城里人，但因其是农民的后裔，城乡间的奔走、事业的迷茫、生活的无奈、爱情的尴尬，使他疲惫、沮丧、彷徨，成为农裔城籍这一群体人生的一个缩影。该书人物丰满，描写真实，撞击人的心灵，是戴吉坤先生对家乡情感的流露和完美回报，是对改革开放后城乡生活的反刍，是近年来文坛不可多得的长篇力作。

《情岭》的出版，受到了众多文学前辈的支持。著名作家、中国作家协会副主席陈忠实先生说，《情岭》是一部深刻而厚重的长篇小说，一个处在社会生活一线并不断思考的人，才会写出这样一个真实而伟大的时代及人物命运的好作品；著名作家、陕西省作家协会主席贾平凹先生认为，《情岭》是他一山之隔的陕南老乡所写的一部让人眼前一亮的好长篇，令他对戴吉坤这个人的艺术能力留下了深刻印象;著名文学评论家、中国小说学会会长雷达先生评价道,高秀山的人生命运,恰好证明了时代变革中的阵痛。死抱着"铁饭碗"的他,很难走出人生的迷惘;资深文学评论家、原茅盾文学奖评委李星先生为该书作序,提出"乡恋、乡离、乡愁、第一代城市人、农裔城籍"等概念,对《情岭》给予高度评价;著名文学评论家、文学博士、中国现代文学馆馆长吴义勤先生讲道,高秀山的人生,就是一次次跨越"秦岭"和"情岭"的过程;中国电影家协会理事、北京电影学院教授霍廷霄先生的感悟是,《情岭》是一部时代、人物、形象特质都十分强的小说。平静美好中发散着一种宿命的感伤,如在倾听一个人的命运和一个家族命运的交响。

戴吉坤先生根在陕南,情系家乡,对家乡的土地和生活在那片热土上的人民是那样一往情深,充满眷恋,家乡成为他文学艺术创作的源泉。愿他以《情岭》为契机,再写佳作,再出精品,走向成功!

(2015年5月20日于墨花斋)

长篇小说《胭脂岭》初谈

一滴清水,可以折射出太阳的光辉,一本好书,可以净化一个人的心灵。李印功先生的长篇小说《胭脂岭》,就是一本值得去读的好书。

一般人退休了没事干,不是打牌就是闲转,而作家李印功先生却退而未休,创作出了59万字的长篇小说《胭脂岭》。这不仅实现了他的少年梦、文学梦、作家梦,也对他一生痴迷的文字工作做了一个小结,对他"望得见山,看得见水,记得住乡愁"的情怀做了人文观照、精神守望,令我等比他年轻的晚辈们深感惭愧。

和一般老年朋友一样,他退休后,应该是含饴弄孙、颐养天年、尽享天伦之乐,可他就是闲不住,先是被陕西电视台的栏目剧《百家碎戏》《都市碎戏》所吸引,写了98个剧本,94个都被播出,创造了月播7部的纪录,成为知名编剧。

用李印功的话讲,"红苕窖太小,抡不开老镢头"。他激活了自己的文学创作欲望,克服身体、生活等困难,运用半辈子生活阅历、学习经历、工作资历、人生磨砺,将小人物的稀奇事、平凡事、感人事、好故事,加以梳理,做以拔高,赋以新意,用小说的形式为我们呈现了20世纪70年代至90年代乡村人物的生存形态、生活状态、成长姿态。《胭脂岭》为读者了解、回眸、咀嚼那个特殊年代的社会、人文、经济、文化提供了依据,为极左路线下人性的扭曲、亲情的冷暖、乡情的囫囵、爱情的摇摆、婚姻的挫败、命运的抗争做了描摹、挖掘、拷问。他以现实主义的悲剧色彩,分别将主人公张金柱塑造成极左路线下扭曲人性的牺牲品;将廖英侠塑造成动荡年代的爱情殉道者、封建愚昧阴婚的陪葬者、命运多舛的苦命者、屡遭不测的无奈者、无法解脱的退却者;将张金梁塑造成了时代变迁的农村创业者、发家致富的冒尖者、带领乡亲干事的开拓者、基层干部的佼佼者;将陈黑顺、刘翠花、三婶、球咬腿等小人物的鸡毛蒜皮、家长里短描写得活灵活现、跃然纸上,给人以笑资、以反思。其作品深度非深厚功力不能企及。

贾平凹先生说过,小说实际上就是讲故事。李印功先生把他几十年积累起来的故事,以一种倾诉的方式讲给读者,讲给乡亲,讲给他成长的土地。书中超百号人物,重点人物就十多个。他们的追求是什么,梦想是什么,命运是什么,都在李印功的笔下,做出了描写和交代。

8月19日,李印功先生响应陕西农村网倡导的给全省农家书屋捐图书活动,将《胭脂岭》带去捐献。网站安排他做访谈节目,我作为嘉宾,有幸与李先生座谈。节目做完,赠了书、签了名、合了影、吃了饭,越来越觉得投缘,便写出以上文字,算作对这位大器晚成的作家老兄作品的初步印象。

(2016年8月19日于墨花斋)

《唐僧译经记》的精神内核

2016年9月10日，与铜川市菊花节启动仪式配套的"铜川市首届旗袍文化艺术节"在唐玉华宫举行。我便想起了两年前给铜川作家郭平安百万字长篇小说《唐僧译经记》写的一篇书评——《唐僧译经记的精神内核》。令我失望的是，我通过多种方法、各种渠道、众多朋友寻找，就是找不到这篇文章，为我出席本次活动和再见郭平安先生造成遗憾。今早我又想尽法子找，终于搜索到了这篇短文，故稍加修改，发表出来，以弥补自己对佛教文化小说评论的空白。

大家都知道唐僧，是缘于《西游记》。几百年前，文学家吴承恩先生以唐僧取经为题材，创作了想象丰富、坎坷曲折的长篇神话小说《西游记》，成为中国古典文学四大名著之一。几经说书艺人讲述和戏剧、电影、电视剧改编，这部脍炙人口、生动有趣的作品可谓家喻户晓、妇孺皆知。

唐僧在唐代确有其人，法号玄奘。时隔数百年后，一部由陕西铜川作家郭平安先生创作的《西游记》姊妹篇、长达98万字的神话小说《唐僧译经记》（上、中、下卷），2011年一经陕西人民出版社出版，就赢得佛学界、文学界一片赞叹。

2014年11月，我去铜川参加一个国学活动，恰巧与郭平安先生相遇、相识。寒暄间，谈到了文学，提到了唐文化，说到了他的《唐僧译经记》，他赠送了我一套新书。因书太厚，我暂时抽不出时间细读、全读，在粗略地简读后，被该书作者的精神内核所鼓舞、感动，现大致梳理如下：

《西游记》写的是唐僧取经的故事，《唐僧译经记》讲的则是取经成功回国后，玄奘率众弟子将经书在玉华宫翻译成汉语的故事。该书以玄奘生平事例为素材进行文学创作，围绕玄奘与弟子在唐长安、洛阳、坊州宜君玉华山等地译经，并与唐代帝王、大臣等交往的史实，对玄奘形象予以再现，对玄奘精神与古代佛教文化精华思想进行了传播，并创作了诸多离奇、古怪、动人的神话故事，此其一；铜川是古丝绸之路上的重镇,是玄奘当年译经和圆寂的地方,境内玉华寺(宫),是玄奘当年工作、生活的地方。玉华宫也是唐初皇家著名的四大避暑行宫之一,更是令人神往的佛教圣地。去年以来,重建新丝路经济带和"一带一路"被列入国家战略,素以古丝路起点自豪、唐文化骄傲、古文化领先的陕西西安及周边地区将在这一契机的引领下,发展旅游及相关产业,此其二；郭平安先生 1995 年因铜川市在唐代皇帝避暑行宫、大唐高僧玄奘法师译经地唐玉华宫(寺)举行旅游活动仪式,萌发了以玄奘译经的历史为背景,写一部小说的念头。他在工作之余,酝酿构思,查阅资料,不断学习,直到 8 年后的 2003 年,农历大年初二,他利用在单位值班的闲暇,开始动笔。他给自己定了两条纪律,一是上班之外写,不影响工作;二是不能因此而劳累,搞垮了身体。2006 年初,50 万字初稿完成,几经修改,2009 年 9 月基本定稿。经出版社编审,2011 年出版。构思 8 年、写作 6 年、修改 4 次,历时 17 年,终于将这一精品打造了出来,献给了世人,此其三；《唐僧译经记》全书采用章回体,全明代白话文。语言生动,文笔流畅,古诗词多,在人们读故事的同时,还会欣赏、感受、领略到古汉语、古诗词、古文化的无尽魅力,实属难得,此其四。

铜川是关中平原向陕北黄土高原的过渡带,是一块人杰地灵的地方,涌现了孙思邈、柳公权、范宽等古代先贤。一代文学巨匠路遥先生创作长篇小说《平凡的世界》时,曾在铜川王石凹煤矿体验生活;著名作家贾平凹先生写作长篇小说《废都》时,在铜川桃曲坡水库住了很久,留下"斯是陋室"。

唐玄奘取经用了 17 年,译经用了 19 年。郭平安先生从构思《唐僧译经记》到成书也是 17 年;有人想和他谈改编剧本,从 1995 年算起也有 19 个年头了。是天意,是巧合,还是……

(2016 年 9 月 13 日改于墨花斋)

西 瓜 地

西瓜地原指农人种植西瓜的园子。著名作家、书画家冯西海先生早年的文学意向地叫"两寺渡",他也被称为"瓜棚主人",意为搭在西瓜地里的庵棚,用以看守西瓜园子。

自2009年以来,冯西海既著书,又写字,还作画。尤其是6月3日与王永杰先生举办的书画展,被文学界、书画界、艺术界普遍认为水准较高,成绩不菲,造诣颇深。

文化的收获总是好事成双,朋友的喜悦也需分享。其实,早在半年前,冯西海先生已在西安创建了个工作室。前一阵老打电话让我去看看,皆因杂务繁事而未成行。今天他再次相约,我便推掉手头之事于中午时分去拜会他。喜出望外的是,在工作室见到西安一朋友昨晚以650元淘得一本民国二十四年(1935年)由上海商务印书馆出版的线装旧书《长安史迹考》,作者是足立喜六,译者为杨炼,粗略翻阅,发现该书言简意赅,叙事凝练,史料翔实,并附有西安城区地图、近郊地图、唐长安城地图等。以我分析,应为1935年前的西安志,极具史学价值、史料价值、研究价值,实为不可多得的文献资料。

冯西海先生的工作室名叫"西瓜地里散步工作室",与他的"两寺渡""瓜棚主人"一脉相承,接地气,有泥土,寄乡愁。

室内简洁古朴,布置文雅,书画琳琅。墨迹斑斑的宽大书案,是他正为某酒店创作百幅作品的印证。我们话友谊,叙旧事,谈乡情,品香茗,共斟杯,写书法,其意浓浓,其乐融融。

西瓜地里无西瓜,散步尽在书墨间。冯西海的西瓜地,虽然没有物质意义上的西瓜,但他耕耘的却是书画精神西瓜,他在西瓜地里散步,就是在艺术田野里徜徉。有了这块小田地,他必将迎来文学书画艺术的新阵地、新领地、新天地。

(2016年6月22日于墨花斋)

一本书的相撞

如果你猛然接到一个多年不见、杳无音信的朋友的电话,不用说,心情首先是激动的。9月1日,当我接到旧友、著名作家梦萌的电话时,带给我的就是这种惊喜。

电话是从上海打来的,是个陌生号码。一向广交朋友的我,没有因为是外地号而拒接。

"喂,老姚,你好!我是梦萌。"电话那头说。

"是你吗?你怎么用的上海号码?"我按捺住惊喜问。

"是,我现在在上海工作,欢迎你有空来这儿转,我全程陪同。"他热情地说道。

在通话中得知,梦萌先生十年前就定居去了上海。在8月23日上海图书周暨京沪秦三地文化学者《金喽啰》研讨会上,我从省内的几位省作协作家的朋友圈看到梦萌先生新作问世并引发关注。职业的习惯和对文学、文人的敏感,促使我编写了一则消息——《我省作家梦萌作品在上海引发关注》,发表在近日的媒体上。

正是这篇仅仅289个字的新闻报道,引起了身居上海的梦萌先生的关注,并通过电话一番查询,由单位找到个人,就有了文章开始的那段对话。他给我留言说:"真幸运,要不是这次碰撞,怕一辈子也难相见了。"说得我眼睛潮潮的。

梦萌先生与我是旧识,也是乡党。早在1995年,我刚进入陕西日报社工作不久,适逢关中大旱,我去省宝鸡峡引渭灌溉管理局采访,局长告诉我,他们单位有个大作家梦萌。我遂提出见见这位作家,在交谈中得知,他就是长篇小说《爱河》的作者,供职于局机关,人瘦言寡,发稀脸白,才思敏锐,和蔼可亲。他赠了我《爱河》,我们就成了朋友、文友。

后来,只要我去宝鸡峡,就与梦萌聊天,谈文学、说文化。不久,他的中短篇小说集《绿太阳》出版,我又在第一时间得到了书。打那以后,我们就再很少见面,不曾想,他这次新作《金喽啰》的出版,成为我们续接友谊的纽带。正如梦萌先生所言,要不是这次碰撞,怕一辈子也难相见。

近年来,我一直致力于文化工作,文学是其中最重要的一个组成部分,我自己也一直从事文学创作。一个时期以来,读书、作序、写评、题书法、书名、帮人修改文章、嫁接作品推广及市场运作、海外文化交流等,都自觉不自觉地成为我工作的一部分。省内作家的创作动态,常引起我关注,文学新人的崛起、老工的近况、名家的活动等我也常纳入视野范畴。有时,一篇不经意间的短文,就会使有些作者将其作为书序;有时,几句感言发出,就有朋友与我互动。这使我愈来愈认同写作的神圣、文化的力量。

梦萌先生年逾花甲,笔耕不辍,近年来出版了10多部文集,且去上海已10年,仍不忘初心,坚持创作,令人钦佩其毅力。《金喽啰》我暂时还未读到,但从著名文学评论家、茅盾文学奖评委李星先生的书评中可以看出,这部小说是写城市的,讲的是有关传销的故事,是梦萌先生从乡土题材移步城市题材,从关注农民命运到关注社会问题的一部风格转型的呕心沥血之作。就凭这一点,我认为他就没白在上海滩待,没枉在黄浦江留。

过去,在社会交往中,人们最讨厌拉保险的人;后来,一不小心就被传销、直销蒙骗,多少人曾深陷泥潭,不可自拔,倾家荡产,朋友反目,亲人成仇;如今,你打开微信朋友圈,五花八门的"微商"使人眼花缭乱。人们虽然都在小心翼翼、谨小慎微中生活,还是动辄被熟人推销传销、直销、微销、集资、众筹,上当、受骗、蒙蔽。案例天天公布,还是天天有人上当;群众上访不断,还是有人抱着侥幸心理,屡试屡败,身心俱疲。之所以这样,其实原因只有一个,那就是贪便宜、求暴富,说白了就是想走捷径发大财。

  书籍是文化产品、精神产物。当物质生活相对充裕以后,人们就会追求心灵的宁静、知识的补给、精神的充实。这,就是作家劳动的价值。

  梦萌先生是为数不多的用笔名叫响、造出影响、走出陕西的作家,是三秦的骄傲,是文人的自豪。正如我归结出的:"影响有影响的人,文化有文化的人。把影响做得足够深远,将文化做得要像文化。让文化成为奢侈消费,让享受文化成为一种习惯,一种时尚,一种风气,使文人生活得更有尊严,更加体面,更有地位。"

  这,是我的目标,相信也是所有文化人的心愿。

(2016年9月1日于墨花斋)

话说盗版

  对于作家来说,最为无奈的是其作品遭遇盗版;对于名家而言,最为尴尬的是其书反复被人盗版。尤其就畅销书长篇小说《书房沟》屡屡遭人盗版一事,该书作者、著名作家李巨怀先生更是困惑、无助。

  李巨怀是中国作家协会会员、宝鸡市作家协会副主席、金台区文联主席,代表作有长篇小说《书房沟》《老牲》《没有波长的阳光》,随笔集有《清水河》,报告文学集有《开拓之路》等,曾获全国梁斌小说奖、中国当代小说奖等多项殊荣。他还创办了陕西省首家国学机构:宝鸡市国学研究会、宝鸡国学院,并出任会（院）长。他同时还是高校客座教授、研究员、宝鸡市市管优秀拔尖人才。

我与李巨怀本素不相识，素无交集，但我却在无意间从一朋友手中得到了一本书，读了《书房沟》，从此记住了李巨怀。6月下旬，我与旧识省作协长篇小说委员会委员、咸阳市作协副主席、著名作家冯西海先生去宝鸡参加金台区文联"金台观"系列丛书第二辑首发式，首次见到了李巨怀。我当时就被他两年带领区文联几名同志出版两辑18本丛书的成果所折服。由那时起，我就更加关注这位生于西府、长于西府、工作生活于西府、小我两岁的西府汉子。我们一来二往三交谈，也成了志趣相近、追求相投、友谊甚笃的文友、朋友、挚友。

关于长篇小说《书房沟》，早些时候我读过两遍，也写过几段感悟性的文字。一言以蔽之，即《书房沟》是西府的《白鹿原》、宝鸡的活史诗、文学的新巅峰。目前已有北京、西安等多家影视剧制作公司准备将其投拍成电视连续剧，剧本编写业已完成。

与李巨怀先生多次接触，深感他待人平易，人脉广泛，活动丰富，做派低调，活力无限，激情饱满，深感他是一个文学的痴迷者、写作者、传播者。

近日，几位文友听说我和巨怀先生要谋面，就托我一定向他求几册《书房沟》读一读。我去前给李先生打了电话，会后又提醒了几次，李巨怀先生似有难色地安排人给我拿了三四册。细问方知，他手中的《书房沟》竟是他为了满足方方面面领导、朋友、文友需要，在市场上买的盗版书。这使我十分不解、义愤填膺。

原来，《书房沟》是陕西文学界近年来不可多得的优秀图书，也是陕西新华出版传媒集团、太白文艺出版社"西风烈"系列丛书中的佼佼者，更是市场上的畅销书。

源于此，近几年，就李巨怀发现的盗版就有三四种，印数少说也在10多万册。作者本人存的正版样书仅剩5本。与正版相比，盗版一是书中有错别字，二是缺少扉页，三是封底定价不一。这几年，李巨怀声名一再上扬，作品发酵，社会关注，求书索书者络绎不绝。他既不想让领导失望，又不能让朋友灰心，只能违心地自掏腰包在市场上买盗版书。在深谈中得知,他已买了数百本,每次在送人书时,都忘不了叮嘱:"这是盗版,请谅解。"真是滑天下之大稽,令人啼笑皆非。

文学是愚人的事业,是守得住清贫、耐得住寂寞、抗得住孤独、经得起诱惑的人从事的苦差事。自古到今,从中到外,凡是成名、成功的文学大师、文坛巨匠,哪个能逃脱此运行规律、行走轨迹?一部优秀作品更是作家滴滴汗水的浇灌、点点心血的凝结。遭遇盗版,既是对著作权法的挑衅,又是对出版社的挑战,更是对作家合法权益的损害。

读正版书,做正派人,走正确路。我们各级文化行政管理部门、工商行政单位、各类出版机构,应该使保护版权法治化,打击盗版常态化,市场监管密集化。特别对于民营机构、个体书商、各类印务公司要加强检查、督查,以贯彻习近平总书记在文艺座谈会上的讲话精神,使我省文艺事业和文化产业步入大发展、大繁荣的正确方向、正常轨道、正版之路。

(2014年12月11日)

两副眼镜的黄金组合

6月3日,当我省潼关开启"关中第一镰",宣告割麦夏收的时候,著名作家冯西海先生与资深媒体人王永杰先生的"冷眼晴雪书画展"在古都咸阳的雅园酒店热热闹闹地举办了,成为陕西文化界的一个"夏收"。

早上刚打开手机,发现冯西海先生6:05发的一条微信,邀请我9:00参加在咸阳举办的,由高建群先生题字,他与王永杰共同出品的"冷眼晴雪书画展"。我一看表,已经不早了,就一骨碌爬起来,草草地洗漱后便直奔咸阳。

到了咸阳方知道，王永杰先生的笔名是"冷眼热泪"，冯西海先生的笔名是"晴雪"。因一次偶然的机会，冯西海发现王永杰一直用竖格红道宣纸和蝇头小楷写小品文；王永杰同时也注意到冯西海在画幽默诙谐、富有哲理的大画作。一次长谈，诸多况味，相见恨晚，一拍即合，西海便决定以王永杰的书法文章配画，永杰便着意配合西海撰文，就这样，有了"冷眼晴雪书画展"。

该书画展展出了冯西海53幅力作，代表了咸阳近年来书画的最高水平、最新成果，创造了文学与书画完美结合高度融合的先例，受到学界、业界、专家、媒体的高度认同和好评，打破了"文人相轻"的旧陋习，开创了"兄弟联手"的新佳话。

西海的画风格独特，视觉向下，紧扣时代，画面冲击感强，线条勾勒精准，色彩搭配相宜，将永杰文章中抽象的内容具象化，形象意向化，文义立体化；永杰的文章一事一议，一人一说，生活万象，给西海提供了鲜活、生动、宽泛的创作命题，如伯牙与钟子期，成为知音、兄弟、搭档。又因二位都饱读诗书，能写会画，志趣相投，且都戴着眼镜，他们自称为"两副眼镜兄弟的友谊"，故我称其为"两副眼镜的黄金组合"。

冯西海、王永杰二位先生做人低调，做事扎实，本来这次活动各自只邀请了十多位朋友，没想到经过万能的微信朋友圈一传十、十传百，最后竟来了百余人，足见冯西海、王永杰的人格魅力、作品张力和行内影响力。

咸阳市作协代主席董信义主持仪式，文化名人王海、梁澄清、石竹等出席并讲话，雅园周总致辞，王永杰、冯西海分别致答谢辞。"陕西魏老根"魏兴等带着丰富多彩的文艺节目前来助兴。著名作家、陕西省作协副主席王海先生在讲话中说："西海与永杰的这次书画展，虽然叫'冷眼晴雪书画展'，引用了二人笔名，但从文章的广度、书法的高度、画作的宽度讲，还是用'兄弟书画展'较妥。咸阳拥有悠久的历史、深厚的文化积淀、众多的文化人，希望以这次画展为契机，大家聚心凝气，把咸阳的优秀文化和更多的艺术家推出去。"

这是咸阳艺术界的一次视觉盛宴，是广大艺术家的一次空前盛会，是以秦都区文联牵头、多名艺术家现场挥毫的笔会,这更是三秦大地文艺振兴、文学复兴、书画同兴的誓师大会。

(2016年6月3日于墨花斋)

《藏区行记》序
——新的旅程　心的空灵

最近,我看到一份资料,说中国的90后比80后少了23.24%,00后比90后少了35.96%。中国的服务业发展的规模和效益,已远远超过了工业。凡是服务业发达的地方,年轻人就多。

这一现象说明几个问题,一是中国已提前进入老龄化社会,二是闲人会愈来愈多,三是如何保持身心健康成为绕不过的一个现实问题。而吕力,用他的智慧、影响力和人格魅力,吸引了大批年轻人追随,成为年轻人的知心朋友、"大哥"和导师。

吕力先生1964年出生于山西大同,1985年下海,成为弄潮儿,先后从事过餐饮、娱乐、生物工程、海产养殖、房地产等行业。2005年落户西安,现任香港豪邦控股集团副董事长、陕西省创业促进会副会长。30年的商海沉浮,吕力成功过,也失败过,他把自己多年的成功经验、失败教训、人生阅历毫无保留地分享给年轻创业者。吕力先生平易近人、宽以待人,所以无论是朋友、同事,还是这些年轻人,都喜欢称他为"吕哥"或"老顽童"。

吕力工作之余,有一大爱好,那就是摄影。2012年、2013年、2016年,他驾着越野车,带着照相机,率着他的团队,先后三次进藏,拍摄了大量真实、感人、珍贵的照片,为我们了解西藏、理解西藏、研究西藏积累了第一手资料,实乃善莫大焉。

西藏乃人类神秘之地,勇者探险之地,世人向往之地,被称为"人间的香格里拉"。由于气候、交通、身体等原因,不是每个人都能去西藏的。而吕力先生已经去了3次,且说以后还要去。到底是什么吸引了他,驱使着他,感染了他?我想,应该是大静、大美、大景、大人文、大视野、原生态等综合魅力的感召吧。

6月26日,久违的吕力先生和我在中国旗袍会第三届全球佳丽大赛陕西赛区(西安地区)初赛现场见面。他和我都是评委,且座位相邻。大赛开始前,从聊天中得知,他刚从西藏回来,又拍摄了不少好片子,准备出本名为《藏区行记》的电子书。我遂让他把资料发至我的邮箱,打开一看,真可谓件件佳作,张张精品。我说:"这本书视角独特,画面逼真,建议在出电子书的同时也出纸质书。"他说:"好啊!你若有空,先给我作个序吧。"我欣然应允了。

以西安为起点,去西藏可以有青藏、川藏、滇藏等几条线路,也有自驾、乘火车、飞机等多种方法。吕力先生三次进藏,每次都是自驾,路径选择也随心。驾车一路西去,沿途风景美不胜收。他如果发现了值得纪录的山水、人文、风情,就会驻足拍摄,从不觉得浪费时光。打开《藏区行记》,你可以读出吕力镜头里大秦岭蜿蜒西伸的高大与巍然,经宝鸡,到天水,过滚滚黄河岸边之兰州,入河西走廊后的苍凉与雄浑。等到了西宁,浓郁的民族风情、好客的青海朋友,会使你将青稞酒的甘洌与豪爽尽情领略。

从西宁到拉萨的青藏公路,号称青藏高原世界屋脊上的"苏伊士运河",是世界上海拔最高、长度最长的柏油路,也是通往西藏的几条公路中距离最短、路况最好、行驶最安全的道路。吕力的拍摄就从青藏公路必经之地格尔木开始。

路黑山白的雪域天路,南迦巴瓦峰的棱角,昆仑山的壮观,可可西里的辽阔,无人区的宁静,藏羚羊的穿梭,沱沱河的清澈,油画般的山峦等尽收镜头。尤其是青海与西藏的分界线——高原上的唐古拉山,号称"雄鹰飞不过去",因海拔太高一般人身体适应不了,吕力却能在唐古拉山口海拔5231米路碑前拍照合影,足见其精力之足、耐力之强、体力之壮。

冬春多雪、长冬无夏的藏北那曲，白雪皑皑的念青唐古拉山，云水相融的纳木错圣湖，独特的藏式建筑，朴实善良的藏族农牧民，生命禁区羌塘草原的牛羊群，雅鲁藏布江，布达拉宫圣殿，大昭寺广场顶礼膜拜的虔诚的朝圣者，贡嘎、羊卓雍错、卡若拉冰川、日喀则、昌珠寺、尼洋河等的瑰丽与多彩、烂漫与迷人均通过照片展现出来，折射出民族人文历史和生活实录，反映了西藏经济社会的巨大变迁。

喜马拉雅南麓的墨脱县，是中国唯一不通公路的县城。前往墨脱的道路险峻无比，三连瀑布出奇秀丽，人文历史令人探寻。川藏线上南北交汇点处最为壮观的魔鬼公路——怒江七十二拐是"之"字形路段最多的盘旋山路，滑坡、泥石流随时都有发生的可能，被称为"死亡之路"。

走过滇藏交界处曾位于茶马古道上的盐井，就算离开雪域了。经过十多天的旅行、大跨度的穿越、长时间的拍摄，西藏之行至此暂告一段落，但吕力和他的团队新的旅程，灵魂的洗涤还远远没有结束。

摄影不只是一门技术、一项爱好，它是一种艺术，是一种文化，是一种精神，更是一种探索、探秘、探险。吕力用超人的精力、过人的胆识、惊人的毅力，多次深入藏区，拍摄风景，记录生活，为大家奉献了一张张引人入胜的照片，这样的善行、善举、善德，其功在当代，利在千秋。

吕力的脚步、镜头、身影虽然与雪山渐行渐远了，但其思想永远没有休止符，将来，他一定会以这种精神，影响、带动喜欢他的所有年轻人再出发、再远行，拍摄出更好、更多、更新的艺术作品。

（2016年7月9日于墨花斋）

佩琳小屋

在中国传统文化中,"柴米油盐酱醋茶""琴棋书画诗酒茶""琴棋书画烟酒茶",说的都是从百姓到文人再到社会不同时期、不同阶段人们最基本的物质生活需要及精神文化需求。

我们再细心观察一下便可看出,无论从哪个角度论述,"茶"这个中国特有、家家必备、人人享用的饮品,始终位列其中。

早在2000多年前,汉代张骞开辟了一条自古长安至中亚、西亚的丝绸之路。在古丝绸之路上,茶叶因其大众化、普及性而备受丝路沿线国家人们的垂青,成为最受欢迎的产品。茶叶将东方文明不断传播,使东西方文明相互碰撞,打开了一条商业"黄金通道"。兰州作为古丝绸之路上的重要镇,有着承东启西、流通贸易的不可取代的作用。

朋友之交,因缘而生。无欲无求,平淡存真。交往如茶,淡而清香。君子之交淡如水,要的就是那份清爽与长久。

茶既是物质的,又是精神的;既是饮品,又是文化。朋友是一杯淡淡的清茶,没有酒的浓烈,漂的仅是一片淡绿,静静地把你陪伴,为你解渴。正因为是淡淡的,才能长久,也由于心中有了淡淡牵挂,偶尔的问候才显得那样珍贵。正是那一杯茶的翠绿,才能经得起时间的沧桑和岁月的变迁。

朋友就应该和茶一样,总是清淡爽口,只要掌握好温度,这样的茶,才是好茶。朋友不需要像酒一样,酒太容易让人喝醉,也容易上头,酒醒之后头也晕乎,人也难受。还是品一杯清茶,意境悠远,长长久久。

交个如茶的朋友吧,淡而幽远,久而弥香,沉静而多姿,飘渺而真实。朋友之极品便如好茶,淡而不涩,香而不腻,缓缓飘来,神清气爽。

佩,是"挂""带",古人佩戴的饰物之意;琳,是"玉""石",古人佩戴的美玉之意。佩琳即带着美玉的人。玉,又是延续几千年的中国传统文化不可分割的一部分,坊间多有"黄金有价玉无价"之说,由于玉石寄托了中国人诸多良好的祝愿,历来为老百姓所推崇。

佩琳小屋,以经营玉石作为最完美的追求,以茶叶作为最基本的交流载体,以文化作为广交朋友的平台,以古琴作为艺术分享的乐器,习琴、侍茶、插花、阅读、鉴赏,让人定心、凝神、专注、持愿、放松。

习琴,可陶冶情操、增加情趣;事茶,可清心寡欲、明白事理;插花,可增添乐趣、热爱生活;阅读,可增长知识、修身齐家;鉴赏,可练就慧眼、耳聪目明;定心,则心无旁骛、平静做事;凝神,则全神贯注、一心一意;专注,则有的放矢、事业有成;持愿,则怀揣梦想、抵达彼岸;放松,则有张有弛、有序推进。琴,是一种重要的古典乐器,也是我国的传统民族乐器。古代的文人,一般都要从琴棋书画学起,皇帝、朝廷的达官贵人欣赏和推崇的乐器和音乐首推琴和琴曲,古典琴曲《环佩》就是其中的代表之一。

唐代著名诗人韩愈的《听颖师弹琴》写道:"昵昵儿女语,恩怨相尔汝。划然变轩昂,勇士赴敌场。浮云柳絮无根蒂,天地阔远随飞扬。喧啾百鸟群,忽见孤凤凰。跻攀分寸不可上,失势一落千丈强。嗟余有两耳,未省听丝篁。自闻颖师弹,起坐在一旁。推手遽止之,湿衣泪滂滂。颖乎尔诚能,无以冰炭置我肠。"

全诗从演奏的开始起笔,到琴声的终止完篇。诗人首先运用多种手法刻画了音乐形象,然后,诗人又写了音乐效果,以自己当时的坐立不安、泪雨滂沱和冰炭塞肠的深刻感受,说明音乐的感人力量。形象刻画为效果的描写提供了根据,而效果的描写又反证了形象刻画的真实可信,二者各尽其妙,交互为用,相得益彰。

此诗前后分写两种境界。前十句描写音乐意境,忽而弱骨柔情,销魂欲绝;忽而张牙舞爪,可骇可愕。后八句写听琴者的境界,诗人故意说自己本不懂琴,听此琴才忽然开窍了,而且激动不已。这其实是以演奏效果来衬托演奏技艺之高超,可谓启愚顽而动魂魄,精诚所至,金石为开。茶为琴饮,琴为茶伴。品茗间琴声悠扬,听琴间茶香沁脾。

唐人音乐诗较著名者,有李颀《听董大弹胡笳弄兼寄语房给事》、李白《听蜀僧浚弹琴》、李贺《李凭箜篌引》、白居易《琵琶行》等及韩愈此篇。篇篇不同,可谓各有千秋。

在现代生活节奏如此快、工作压力空前大、人们思想普遍浮躁的大环境下,兰州佩琳小屋融茶、琴文化于一体,以古典音乐将人们带向一个臆想中的没有噪音、没有喧嚣、没有争斗的精神香格里拉,以杯杯清茶使人们忘却烦恼,静心交流。

玉之力、茶之香、琴之雅,使大家品味生活,享受人生。品茶尚如此,淡而沁心田;交友亦如是,聚散皆因缘;做人更使然,清爽而悠远。

(2014年6月15日完成初稿,2016年8月3日修改于西安)

皇玉阁记

西安贵为古城,曾被人誉为"一城文化,半城神仙",意思是说西安文人多、文化人多、文化从业者多。

早在20世纪90年代初,贾平凹先生刚一出名,南方和东南沿海地区就纷纷欲高薪聘之。平凹说:"陕西皇天后土,养文人,我哪里也不去。"果然,平凹没有随波逐流"孔雀东南飞",一直立足陕西,也走向了全国,冲向了世界,成为陕西的一张含金量高的文化名片。

陕西文化人,大多集中在西安。西安相当多的文化人,都渴望有自己的工作室,也希望自己的作品有展示的平台,更期待自己的劳动成果转化成经济效益。如今,皇玉阁做到了!权君先生帮您圆梦了!皇玉阁者,是以书画交流活动为主的一方静地也,位于西安市南二环辅道与太乙路立交桥西 300 米路南的省委东小区。阁主是我的朋友权君先生。

权君是 70 后,是一位做生意多年的老总。他一直尊称我为老师、老哥。其实当老哥理所当然,称老师,却有些牵强,因为我并未教过权君什么。只是自认识以来自感有缘,曾一度形影不离,后各奔东西,再久日未见。去年的某个时候,权君说他搞了个工作室,邀我去看看,我是应允了,但因种种原因,并未成行。

5 月 29 日,雨过天晴,碧空如洗。一朋友设宴请客,我去赴宴,未想到遇见了权君先生。他拉着我的手,一边递烟,一边感谢。我问其由,他才说是受我启发,去年在皇玉阁搞起了书画收藏和拍卖,且风生水起,生意做得不错。他说,从这个意义上讲,称我是"老师"。我开玩笑道:"年长为老,学高为师,身正为范,此谓'老师'和'师范'。"他笑着应和着,又一再强调他的门店离我们就餐的酒店并不远,一抬脚就到,遂请我和在座的大伙儿去喝茶。

皇玉阁的装修古色古香,书画琳琅满目,其中不乏名家、大家、实力派艺术家的大作。这里有展室、藏室、创作室,靠墙的地方,有一张大书案,从毛毡上的墨迹斑斑可以想象到,每天会有多少墨客在此挥毫,曾有多少胸臆在此写洒,已有多少作品在此写就。据悉,每周六下午 13:00,这里都要进行书画拍卖活动。如农人赶集自己记着日子,每到这一天,场面宏大,竞拍激烈,叫价唱价,异常热闹。每当此时,权君与各位艺术家、企业家相聚皇玉阁,一边品茶,一边谈书论道,在不经意间,竞得自己喜欢的字画,释放多日纠结的心病,收获文化带来的愉悦。

权君先生好社交、有情怀、能包容、人脉广。为了满足不同层次人士的需要,皇玉阁设有棋牌室、大厅、雅间、茶艺,还可以在此吃饭、唱歌,也不定期有秦腔名角在此唱戏,一改一般书画院单一的经营模式,降低门槛,吸引受众,扩大影响。在权君先生的诚挚邀请下,在大家的再三要求中,我分别写下了"山远水如画 水静鸟语多""茶庄幽香自心来""皇玉阁里墨花香"三幅字,略表心意,聊以慰藉,留作纪念。

西安大大小小的书画院星罗棋布,据我所知近年来都在惨淡经营,勉强维持,而皇玉阁独辟蹊径、创新模式,以至高朋满座。其凭的是什么?是人气,是地气,是艺气。

(2016年5月29日于墨花斋)

赵生辉的书法人生

看过赵生辉先生书法作品的人,无不对他在水墨间畅意神游的胆识留下深刻印象;结识赵生辉的人,又无不被他率真豪爽、淳朴坦诚、超然物外的品性所感动。观其书,见其人,文质彬彬,心清如水,脱俗忘我。

赵生辉的书法笔力雄健,诸体皆擅。字体灵巧飞动,挥洒自如而变化无穷。他精于行草,以晋人为骨,唐人为意,明人为趣,遍临碑刻,逐渐形成清雅矫健、洒脱豪放的独特风格。

成功背后总有些苦乐相间、鲜为人知的往事。赵生辉的书法能达到如此境界,自然非一日之功。早在中学时代,他就痴迷书法。考入大学后,他博览古今诗词,钻研书法著作,遍访名师,书艺大进。工作后,他得以游历名山大川,探访碑碣石刻,读万卷书,行万里路,开阔了眼界和心胸,为他的书法又注入了新的生机和活力。

既学古人又变古,天机流露出精神。他对中国传统的书法艺术有明确的师承,又有自己的创新。他外师造化,中得心源,在书法艺术苦旅中艰难求索。他甘于寂寞,固守自己的沉静家园,把书法作为自己传情达意的载体和符号,借以表达自己对大自然,对生命,对生活的感悟、体验、理解和热爱。他不屑柔媚悦世,作品充溢着阳刚之气,墨浓情酣,纵放恣肆,意味幽远,雅韵天然。

他的书法行云流水,计白当黑,不求布置,自然大成。粗看似觉简拙,细品其意蕴渐渐明朗。似乎不刻意追求外在的形式,却在貌似散淡雅拙中造出一种境界,可谓匠心独运、雄浑朴茂、清新隽永、妙造自然。他用笔方圆兼施,动静相辅,用墨燥润合度,不饰天拙,质朴而不造作,流动而不轻浮,大小收纵,参差跌宕,浑然一体,融贯了对人生理想境界的顿悟,意境颇为深远。无论是势,还是力,抑或是韵律,都给人以流动的美感。

赵生辉1960年生于关中,几十年如一日染瀚挥毫,形成了自己独特的书艺风格。作品多次获奖,教学论文也时常见诸报刊,他为人谦逊和蔼,平易近人。多年来,他不辞辛苦,言传身教,培养了一批年轻的书坛新人。他现为中国书法家协会会员,陕西省书法家协会会员,陕西省教育书法研究会会员,书法作品多次入选省、市书法大展并获奖。2003年、2004年在中国书协书法培训中心第九、第十届学员教学成果展上,其作品分别获得二等奖和一等奖,并以优秀学员结业,加入并成为中国书协会员,2004年12月在陕西省暨西安市民主党派工商联书画大展上获二等奖,2005年在全国首届《语文报杯》中小学及中小学教师书法大赛中荣获教师组国家一等奖,2006年被乾县县委、县政府评为"十佳文艺工作者"。

他认为书法应介于似与不似之间,模糊出精到,出个人风格,书法本身的美学意义,或哲理性在于表现宇宙的法则,即矛盾统一。书法之黑白、干湿、疏密、开合、疾退、起止、藏露、侧正等等,看似矛盾,实则是统一的、协调的,写字过程也是这样,需要阴阳协调、缓急有致、起伏有度,讲求韵律之美;书法艺术也表现人生态度,儒之正气、中和、儒雅,道之飘逸、冷峻、散淡,释(佛)之深邃恢宏、苦涩和平,在书法中俱可寻觅得到。

他不但从丰富的文化遗产中撷取营养,而且直接从现实生活中获得灵感。秦砖汉瓦的浑朴风采,黄河黄土博大的胸怀,西北风雄劲的气势,秦腔秦韵粗犷的风格,锤炼出了他独特的气质。他说书法应意在笔先,境由心造,挥之一就的佳作,出人意想的佳思,实为精心至极的必然。

遍览其作,真、草、篆、隶四体皆有,方圆、横匾、扇面等构图多样。特别是他的行草,立意高超,自成一体。那似诗的意境,若画的神韵,奔放的风格,让人回味无穷。龙飞凤舞,跌宕起伏,波动变化中流淌着抽象美的东方情趣。

赵生辉现任乾县书法协会主席、昆仑书院院长。我曾目睹了赵生辉先生给一位文友题写的"妙画殊无意,残书若有思",这是一幅行书,笔者感到他的行书运笔如风、一路轻松、一路春风,有得意忘形之态,但却又字字骨法用笔、筋强骨峻、精神焕发。那管毛笔在他手中极为依顺,他能让它自由地回锋、蹲锋、逆勒,并顺势边走边提按,且边呼应顾盼、边顿挫绞转,故他的这幅行书朴茂生动却又妩媚动人,整幅字纵笔奔洒,浑厚圆劲。他的作品能令人真真正正进入到一个生动活脱的书法世界。

(2016年12月29日于墨花斋)

亦书亦画杨雅光

男人相交,多因志同道合。我与杨雅光先生久别重逢,这种感觉油然再生。

早在1989年,杨雅光与我分别在同一地区不同学校担任校长。开会、学习、出差、培训等常在一起,因性格志趣相投而经常来往,成为至交好友。

20世纪90年代初,我离开教育行业改做新闻,杨雅光依然在学校当领导。渐渐地,我们见面少了,联系少了,往来就更少了,我只知他后来到街道办从事教育行政管理工作,两年前退休了,但对其行踪却不了解。

20多年,弹指一挥间。我印象中的杨雅光天资聪颖,勤奋好学,琴棋书画无一不能,且有一手做过木匠活的好手艺。记得那时教育系统美化校园环境,制度上墙,我们所在地区的十几所学校室内外的宣传字画,包括镜框的制作都出自他手。

今年6月3日,我应邀去咸阳秦都区参加一个书画笔会,令人喜出望外的是杨雅光也在应邀之列,并一同挥毫泼墨,久违的两人因书画而重逢,因艺术而共鸣。在此之前,他只知我在省报工作,而不知我这些年来也在写书法,我也不知他在深研书画。这次邂逅,我们便多了沟通,经常交流。

杨雅光自幼酷爱书画,遍临名帖,用心揣摩,既学古人,也学今人,从古今圣贤、大师、名家中汲取营养,在自己的书写历练中不断改进。其书法尤以隶书见长,既有古时《曹全碑》《石门颂》的韵味,也带今人刘炳森、张又栋的风格,还糅进了楷书的方正。他在传统中融创新,在创新中有师承。他的行书和楷书行笔自然,虚实有度,章法讲究,布局合理,字体厚重端庄,柔中见刚,形成了自己独特的风格。作品深受各界人士喜爱。

近期见到他的画作,更是令人惊叹不已,他的画以花鸟为主,简洁明快,笔法娴熟,从整个布局到各物象的相互映衬都恰到好处。著名画家杨佳焕是其叔父,他多年来受其影响,其画颇有杨佳焕先生之画风,笔下的梅兰竹菊、花鸟鱼虫以及各种蔬果惟妙惟肖,栩栩如生,看他的画总会让人有一种对美好生活的向往。

他作画,既重视画面的形式和物象的再现,更注重人的精神理念的描述。他认为中国的文化如曲艺、诗词、歌赋、书画都是相通的。画像一个东西,只是绘画最初的功能,而通过画像里一个东西再现一个事物,一个场景去说明另一个东西或另一个事物,才是绘画最应具有的功能。所以他的画总能激起人们对传统美德和美好情景的联想。如他的《丝瓜图》,"金秋蔬果舞,一任群芳妒",就是着重歌颂当今乡村精神物质双富裕的新生活;《竹喜图》,"品高故有梅做伴,骨傲常拜竹为师",描绘人的精神境界;《雄鸡一路高歌图》《喜报春晖图》《牡丹富贵》三春图,都能激发人们对美好生活的憧憬与向往。

去年以来,杨雅光的字画一路走俏,很多人不认识他本人,但知道他的名字,知道他的作品。他现在有自己的书画工作室,每天早上6点到工作室,下午

6点回家,天天忙忙碌碌,写写画画。我问他为何把自己搞得这么累,他笑着说:"退休后总不能没事干,给自己找个捉拿(找点事干),既然有这方面的爱好,就把爱好当事业干,权当锻炼身体。"

　　大音希声,大象无形。杨雅光来自基层,扎根底层,不离土层,有生活,有阅历,有功力。他的书画作品接地气,有底气,有人气。他用自己的作品证明了自己是实力派书画家,是潜力无限的书画人,从而开辟了一条坚实的书画艺术之路,成就了亦书亦画的多彩人生。

(2016年12月17日于墨花斋)

大美中国
DA MEI ZHONG GUO

大山之巅的香格里拉

　　世界上有好多地方，因气候适宜、风光绮丽、洁净清爽，被称为香格里拉。西北有天山天池，东北有长白山天池，云南有滇池，陕西太白山顶有老爷海，四川有九寨沟，青海有青海湖……这，就是香格里拉。

　　今天我要说的香格里拉，是位于陕西省汉中市南郑县黄官镇的龙池。龙池得名于龙山，龙山似龙，龙尾摆于右首，龙脊环横于南北，龙鳞镶嵌脊顶，龙头昂首东方，碧波荡漾的龙池静卧龙山之下，呈变形的鸭掌状，恣恣似江，汪汪如海，泓泓迷人。

　　龙池左岸的红杉树高大挺拔，绿荫如盖，踏在柔软、松韧的落叶松针上，一股凉气如天然空调般令人霎时领略到原始森林的神奇魅力。湖里有白天鹅，阅兵般依偎在一起，簇拥凫游在湖面，一会朝左，一会向右，一会向前，一会转后，轻盈自在，好不快活。

右岸有茅草屋,据说是已有八十多年历史的老房子,屋里住着一对八十一岁的老人。令我诧异的是,八十一岁的老人竟然头发浓密,且很少见到白发,眉毛也是黑的,只有胡子有些花白。问其食何物,答曰:家常便饭也。

龙首左侧,有三棵千年古银杏树,行至树下,凉爽惬意,不得不惊叹树木的伟大。于是想,若干年后,今天站在古银杏下的我早已不在人世了,但银杏树依然巍峨地继续着自己生命的年轮!

龙池左岸的格桑花花色紫粉,不妖不艳,连接成片,300亩的花园仿佛给龙山披上了霓裳。四个古石墩赫然出现在眼前,传说是唐代给杨贵妃飞骑送荔枝的驿站凉亭遗址。

龙山笔挺,龙池散心,龙人说龙,岂不是香格里拉。

(2014年7月26日于汉中)

靖边龙洲丹霞地貌说

有心栽花花不开,无意插柳柳成荫。我多次去陕北,自以为不算孤陋寡闻,竟然从不知道靖边有个龙洲丹霞地貌。这次与一朋友偶然谈起当地景区,他便告诉我有这么一个好去处。于是,我便利用周末去探访。

其实,靖边县的丹霞地貌自然景观比较多,较为集中和知名的是龙洲丹霞地貌。距县城20多公里的龙洲乡(古时为龙洲堡),地处黄土高原与毛乌素沙漠的交汇地带,也是丹霞地貌的所在地。当地人和游客称之为波浪谷、红砂岩、红沙峁。

波浪谷是一种红砂岩地貌,因岩砂上的波纹像波浪而得名,又因砂岩为红色,早晚时分,在太阳的照射下呈一片"红霞",故叫丹霞地貌。

20世纪80年代,人们在美国亚利桑那州和犹他州交界处发现了波浪谷,神奇的外观和极高的科研价值使其成了世界八大岩石奇观之一。而靖边的波浪谷有着可以与美国波浪谷媲美的红砂岩大峡谷,而且差距并不大,都是红砂岩地貌。相比之下,靖边的波浪谷更年轻,只有6000万年。很多砂土还没来得及凝固成岩石,就形成了龙洲峡谷的丹霞地貌。

经过漫长的侵蚀,峡谷里砂岩的层次逐渐清晰地呈现出来。具有雕塑感、立体感的砂岩和岩石上流畅的纹路,形成了一种令人目眩的三维立体效果。靖边的波浪谷,虽然没有亚利桑那州的波浪谷大,但在陕北这个黄土覆盖的地方,能有这样的景观,也真是个奇迹了。

靖边龙洲的波浪谷以红色为主,成为时光镌刻在陕北大地上的永久年轮。细观龙洲丹霞地貌,四面环山,本来黄土高原向戈壁沙漠的过渡带,到了靖边已经没有大的山脉了,多以丘陵、戈壁、沙漠、草甸为主,龙洲这个神奇的地方,竟然有了山脉、草原、沙漠、湖泊及神奇的波浪大峡谷。

据当地人讲,每年来这里旅游的人很多,最早知道这里的,是摄影师们,波浪谷的名称,最先也是由摄影师对外叫出的。由于景区开发不久,好像是当地的村子在管理,设施、管理、功能等有些欠缺,标识牌、门票、导游、停车场等配套设施还亟待完善,但是,前去游览的人还是不少。

丹霞地貌给人的第一感觉,犹如一大团摊在巨大案板上还没有揉开的面团,肥胖臃肿,随处乱放;又像没有烙圆缺豁的烧饼,薄厚不一,凌乱堆摞;还如一个胖子,或坐或卧。所有的岩石有一个共同之处,那就是无尖型角,均为圆形、弧形、弯形之状,且层次均匀,质地坚硬,砂石合一。

大峡谷里,有的地方岩石完全裸露,有的地方已经风化,有的上边的黄土层正在褪去,与沙漠里顽强的植物、厚厚的土层、座座蒙古包似的小丘浑然一体。在太阳的照射下,远山如黛,近丘翠绿,深湖掩映,村庄点缀,仿佛一幅美丽、多彩、绚烂、迷人的中国画,令人兴奋、令人感叹、令人陶醉、令人癫狂。

波浪谷的下面,有个龙池,周围全部是散落的零星村庄。豆角、土豆、茄子、玉米等农作物郁郁葱葱，长势喜人。可见，这里是一块儿风水宝地，也佐证着龙洲百姓生活的富庶幸福。如今，开发丹霞地貌这一旅游景点，更为龙洲群众实现致富梦多了一条路径。

丹霞地貌如一本厚厚的史书，令对地理、地质、历史、考古等感兴趣的朋友多了一本教材；丹霞地貌是一座活的百科集训地，给在文学、绘画、音乐、雕塑等艺术领域想有作为的人添了一处采风地。

错落的砂岩静卧在龙洲大地，雨后的岩砂更为鲜红，脚下的砂土声音嘶哑，仿佛在讲述龙洲丹霞地貌的沉重、沧桑。

这时，你好似已经穿越时间、穿越空间，想象远古时期，这里曾是一个怎样的美好之地。

靖边，不仅因为有石油、稀土、天然气而闻名于世，更将因为有龙洲丹霞地貌、小河、长城遗址等驰名中外。

（2016年7月23日于靖边）

渭　河

陕西的渭河和山西的汾河是黄河最大的两条支流。陕西关中八百里秦川是指东自渭河入黄口的潼关，西至宝鸡市宝鸡峡林家村渠首西北角这一段。渭河冲积成的这一区域，叫关中平原，其中，在渭河流域咸阳段，有一个渡口，曾是关中最老、最大、最繁忙的水运码头。关中八景之一的"咸阳古渡几千年"便是明证。

能有水运，可见河之宽、水之深、船之多、人之众、气之旺、商之兴。大约从20世纪70年代起，黄河上青铜峡、刘家峡、宝鸡峡等大型水库陆续建成，旱塬人民终于可以通过引黄、引渭进行农业灌溉，使受益区尤其是关中平原成为土地肥沃富庶区、国家商品粮基地。

旱时能干死,缺水能急死,涝时能淹死。渭河属季节性河流,一般冬春干涸,夏秋水丰。过去,每年进入八九月,秋霖即来,细雨绵绵,日夜不断,少则三五天,多则数十天,好像将春夏欠秦人的雨水要吐尽、要下完。

20世纪80年代前,人们生活条件较差,特别是农村,道路泥泞,没有公路。下雨时更没有雨鞋、雨伞、雨衣,在我的记忆里,人们穿着木屐、戴着草帽、披着蓑衣、裹着麻袋或塑料布等勉强凑合遮雨;房子以土坯草房、瓦房、土墙居多,屋外大下、室内小下,漏雨、接水、盖物是常有的事;柴禾、火柴淋湿了,火就生不着,勉强救着了火,柴禾却只冒烟、不起焰。无奈,只好找些生红薯、红萝卜、白菜心、干馍馍等胡乱充饥⋯⋯

我自小在渭河边长大,一到雨季,河就涨水;涨了水,水就会铺满整个河床,占完整个滩涂。不时有上游木头、柴草、瓜果乃至被淹的尸体漂浮下来,一些职业打捞人不是游泳就是踩水,或者划船、漂筏子打捞东西或尸体,因打捞的木头以后能派上用场,打捞的柴禾晒干后能当柴禾烧,打捞的尸首主家认领后有酬金,故被无力、无缘参与者称为"发洋财"。

这次,进入九月以来,秋霖突至,已下多日,挥之不去。陕南秦巴山区多条河流暴涨,全省多个水库超警戒水位并抓紧泄洪。道路冲毁,山洪频发,陕西省已有68万群众受灾⋯⋯渭河流域至今却尚且安好,还未见大的汛情报告。浙江钱塘江大潮每年都吸引着无数人前去观潮,渭河每到这时也是一年之中水量最大、水位最高、河床最宽、景观最壮观、最值得一看的时候。

乐者喜山,善者喜水。素有揣渭水情愫、观渭水习惯、听渭水涛声的我,在雨中伫立渭河大桥,观渭水风采。但见水流平缓,偶有小浪,水声潺潺,水面涟涟、四处漪漪;两岸烟雾朦胧、草木苍翠,远处水流顺畅、形如大海。

渭水直流向东,拐弯转去,如站在远处的一位丰姿绰约、风情万种的少妇,渐渐地、静静地流向下游。

(2014年9月16日)

落　日

一说到落日,人们首先想到的是唐诗"大漠孤烟直,长河落日圆"。那种意境、那般美景立刻给人以遐想,给人以憧憬。

大漠,肯定是沙漠,但到底是哪个沙漠,我们后人不得而知;长河,肯定是黄河。古人一般都将黄河称为长河、大河。在荒芜、广袤、无际的大漠里,落日如盘,独挂天际,光亮喷薄,给行走在沙漠里的驼队和脚夫以震撼、以鼓舞、以温暖;在雄浑、壮阔的黄河上,落日浑圆,倒影如镜,波光闪耀,使乘船于大河或奔走在两岸的船夫与商贾兴奋、知时、备休。

陕北高原上最好的落日,要数毛乌素大沙漠上的。尤其是走在榆靖高速上,总会有提示牌写着"走榆靖高速,赏大漠风光""请您欣赏大漠风光"等。

多次行走这条线,大漠落日当然经常能够遇到。由于没有遮挡,视野尤为开阔,大漠上的落日尤为硕大、尤为圆润、尤为金黄、尤为壮美。但我更在意的是零散分布、若隐若现、连绵不断的古长城遗址。古长城在太阳余晖的映衬下,残壁断垣更显沧桑,高低错落更显风韵,金色相混更显雄壮。

城市里高楼林立,视线受阻,轻易不会欣赏到美丽的落日。下午大约6点半,行驶在高速公路上,我猛然见到了多日秋雨后的首轮落日,遂让坐在副驾驶上的朋友抓拍留念。不料,肉眼看起来那么大、那么圆、那么红的落日,在照片里看起来却有些小、有些远、有些淡。好在一点,我毕竟看到了落日,赏到了美景,愉悦了心情。

落日是太阳的眼,照射了一天地球,是在告诉人们她要准备休憩;落日是宇宙的魂,一旦落尽,黑暗就会来临;落日是光亮的根,今天从西边落下,明天仍要从东方升起。

烧 饼 说

烧饼因用火烧烤,形似圆饼而得名。对于陕西关中人来说,烧饼是再熟悉不过的吃食了。

北方人喜吃面食。东北有大饼,山东有炊饼,河南有煎饼,陕西有烧饼……同样是饼,做法、叫法、吃法都不尽相同。中国古代四大文学名著之一的《水浒传》中,武大郎是做炊饼、卖炊饼的。旧版电视剧《水浒传》对于炊饼是什么没有着重解释,也没有特写镜头,而新版《水浒传》电视剧中让武大郎卖的是我们司空见惯的用笼屉蒸的白面馒头。而炊饼到底是什么,没有具体描述,让人不得而知。

就陕西的烧饼而言,也分白吉饼、饦饦馍、电烤饼、手工饼等。若比饼大、圆、厚,则当属锅盔。锅盔以西府的驰名。凤翔、岐山、扶风等地的锅盔厚、酥、咸、香;乾县的乾州锅盔小、筋、韧、光;长武的锅盔大、厚、筋、香。陕西八大怪中的"锅盔像锅盖"即指长武锅盔。我的一位深圳朋友,说他喜欢咬嘶着锅盔时扭曲着脸、皱着眉头的样子和感觉,这样才能嚼出锅盔的麦香、筋道、揉功、味道。尤其是吃乾州和长武锅盔时,这种感觉尤甚。

锅盔是过去人们外出怕吃饭不便而必带的干粮,无论人走到哪里,吃一块锅盔,就一根葱或青辣椒,就算是一顿饭。这样的生活经历,相信从农村出来的人大都有过。到了后来,因锅盔体积较大,不便携带,人们或将锅盔切成小块,或烙烤起了圆圆的烧饼。如今的早餐菜夹馍,午饭、晚饭的肉夹馍等,用的都是烧饼。

烧饼分起面和死面的。起面是面经过发酵后做成的,死面是未发酵的。如大家喜食的牛羊肉泡馍,饼子就是用死面做的,这样不但耐煮、耐嚼,还可以扛饿。

与牛羊肉泡馍相对应的一种饮食,是渭北咸阳、渭南一带流传甚广的水盆羊肉。特别是冬季,水盆羊肉最受青睐。吃水盆羊肉有一样东西少不了,那就是烧饼。烧饼做得最好的要算富平县东北方向的美原镇。20世纪八九十年代,遍布西安市东西南北、大街小巷、市场社区的烧饼摊,是居民们上下班必须光顾的地方。你如果打问一下,制作者几乎都来自富平。

由于工作的原因,我经常去渭南地区出差,渭南市临渭区固市镇的水盆羊肉非常有名,朋友带我去品尝过。平心而论,此处汤煎油汪、肉烂清香,实在地道,名不虚传。但遗憾的是,固市每枚烧饼大小只有其他地方正常烧饼的一半,有人质问老板,老板竟美其名曰他的烧饼是"月牙饼",遭到顾客一致质疑,生意大不如从前。

本周我出差路过富平,特意去吃水盆羊肉,个大、焦黄、干脆、丰厚、量足的烧饼一端上来就令人生津,让我真正感受到了富平烧饼的滋味、风采、名气。

于是,我认为,我们吃的不仅仅是烧饼,更是实在、放心、大气;烧饼也不仅仅是一种面食,它承载的是富平人的品质、品牌、文化!

(2014年11月21日)

暮　奔

下午六点不到,夜幕已经降临。在华山脚下就餐间,闻听未来两天有霾,于是饭毕不能歇息,告别朋友,带着暮色向下一个地域赶路,我将此举称为暮奔。

著名作家高建群先生有一幅画,记得题款的大意是:或问高僧从何处来?答曰:从来处来。或问高僧向何处去?答曰:向去处去。仔细揣摩此话,富含哲理,极有辨思,多蕴禅机。

人在旅途，多有变数。有些事可以对别人讲，有的话不能向外人说，重要事和话只能对亲人谈。用现在的话说，那就是人有隐私，人有机密。故僧人的从来处来，向去处去，看似未回答提问，实则是最实在的回答。

早些时候读著名作家、茅盾文学奖获得者刘震云先生的长篇小说《一句顶一万句》，其幽默的叙事、优美的句子、鲜活的人物，使我越读越感兴趣，边读边思边笑，读完意犹未尽，竟一连读了两遍。该书有两点使我深受启发。一是阐述人与人"说得来话""说得着"，不惜千里奔徙，不管行业差异，不计年龄悬殊……为的就是说得着；二是主人公杨摩西命运多舛，为了白天劳作后晚上有个栖身之地，拜到处游走传教的意大利牧师老詹为师信教。老詹辛辛苦苦在中国传教十几年，好不容易只感化了杨摩西一个教徒，激动得在一破庙里整晚上给老杨讲经。谁知，没授课多久，本是以信教为幌子、劳累一天、只是为找个晚上睡觉地方的老杨已是鼾声如雷。

老詹常讲的话就是：人，都知道自己从哪里来，但是，人，都不知道自己向哪里去。杨摩西正是想知道自己向哪里去才信教，不曾想，晚上睡不好觉，影响次日干活，干脆一走了之。

僧人和牧师的话，使我在我今夜暮奔的途中生出些许感慨，产生诸多联想。人生在世，多有奔波，为工作，为生活……思着想着，突上一大桥，人寥车少，车道两旁光亮璀璨，原是金色灯饰，当地人称"黄金大道"。遂下车观一会儿景，吸一支烟，拍一番照，然后继续暮奔……

（2014 年 11 月 19 日）

大雁塔说

　　西安号称古城,其地标性建筑多指钟楼、城墙,又因鼓楼与钟楼遥相呼应,暮鼓与晨钟回响着古城暮鼓晨钟的魂魄。故钟鼓楼广场是西安市的最中心,也是人流、车流最多和最适合购物、漫步的繁华地带。与上述明代遗址、文物、文化、景区相比,我以为南城的大雁塔更值得我们引以为豪,更能引人入胜、引领未来。

　　从时间上讲,大雁塔建于唐代,跨越千年;从价值上论,它不仅是皇家寺院,还是唐玄奘藏经之地;从风格上说,它巍峨耸立、高大宏伟;从发展角度看,由之带动的曲江生态圈、文化圈、旅游圈、商业圈等发展得如火如荼。

　　雁塔晨钟也是著名的关中八景之一。大雁塔的秀色因季节各异:冬天的雁塔视野最为开阔,可以一览雁塔全貌,登顶可观四周之景;春天的雁塔最有生机,绿树映衬、鲜花簇拥,雁塔似少妇般风姿绰约,四周景色因雁塔相得益彰;夏天的雁塔最为光鲜,南北广场喷泉恣意喷流,左右街巷灯光如炬;秋天的雁塔风韵最佳,人流车流如梭穿过,老人小孩笑声不断……

　　大雁塔景致因天气有别。晴天的雁塔犹在眼前,青葱葱庄严肃穆;雨中的雁塔形貌清秀,水莹莹、湿漉漉如出水芙蓉;雪中的雁塔洁白无瑕,白净净、明亮亮。大雁塔神韵因昼夜不同。白天的大雁塔,人们看到的多是塔身外貌,也很少体会到它的魅力、神韵、风采。即使长期生活在西安的人们,也因熟视无睹,不太留意它的特点。

　　然而,夜间的大雁塔在灯光的照射、装扮、点缀下,却通体金黄,全身透亮,璀璨辉煌。尤其你站在远处,不管从东、南、西、北哪个方向看,都会发现每层的小窑洞型佛龛小窗口发出金黄、微亮、绵柔的光影,如古时佛家通过蜡烛、油灯照明般诵经,苦苦修行。加上塔身外部的灯光效果,你仿佛听到了木鱼清脆、急促、明快的声音,似乎听到了古钟沉闷、浑厚、洪亮的回声。

一个古老、博大、神秘、雄伟的大雁塔连同其佛教文化、佛教精神、佛教影响,普度众生,普照三秦。

(2014年12月2日于墨花斋)

火火辣辣大深圳

出差、考察、学习的形式多样、机会不少、地方无限。但因写文章、作文事、尽文职而去某地,平生还是第一次。尤其是赴心仪已久的南国深圳,更是一桩心旷神怡、愉悦开心的事。

一个偶然的机会,一位挚友约我写文章,我以为是有所命题,或者发表、见报之用,不料,其告诉我,他就喜欢阅读我的文字,看我一天也挺辛苦,说最近他们要去深圳考察一个项目,邀请我随他们一同前去。用朋友的话说,一则是放松心情,二来可能写点文字,三者还能给他们作个参谋。有了这样的口头"契约",我便于1月16日上午飞抵深圳。

来深圳前,我查了该地的天气,也问了此前刚来过深圳的朋友该穿什么衣服。朋友说,在西安穿什么就还穿什么,温度差不多。故我穿了毛衣,着了毛裤,套了外套就出发了。一到深圳保安机场,热浪扑面而来,相当于西安四五月的天气,瞬间感觉自己穿多了。

一坐上接机的专车,才发现车的空调打开着,但开的不是热风,而是冷气。这,对于生活在北方寒冷的冬天里和首次来此地的我来说,的确是不曾想及的。问司机前几天的天气,他说,前几天确系阴天、小雨、寒冷,今天刚放晴,太阳大,温度高,所以有些热。一到酒店,我一边脱毛衣、减毛裤、褪秋衣,一边着衬衫、蹬单裤、换薄袜,准备在这火火辣辣的天气里领略一下大深圳的风光。

来前,我给深圳海云天投资控股有限公司、贵州梵净山生态植物园、梵净山国际会议中心、梵净天堂养生度假酒店游忠惠董事长发了微信,告知了我的行程安排。到深圳后,我给游董事长致电说我已抵深,游董问我如何安排,我说下午自由活动,想到海边转转。游董便派司机小陈开着大奔来酒店接我,并带我去了大梅沙海边游玩。此为我来深圳后感受到的第二次火辣辣的"热"。

比起我以前在青岛、天津、大连、锦州、秦皇岛等地看过的海,南海边的深圳显得辽阔、宽广、博大。更令人惊喜的是,以前看海均是阴天,海水灰暗,未见本色。唯这次深圳观海,太阳高照,海水湛蓝,白浪滔天。从而在观海形、临海风、听海涛、抓海沙、逐海浪中,真正领略了什么是"海天一色"。

大梅沙海滨公园有一个以"深圳十大观念"为主题,以书本形式为字刻,以人物雕塑为主题的文化墙。我仔细揣摩并记下了这"十大观念":其一,时间就是金钱,效率就是生命;其二,空谈误国,实干兴邦;其三,敢为天下先;其四,改革创新是深圳的根、深圳的魂;其五,让城市因热爱读书而受人尊敬;其六,鼓励创新,宽容失败;其七,实现市民文化权利;其八,送人玫瑰,手有余香;其九,深圳,与世界没有距离;其十,来了,就是深圳人。

众所周知,深圳是改革开放的拓荒者、最前沿、风向标,它是一个由30多年前的一个小渔村和当时人口不足20万的宝安县逐渐建设、发展、壮大为如今拥有1600万人口的现代化移民城市、世界级大都会的。几十年来,这座最具包容性的城市,吸引了一拨拨、一批批、一群群打工者、淘金者、创业者、建设者、成功者的眼球,留下了多少辛酸、艰难、感人的故事和传奇。在这座没有方言的城市里,每个人都是主人翁,他们用"三天一层楼"的进度,创造了"深圳速度"这个词汇,改革创新这一模版,敢为人先这种精神,成为改革开放的成功典范。

由于行程紧凑,我们晚上去了东门商业步行街。东门相当于北京的王府井、东单、西单,上海的南京路,哈尔滨的中央大街,西安的骡马市……这里店铺林立,人流如潮,商业发达,小吃琳琅满目,价位适中。我们品扇贝、吃鱼丸、尝米粉、喝稀粥、舀鲜汤,只觉可口香甜,并未有丝毫不习惯。正徜徉间,我的另一位深圳原媒体好友裴苗羽女士又亲自驾驶奔驰跑车接我到雨花西餐厅小坐。我们吃西瓜,品佳茗,喝咖啡,叙往事。从她睿智的眼神、快捷的谈吐、敏感的反应、从容的神态里,我方知道什么叫地区差别,什么叫发达地区,什么叫先进理念。裴总的一番话,真可谓毫无保留,使我又一次感受到了火火辣辣大深圳的发展脚步,前进的动力,奋斗的方向。

毫不夸张地讲,地处西部桥头堡的西安,与深圳的距离,保守点说,至少落后 10~15 年。知难而进,匍匐前行,低调务实,也许是我们追随火火辣辣大深圳的唯一路径。

(2015 年 1 月 17 日凌晨于深圳)

纷纷扰扰话香港

旧历三九最后一天,我从深圳至香港六大口岸之一的皇岗口岸出关进入香港。与前一天的深圳天气稍有区别的是,香港因维多利亚海港、香港岛、浅水湾相绕,太平山横卧,凉风飕飕,潮湿有度,使人倍感舒服。

香港是亚洲四小龙之一,世界公认的金融中心,著名的购物天堂。它的国际化、现代化、繁华度堪称一流,贫富差别令人惊讶,生态环境使人震惊。香港常住人口 700 万,面积和人口均为深圳的一半,面积为上海的六分之一。城市整体的建筑中西风格结合,造型气派大方。有的点式高楼如面貌娇好、身材修长、瘦削如线的少女,亭亭玉立,秀气端庄。

亚洲金融风暴以来,香港的经济也受到重创。为了刺激香港的经济发展,近年来,国家大力鼓励内地游客到香港旅游,原来每日来港的人数有 5~6 万人,在1月17日竟达到23万人的高峰。

进入香港,街道整洁,绿树成荫。最明显的感受是交通的差异:一是汽车方向盘一律向右设置;二是车子靠左行,乘客从左边上下;三是车内不许吃食物、喝有色饮料,否则罚款1500元港币。更不许随地吐痰、在公共场合吸烟,违者分别罚1500元和5000元港币。

这是一个讲秩序、讲法律的地方,无论吃饭、住店、购物、乘车、如厕,都需要排队。连厕所都异常干净的地方,你可以想象其环境是多么优美。

对于蜂拥而至的内地游客,香港人既欢迎也讨厌又无奈。欢迎的是增加了人流、物流、商流,讨厌的是人多和陋习,无奈的是疯狂购物导致的物价上涨、交通增负、接待受限。香港地上、地下,陆上、海上交通发达,从不堵车。出租车以皇冠、丰田为主,车身干净,运输文明。遍布于大街小巷的百年药店、商铺、门头,中英文对照、繁体字书写,极具文化韵味。

香港人最喜欢北京、上海来的客人,认为他们综合素质强,文明程度高;他们也喜欢南方人、东北人、山西人等,因为这些地方的人有钱、大气、阔绰;他们最憎恶各种来路不明的旅游团队。大陆的旅行社以各种诱惑将客人从内地转向深圳一些具备资质的公司,深圳再将游客从口岸转给香港公司。如此反复,港方永远无法掌握来自内地各区域游客的基本情况。

这里六山、三水、一分田。太平山、九龙塘、浅水湾等山上及水边,是富人豪宅、别墅、会所聚集区,城区住楼房者,一般都是穷人。走在街上,你会惊奇地发现,建于20世纪五六十年代的楼房,窗机空调比比皆是;新建的建筑与内地明显不同的是,清一色没有阳台,窗户较多。我们居住的三星级的宾馆,面积不到10平方米,但分别设有卫生间、淋浴间、洗漱间、卧室的窗户就多达6个仅仅只有4平方米的卫生间融如厕、洗漱、洗澡于一体。狭小、紧张的空间,空调被安装于进门脑顶的极限位置,电视装在床尾墙上。导游告诉我们,香港10平方米房子月租高达4000多港币。一般家庭最大的床是1.2米宽,夫妻之间流行"抱团睡觉",常常是白天吵、床下闹、晚间抱,使香港成为世界上离婚率最低的地区之一。

　　稀缺的土地资源使这里的房子不按平方米出售,而是以平方尺论。折合成每平方米,售价约在10万港币。也就是说,你在香港若有一套100平方米的房子,就得投资1000万港币。对于85%以上一生买不起房的普通港人来说,买一套房几乎成为每个人的终生追求。全香港最有实力的一家旅行社老总说,她在九龙买了一套64平方米的房子,竟然花了2900万。由于没房,香港人几乎无人将朋友带到家里,人们谈事多选择酒吧、饭馆、商场等稍有消费,但不限时间可以长坐的地方。

　　香港是一个以西化为主、多元文化并存的资本主义社会,政府保护私有制、房产终身制,因而亲情淡薄,人情冷漠。政府规定,工人最低工资为每小时32港币,一天工作10小时,每天320港币,一月可拿9600港币,但是,这里物价很高,一盘菜平均都在35~40港币之间,随便吃个最简单的饭,也得40~45港币。高昂的生活消费使贫富差别非常大,旺角的一个一两平方米的摊位,月租为28万港币。人们身处发达地区却并不幸福。有钱人可以挥金如土,贫困者却是居无定所。

　　18日晚上随性逛街,一不小心步入"贫民窟",昏暗的小街上有人搭着简易彩条布围棚,有人兜售旧货,有人销卖小商品。令人感到辛酸的是,经营者清一色是衣衫褴褛、面容憔悴、精神不振的老者。我就在想,受长期的西方文化影响,使这里缺少中华民族崇尚的传统文化"孝道"。无论老头还是老妪,他们肯定有子女,如今老人生活如此困窘,又是什么原因使他们还在深冬的寒风中谋生呢?

　　纷纷大社会,扰扰小平民。资本主义的优越、劣势在繁华中被掩盖,在喧嚣中被淹没。人人在行进中欣赏,思索中周游,匆匆中离开……

(2015年1月18日于香港)

金金灿灿说澳门

　　1月19日凌晨4:00,我们便被叫醒,4:50出发,经过一个小时的车程,赶到香港码头,乘坐6:30分的轮船,大约在海上颠簸了70分钟后,顺利抵达澳门。

　　与香港相比,澳门面积要小得多,人口不到56万。倘若把香港比作一位大家闺秀,澳门就是典型的小家碧玉。澳门社会秩序稳定,人民经济收入可观,生活相对安逸,节奏相对平缓。人们一般10:00才上班,此前在街上很少能看见人,门店也都没有营业。当地居民一天一般吃两顿饭。早饭就是这个时候,晚饭大多在下午4:00。至于夜茶、宵夜,则根据实际情况不一而足。

　　谈到澳门,人们的普遍印象是赌博。赌博的形成,是因澳门临海,航运发达,男人们一出船就是若干天,回到码头上岸后,其娱乐方式就是喝酒、赌牌。因为澳门是与美国的拉斯维加斯、摩纳哥蒙地卡罗齐名的世界三大赌城之一,因而使全球赌徒趋之若鹜。赌博的文明叫法叫博彩。当地门头、大楼的标志却写的是"××娱乐城",之所以这样叫,因为赌场不仅可以赌博,还有酒店、商场、餐饮、洗浴、演艺,你足不出户,就可以在这里尽情享乐。

　　澳门与广东省珠海市相邻,雄伟、壮观的跨海大桥将两地相连,在建的港深澳大桥,将使三地来往更加快捷、方便、通畅。澳门在博彩业尚未兴起前,是以制衣为主业的,博彩业大约起始于清朝末期,后来影响越来越大,产业愈做愈大,参与者越来越多,最终成为政府的主要财政收入来源。于是,政府淡化了以制衣为主要工业的产业格局,专心致志地发展博彩业。说起博彩,就离不开澳门人家喻户晓、妇孺皆知的赌王何鸿燊。全澳门共有44家大型赌场,39家都是何鸿燊的。如今,何先生正在兴建澳门第45家赌场,其实力、财力可想而知。

　　澳门保留着许多古建筑、老街道、旧房子,有着古老、神奇、质朴的文化气息。其地标性建筑圣保罗教堂、大三巴牌坊,都是欧式风格;街道虽窄,但路面干净,行车顺畅;房子虽旧,但都有阳台,孩子实行学前至高中十五年免费教育。人们的生活普遍过得很休闲、散漫、舒心。个个赌场建筑珠光宝气、金碧辉煌;室内大气奢华、人山人海、气势不凡。尤其是威尼斯人水城,投资300亿元,24小时不间断施工,填海而建,耗时两年零三个月建成,面积相当于两个北京天安门广场。该水城融合了美国的拉斯维加斯赌城和意大利的威尼斯水城的风格,打造出了世界最大的全天候的人造天空,让人24小时仿佛都置身于蓝天白云之中。350英尺的人工运河内,游客可以看到别具威尼斯特色的贡多拉船。泛舟于圣路卡运河、马可波罗运河、大运河。伴随着船夫优雅、美妙、嘹亮的歌声,使人如临欧洲,如入仙境。赢家的疯狂、输家的沮丧、观者的心绪,都在这种环境下得以缓冲、释放。

澳门有三大现象值得一提:一是因常有人赌博输光,便拿出首饰、衣物等抵押,造成当铺多、二手货市场多;二是澳门没有税务局、工商局,免税使汽车价位很低,摩托车数量也不少,然而,街上所有的摩托车都不上锁,也从未丢过;三是迄今为止,澳门仍沿用一斤十六两的秤,为"半斤八两"做着最后的坚守。这,也许是中华大地唯一使用古度量衡的地方,使人看到了中华传统文化的根脉。

(2015年1月20日于澳门)

南下随笔

大约七八年前,我曾给自己定了一个计划,基本想法是每年出行一次,一年填补一个空白省。简而言之就是每年去一个陌生的城市旅行,再具体点讲,就是到没去过的地方转转,这些地方,当然主要是指南方。

因中国的地势是西高东低、北高南低,且呈阶梯状,习惯上,人们把向黄河流域的行进称为"北上",那么,向长江流域的穿越自然就是"南下"了。

陕西处于中国西部,我认为,过去一直将陕西称"西北"是不对的,而且常常加个"大"字,叫大西北。我的一位朋友曾告诉上海人他是陕西的,上海朋友就问他:"你们出门骑骆驼不?是不是天天都要牧马?"问得人哭笑不得。

北方人和南方人之所以互不了解,主要是碍于语言、阻于交通、别于风俗、异于饮食。

如今,出行可以选择自驾游、乘飞机、搭高铁、坐火车等,其中,长途旅行飞机是首选,也是多数人喜欢的快捷出行方式。相比之下,火车再不像以前那样受宠。

和好多人一样,除了动车、高铁,我已多年未乘火车出行过了。这次去广州,有人订了卧铺,虽畏路途之遥,但想到一路南下可以欣赏沿途风光,也就不惧距离之远,且心中不禁升腾起一股热情。

早上,火车从西安火车站徐徐启动,阴沉的天空貌似要下雨,凉爽使人气清,秋意令人心旷,出行催人神怡。卧铺车厢的床铺整洁、环境舒适、空调温度合适。想看窗外则临窗而坐,稍觉困倦即上铺而躺。坐则观树木后退、村舍掠影、山水流动;躺则听车轮滚滚、车厢喧哗、各种叫卖。不一会儿,就如摇篮般使人打盹、昏昏欲睡、进入梦乡。等你睡醒,窗外又换了另一番风景。

火车的运行一般为朝发夕至或夕发朝至。遇到这种情况,一路上的风景,只有白天才能观赏。一到夜晚,除了路过车站、城市、村镇时掠过一些建筑、道路,其他地方则只能看见有灯光的地方。这时视觉就易疲劳,只有听着车轮与铁轨间轰轰隆隆的单调声。

长江流域最明显的特征是山峦多、江河多、森林多。随着火车渐渐南下,雾霭在山水间环绕,气温也在渐渐上升,很多树木一时叫不上名字。经过长时间的颠簸,我们终于抵达广州,再换乘巴士经过一个多小时,到达深圳。

秋天的深圳充满活力,大街上车水马龙,人们步履匆匆,商场内人头攒动,一派国际化大都市的繁华景象。

怡景花园是深圳最早的别墅式小区。位于怡景花园的深圳市物业管理有限公司,也是中国内地首家物业管理企业。从这里,我们可以窥探到中国房地产发展的脚步。望着鳞次栉比的一栋栋花园洋房,看着进进出出的豪华轿车,朋友告诉我,不少家庭主妇开奔驰、宝马,只是用来接送孩子的。下午5点左右,我在该小区参观,有意观察了一阵儿,还真如朋友所言,驾车者大多为少妇。她们在多年前南下,经过创业打拼,终于成为中产阶层、富裕人群。有了钱,都把培养孩子作为第一要务,将财富更多地投向教育、投向未来。到了夜晚,霓虹闪闪,流光溢彩。一般夜里12点左右,深圳真正的夜生活才正式开始。据当地人讲,这里的宵夜一般经营到凌晨4点才打烊,就这样还是一座难求。

深圳随处可见榕树,榕树属乔木,高大但不挺拔,树冠若蓬,根系发达。扎在地下有根,露在地表有根,缠在树身有根,向上生长有根,若络腮胡男子,似穿蓑衣老人,远看似柴草围身,近睹像须藤堆积,广泛生长于东南沿海和东南亚一带,可以遮大风、挡暴雨、抗烈日,被有些地方作为"省树""市树"。其灰褐色的树干支撑着城市的绿荫。

次日,我们经皇岗口岸到香港,也许是每天从内地入港的人流过多,与一年前我首次来香港相比,这里的环境、卫生、服务等水平均有下降。然而港币略有增值,在深圳从导游手里兑换,一般是1380元人民币兑1500元港币,汇率为1∶0.92,差距已很小,兑换与否已无关紧要。

香港由新界、九龙半岛、香港岛三大块组成。新界人少,九龙稍好,城市中心在香港岛。香港在修地铁,原本就狭窄的道路更显拥挤,过去整洁的市容略显脏乱。饭菜好坏先不评论,但因人多而显劣质的服务态度让人不悦。以"金融中心、购物天堂"享誉世界的香港,也因土地紧张、不断填海而显得海不够宽。唯有傍晚乘船尽览香港的维多利亚港湾夜景,方使人感到国际化的香港的迷人之处。

海风带着潮气,和着鱼腥味吹到脸上、钻过裤管、弥漫脚面,好像时刻提醒你,你是在海上。

从香港赴澳门的港澳码头,人山人海。从深圳有多少人入港,从香港就有多少人进澳门。但令人不解的是,这么大的码头,那么庞大的人流,候船大厅竟不设座椅,致使不少人席地而坐,大声喧哗,酷似难民。

香港到澳门乘般仅需70分钟。相对而言,澳门环境较好,基本上无强制购物。导游态度和蔼,还算平易近人,其推介的项目"天崩地裂""水景钻石"的确别出心裁,吸引眼球。

赌场虽很壮观,但我等几乎没有参与。到了夜晚,其恢宏大气、金碧辉煌、万紫千红的建筑,向世人展示着这里的富丽堂皇、纸醉金迷,与对岸的珠海形成鲜明对比。

澳门从拱北口岸出境就是广东珠海。由于两地距离近,且澳门有免税店,商品便宜,这就滋生了以赚差价做生意的"水客"。他们一大早从珠海出境至澳门,晚上带着买回的便宜东西再从澳门返珠海,如此反复,以此为生,乐此不疲。

虽然来过几次珠海,但未去海边转过。这次来到南海渔女石雕广场,赏石雕、看涨潮、听海涛、拍照片,也算着实尽兴了一回。

无论是北上还是南下,一个善良的人,内心一定是安详而干净的,眼神里那份坦然和真实,从容与淡定,是内心的折射。丰盈自己的内心,沉淀自己的思想,过滤自己的修为,唯有让自己的心灵干净不染尘埃,才能让自己的眼神变得清澈。

人,养颜不如养心,唯有养心才是生命最美的底妆。善良、善言、善行才是人的本色、底色。

出门在外,图的是轻松,求的是开心。有时候,可以不言不语,做安静的自己;有时候,可以尽情欢颜,谈笑人世间。如何看花开花落,在于内心的体验,怎样看人间万象,在于人的襟怀。抬眼,花儿不浓烈不张扬含笑绽放在枝间,转眼,落花悄无声息从容飘落在我的指间,心为之动容,愿取那馨香一瓣,与心相融,人间默默行,依心而行。

一路南下,值得我们学习的地方很多,如思维模式、新的理念、经营模式、处事态度、工作节奏、生活习惯等。我们不应只是游山、玩水、购物,还应去借鉴、效仿、应用。

这,就是南下随想;这,就是出行心得。

(2016年10月5日于墨花斋)

本命年山地札记之一:翻山

既未春暖,又未花开。和往年一样,一股冷空气的到来,使古城西安迎来了倒春寒。虽然农历正月已经远去,二月二龙抬头就在明天,但真正意义上的春天还远远没有到来。

2016年是我的本命年,也许是冥冥之中的一种天赐缘分,也许或明或暗中算是临危受命,抑或是某项应该完成的使命,要么是本命年里的一桩宿命。3月9日,我带了一堆生活物品、两种香烟、三本书(《领导与新闻谋略》《道德经》《四书五经名句赏析》),匆匆地趁黎明时、于天阴中、在寒风里,经小雨雪,穿隧道群、越大秦岭,来到久违的陕南、陌生的安康、美丽的汉江,开始与新的朋友并肩合作。

在中国传统文化里,"本命年"是好多人绕不过的"坎"。无论别人在这一年如何,回想起自己的"本命年",内心多少生出些许顾忌。上一个本命年,我遭遇了一次车祸,毫不夸张地讲,当时失血至少在半脸盆以上,那时到底年轻,我硬是拒绝输血,终于挺了过来。在骨折手术后住院的日子里,我一边静心养病,一边读书、编书、出书,不仅大难不死,而且的确有了后福。在此后的几年中,工作顺利,业绩突出,事业兴旺。虽遭诸多磨难,但也硕果盈枝;几经暗礁险滩,还是柳暗花明;一路尘土飞扬,终究大步前行。从那时起,即为自己确立了低调做人、高调做事、乐观处世的原则。棱角磨平不少,脾气改掉许多,个性不再凸显。就这样不断学习,就这样埋头工作,就这样体味人生。

多年来,无论多么忙,不管在哪里,忘却苦和累,始终不忘读书,不忘写作,不忘书法。终于心未长草,总算时光未废,一直心里踏实。

这次,又迎来了"本命年"。伫立在山城安康霓虹灯下的街心,我在想,人的一生都在翻山。翻过了自然界的大山,还需翻越心理上的险山,更要翻越人生更多的高山。

记得曾在秦岭崇山之腰的茅屋遇到一位80多岁的老翁,他一头乌发,满口皓齿,毫无老相,我问其吃的什么,他指了指地上一堆大小不一的土豆;我问其吃水咋办,他领我去看一眼清泉。我顿时明白了什么叫天然、绿色、环保、生态。后来我把这一故事讲给陕北靖边一位领导听,出乎意料的是,这位领导说:"那有啥好奇的,那老头只是'活着',而我们是在'生活'。"我又茅塞顿开,"活着"指只要有食物供给,生命特征及具象就不会灭绝;"生活"却指有品位、高质量、不虚度的一种生命存在、生活状态、精神追求。

在这个"本命年"里的第一次远行中,幸亏有不少领导、诸位朋友、众多好人相见、相遇、相聚、相励,我又在想,已经迈出了脚步,就要走出新路,不计个人得失,忽略阴云密布。

(2016年3月9日于安康)

本命年山地札记之二：会友

按照惯例和人之常情，凡到外地者，必不可少的一个环节，便是拜见、走访一下老朋友。当我去拜会一位旧识时，闲聊中得知他们外地的一位同僚在两年前跳楼而亡。据说是因为单位领导纷争、告状成风，导致此兄抑郁，离退休仅剩几个月，突闻要被双规，早上还正常开会，中午便登上楼顶，纵身一跃，过早地在人生舞台上谢幕。

此兄是我十六年前认识的，在乡镇、在县上均担任过正职，是个高调做事、高调生活的人，单位摊子铺得太大，却都亏损。人在县城干事，却穿着背带裤，戴着金丝眼镜。市上的一把手去检查工作，他不去相迎，反倒将一双脚搭在办公桌桌面上，气得市上领导拂袖而去。之后他多方运作，由正科直接破格在某市一单位任正处级一把手，曾引起不少争议。尽管如此，他依然着金丝眼镜、穿背带长裤、着白色西装，一副旧时"归国华侨"的打扮，凡与之接触者，都会对他印象深刻。他敢拼敢闯，大刀阔斧，不管"戏"唱得如何，"场子"却扑腾得不小，因而在业内成为大家关注的焦点人物。

他调到某市后，也曾雄心勃勃，但一路艰难。我在五年前见到他时，他刚与我打完招呼，就趴在办公桌上打鼾。一问他人方知，他是为了单位的业务，与一基层干部喝酒，有些喝高了。

外患已是寻常，内忧不断升级，单位有存在了多年的告状恶习，将原领导告得生病住院。原领导和我也是老友，出院后，看到我2004因车祸而左腿骨折却仍拄拐工作，竟约我与他探讨人生。后安然退休，落得善终。

我的这位朋友接任后，当惯一把手的他总是采用"一言堂、一支笔、一杆子"的管理方式，"旧怨新恨"使他这个外地人成为告状者的众矢之的。单位效益下滑，员工收入锐减，告状的现象愈演愈烈。不知不觉中他患上了抑郁症，便从办公楼一跃而下,告别了这个世界。

于是上级紧急开会,立即将该单位领导班子及中层大换血。至于如今这个单位风气如何,有待我择机探访。

我听到的第二则故事,是我这次造访的这个单位的原一把手,也于几年前作古了,享年63岁,他患的是家族病。比起前者虽属正常,相对来讲,也属年纪不大却离世者,一提到他,总使人想起他当年在位时的诸多善行、义举等。

日久不一定生情,但一定可以见人心。以上离世的老兄并不见得与我有多深的交情,但毕竟有过多年的交往。几年后听到这迟来的消息,我对社会、对事业、对人生便有了新的叹息、新的思考,最终得出一个结论:过去人们晒财富、晒美食、晒名牌,如今人们却在比健康、比快乐、比休闲。

如果说上午的会友令人有些郁闷、伤感,那么,晚上的晚宴还是充满温暖、欢乐的。

看完老朋友,再会新朋友。安康的新朋友热情好客,相继携一企业老总与从西安归来的安康籍夫妇与我共进"盛宴"。

这桌"盛宴"很特别,包括了安康各县区特色佳肴,吃着可口、四处溢香、弥漫温馨,为今天的会友留下印象、赋予诗意。

(2016年3月10日于汉江右岸)

本命年山地札记之三：谝梆

汉语极其丰富，就一个意思，可以用多个词来表达。尤其是一些方言，若用别的词，好像很难准确传达想要表达的含义。

"谝梆子"，是陕南的方言，与关中人说的"谝闲传""谝山""侃大山"，陕北人说的"拉话话"，与普通话中的"聊天"是同一意思。

谝梆子一般至少两人，也可多人，是朋友、亲戚、同事间叙旧、沟通、交流的一种常用方式。"谝"一般指无主题、无限制、多话题，不甄别、不考证、不认真，既可夸大、也可吹嘘的漫谈。

"梆子"原指竹子做的板子，也可引申为打击节拍，配合说书、快板、戏曲、音乐等表演的乐器。"谝梆子"泛指说说笑笑、逗逗乐乐的非正事、非正规交谈。谝到哪算哪，出了事不负责任，但有时候难免涉及某些具体的人和事，以至以讹传讹，引起是非或者引起更严重的后果。因而"谝"就有了尺度，有了禁忌，有了范围。

著名作家贾平凹先生说过，陕西人一见面打招呼一般问"吃了没，谝着谝着就扯远了"。多年来，他提出并坚持不臧否他人，故一直身处文坛，超然物外。

秦岭是一座山，汉江是一条河。岭南岭北气候不同，风俗迥异，饮食有别，一江两岸绵延漫长、柳绿竹青、风景宜人。与大家围在小院，沐浴阳光，喝茶吃饭，随意谝梆，看国道车来车往，赏高低错落建筑，观无限田园风光，人人欢喜，个个尽兴，在风和日丽中度过了一个不同寻常的周末。

（2016年3月11日于汉江左岸）

本命年山地札记之四：扯筋

扯筋也叫抻筋。"抻"是拉长之意，普通话中读 chen，陕西方言读 dun。无论是"扯"还是"抻"，都是拉长、延伸的意思。扯筋，即是难缠、反复、犹豫、徘徊的意思，极具地域文化特征。关中有句方言"撕不长，抻不展"，意思就是指对于人和事态度不明确，立场不坚定，处事不果断，效果不明朗。

"扯筋"是陕南方言，由于陕南广大地区地处秦巴山区、汉江之滨，当地人受楚头秦尾融合文化的影响，接人、待物、处世、办事就少了些许坦诚，多了几分圆滑，夹杂许多余地，如盘旋山路，似羊肠小道，像叶公好龙。有一种游戏叫跳皮筋，皮筋有弹性，可伸缩，能长短，但是做人、办事、处世若当游戏，就不会成长、进步、成功。

在这一地域文化作用下，人们缩小了眼界，束缚了手脚，限制了发展。这里过去交通闭塞，经济落后，码头众多，水运发达，从西安到这里，大约需要 13 个小时，经宝成线过汉中，再经襄渝铁路到安康，费时费力。当西康铁路、西康高速通车后，这种沟通才显得方便、快捷，从而连接了关中，打通了鄂渝，方便了百姓，功在当代，利在千秋，恩泽后辈。加上以后的西康高铁，陕南与关中的联系、交往会更加顺畅。

扯筋是特定环境下的一种文化现象，随着观念的改变、时代的发展，人们会变得更加包容、理性、大度。小事小办、大事大办、特事特办、无事不办，如是，则会将好事办实、实事办好、事事办好。

一方水土养一方人，一种文化成一特色。当世界已经缩小为"地球村"的时候，我们不扯筋、不抻筋、不拉筋，不仅指陕南，也不只指陕西，可以更大范围地推而广之。

（2016 年 3 月 16 日于安康）

沙漠 草原 湖泊

沙漠是植被消失、石头风化、湖泊干涸、土壤沙化、大风肆虐的产物,有自然的原因,也有人为的因素,古往今来人类一直在与之搏击、与之相伴、与之抗衡。

世界上有沙漠的地方很多,以非洲沙漠面积最大,如撒哈拉沙漠、阿拉伯沙漠等,我国有塔克拉玛干沙漠、巴丹吉林沙漠、毛乌素沙漠等。仔细研究,凡沙漠必是干旱、缺水、碱化、荒凉、寂寥、风大之地。

我去过几个沙漠,印象都不是很深。然而,这次去内蒙古腾格里沙漠,却生出诸多感触。

我以为,草原是沙漠的孪生妹。沙漠治理好后,即可变成绿洲,绿洲形成规模后,就可以成为草原。反之,草原退化后就成了沙漠。与此相伴的,还有湖泊。有水涵养、滋润、保湿,草木便可生长,马、牛、羊等就可以生存,这些动物的排泄物又可肥沃草木,使草原逐渐形成,从而扩大绿洲,缩小沙漠。又因草原的形成,使局部气候得到改善,降雨增多,从而形成湖泊。

东湖草原位于内蒙古阿拉善盟左旗腾格里园区西北角的特莫乌拉嘎查境内,距宁夏中卫市22公里,距香山机场18公里,交通便捷,景色宜人。东湖草原面朝东湖绿洲,背靠腾格里沙漠,这里是沙的世界,更是水的天堂。沙与湖在这里的偶遇,沙漠环绕湖泊,形成了不可思议的自然景观。

这里奶茶醇香,马奶酒清冽,手抓羊肉更是天然绿色的健康美食。田园时蔬、戈壁野味毫无污染,蒙古长调高亢悠扬,远离都市的喧嚣,使人立刻融入大自然。景区有自驾沙滩车、沙漠冲浪、滑沙、骑马、骑骆驼、划船等娱乐项目。走进东湖草原,顿觉眼前一亮,这里水草丰美,浑然天成。湖水碧波荡漾,湖中芦苇摇曳,成群的沙鸥、野鸭、斑鸠在水中嬉戏,岸上有马、羊、骆驼悠闲地在碧绿的草地上采食。这里是沙的世界、水的天堂,可以晨观东湖日出,暮赏大漠孤烟。金沙、碧湖、绿洲、飞鸟,在蓝天白云映衬下如诗似画,让人流连忘返于牧村、敖包、沙漠人家。傍晚,大家在具有蒙古风情的熊熊篝火旁尽情地唱歌,欢快地跳舞。豪迈的酒歌、悠扬的马头琴声音飘扬在广袤的草原天空,传向很远的地方。入夜,月亮像一盏天灯挂在天宇,繁星闪烁着迷人的眼睛,北斗七星最为明亮,使迷路的人一下就辨认清哪里是北边。

你可以展开丰富的想象,以大漠为床,苍天为帐,仰观满天繁星,俯视辽阔草原,瞭望无垠沙漠,夜宿特色风情蒙古包。你将会放下浮躁,忘掉烦恼,轻松自由。如果你起来得早,还可以观东湖日出,拍草原风光,听驼铃叮当。漫步于东湖湖畔,戈壁、牧草、芦苇、水域相连,海鸥、斑鸠、乌鸦、黄鼠、猫头鹰、野花、牧草、小树等和谐相处,你不得不承认大自然的神奇与伟大。

过去人们讲,靠山吃山,靠水吃水,内蒙古、宁夏人竟然能靠沙吃沙。他们开发的沙漠冲浪、卡丁车、摩托车等项目新鲜、刺激、有趣,是都市人群的最爱。

东湖草原是传奇活佛、伟大诗人、六世达赖喇嘛仓央嘉措曾经停留的地方,是永恒的传奇。仓央嘉措后来在腾格里沙漠腹地圆寂,法体最终在贺兰山广宗寺供奉……在遥远的阿拉善,在狂野的腾格里,我们追寻仓央嘉措的足迹,感悟佛的智慧与灵光。

不怕心中尽是沙漠,就怕胸中没有绿洲。让我们一起走进沙漠,走进草原,走进湖泊,放飞人生的梦想。真乃:东湖水静鸟翔,沙漠一片金黄。草原丝路有情,铿锵任意回荡。

(2016年6月11日于内蒙古阿拉善盟左旗东湖草原)

关中与塞外

关中,也叫关中平原,指秦岭北麓渭河冲积的平原,又称关中盆地,号称"八百里秦川"。关中之名,始于战国时期,一般认为西有大散关,东有函谷关,南有武关,北有萧关,取意四关之中(后增加了东边的潼关和北边的金锁关)。关中包括西安、咸阳、杨凌、宝鸡、渭南、铜川五市一区,再加上陕北黄土高原和秦岭这两道天然屏障,使关中自古以来成为兵家必争之地。

关中土地肥沃,河流纵横,气候温和,《史记》中称其为"金城千里""天府之国""四塞之国"。自西周起,先后有13个王朝在此建都,建都史历时1100多年。

一代名相诸葛亮,为了帮助刘备匡扶汉室大业,六出祁山,与魏军周旋,终因积劳成疾,撒手于五丈原,未实现"进入关中、北定中原"的政治抱负,千百年来被后人扼腕叹息、世代凭吊。

关中平原是当之无愧的中华文明的摇篮,是亚洲最重要的人类起源地和史前文化中心之一。在漫长的奴隶社会、封建社会,关中平原上的人们创造着农耕文明,长期过着殷实、富庶的生活。改革开放以来,经济、社会发生了翻天覆地的变化。作为国际化大都市的西安正在建设国家级第三个经济新区——西咸新区,正在或已在显示关中的魅力。

关中平原向北,就是黄土台塬与陕北黄土高原的过渡带。由于其广泛分布于渭水以北,我们习惯上称之为渭北。又因渭北干旱少雨,自西向东分布在同一纬度,故人们称之为"渭北旱腰带",包括关中北部的诸多区县。

6月中旬,我有幸出关中、过渭北、绕甘肃、经宁夏、入内蒙古、到草原、看沙漠、观东湖,生出不少感慨,拍了一些照片,写了几段文字,引起不小共鸣,但总觉还未写完。于是,就再写篇《关中与塞外》,以作心灵小结。

泛泛地讲,陕北及陕北北部的广大地区,都称塞外;严格地讲,长城以北的地区方称塞外。旧时,陕北人、山西人为了生存、生计、生活而走西口,所到的地方,就是塞外;历史上,西汉汉元帝时期著名的昭君出塞的故事,至今传颂,而昭君嫁往的匈奴,就是塞外。塞外由于人烟稀少、土地贫瘠、土壤沙化、气候恶劣、干旱风大、无霜期短,人们除了种植杂粮,就是放牧,因此也是农耕文化向游牧文化的过渡带和分水岭。

我所到的内蒙古阿拉善盟左旗,离宁夏中卫只有40多公里。虽是两个自治区的交界盟市,但宁夏中卫相对水多、雨多,多以种植水稻为主,且米质相当不错。阿拉善地貌除了和中卫的沙漠、湖泊相同外,更显著的特点就是草原辽阔,人们以放牧为生,创造了游牧文化。

阿拉善有个东湖草原,刚刚开发不久。这里是高寒地带,昼夜温差大,风沙随地刮,树木稀少,植被薄弱,即便是用大量的时间给早先栽培的柳树在蒙古包外浇水,但附近还是有难以存活、干枯死去的柳树。一说起风,并不高大的树木如小孩遇到强盗般肆意被摇晃、摔打、抢拖、撕扯、扭捏,显得痛不欲生;地上的流沙随风起舞、弥漫空中,连男人也用衣服或围巾裹住脖子包起脸,弓腰前行只露眼。地上的黄沙,如蛇似绳,快速游动,不一会儿你的脸上、眼角、嘴里、鼻子、耳朵都能感受到沙粒。人们习惯上将之称为"风沙",我却认为改为"沙风"比较贴切。

等风停了,雨住了,草原又恢复了她以往宁静、晴朗、多姿的容颜。

草原边上的树木多以杨树、柳树、柏树、白皮松为主。乔木不是太高、太粗、太秀;灌木不大、不繁、不稠。由于常年刮风,乔木大多为斜身生长,树冠不大,树叶较小,叶子不绿,是绿褐色或褐碱色略微泛白的那种。针叶林随处可见,关中的树木树冠多呈撑开的伞状,但内蒙古、宁夏的树木树冠更像合起来的伞。

这里蔬菜很少,虽不是牧区,但人们也以食肉为主。烤全羊、炖浑鸡、烧羊尾巴等,是他们招待贵宾的吃食,但吃惯素食茶饭的我一时还是适应不了。

草原人能歌,是由于广袤的大地无遮拦,可以最大限度原生态地扯开嗓门,因而生出了不少歌唱家;草原人善舞,是因为长期与牛、羊、马、骆驼、雄鹰、牧羊犬等在一起,奔跑、追逐等使他们好动,从而诞生了好多舞蹈家。高大、威武、阳刚的他们,除了赛马,就是摔跤,其摔跤技术堪称一流。从内蒙古阿拉善经宁夏中卫,上福银高速返回西安,你就会惊奇这里沙漠如此多,湖泊也不少。按理,"沙"字是水少的意思,但这里偏偏有沙湖、通湖、东湖等,而且这些湖面一个比一个清澈、浩瀚。

离开宁夏中卫前,我到高庙选了两块贺兰石,以作刻章之用。后来,没想到微信朋友圈一发,引起省内外不少文友兴趣。看来,品牌的影响力是不可低估的。

经宁夏海原、固原,枸杞子树即为一道风景。作为中药材,枸杞子一直是家家必备之物。天下最好的枸杞子就在宁夏,因而不少人都买了一些带回家。

固原一过,便进入甘肃平凉,由塞外大漠风光变为黄土高原沟壑纵横的荒凉地貌。树木多了,麦田多了,绿色多了。虽然从平凉山地上看,这一地区并不是很富裕,但座座村庄、排排瓦舍、片片果树,就让人望得见山、看得到水、记得住乡愁。平凉一过是泾川,泾川与我省关中渭北最西端的长武县相邻。由之进入关中,继而一路南下,你就会明显感觉到河川增多、山地渐少、平原开阔、楼房林立、人口稠密、车水马龙、霓虹闪烁、万紫千红的大关中、大都市的热闹、喧嚣、繁华,你就没有理由不热爱之、梳妆之、建设之。

关中有关中的优势,塞外有塞外的特点。在这日新月异的新时期,我们都站在古丝绸之路新的起点上,为实现中国梦而助威、而呐喊、而行动。

(2016年6月13日于墨花斋)

骑 马

小时候知道骑马，多是从影视剧里得到的感性认知。尤其是古代战争戏，如《三国演义》《水浒传》《杨家将》等，关羽、张飞、赵子龙、杨令公、佘太君、杨六郎、穆桂英等策马扬鞭、威风凛凛、英姿飒爽、杀敌无数，成为我心中崇拜的英雄。在相当长的历史阶段，马是战场上驰骋纵横的主要坐骑以及通讯、运输工具；无论是抗日战争还是解放战争时期，马及用马装备起来的骑兵，总能快速出动、翻山越岭、出奇制胜。马，不仅在古代和骆驼一起运输物资、开拓商道，而且在丝绸之路上发挥了重要作用。

谈到骑马，人们印象中都是奔跑狂奔、嘶鸣豪放、尘土飞扬的镜头。然而，到了当代，我们所说的骑马，却是散落在北方广大地区旅游景点中小到让你骑马照相，大到让你骑上马走一圈的旅游项目。

关于这一点，我先举个例子。说有个朋友随旅游团去某草原骑马，一看前边的人都是转一圈就回到原地了，觉得没意思，他就悄悄地塞给马的主人50元小费，说："能不能让我多骑一会儿？"主人接过钱，诡秘地一笑，说："没问题。"谁知这位朋友无论怎样驾驭马，马还是与他看到的情景一样，转了一圈也回到了原地，再也不动弹了。他这才知道什么叫打马虎眼，何谓老马识途。

后来智者告诉他，这些马都是经过主人长期训练的，它不可能新辟路线，任由游客左右。于是朋友感到有点被愚弄，但却无可奈何。

多年来，我先后去过好多草原，也骑过多次马，但都是如上所述，是走马而非跑马。这次，来到马的故乡内蒙古，阿拉善盟左旗有个东湖草原和腾格里沙漠。我就想，这次可能要骑到奔跑的骏马了。谁知，骑上后还是一路慢走的"走马"。

我想，也许，因多数人从未骑过马，马主人怕摔伤游客；也许，经营骑马项目者并非蒙古族人;也许,马如战士一样,长期不打仗,锐气已在逐渐退化,故不管走到哪里,都看不到奔马了。

稍有不同的是,腾格里沙漠的马,由主人两马一组,左边的一匹由主人如汽车驾驶员般主骑,右边的另一匹是供游客如副驾驶般陪骑。就这样,踏沙漠、经草原、过湖边,几次停留,几番拍照,然后就返回原地。这样的活动,与其说是骑马,莫如说是坐马、走马。虽稀罕,却无趣;虽骑了,却没感觉。

一骑红尘妃子笑,无人知是荔枝来。荔枝属水果,不易保存。在没有现代化交通工具的唐代,靠飞马从南方传送荔枝到长安是多么困难。但是,为了讨杨贵妃欢心,唐明皇李隆基还是令人骑上快马,历经七天七夜,以接力的方式,从数千里之外的岭南运送荔枝到长安,以供杨玉环享用。在荔枝传送的途中,差官和马匹常常会被累死,他们的千辛万苦,只是为了换得杨贵妃的一笑,而人与马的死伤,不过是一撮草芥。

古有千里马,号称"日行千里,夜走八百"。一是体现了古代战马的脚力,二是反映了古代男子的体力。我们可以想象,如果让现代人一天骑马奔跑一千里,且不说马能否受得了,人肯定会散架或累死的。

故古人又说"千里马常有,而伯乐不常有"。相马者必是知马、懂马、爱马者也。结合当下的实际,应将《马说》里的话改为:千里马常有,而伯乐不常有,骑手更是寥寥无几者矣。

马是一种有灵性的动物,是人类的好朋友,对主人忠诚,有脚力、耐力、耐性。在没有发明车以前,它是人类长期依赖的重要代力动物之一。随着现代化的进程,马越来越少,用处越来越小,功能逐渐退化,活力天性已弱。就如有人呼吁保留住中国最后的一支骑兵一样,蒙古族这个以一代天骄成吉思汗为偶像的马背上的民族,应放养更多优良品种的马匹,培育大批属于草原人的威猛骑士,做足以马为主题的草原文化文章。这样,才有区域文化特色;如是,方可振兴地方旅游产业。

当然,东湖草原景区正在建设之中,好多功能还不太完善,相关配套设施还在施工，诸多项目尚在试行。与之相距不远的沙坡头、通湖等景区已经成熟，我希望东湖草原景区能够后来者居上，很快振兴。

(2016年6月11日于腾格里沙漠)

丝路上的文化符号

在古丝绸之路上，有一个传奇般的国度，那就是楼兰国。

楼兰国在遥远的罗布泊岸边，距古长安有3000公里之遥。人们骑着快马昼夜飞奔，换马不换人，跨过漫长的河西走廊，穿过一个又一个驿站，要用三个月时间才能到长安，而这已是最快的速度了。

楼兰国是一个神秘的国度。这些金发碧眼的欧洲人种，是在什么年代跨过欧亚大陆，穿过中亚细亚腹地定居在罗布泊岸边的？然而人们只能猜测，无法找到确凿的凭证。

这在楼兰国消失、楼兰城被沙掩埋以后，更成了一个谜，甚至是否曾经有过这么一座城池存在，也令人生疑。它虚无缥缈，只出现在史书中、传说中，以及浪漫诗人的吟唱中。直到1900年的某一天，瑞典探险家斯文·赫定在罗布人艾尔迪克的帮助下，找到了这座被沙掩埋的古城，人们才确定，楼兰国不是传说，而是真实的存在。100多年来，虽然我们试图为那一段逝去的历史寻找一点蛛丝马迹，但还是眺望历史深处，茫然而不得要领。

据说，在公元前3世纪的时候，欧洲曾经发生过一场激烈的战争。一个古老、高贵的种族，在战争中失败了。于是，他们举国踏上迁徙的征程。这种民族大迁徙，在那个时代是常有的事情，史学家叫它"民族大位移"。这个欧洲种族且战且退，一边作战，一边寻找新的家园。后来，他们迁入亚洲腹地，眼前烟波浩渺、鸥飞鱼跃的罗布泊,给他们带来了惊喜。他们觉得,这块土地和他们的爱琴海故乡很相似,只是风稍微硬了一些,沙漠要多一些而已。他们遂决定不再盲目地奔走了,这里就是故乡。

在这里,经过数百年的适应之后,这支部落分化为两支:农耕和渔猎。一支在罗布泊南岸建起他们辉煌的楼兰城,开始他们的楼兰绿洲文明,称楼兰国;另一支仍然在马上,迟迟地不肯下来,渐渐他们变成了游牧民族,在敦煌、嘉峪关、玉门、张掖一带游牧,被叫作大月氏。楼兰国和大月氏,成为西域三十六国中的两个国家。

当这个来自欧洲的古老种族,完成了他们横穿欧亚大陆的迁徙,开始在罗布淖尔荒原及其附近地区活动时,亚洲的一个古老的种族,则刚刚开始他们的迁徙。这个迁徙恰好是反方向的,他们从亚洲出发,横跨欧亚大陆,进入欧洲。

两股力量犹如汹涌的潮水,一个由西而东,一个自东而西,他们注定要碰撞在一起,而碰撞的地点就是罗布淖尔荒原。

这股自东而西的"潮水",就是匈奴部落。

匈奴在此之前曾经分裂为南匈奴和北匈奴。昭君出塞嫁的是南匈奴王呼韩邪单于。昭君出塞,虽然使这位弱女子受了诸多塞外风寒之苦,但此举导致了南北匈奴的分裂。南匈奴在陕北高原永远地羁留下来,成为今天陕北人种的一部分;而北匈奴则割袍断义,开始他们悲壮的迁徙。

那时候,中亚西亚群雄割据,铁骑纵横,当匈奴部落将注意力集中到这块土地上时,迅速成为这块土地上最强大的一股军事力量。

匈奴迅速地灭了大月氏国,然后对大月氏举国上下进行杀戮。大月氏国国王那颗金发碧眼的头颅,被北匈奴的冒顿大单于去掉无用皮肉后,作为盛酒器皿把玩作乐。

将大月氏国灭了,将大月氏国的人一个不剩地杀了,将大月氏国王的头颅做了酒器,这些可怕的事情并非杜撰,而是匈奴冒顿大单于给汉天子文书中的原话。文书中除了提到上边的大月氏国之外,还提到了楼兰国,说这个绿洲文明国家已经归顺匈奴，成为它的一个附庸国。此外，包括大月氏国、楼兰国在内的西域三十六国已经尽被纳入匈奴版图。

当时的大汉天子，是汉朝开国的第二位皇帝汉文帝，文帝从匈奴的文书中才知道，嘉峪关之外尚有那么大的一块地域存在。普天之下，莫非王土，于是文帝觉得自己有职责去开拓那一块新的疆土。而在开拓之前，得先派一个人去看一看，看匈奴人说的是实是虚，这个被派去的人，就是张骞。张骞一去16年，体察西域民情，并与西域各国结成一个松散的对付匈奴的联盟，功成回到长安。

这，就是古丝绸之路的形成过程。

关于这个话题，著名作家高建群先生颇有研究，多有著述，极有建树。以上内容，也是我反复阅读高建群先生诸多关于丝路历史、丝路文化的著作、论述、报告后的梳理与感悟。

近年来，"一带一路"已成为国家战略，关于丝路的有关机构也越来越多，但很多都是浅层次的、表面性的。在西安举办的首届国际丝绸之路博览会上，我有幸在大唐西市酒店金色大厅聆听了清华大学熊澄宇教授的演讲。他强调，丝路之路不仅是事业，还应是商业，更应是产业。这对我启发很大，相信有识之士都会认同。

在本文，我将丝路文化中的"楼兰国""大月氏""匈奴""张骞"等加以讲述，但愿于对上述名词感到陌生的人有所帮助。

如是，则善莫大焉，幸莫大焉。

（2016年7月7日于墨花斋）

大夏故都统万城

在陕北高原西北部,在毛乌素沙漠边缘,有一个千年古城,这,就是大夏国故都统万城。

初次到统万城,大约是2002年前后。那时我从榆林出发,经米脂,过横山,从204省道到靖边。时值初春,乍暖还寒,黄黄的细沙似绸般随风在路面轻舞,道路两旁的鱼鳞坑里的小树苗还未返青。在路上,我发现了"统万城遗址"的标识。我省首条沙漠高速榆靖高速通车后,我也曾多次尽赏领略大漠落日、长城风光,但每次都与统万城擦肩而过。

经过多年的生态治理,如今的榆靖高速已成为包茂高速的一部分。昔日的戈壁、沙漠、荒原已被尽植草甸、灌木、乔木。因视线遮挡,不仅长城不能尽览,而且落日也不再在大漠上了。陕北绿了,陕北变了,变得更加美丽富饶了。

在诸多古籍及影视剧中,"匈奴"这个词频频出现。然而,为什么叫匈奴?匈奴包括哪些地方?它的历史沿革又是什么?对于好多人来讲,都是一知半解。针对这一话题,我先后也写过几篇文章。其中,在不久前我写的《丝路上的文化符号》一文中,曾对"匈奴"做了介绍。而统万城,就是一个关于匈奴的重要历史见证,更是古丝路上的一块活化石。

统万城位于陕西榆林靖边县城北58公里处的红墩界乡白城子村。因其城墙为白色,当地人称之为"白城子"。又因系赫连勃勃所建,也叫"赫连城"。统万城是古大夏国首都,建于公元413年,竣工于418年,由汉奢延城改筑而成,至今已有1600多年的历史。统万城为东晋时期南匈奴贵族建立的大夏国都城遗址,也是匈奴族在人类历史长河中留下的唯一一座都城遗址,是中国北方较早的都城。后来,在北魏太武皇帝拓跋焘一统北方期间,统万城被攻克,从此结束了仅9年的王朝辉煌。

统万城整个城池由内城和外城组成。内城分东城和西城,东城周长2566米,西城周长2470米。遗址全部为夯土建筑遗存,西城为当时的内城,四面各开一门,城垣外侧建马面,四隅角楼的台基用加宽做法。城内中部偏南,有一方形宫殿建筑台基,附近出土有花纹方砖。城南北垣情况不详,东和西垣相距5000米,但遗迹遗物很少。凭借其文化特质,统万城具有极其重要的历史研究价值和人文旅游价值。它的发现,对于研究十六国时期的文化以及当地的生态环境变迁,提供了重要的实物资料。1992年,统万城被列为国家重点文物保护单位,2012年11月,列入中国世界文化遗产预备名单。统万城是匈奴人的骄傲,其高大、坚固、奢华的城池,比北京故宫的面积还要大。

赫连勃勃创建的短命国家灭亡后,统万城不断易手,成为近400年里统一王朝镇守边疆的重镇和分裂时代各路军阀割据一隅的巢穴。至北宋初期,因党项族利用其作为据点反复袭扰边境,统万城被宋太宗下诏毁弃。之后的千余年中,周边沙漠化严重,逐渐成为人迹罕至之地,统万城最终湮灭于沙海。长期以来,它的名字对于后人来说,仅限于书本上的概念,直到清末,才被人们偶然发现并确证。历经战乱,多遭破坏,几经修复,修复后的统万城从质地、颜色上与老城浑然一体,依然是那座"白城子"。

站在高高的城墙上,四周一片静谧,统万城城墙上的岩洞里,不时有鸟儿鸣叫着飞来飞去,给这古老的故都平添了几分生机。夏日的陕北紫外线强,在烈日的炙烤下,统万城更显得苍白、古朴、雄浑。大门外,不时有从远处赶来的游客竞相贯入。

千年沧桑千年史,大夏故都统万城。统万城因战乱而起,在历经风霜之后,又一度因战乱而亡,静卧于陕北高原腹地,沉寂在一片沙海之中。任凭风吹日晒、岁月剥蚀,成为一座"死城"长达千余年。就如此岿然屹立,就这样令人沉思。

(2016年7月26日凌晨于毛乌素沙漠)

三上大草原

大草原是草原人的自豪,是每个非草原人的向往。古诗里"天苍苍,野茫茫,风吹草低见牛羊"的场景充满诗情画意;《骏马奔驰保边疆》《草原之夜》《蒙古人》《呼伦贝尔大草原》等歌曲使人陶醉痴迷。有了这种情结,就时时生出去大草原的念想。

看草原可以去很多地方,但要真正了解、认知、感悟草原,非去内蒙古不可。由于诸多因素,我到过多地的草原,更去过赤峰、克什克腾、呼和浩特、阿拉善盟、鄂尔多斯等地的草原。每次去,都有收获、都生感想、都写文字,以对心灵加以慰藉。

内蒙古地处我国北部,东西狭长,南、东、西三个方向与诸多省份相邻,南部也与陕西的陕北高原接壤。

猴年的夏天有些特别,因为工作及业务的原因,我已三访内蒙古,三上大草原。

第一次是6月12日,受宁夏中卫朋友之邀,我们一行160余人,在陕西广泽生物科技的安排下,前往位于内蒙古阿拉善盟左旗的东湖草原,骑马、骑骆驼、滑沙、吃烤全羊、喝蒙古酒、住蒙古包、参加篝火晚会,实实在在地疯了一回。我也写了几幅书法作品,几篇诗歌、散文,并对回程途经宁夏、甘肃,领略大漠、草原风光心存感激;第二次是7月25日,我到陕北靖边出差,朋友知我要采风,便专门腾出时间带我转了好多地方。当看完统万城后,便去了离统万城不远的内蒙古鄂尔多斯市乌审旗的巴图湾。那里有个沙湖公园,湖泊面积不小,沙地裸露不少,与宁夏沙湖有些类似,我未久留就离开了。那一次我记住了巴图湾,知道了乌审旗,但并未去城里转,也不知巴图湾离城区的路程有多远。8月12日,与今年第一次上草原时隔整两月,受鑫洲集团内蒙古盛丰源农牧业开发有限公司邀请,陕西省新闻书画家协会主席陈五季率领我同李少波、李志峰、张江海、张龙章、王安良、聂百川、陈淑玲、高瑞成、王立平、高瑞武、张淑梅、宁江虎等书画名家,走进内蒙古鄂尔多斯市乌审旗,进行书画采风活动。

这次来鄂尔多斯乌审旗,真正地感受到了天高云淡、空气新鲜、地广人稀、草原辽阔。快到乌审旗苏里格收费站时,片片草原使人振奋。以公路为界,左边是羊群,右边是牛群,它们旁若无人、无拘无束地在绿色的草原上恬静地吃草、悠闲地移步、自由地奔跑,构成了一幅完美的草原图画。

如果不用刀、不许切,想吃西瓜怎么办?答案是跌瓜,是将新开园的西瓜举过头顶,使劲摔到地上,按自然碎块挑拣品食的一种风俗,以图吉利。内蒙古鄂尔多斯市乌审旗盛丰源的西瓜开园仪式,就是这么个性,为那达慕会增添了不少乐趣。活动当天,适逢盛丰源百亩西瓜开园。盛丰源总经理刘戈兵致欢迎词,欢迎各位艺术家走进草原,采风创作。鑫洲集团总裁谢海荣,就盛丰源公司以农牧业产业化为龙头、以美丽乡村建设为依托、以现代农业和旅游开发为辅助,带动周边农牧民致富奔小康,在苏里格确立了美丽乡村建设项目等做重要讲话。

中华于右任研究会会长、亚洲台湾商会联合总会名誉总会长赖灿贤先生出席本次活动并讲话。陕西省新闻书画家协会主席陈五季致答谢辞。他说,在这秋意盎然的时刻,广大艺术家走进草原,感受草原人民的好客,感受盛丰源公司的热情,感受盛丰源现代农业的成就,领略内蒙古的风光,体验乌审旗的生活,为创作出更好、更多的艺术作品奠定了好的开端。感谢鑫洲集团盛丰源农牧业公司给大家提供这次学习交流和展示才艺的机会。

仪式结束后,来自北京、河北、陕西、内蒙古、宁夏的多名文化工作者们表演了丰富多彩的文艺节目。陕西省新闻书画家协会的艺术家们先后在蒙古包外和勇泰国际酒店挥毫泼墨,现场即兴表演,为草原人民创作了近百幅书画作品,受到农牧民群众的声声称赞。从踏入乌审旗至离开,适逢草原雨季,不但此行免受紫外线暴晒之苦,而且未因干燥产生诸多不适。

作为我一贯的作风,走一路、看一路、写一路、奔波一路、交流一路、风尘一路、风雨一路、欢笑一路,度过了一个避暑性的周末。

(2016 年 8 月 15 日于墨花斋)

楼观印象酒店速记

处暑后的一场大雨,使终南山下的楼观台景区秋意丝丝、凉风习习。受楼观台管委会主任陈建军先生之邀,我与作家李印功先生来到楼观印象酒店,就文化方面的合作事宜进行交流。陈建军先生与楼观印象酒店总经理李波、销售经理张军玲女士在门前等候,待车子刚一靠近,便打伞迎接风雨中的我们。

楼观台我到过多次,但去楼观印象酒店,还是首回。该酒店为五星级,占地70亩,投资4亿元。酒店以道文化为主题,以青色为基调,空间大、设施全、功能多,是休闲、度假、旅游、会务的好去处。

在座谈中,我们谈到老子、道文化、《道德经》,论起文学、文化产业、景区发展。在品茗间,李印功先生分别向三位领导赠送了亲笔签名的长篇小说《胭脂岭》。中午,我们一起品尝了楼观印象酒店特色美食。

在他们陪同下,我们先后游览了楼观新镇、财神庙、财神殿及新镇文化设施、家庭酒店等。最后,与景区张琳总经理就多方合作话题进行会谈。好在近年来我一直在讲授国学,并在两年前兼任宝鸡市国学研究会名誉会长。在我所创办的大秦岭父亲山文化研究会中,我自去年起,就在讲授《道德经》。这次到道教发祥地和《道德经》诞生地,心情有些激动。令人喜出望外的是,今年元月初挂在财神殿书画展上的我所写的六尺书法作品,依然挂在大殿三楼。大家竞相拍照,以作留念。

东起蓝田、西至眉县的终南山,是紫气东来、老子说经炼丹的地方。著名的《道德经》,不仅在国内流传甚广,被习近平总书记在讲话中多次引用,世界上很多其他国家的元首,也把能说几句《道德经》里的话作为对东方文化的崇尚。而作为中国道教发源地的楼观台,更应将道文化进一步挖掘、整理、弘扬、传承。尤其是在大力倡导国学和传统文化的今天,每个人都应到此看看,体验一番。

楼观印象酒店大气、高端、气派,是在游览道文化景区后的极佳休憩之地。这里的游泳池天天爆满,几座四合院客满为患,楼上楼下风格迥异,车来车往生机盎然。小桥流水,颇有乡野之趣;青竹片片,极富田园风光;山石嶙峋,平添几多山味。上楼隔窗眺望,终南山云雾缭绕,说经台若隐若现,山黛台白,真乃仙都福地、神来之境也。你就更加能理解清静无为、道法自然、上善若水之涵义,你就不能不为望得见山、看得见水、记得住乡愁而感叹。

这样的自然风光,如此的神来雅致,那般的天人合一,你就会记住楼观,你就会留下印象,你就会流连忘返。

(2016年8月25日于墨花斋)

读图"八水绕长安"

傍晚时分,朋友给我发来一组照片,我一看是"八水绕长安"。问其出处,说是其同学的外甥女婿拍摄的。我明白朋友的意思是想请我通过读图写点文字。我不能辜负其良苦用心,在反复看了这几幅图后,欣然谈了自己的感受。

八水绕长安,曾是关中一景,是古长安城的年轮,是数代人的记忆,是逝去的图画,是西安人的骄傲。正因为有八水环绕,长安才能仰日月精华,仗山水灵气,坐拥千年古都之美誉,尽观朝代之更迭。

汉代长安城周围，共有八条河流，分别是泾水、渭水、灞水、浐水、沣水、滈水、潏水和涝水。它们均属黄河水系，在长安城四周穿流。泾水、渭水在长安北面，灞水、浐水贯穿东面，潏水、滈水绕过城南，沣水、涝水流经西面。

八水之首当属渭河。渭河是黄河最大的支流，横贯关中全境。由之冲积而成的平原叫渭河平原、关中平原，也叫八百里秦川。这里土地肥沃，一马平川，自古为兵家必争之地。

我自幼就在渭河与沣河交汇处长大。20世纪70年代的渭河，水混浊，泥沙大，河面宽，浪花多，常泛滥。每到夏秋雨季，河水暴涨，浊浪滚滚，柴草树木乱漂，有时会听到有人在水中挣扎呼救，有时也有无名尸体漂向下游。村人们常从水中捞柴、捡树，也有水性好的人，喝一通烧酒、挂两只大葫芦、划几艘小舟去救人、捞人、拾物。这一景象延续了好多年，像一幕幕镜头一样在我的脑海里定格。

沣河发源于秦岭沣峪，流至咸阳市汇入渭河。据载，大禹曾经治理过沣河，西周的丰、镐二京就建在沣河东西两岸。秦咸阳、汉长安也位于沣河、渭河交汇处，汉、唐时的昆明池也是引沣河水形成的。

沣河因发源于秦岭，几乎一路由南向北渐东而流。我的家乡处于沣河下游，小时候，我和小伙伴们夏天几乎天天去河里洗澡、游泳。每当下午上课迟到，老师问迟到原因，小伙伴都会以各种理由搪塞。这时，老师就会用指甲在我们的胳膊上划上三下，黝黑的胳膊上立马就会出现三个白道道，老师就知道我们下过河了。

那时的沣河水清澈见底，河底是沙子，常能看见小鱼游来游去，并偶尔蹭过我们的脚心和小腿，像挠痒痒一样，惬意极了。

泾河和沣河一样，也是渭河的支流。相对于沣河，泾河流域范围更广；相对于渭河，泾河水要清澈得多。泾河与渭河交汇的地方，明显可见一清一浊，故有"泾渭分明"这一成语。

浐河与灞河，都在西安城东，浐河是灞河的支流。古时的浐灞水流潺潺，今日的新区风姿绰约,一派生机。

滈河发源于秦岭石砭峪,流至长安区香积寺与潏河汇合,谓之"交水",又称"福水",并由寺南向西流去,在户县秦渡镇附近注入沣河。西周时期,镐京因靠近古蓄水而得名。汉代又在镐池故址开凿昆明池,唐中宗李显之女安乐公主在此又凿了个定昆池。

潏河发源于秦岭大峪,是西安地区最负盛名的河流。潏河在牛头寺附近分为两支,向北为皂河,向西则与滈河合流汇入沣河。

潦河,古称潦水,又名涝水,源头有两条,东涝河发源于静峪垴,西涝河发源于秦岭梁,两河交汇后北流,最后北经咸阳流入渭河。涝河绕西安自西向北流入渭河。

曾几何时,这八水或污染,或萎缩,或缺水,或干涸。在党和政府的重视下,在陕西省政府和西安市政府的综合治理下,八河重焕新颜,水质日益变优,真可谓西安之幸,关中之幸,三秦百姓之幸也。

(2016年9月6日于渭水之滨宝鸡)

青木川的味道

古镇青木川,脚踩川甘陕。鸡鸣听三省,美景醉神仙。夜来无嚣喧,川菜肚肠暖。温酒来一壶,友情更弥坚。在某一个阶段,想去青木川看看的愿望比较迫切。后来,朋友几次组织活动邀请我,皆因诸多原因未能成行。直到今年7月15日,在一位媒体界前辈的组织下,才与许多同事、朋友相约,终于有了这次不寻常的采风。

社会上总有那么一些人,感觉这没意思,那没意思,不知道在其眼里究竟什么才有意思。在去青木川前,我们在宁强县采风,多年来我虽也数次来过宁强,但却因来去匆匆,从未到过青木川。好多人嫌路远、惧颠簸、怕劳顿,一提青木川,就说"没意思"。这次来宁强,当我提出要去青木川时,果然21人中就有好几个人说"没意思,没啥看的,纯粹是给腿扛劲呢,给车轮子寻事呢"。在意见出现分歧时,我与另外三位朋友力主要去青木川,这样,就有了16位响应者。

青木川之名源于此地过去放眼望去漫川遍野的青木树,由于该镇历史悠久,地形独特,充满传奇,故叫青木川古镇。

青木川西南接四川,北部靠甘肃,地处三省咽喉,是通往大西南、大西北的交通要冲,自古便是兵家常争之地。这里原生态、纯天然、无污染,地处大巴山边缘,地广人稀,草丰林密,交通闭塞,经济落后,曾是一个贫穷落后的地方。

2005年,青木川古镇上曾经的风云人物魏辅唐的五姨太瞿瑶章去世(资料上记载的是87岁,实际是95岁),新闻媒体报道"中国最后一位姨太太去世",引起著名作家叶广芩女士的极大关注。于是,她深入青木川体验生活,走访青木川古镇的高龄老人,以五姨太的谢世,了解到青木川镇红帮大爷、民团团总魏辅唐的诸多故事。进而历时两年,于2007年1月创作出版了长篇小说《青木川》,并获得诸多奖项。小说出版后,在文坛和读者中引起巨大轰动,青木川很快成为人们竞相造访的神奇之地。该书至今已再版2次,印刷16次,发行逾百万册。2008年,陕西省政府将青木川魏氏庄园列为省级文物保护单位。2011年,长篇小说《青木川》成为第八届茅盾文学奖前20名入围作品。2014年,《青木川》被改编成电视连续剧《一代枭雄》。从此,古镇青木川一夜之间成了川、陕、甘最火的旅游景点。

魏辅唐1902年生于宁强县青木川镇,原名魏元贵,国民党党员,电视剧里叫何辅唐。1924年,魏辅唐杀青木川镇民团团总魏征先而代之,从此先后任团总、区团长、自卫队长、宁羌县独立自卫大队长、川陕甘九县联防办事处副主任等职务,手下官兵多达1400人,统治青木川长达25年。其间,他包种鸦片,扩张武装,保家卫民;重视农桑,兴修水利,开堰抬田,修路架桥;兴办地方文化教育,创办私立辅仁中学,重教助学,组建辅仁剧社;兴街重商,重建回龙场,开办辅友社、百货店、"唐世盛"绸布店、"同济堂"药铺等。1950年1月,魏辅唐率300多人向人民政府缴械投诚。1952年4月,因反革命罪被处决于青木川。1987年5月,宁强县法院重审此案,认为魏辅唐属投诚人员,故撤销1952年的刑事判决,对其不予追究刑事责任。

魏辅唐是一个传奇式风云人物,一生娶过6位老婆。今天我们能看到的两座三进三出的大宅院,一座建于1925年,一座建于1932年,号称魏氏庄园。这里是魏辅唐办公、生活、起居、指挥军事、进行重要活动的地方。

庄园建筑风格独特,用料非常讲究,石刻木雕琳琅,办公生活场地奢华,让人一看就知道是一个大户人家。

据说,魏氏庄园院落里的石头地面,石块与石块间是卯榫相套的,新中国成立后,镇上曾在此办过公,也将房子分给村人住过。村人发现石头下边是空的,就猜测地下肯定埋有不少金银财宝,他们想尽一切办法,用尽一切工具,使尽一切手段,可就是撬不开石头,所以至今也无人知晓这大院地下到底有没有秘密。

院子看不到排水管道,但从不积水。每个院子的四个角落分别有一个大石缸,雨时可以蓄水,晴时可以防火。由于所有建筑都是砖木结构,而且是名贵木材,防火实际是这个院落的一项重要任务。院内有弹药库、警卫室、副官间、会客厅、办公室、值班室、议事厅、膳食坊等。

魏辅唐是一个很细心的人,为了避免矛盾,让六位姨太太和谐相处,他将大姨太和二姨太、三姨太和四姨太每两人安排在一屋,分别安排在一个房厅的对面各一个房间,中间是客厅,相当于我们现在的两室一厅。这样,每天早上起床她们能够互相问安,一起打扫卫生、喝茶、吃饭、聊天,能够每天想到共同的丈夫,以避免争风吃醋、互相嫉妒。

五姨太瞿瑶璋的地位最高。魏辅唐共有7个孩子,其中,瞿氏生魏树武、魏树楷二子。母以子贵,魏辅唐对五太太眷顾有加,让之独住一房,别室而居,后育子成人,终老魏家。其余的老婆共生了5个女儿。值得一提的是,三姨太大赵赵葆贞与六姨太小赵是亲姐妹。大赵16岁嫁入魏府,生魏树满、魏树庭二女,后随女定居甘肃碧口。魏辅唐去岳丈家时,还是姑娘的小赵从小窗户探头向外观景时被魏辅唐一眼看中,遂向岳父提亲。岳父觉得一对亲姐妹嫁给同一男人有些不妥,怎奈魏府财大气粗、家业殷实,也就答应了。就这样,小赵成了六姨太。魏辅唐最爱年轻、漂亮、乖巧的六姨太,不仅让她住独屋,还为之配有古琴等乐器。为了防止其他五位太太嫉妒,他在母亲居室的一隅偷开了一扇隐蔽的小门,直通一墙之隔的六姨太居室。每次,他以给母亲请安为名,以母亲为掩护,明修栈道,暗度陈仓,去与六姨太缠绵。

好在一点,六位太太轮流掌管家务和财务,她们和谐相处、感情甚笃,乐为这个青木川的"土皇上"恪守妇道、打理生活、生儿育女。

魏辅唐过去很穷,当过土匪,后以种大烟发家,加之手中有兵、有武器、有职务,成为青木川当时威震川陕甘的一霸。但他心地善良,体恤民情,不欺百姓。他种烟,但不许青木川人吸大烟,开烟馆而严禁当地人入内,赚的都是过往客商的银子。他积极投资兴办学校、医院、商铺等。在他的二号老宅,设有"舍膳堂",向穷人和过往客商提供免费食物,但懒人及不爱惜粮食者不予施舍。

他只向每人每次施舍一顿饭食,如果谁想舀第二碗,他就让其干活,使之体会不劳而获是不行的;他若发现谁吃土豆时吐掉土豆皮,就会收碗,取消其吃舍饭的资格。他之所以这样,就是要让受益者明白,他救急不救穷,以防止这些人产生惰性和依赖,而不去自食其力。

一条金溪河自西向东横贯青木川古镇,将小镇分割为两大部分。左岸是后来修建的青木川新街,这里到处是亭台楼榭,车水马龙。在魏辅唐魏氏庄园的樱花小道入口右侧的辅仁书坊,已是71岁的魏辅唐长子魏树武先生,每一天都在重复着固定的工作,那就是为小说《青木川》签名售书,由于他特殊的身份,使之成为一个新的"看点",几乎游客常常爆满。他签的内容统一是"魏辅唐长子魏树武于青木川"。内容是提前写好的,他所向购主提供的服务,主要是盖戳儿。我观察良久,灵机一动,轮到我时,我让魏老先生在扉页右侧写上了我的名字。其他人一看,也学着我的样子,让魏先生补上了自己的名字,并与他合了影。

从魏树武瘦小、低矮的身材和微笑着的谦和的脸上,再也看不到一代枭雄魏辅唐昔日的丝毫影子。

据知情者说,由于魏辅唐当年被以反革命罪枪决,其后代的命运可想而知。直到1987年魏辅唐被平反昭雪后,其子女的生活才有所改善。目前,魏辅唐七个子女中,只有两个儿子和一个女儿健在,日子过得和平常人没有两样。

历史就是这样,总是演绎着三十年河东、三十年河西的悲欢故事。

金溪河右岸是条古街,叫回龙场,是青木川古镇最古老、最热闹、最繁华的地方。鳞次栉比的江南特色青砖瓦房、红色阁楼巍然耸立,青石铺就的小道古色古香,平坦干净。生于斯、长于斯、居于斯、劳作于斯的青木川人和蔼可亲,他们办店开铺做些小买卖,这些小人物在小镇上过着自己幸福的小日子。

古街上有两处看点最为诱人。一是大烟馆。烟馆是青木川旧时的梦幻,青木川曾经地处"三不管"边陲地带,一时沦为种植鸦片的专区。每到收获季节,天南海北的烟贩毒枭云集于此,为迎合交易和吸食,烟馆应运而生。烟馆见证了烟客醉生梦死、追欢逐笑的糜烂生活,也反映了过去的畸形繁华,可为后世之警示。大烟是魏辅唐的主要财源。据传在建烟馆时,有一山石挡住了房屋,魏辅唐欲移去,不料被一风水先生拦住,言称将此山石作山墙,依山而建,盖入屋内,不正象征着魏辅唐的"半壁江山"吗?魏辅唐采纳了此建议,此后果然长年小溪常流,荫蔽魏家。

另一看点叫"荣盛魁",是魏辅唐之兄魏元臣的产业,也叫"旱船房",实际上就是当时的妓院。这是国内少有的船型建筑物,共三层,每层设若干包厢,包厢仿照轮船的船舱等级排列,主要服务于富商巨贾,是当年三省边界有名的休闲娱乐场所。其雕梁画柱、香榻玉帛极尽豪华,是青木川一处瑰奇的景点。当年魏辅唐接待胡宗南时,就安排其下榻于此。为了验证辅仁学堂学生的才学,魏辅唐还让学生给胡宗南演唱了标准而流利的英文歌曲,使胡宗南惊讶于这么一个僻壤之山乡,竟然培养了这么多优秀学子。

如今的青木川,常住人口只有7000人,近年来,汉中市宁强县大力发展古镇旅游业,古镇上的客栈、酒店、饭馆等纷纷引来了外地人经商,带活了经济,集聚了人气,发展了产业。每到旅游旺季,人们就餐、住宿、购物、上厕所,不得不排长队。

天下的确有好多巧合的事,我们此行住在云来客栈,在与大堂值班经理曹女士闲聊中得知,她父亲曹宏孝就是小说《青木川》第204页提到的曹红萧的原型。叶广芩多次采访过曹宏孝并于成书后在赠送曹宏孝的书的扉页上写道:"感谢您对《青木川》写作的支持。"

曹宏孝是共产党员,宁强县广坪人。枪毙魏辅唐时,他任青木川乡乡长,1961年被下放到农村当教师。曹宏孝今年正月初三刚去世,享年86岁。

据曹女士讲,在他父亲眼里,魏辅堂虽然是恶霸地主,但他也是受苦人出身,早年起家是靠当土匪,有了钱后,也给青木川办了不少好事。他开办学校让学生免费上学,从省城西安聘请老师来授课。他有很强的统治才干,有胆识、有远谋、有善心,关心穷人,是个人人畏惧但又敬佩的人。魏树武长得像他父亲魏辅唐,但魏辅唐比魏树武高大一些,听说两个人牙很像,而魏辅唐的长得比较结实、饱满。

曹宏孝的观点代表了与他同时代人普遍的认识和看法。在青木川的两天里,我也打问过几个80岁左右的老人,他们都说魏辅唐是大善人,是青木川经济发展的大功臣。甚至有人说,枪毙魏辅唐前夕,人民政府已做出不处决魏辅唐的决定。令人遗憾的是,当时从县上送文件需要四天时间,文书晚送了一天,魏辅唐就被处决了。

传说总归是传说,我们无法考证。但从这个传说中,可以反映出老一辈青木川人对魏辅唐的怀念和追思。

站在古朴、典雅、考究、气派的叶广芩工作室门前,想着《青木川》小说,回味《一代枭雄》电视剧,艺术作品中何辅唐的形象与青木川人眼中的魏辅唐形象互相交织渗透着，就有了一番别的味道。

一种青木川古镇独有的味道。

(2016年7月19日于墨花斋)

黄河岸边新景区
——第二战区司令长官部秋林旧址

一段鲜为人知的故事；

一群热血沸腾的人物；

一方风格迥异的建筑；

一批弥足珍贵的文献——告诉你一个抗战时期的阎锡山；

让你领略近80年历史的旧遗址；

使你穿越一下跨世纪的大地道。

提起陕北黄土高原腹地的宜川县，知道的人并不多；但一说黄河瀑布，可以说是家喻户晓。当年，冼星海一曲"风在吼，马在叫，黄河在咆哮……"的《黄河大合唱》，曾激励了多少仁人志士的爱国热情和千万官兵的抗战斗志，成为红歌而被久久传唱。如今，就在壶口瀑布的旁边，又一个以抗日史实为核心的新景区——宜川县第二战区司令长官部秋林旧址，正以新的特色、新的亮点吸引了四面八方的人们。

秋末初冬一个天蓝云白、阳光灿烂的上午，在宜川县县长任建新，县委常委、宣传部部长霍爱英的安排下，宣传部副部长赵艳阳、外宣办冉涛、第二战区司令长官纪念馆馆长王猛等陪同我前往该景区参观。

第二战区司令长官遗址，位于宜川县城东15公里的秋林镇区，修建于1938

年3月—1938年底,1939年1月—1945年11月底,国民党第二战区司令长官部机关及山西大学、官办企业等单位驻扎于此。

第二战区司令长官部机关八大处旧址保存比较完整,建筑面积为2106.45平方米,1#建筑坐南向北,外观建筑布局呈"工"字形,内部为联通式结构,中间13孔窑洞,东、西各7孔;2#建筑坐北向南,有13孔窑洞。2008年投资260余万元对八大处块石砌筑窑洞群进行了文物本体维修,拆除了非文物建筑,修筑了围墙护坡。2009年编制了陈列布展大纲。2010年—2012年投资150万元,实施了旧址陈列布展、院落基础设施项目。2013年投资400万元实施了第二战区司令长官部秋林旧址景区文物旅游基础设施建设及周边环境整治项目,拆除了原秋林中心小学,建成了游客接待服务、星级公厕及办公区536平方米,停车场及绿化美化区3000平方米。

第二战区司令长官部秋林旧址八大处陈列馆主要展示抗日战争时期国共合作及第二战区在宜川的史迹,为陕西省第四批重点文物保护单位、国家AAA级景区、中国延安干部学院现场体验教学点。

宜川县秋林抗战文化古镇景区目前开放区域14900平方米,文物本体为1938年修建的第二战区长官部旧址,建筑面积为2106.45平方米。自2014年9月3日正式开放运营以来,年接待游客5万余人次。2016年9月,宜川县秋林抗战防空地道景点基本竣工,待地道周边征迁工作完成后可正式开放运营。

卢沟桥事变后,日军大举进攻山西,1938年3月19日入侵吉县,第二战区司令长官阎锡山率部经小船窝渡口西渡黄河,到达陕西宜川圪针滩,接应伤兵及民族革命大学师生万余人渡河。3月21日,阎率部抵壶口西岸桑柏村休整。期间,选址宜川县秋林镇作为后方基地、吉县南村作为前方指挥部,委派专人修筑建设。5月份,日军撤离吉县后,阎率部东渡黄河辗转于吉县管涔山一带。1938年12月,日军再举占领吉县,阎锡山下令第二战区司令长官部、省政府各厅处及所属机关人员西渡黄河转移到陕西省宜川县秋林镇,自己则率领随从亲信和家眷到山西乡宁县五龙宫村躲避。期间,向重庆发报请示,将部队开往宜川秋林整编亲训,蒋介石复电照准并予以嘉勉。1939年1月27日,阎及随从亲信由冰上西渡黄河再回桑柏,1月29日下午5时抵达秋林镇。

抗日战争进入战略相持阶段后,为配合国民党中央五届五中全会召开,身在秋林的阎锡山,于1939年3月25日至4月22日召开第二战区军政民高级干部会议,史称"秋林会议"。同时,着手对军队营以上、政府县区级以上和牺盟会、民族革命同志会干部开展分批集训。1939年12月,山西旧军与新军发生军事冲突,史称"晋西事变"。事发后,中共中央立即委派八路军副总司令员彭德怀赴秋林会见阎锡山,磋商调停事宜。1940年2月25日,八路军副参谋长王若飞、留守处主任肖劲光赴秋林与阎锡山谈判,达成了旧军与新军驻防等一揽子协议,从而恢复和保持了共产党与阎部在第二战区的统一战线关系。

1940年5月25日,阎锡山率部到达山西吉县南村新建成的克难坡(克难城),但第二战区后勤机关、企业、学校及大量部队仍驻扎在以秋林为中心的黄河西岸。从此,阎锡山视形势变化游弋于壶口两岸,培训干部、训练军队、积蓄力量,并伺机与日寇谈判,斡旋应对各方力量,以俟转机。

1945年8月15日,日本天皇宣布无条件投降。随后,第二战区驻宜机关单位、学校、企业及部队陆续撤离宜川,大约于1945年11月底基本撤出。

宜川县第二战区司令长官部秋林旧址一期占地14900平方米,文物本体为山西特色的块石砌筑窑洞,实施了750平方米"工"字形窑洞群陈列布展,以在山西、重庆、北京、南京等大量历史资料为依据,以在宜川和相关地区征集到的民间流散实物为佐证,借助现代媒体光学手段,客观、公正、真实地展示了第二战区国共合作、共御敌军的这一段历史,共陈列文物130余件,图片、油画、文字资料447幅。

参观完二战区景区后,我被其贯通式连体窑洞所震惊,被整块石条地板所叹服,惊讶于山下的条条地道,被阎锡山利用秋林镇有利地形、山势、风水所修建的窑洞所折服,更被其在此创建山西大学、创办《阵中日报》、编印《洪炉训练集》等重视教育、注重宣传、着力人才培养和训练的远见卓识而敬佩。

阎锡山(1883年–1960年),字百川(伯川),号龙池,山西五台县河边村(今属定襄)人,日本陆军士官学校第六期毕业生。1911年组织与领导了太原辛亥起义。民国时期,历任山西省都督、督军、省长、北方国民革命军总司令,国民党中央政治委员、军事委员会副委员长,太原绥靖公署主任,第二战区司令长官,山西省政府主席,国民政府行政院长。新中国成立前夕去台湾,卸职后避居阳明山著述至去世。

阎锡山是我国近代历史上一个重要的人物,抗日战争期间,第二战区长官司令部在黄河壶口两岸驻扎了八年之久,秋林成为第二战区大本营,也成为牺盟会和八路军办事处坚持贯彻中国共产党统一战线政策、争取以阎锡山为代表的山西地方势力联合抗日的重要阵地。在特殊历史条件下,正面战场第二战区与敌后战场相互支援、并肩战斗的雄奇画卷,体现了中华民族同仇敌忾、抵御外辱的伟大精神,彰显了中华儿女大义凛然、威武不屈的民族气节。

巍巍太行铸丰碑,滔滔黄河壮英魂。那些为民族独立而英勇献身的优秀中华儿女,永远值得人们铭记。

老百姓当时有段顺口溜,大致内容是:黄河两岸,陈兵十万,一半家眷,十三大将,哄一"老汉",坚持八年,兴办教育,"四新"理念,严训严管,一心抗战。形象地概括了阎锡山八年的第二战区司令长官岁月。

第二战区长官司令部秋林遗址是历史留给宜川的一笔人文财富,也是一大旅游热点。景区王猛馆长告诉我,建设秋林抗战文化古镇具有四大优势:

交通优越。秋林抗战文化古镇紧邻309国道、青兰高速(秋林出口),309国道在景区与201省道交汇直通南泥湾。交通发达,来往便捷,为游客参观带来诸多便利。

区位优势。该景区位于陕西北线游黄帝陵景区、壶口瀑布景区一线,且处于中间位置,进行一体化旅游非常便利。

文化资源优势。镇区现存像第二战区八大处办公旧址、抗战防空地道、山西大学、八路军办事处等十余处旧址,是抗战实景遗址和红色文化旅游的有效补充,为景区开发提供了文化载体和支撑。

土地资源丰富。秋林镇区千余亩建设用地,可以充分布置各类项目。

同时,二战区司令部旧址还具备四大作用:可以缓解分流壶口景区游客,解决宜川旅游单一、来宜游客留不住的问题;鉴于壶口景区地质公园保护和周边土地资源紧缺的实际,导致壶口景区周边接待能力弱、三产服务发育不全、服务层次低且缺乏特色,秋林抗战文化古镇可以有效承接县域涉旅服务业发展;把秋林抗战文化古镇景区开发与当地群众脱贫致富有效衔接,让当地群众充分参与融入景区开发建设,就近就业,从事三产服务业;将吃住行游购娱各类旅游项目在秋林抗战文化古镇集中体现,把秋林镇建设成为宜川县域旅游集散地、全省旅游扶贫示范景区甚至是未来宜川县城副中心。

宜川县地处山区,工业薄弱,经济欠发达,仅靠壶口瀑布旅游产业过于单一,而第二战区司令长官秋林遗址的开发,必将给该县旅游带来新的生机、活力、希望。在他们投资6亿元完全开发这一特色景区后,必将迎来大江南北、世界各地的更多朋友。

(2016年11月于墨花斋)

附 录

思考让生命分外妖娆
——姚骏骊《吹糠见米》评

李巨怀

"认识你自己"是希腊德尔斐神庙门楣上的铭言,也是"西方之庄子",旷世思想家、哲学家苏格拉底的哲学宣言。

在生命的长河中,毋庸置疑,因家庭、教养、后知后觉不同,我们每个人不是生来就能走上一条符合自己本性的路,踏入一条壮丽多彩的河流。正如一抹游离不定的浮云,需要经过不断地跌宕起伏后才有可能质变,幻化成一滴充满生命力的水滴,有此饱含万千希望的一丝看似虚无缥缈的水珠,我们才有可能借助那孩儿脸般的天气,有幸融入一场把你送入理想彼岸的降雨之中,汇聚成一溪潺潺流水,历千难、经万险,八千里路云和月,终于闯进到那无数干净纯粹灵魂组成的生命海洋里。

"认识你自己",我们方有可能审慎地活着,真实地纯粹着;"认识你自己",我们方有可能在茫茫人海中坚定地走着,发自肺腑地欢笑着;"认识你自己",我们方有可能真正地找见那个千包万裹的自己,寻觅到另一个与你同样品质的灵魂。

真实的生命是经不起蹉跎的,正如真实的灵魂经不起欺骗一样。我们无法保证自己在姹紫嫣红的红尘世界中时刻保持自我,但我们可以尽己所能在欲海俗世中保持沉静。用一双自己的眼睛看世界,很累但却很分明;用一颗思考的心儿去辨析万物,很迷茫却更绚烂。

这就是我看毕姚骏骊先生随笔集《吹糠见米》后最真切的感受,正如有趣的生命会自然相遇一样。在我眼里,他就是永远在路上的那类人,不是在山重水复的乡间小途中采访,就是在追逐真我的笔会现场昂扬。也正因了他这种读万卷书不如行万里路的满腔热忱,才有了凝聚他一心向往的好文。《吹糠见米》收录了姚骏骊先生近几年所创作的大量散文、游记、书评、杂文,不仅仅是其职业使命的真实呈现,更是其思考生命的心路历程。拳拳正能量,满满真善美。他的作品抛却文学的技巧不论,最引人入胜、叫人流连的是他的敏锐触角——小中见大。看似漫不经心、娓娓道来,却蕴含了他最真实最彻骨的心灵呐喊,让我们在掩卷一笑中沉默,在静静沉默中思考,在深深思考中无语。

好的作品正如好的庄稼,一眼望去,貌似茁壮未必能叫读者动心,关键是能叫读者自然而然进入到这片有深沉果实的庄稼地里,与这块田地同呼吸共命运。同一块田地,同一方雨水,却能种出质地不一的庄稼,无非还是种植这块庄稼地的"农人"的责任意识不同所致。有着与底层民众同一视线的悲悯情怀,有着三十年如一日的信念担当,有着视文字为生命的默默沉思,《吹糠见米》正如他那农人般质朴的名字一样,读者定会与我一样,透过那一粒粒晶莹透彻的"小米",发现人世间最为本真的美好,找见我们回家的路。

(2016年11月13日于陈仓半心斋)

(李巨怀:中国作家协会会员,宝鸡市国学会会长、宝鸡市作家协会副主席,金台区委宣传部副部长、区文联主席、著名作家。发表长篇小说《书房沟》《没有波长的阳光》《老牲》,随笔集《清水河》《信言集》《今晨心语》等。)

幸识姚骏骊

李印功

人和人的相识是缘分。这句话我信了。

2016年4月28日,是一个天晴阳灿的日子。我因出版了长篇小说《胭脂岭》,被邀请参加首届陕西乡村文艺创作座谈会,并代表与会作家发言。发言结束后,听到有人喊:"李总,你好!"我转身一看,是一位标致男子,他戴着眼镜,文质彬彬,微笑着说:"我是姚骏骊。"我眼前一亮,姚骏骊?是我敬慕已久却一直没有机会认识的陕西省资深媒体人、青年文化学者、知名作家姚骏骊!我说:"你好!"两人相见恨晚,两双手紧紧地握在了一起。

但仍是匆匆一别。

8月18日,我在网上看到姚骏骊关于读书的一篇随笔,谈到了读书的重要性和读书的时间从何而来,说他尽管一天忙得鬼吹火,今年上半年还挤时间读了6本书,分别是贾平凹的《极花》、高建群的《刺客行》、耿翔的《马坊书》、李印功的《胭脂岭》、叶广芩的《青木川》、易中天的《汉武的帝国》。这6本书,4本长篇小说,1本散文集,1本历史类。我的拙作能摆上名家的案头,使我感到几分荣幸。

翌日,我接到陕西农村网给全省农家书屋捐书做访谈节目的通知,巧的是,和我一同接受采访的嘉宾就是姚骏骊,我觉得这是一次难得的学习交流机会,内心就生出些许高兴。

在接受采访时,姚骏骊对《胭脂岭》中的故事、人物、情节熟悉的程度让我大吃一惊,他说的"《胭脂岭》源于生活拥有史的真,又高于生活富含诗的美,的确是一部让人震撼的史诗"的观点,印证了其他专家和读者的看法。姚骏骊对乡土文学有如此深的研究和卓识,令我肃然起敬。

当晚,我在网上就看到了姚骏骊写的《李印功长篇小说＜胭脂岭＞初谈》一文,对《胭脂岭》的成功与不足的剖析、点评,让我心悦诚服,茅塞顿开。

姚骏骊在微信上发表的这篇文章,引起了西安曲江中国道文化景区楼观台管委会主任陈建军的极大兴趣,他邀请我和姚骏骊去楼观台一叙。8月27日,秋雨丝丝,凉风习习,我俩带着《胭脂岭》,揣着好心情,不觉就到了楼观印象酒店。

有关《胭脂岭》的话题谈完以后,姚骏骊把中国道教文化谈得头头是道,在座的陈建军、楼观印象酒店总经理李波、销售经理张军玲和我,都十分惊讶,几乎同声问:"你咋对道教文化这么精通的?"原来,姚骏骊一直在研读、传播国学,并在两年前就兼任在全省国学工作中名列前茅的宝鸡市国学研究会的名誉会长,还在他创办的大秦岭父亲山文化研究会常年讲授《道德经》、"四书五经"等。

第二天,姚骏骊在网上晒出了一篇游楼观台印象的随笔。

9月13日,我又在网上看到姚骏骊以中国旗袍协会陕西联合总会副会长和书法家的身份,参加铜川玉华宫菊花展暨首届旗袍文化艺术节的消息。他不但在现场挥毫泼墨为玉华宫管理局题赠"九月菊花香,大唐玉华宫"的书法作品,还点评了铜川作家郭平安近年来创作的、与玉华宫和唐僧有关的、反映佛教文化的长篇小说《唐僧译经记》,对佛教的渊源和知识如数家珍,显得格外在行。一查资料,果然如此,我又不得不惊叹姚骏骊是一个博学多才的人。

姚骏骊在陕西日报传媒集团供职二十多年,纵笔三秦大地,文章四处发表。他是陕西省作家协会会员、陕西省楹联学会会员、西安市书法家协会会员、陕西省新闻书画家协会常务理事兼副秘书长、大秦岭父亲山文化研究会会长、宝鸡市国学研究会名誉会长、中国旗袍协会陕西联合总会副会长及文化总监。2003年至2008年，已先后出版了《跋涉者》等5本文集，发表了300多万字的新闻、文学作品。2002年，他被陕西省文联评为"二十世纪陕西文艺散文百家"之一。2012年，他发表在《陕西日报》上的文章《走进路遥故里》，被路遥纪念馆作为馆藏珍品永久收藏并向游客展出。2014年，他撰写的缅怀著名作家张贤亮先生的文章《向张贤亮大师致敬》，在新闻圈、文学界引起强烈反响；同年，他发表在《陕西农村报》上的纪念文章《永远的刘力贞》，受到社会各界的广泛好评，在刘力贞追悼会现场，登有该文章的300份报纸被抢一空。2015年、2016年，他多次出访香港、澳门及国外，其当场书写的书法作品分别在韩国、新加坡、马来西亚等文化交流中三次获奖。

我还在姚骏骊的微信里发现，姚骏骊喜欢游历祖国各地，寻访异国风情，开展文化交流，寄情于名山、名川、名城。北方大地的广袤、南方山水的秀丽、长城内外的奇景、大江南北的异趣、东北亚的风土、东南亚的热度、香港的纷扰、澳门的金灿……都装入他的脑际，流向他的笔端，传给每位读者。在北方，他曾面对一座风中的蒙古包发愣；在南方，他曾站在南海边褐色巨石上发呆；在行进的列车上，他曾把目光投向窗外，面对闪过的景致发痴。表面发愣发呆发痴的姚骏骊，内心里却翻涌着惊涛骇浪，他的热血在沸腾，滚滚思绪不断地在时空的隧道里穿梭搜寻，抚忆祖国昔日经受的痛苦和苦难，感怀今天的变迁与辉煌。然后把一个怀有赤子之心的媒体人、文化人对祖国深深的爱，对人类浓浓的情熔铸在每一篇随笔、散文、评论的字里行间，使每一个字符都灵动鲜活，有了温度，有了情感。

姚骏骊爱读书是出了名的，在青少年时代，他饱读中国古典文学典籍、中国古代四大名著、中国文学史、中国当代名著，大量阅读诗歌研究、美学、历史、地理、哲学、书法等类的图书。他20岁就开始在省报发表文学作品，23岁就写出了万字报告文学并得以发表，27岁起就为赵步长、田景丰、许君寿等风云人物撰写纪实通讯、人物专访、专题文章，发表在《陕西日报》上，引人注目，35岁出版第一本文集《跋涉者》……

"文人不做书呆子"是姚骏骊的口头禅,也是他的文化观之一。他不仅搞采访、写文章,还涉猎广泛。2010年前后,姚骏骊在朋友的鼓励下,利用双休日带着剧组到乡村、走社区,以制片人、编剧、导演等多重身份参与拍摄陕西方言栏目剧——《百家碎戏》《都市碎戏》《狼人虎剧》《西安故事》等,有时他也在其中客串角色。其中有8部作品被陕西电视台、西安电视台播放,好评如潮。直到累得他大病一场,在家人和朋友的劝阻下,才不得不放弃。每每谈到那段时光,姚骏骊说,现在看来,当时应该一直坚持下来,倘若如此,说不准还进军电视剧、电影拍摄行业了。用姚骏骊自己的话说,那就是在文艺圈的更多领域小试牛刀,证明自己不是书呆子。

"文人之文在于化",这是姚骏骊又一个观点。他认为,文人不读书不行,但读死书、死读书,把自己关起来光会写文章也不行。现代文人要走出去、长见识、接地气,才能写出好文章。只会写好文章还不行,还得发表,让读者接受、社会认可,有人邀请你去写,进而参与更多、更广、更高层次的策划、创意、撰稿等,方能体现"化"的效应,也会有更多的价值重组。

"文人未必就一定穷",这还是姚骏骊强调的一个观点。在多次与姚骏骊的交谈中,他的这个观点我很赞同。他说,在人们的传统观念里,文人都是穷文人。当然,这些都与文人所处的时代和社会背景有关,但更与文人自身素质有关。过去社会上不尊重知识,不尊重人才,文字不值钱,文人就值钱不了。如今改革开放,今非昔比了,文人如果还过于"文",穿一身笔挺的西服,整天板个书生脸,端着臭架子,不能保障生计,不会自理生活,不善经营之道,连自己都"卖"不出去,不穷才怪!相反,如果文人不卑不亢,将自己的劳动当作智慧"卖"给社会,换得相应价值效益,那么,既有尊严又有收入,长此以往,何患穷也?怕就怕无真才实学,眼高手低,自己是个花拳绣腿、文人模样的草包,那肯定只有寒酸、穷酸、辛酸的份了。

其实,在大家习以为常的东西面前,善于出人意料地获得独到见解的姚骏骊,诸如此类的超前观点还很多,恕不赘述。我有个深切感受,姚骏骊是用脑在为文,用心在做人,用苦在成功。近年来,在繁忙的工作之外,他马不停蹄地满世界去写书法。省内就自不待说,凡是书协组织的活动,他只要时间允许就尽可能参加。除国内其他省市,他还以海外文化交流大使的身份站在东北亚、东南亚的国际舞台向更多的人群展示书法艺术和中国传统文化。他说得好,文化形态千姿万种,写的画的都有益,雅的俗的都有用,多尝试益脑健身,陶冶情操,好处多多。

在我年逾花甲、痴迷文学的时候,天赐良机,有了姚骏骊这样一位文学挚友。姚骏骊与陈忠实多有交往且情谊甚笃。陈忠实生前能上门给姚骏骊祝贺生日、一起碰杯、共进晚宴,足见这情谊之不一般。姚骏骊跟贾平凹相识已久,多次相伴,来往甚密。2003年,贾平凹为姚骏骊的第一部35万字的文集《跋涉者》题写了书名。贾平凹一见姚骏骊,一句"先坐下吃烟喝茶"的话,就印证了他们不是寻常的交集。姚骏骊还探究过路遥走过的路,多次造访路遥故里,三见年迈的路遥母亲,每次都要拉家常,给她零花钱。这些经历都成了姚骏骊人生的一笔宝贵财富。名人的精、气、神熏陶了姚骏骊,大师的儒、雅、魂感染了姚骏骊,前辈的和、善、真影响了姚骏骊,文学大师的人格、文德、文风融进了姚骏骊的血液,姚骏骊也就成了名人。所以,姚骏骊的随笔、散文、诗歌、评论就有了大家的风范,轻巧而不轻浮,敏捷而不慌匆,说理而不说教,辩思而不盲从。妙语连珠舌吐莲花,气定神宁又波澜壮阔,或是抒情,或是讲哲,或是感慨,似把簸箕里的干核桃往蒲篮里头倒,琅琅的声音悦耳动听,黄灿灿的色泽馋人胃口。他的美文,大多每篇长不过数千字,短则数百字,型微如少女玉手上的美甲图案,既像艳丽精致的玫瑰花,又如金粉洒就的璀璨星月,还似生动可爱的卡通人物。小天地风光无限,大人文意境绵长。味烈如人丹丸,抑或是风油精,酷暑困顿之时,一粒一滴入口,立刻舌麻唇颤,七窍连通,心清气爽,有欲神欲仙之感。和他打交道如沐春风,与他谈文化总能受益。加上他那英华的语言、缤纷的意向、亲和的谈笑,简直就是一种神交、一次旅行、一方享受。

姚骏骊是一本书，是一本很有特点的书，越翻越有情趣的书。"读"姚骏骊，可除鄙见，可宽眼界，可清愚昧，是灵魂与灵魂的对话，不仅能让生命变得丰盈勃发，还能让生活充满阳光，更能让社会和谐多彩！而姚骏骊像一个只管耕耘不问收获的农夫——他不问收获，大地不答应——他耕耘过的大地长出了茂密而壮实的谷子，谷穗儿沉甸甸的，在微风中翻涌着层层金浪——已经到了收获的季节，可以吹糠见米了！

有姚骏骊这样一位文友，是我之大幸！

（2016年10月12日）

（李印功：陕西省资深媒体人、作家，《陕西文学》杂志副主编，《陕西农村报》原执行总编，陕西电视台《百家碎戏》《都市碎戏》编剧。）

吹糠见米始见真

张念贻

"吹糠见米",很自然令人联想到"披沙拣金",但相对后者,前者要谦虚得多、朴实得多。骏骊兄以此来命名这本书,深意可想而知。

在长达十余年的交往中,我所看到的姚兄和他对文学的感情,我想大致经历了从痴迷到敬重,由敬重到执著的过程。当然,这也许对每个爱好文学的人来讲都是如此,但是在姚兄身上体现得尤为充分。

"桃李春风一杯酒,江湖夜雨十年灯"。姚兄和我同在报界谋事,虽说较我略长几岁,但其风雨经历却堪称传奇,我辈到底平顺,姚兄相对坎坷。在由教师到记者的命运选择和身份转换中,姚兄到底还是以笔起家,以笔畅达,但又不是埋头书斋、闭门造车,回首这些年来的风雨来路,姚兄的文字旅途颇有些仗剑天涯、挑灯夜战的苍凉感、豪壮感。

一如他多年前给出的定位——"跋涉者",这是他早期的一本散文集的名字,也是他心志的集中体现,这些年,他又何止是跋涉者,更是探索者、开拓者、思想者、收获者。他对文学的感情、热情、激情,是长久的,始终的,一贯的。起先是对阅读的热爱,然后是对作家的热爱,最终是对写作的热爱。

这些年来,我清楚地见到了这个过程,在供职于单位、效命于工作的过程中,那颗始终没有遗忘的初心,不断地显现出来,走南闯北,遍访文脉,对路遥、对陈忠实、对贾平凹,他敬由心生,他曾先后三次拜访路遥的母亲,他和陈忠实先生的交往甚深、交情甚笃,他对贾平凹先生的敬重,都以文字的方式及时表达。他写三次拜访路遥母亲的文章发表在《陕西日报》上,被路遥纪念馆收藏;他应《家庭》杂志的邀请,所写陈忠实先生的文章《删繁就简三秋树》,选点新颖,角度独特,陈先生大为赞赏,请他吃饭。

当然不仅仅是和大家的交往,还有和许多作家的交往。他是一个发现者,更是一个热情的分享者,比如对宝鸡的李巨怀、铜川的东篱;他对书法又有着独到的热爱,渭南的魏江、咸阳的赵生辉,他都大力举荐。这之中,自然也包括我,说起来姚兄也是在报纸上看到我,经人介绍认识我的,对我写的文章,姚兄总是热情给出评价。他又是一个地域文化的发现者,陕南陕北、东府西府,他出去许多天,一回来、一见面,总要跟我分享许多令我感到新奇、新鲜的事,有时只是一段民谣,几句俚语,却是那么值得玩味。

可以说,姚骏骊是在不断地行走,不断体验、感悟、思考中,雕塑、苦练着自己的文心,这几年来,更显执著了。从部门主任到副总编,他的格局、境界都在不断提升,活脱了,通透了,但依旧谦卑着,始终蛰伏着,现在终于收获了这本题为"吹糠见米"的书。

许多文章,应该说早在第一时间我都读到了,这些不断积累的思索令人感佩,他既能直面、驾驭沉甸甸分量的文章,又能从生活的角角落落、点点滴滴中萌发自己的认知,他就这样写了下来、记了下来。他的视野又在不断地拓展中,随着他的足迹走出陕西、走向全国乃至走向国外的过程中,他用他的眼、他的心去感知多样多彩的世界。

难得有心人,多少经年事。从文学到文化,姚兄奋力拓展自己,形成一道独特的风景,他的确应该出书了,到了出书的时候了,应该把这些年中始终留存在心底、记录在笔下的对文学的热爱和盘托出了。

这就有了《吹糠见米》,一粒一粒珠圆玉润、晶莹剔透的米粒原本成于糠、脱于糠,吹糠见米,令人格外喜悦。姚兄说,有人说是不是太土了,但他坚定了这种土气。事实上,土气是地气,也是底气,接地气,有底气,一个人才是自信的,收获才是丰满的。

在我看来,《吹糠见米》正是"披沙拣金",白米如银,始见真金。

(2016年11月8日于西安)

(张念贻:1975年生,陕西西安人。2000年开始从事新闻工作,受聘兼职高校任教八年,二十多次荣获各类新闻奖,先后荣获"《陕西日报》名编辑""《三秦都市报》名编辑""陕西省优秀新闻工作者"等荣誉。四十余次参与主导陕西各行业新闻培训,多次参与陕西省委推出的全国重大典型报道工作,撰写城市宣传片十余部。编著有《实用报纸编辑学》《新闻传播基础》等多部新闻学专著。现为陕西省散文学会秘书长、陕西省传播学会副秘书长,供职于三秦都市报社。)

把人和文做到"花"的层次
——写在姚骏骊散文精品集《吹糠见米》出版之际

冯西海

今年我记性不好,但对姚骏骊先生的人和事还是记忆比较丰满,答应他未完成的文债一想起来就很不舒服,这是因为他把人和文都做到"花"一样的层次的缘故。听说他的散文集《吹糠见米》即将出版,希望我写一点文字,我痛快地答应了,还是因为他把人和文都做到"花"一样的层次的原因。

和骏骊先生的结识,先是见其文字听说其名字。我早年供职于区委宣传部,与记者交往多,最头疼的是处理记者批评监督报道其事后提出相关难缠的事。那时,同样供职于省媒的姚骏骊却从未给我所在的区里找过事,反而在《陕西日报》上写了不少正面的宣传报道,他所写的整版专题名列同行前茅,一度在全省成为响亮的品牌。自2003年起,他也出了不少书,把他写的"新闻",其实是文学味很浓的报告文学、纪实通讯收录进去,受到基层单位欢迎和读者推崇。与那时他的同行的人和文相比明显地高出一个甚至很多层次。今天想起来,姚骏骊此人不简单,凭着自己一支生花妙笔从咸阳沣河岸边某学校校长职位成功跳槽到省城大报社,而且名利双收身负要职,完成了他把人和文都做到"花"一样的层次的华丽转身、浴火重生、凤凰涅槃。

和骏骊见面时,我已经离开八年风雨兼程的宣传部,调任到文联上班。他还是记者,但已经是报社的领导。一个企业做宣传,但需要姚骏骊"文学"的

"新闻"。大约是惺惺相惜,我们虽多年未能谋面却神交已久、心向往之。骏骊向老板点了我的将,我们相谈甚欢如故友重逢,两天两夜的合作,不但心情愉快我还意外地得到企业的"红包",欠了骏骊一个人情。那时,我生活还有些拮据,他听说后又给我介绍了另一个大老板,代笔做枪手,写长篇小说,让我又欠下他一个大人情,至今没有偿还。我说了好几次,但重情义的骏骊总是嘿嘿一笑。

姚骏骊先生的新闻作品自不用说,我阅读的除刊登在报刊上的纪实作品外,他的散文随笔、诗歌杂文我也陆陆续续读过一些,感觉他才思敏捷,阅读量广,文笔优美。这是他在职业生涯中有机会与陈忠实、贾平凹、高建群等文化名流亲密接触的必然结果,加之骏骊平日喜欢阅读,善交朋友,重情重义,勤奋笔耕,生活阅历也曲折丰富,一切就水到渠成,日久便水滴成川。

记得有一次我在西安办事,顺便去他供职的报社看望他,第二天就读到了他洋洋洒洒的上千字的随笔。面对这种速度、篇幅和文字洒脱的作品,我虽然从事文学创作三十多年,出版了十几本书,还是自愧不如。他的长篇小说《挖坑》,我拖了很久才读完,好长时间都沉浸在其精彩的故事和文笔中不能自拔。

因为事多,骏骊的散文集《吹糠见米》许多篇章我还没来得及阅读,但其精彩和出人意料的阅读喜悦肯定会潜伏在书页背后等待读者们探秘。我一直认为,做人的层次决定作品的层次,人情练达即文章,文如其人,这类话很多,我也只记住这几句。随手写了,以完成骏骊的嘱托。再次祝贺并期待姚骏骊新作散文集《吹糠见米》出版!

(2016年10月14日上午于瓜棚)

(冯西海:中国作家协会会员,陕西省作家协会长篇小说专业委员会委员,咸阳市作家协会副主席,西安中山书画院副院长,西京学院至诚书院客座教授。)

文人不"穷",文化是根植于内心的修养

李金蔚

2016年8月1日下午,资深传媒人、知名作家姚骏骊先生抱着一摞书来到陕西农村网。"我来捐书,给农村。这是30本《有话就说》,我想捐赠到农家书屋给陕西的农民朋友们看看。农村文化相对贫瘠,他们更需要知识汲养。"

现供职于陕西日报传媒集团,任陕西农村报社副总编辑的姚骏骊先生其实有很多的头衔和社会职务,他是陕西省作家协会会员、省楹联学会会员、省新闻书画家协会常务理事兼副秘书长、大秦岭父亲山文化研究会会长、宝鸡市国学研究会名誉会长、中国旗袍协会陕西联合总会副会长、陕西总会文化总监等。

2003年—2008年,他先后出版了《跋涉者》等5本文集,发表了300多万字的文学作品。2002年,他被陕西省文联评为"二十世纪陕西文艺散文百家"之一(当时是入选者当中年龄最小的)。2012年,他发表在《陕西日报》上的文章《走进路遥故里》,被路遥纪念馆作为馆藏珍品向游客展出。2014年,他发表在《陕西农村报》上的纪念文章《永远的刘力贞》,受到社会各界的广泛好评。2015年、2016年,他多次出访港澳和国外,其书法作品分别在与韩国、新加坡、马来西亚等国家的文化交流中多次获奖。

但他在接受采访过程中告诉记者:"此行,我的身份只是一个爱读书的文人,我喜欢文学,热爱读书,热衷文字。读书让我领略文学魅力,重拾文化自信,找回文人自尊,我从未停止过阅读、学习、写作和提高自己。"

喜欢阅读的姚骏骊,对读书有着深刻体会。他说,就传统观点而言,读书可以感悟人生,心静莫如去读书。在网络信息化的今天,抽出时间去读书,一日三省吾身,才能变得知性、理性。于农村而言,古有《齐民要术》,那是祖先研究农业的智慧之光,今有《致富经》,使农民依靠科技力量不用再靠天吃饭。知识才是摆脱贫穷、追赶超越的中坚力量。

读万卷书,行万里路。以前人们会说"穷文人",但是现在社会进步了,人的认识也改变了。多少读书人,总是能把文化事业转化为文化产业,把精神拥有转化为物质财富。

在姚骏骊眼中,爱读书、爱知识、爱文化本来就是一笔宝贵的财富。

陕西这片黄土地,历史悠久,文化底蕴深厚。从过去的13朝古都,延伸到现在,国家外交部把西安作为向国外展示文化实力的固定城市,科技教育大省、文学文化大省一直是我们的优势。尤其是新时期以来,涌现出众多文学巨匠、优秀作家。路遥用《平凡的世界》征服了第三届茅盾文学奖,陈忠实、贾平凹、高建群、京夫、程海等带着他们的《白鹿原》《废都》《最后一个匈奴》《八里情仇》《热爱命运》等长篇小说,开启了"陕军东征"之路,轰动了中国文坛。

在姚骏骊看来,这是外界对陕西文化的认可,更是陕西作家文学实力的展示。这些老作家是他学习的榜样,他曾经用自己大量的作品,如《三访路遥故里 三见路遥母亲》《陈忠实笑望白鹿原 那十年世外桃源的生活》《平凹印象》等文章,来表达他对陕西文化的敬畏和对陕西老作家的敬重。

有人戏称,陕西作家都是农民,作品题材都是关于农村、农民、农业的。但姚骏骊说,其实这是一种误区。

文学源于生活,陕西是文化大省,也是农业大省,我们陕籍作家作品能让读者看到最真实的民风民俗、民谚俚语、生存状态、抗争精神,在这块熟悉的土地上,他们能找到祖辈、父辈、同辈甚至自己的影子,因而能够创作出厚重、大气又充满泥土味的好作品,从而引起读者的共鸣。

"爱阅读让我得到了很大的提升,我一直想把这种乐趣分享给更多的人,特别是在一些文化相对贫瘠的偏僻、边远的农村。《致富经》在传统农业转型时代给农民带去了翻天覆地的变化,如今农民富了,知识结构变了,文学类的作品才能进一步滋养他们的心灵。"姚骏骊很笃定,阅读和文化带给农民的将会是精神、物质的多重富裕。

在得知《陕西农村报》、陕西农村网组织的此次"繁荣乡村文化,丰富精神家园"的农家书屋采访活动和捐书倡议后,姚骏骊连连称赞。他深知这份63年来与农民做伴的老报纸,是真正报道农村、关注农业、服务农民的"三农"党报,也是全省农民群众的老朋友;他了解这个成长中的网站,有一群深入农村、熟悉农事、了解农民、吃苦耐劳的年轻编辑、记者,他们朝气蓬勃,积极上进。

深入田间、走进书屋、贴近农民的采访能让所有人了解农民需要什么,书屋还缺什么,作者该写什么。这不仅是一次公益活动,更是一次沟通城乡、深入基层的新闻探索和实践。

近年来,中央大力倡导文化大发展、大繁荣,陕西更应在"全民阅读"中首当其冲。国家提倡传统国学文化,重视文化产业,这是文学爱好者的福音和机遇。

"书香门第""耕读传家"是儒家思想几千年的影响,每一本书都对农民朋友特别重要。姚骏骊在结束采访时,呼吁全省作家、广大文友,把自己手中的书捐献给更多偏远的农村,让农民朋友在知识的滋养下成为现代新型农民。同时,他也希望陕西农村网这次活动长期坚持下去,为陕西本土作家和农民朋友架起一座沟通精神世界的桥梁,让我省作家创作出更多接地气、贴生活的优秀作品。

(李金蔚:陕西日报传媒集团陕西农村报记者、陕西农村网首席主持人。)

用身边的知名人士激励孩子，效果棒棒的
——姚骏骊和他创建的大秦岭父亲山文化研究会

冯乖课

有一次在荔枝网上收听到由著名作家、陕西日报传媒集团陕西农村报社副总编辑姚骏骊先生撰写的《路遥：平凡的世界 不平凡的人生》，一下子被姚老师那独特的叙事风格、扎实的文学功底、扑面而来的时代气息和字里行间透出的社会责任感所深深吸引，使我油然而生敬意。

姚老师的《路遥：平凡的世界 不平凡的人生》配乐音频长达近40分钟，我先后听了不下10次。后来又推荐给我的女儿听（因为女儿和我一样也是路遥的崇拜者，也很喜欢和路遥有关的文学作品），她听完后对姚老师的作品也钦佩有加。

没想到，后来当我加入了宝鸡市国学研究会之后，才知道姚老师竟是宝鸡市国学会的名誉会长。能和姚老师在一个群里交流，一下子激起了我深入了解他的欲望，同时心想或许能借用姚老师名人的效应来激励女儿，岂不是一件一举两得的美事？于是，我试着在百度上输了"姚骏骊"三个字，屏幕上弹出：姚骏骊，资深传媒人、知名作家、青年文化学者、陕西省作家协会会员、陕西省楹联学会会员、西安市书法家协会会员、陕西省新闻书画家协会常务理事兼副秘书长、中国旗袍协会陕西联合总会副会长……已发表作品300多万字，著有《跋涉者》等文集；在《陕西日报》上发表的文章《走进路遥故里》被路遥纪念馆作为馆

藏文物展出,其书法作品多次在与韩国、新加坡等国的文化交流中获奖,早在2002年,他就被陕西省文联评为"二十世纪陕西文艺散文百家"之一。

当我把姚老师是国学研究会的人这个消息以及他获得的一些荣誉告诉女儿后,女儿竟紧紧地拽着我的手半天不放,似乎我就是这位文化大家的化身。女儿这一举动不觉让我想起了姚老师的一句话:"文字是酵面,文章在发酵,文学有酵力。"为了使这酵力更大,我带着可能被拒绝的担忧尝试着申请加他微信,没想到顺利通过了。至此,我能经常在朋友圈学习到他发表在各类刊物上的作品,如《文学就是一堆柴》《国粹算盘》《笔筒》《长征:一本读不尽的"教科书"》等。女儿高三很忙,我就会利用吃饭时间,把姚老师的作品中最经典的句子读给女儿听,比如《笔筒》中的"笔筒是一个文化符号、一面镜子、一种考量",《国粹算盘》中的"算盘是精明、财富、权力的象征"……

其实女儿能否完整地阅读姚老师的文学作品倒是其次,我主要是想借助姚老师的作品这个介质,让女儿学习姚老师身上一些可贵的品质,我也经常会把这些文章发到我的朋友圈,让更多的朋友有机会读到这些上乘、隽永、优秀的作品。

不久,经姚老师介绍,我又幸运地加入了大秦岭父亲山文化研究会。大秦岭父亲山文化研究会是姚老师作为创始人创办的一个文化交流和国学研究机构,目前会员已有五百人之多。姚老师在百忙中总能挤出时间,经常给会员义务讲解《道德经》《大学》《中庸》《论语》《孟子》等国学经典著作。姚老师一次次传播正能量,弘扬主旋律,传承中华优秀传统文化,会员们反响很好,我也从中受益匪浅。在和女儿的交流中,我也会有意识地现学现卖,女儿好奇地问:"妈妈,你怎么变得斯文了?"我会故作神秘地告诉她:"跟姚老师学的。"我想用这种方式让国学在女儿心中生深根、发嫩芽,也相信有一天它终会开繁花、结硕果。

前不久,从宝鸡市国学研究院院长李巨怀先生那儿得知姚老师的散文集《吹糠见米》马上要出版了,这本书是姚老师迄今为止出版的第六本文集,闻之我打电话祝贺姚老师的新作问世,谁知姚老师用陕西方言悄悄地说:"匣匣盖子不敢掀开太早,要不就把宝露了。"

与姚老师交流了这么久,我却还未见过他本人。但通过一段时间的关注,我发现他身上融入了儒、释、道三家的综合元素:儒家的独善其身,释家的养性清净,道家的回归自然。同时他的身体力行、率先垂范、为人作文深深地影响了更多的人。姚骏骊曾说过:"我们每个人都不可能改变环境,但是,我们需要做到的是做好自己,同理,如果每个人都做好了自己,整个社会的风气肯定就好了。"

(2016年11月26日)

(冯乖课:教师,家庭教育指导师。)

后　记

写一本能放到书架上的书

　　凡是接触过已故著名作家、中国作家协会副主席陈忠实先生的人都知道，陈老是一个很低调、不讲究、极随和的人；去过他位于西安石油大学的工作室的人，更为他工作室的布置简单、条件简陋而不解。一进门只有一条旧的皮质长沙发，两头堆满了各种书籍、期刊、报纸，中间的位置只能容纳一个人坐，陈老就会拉把藤椅坐在对面，抽着雪茄与客人交谈。靠近门的那间屋子里没有任何摆设，满地的手提袋、礼品袋零乱地堆放着，上面落满灰尘，看样子从未打开过。有一次，我不解地问陈老："陈老师，你怎么不把沙发上的这些书收起来？""这都是些上不了书架的书。"他不假思索地对我说。

　　2016年6月4日，受咸阳市文联、作协、咸阳日报社、群众艺术馆的邀请，著名小说家、陕西省文联副主席、省作协副主席高建群先生到咸阳029艺术街区授课，主题是"丝绸之路钩沉"。在开场白中他讲道，最近省上领导问我在忙什么，我说："我正在搞一项伟大的工程。"领导很重视地问："什么工程？"我回答："正在写一部可以放到外国人书架上的书。"领导让我详细谈谈，我继续说："我出访过好多国家，也在西安接待过国外不少文学艺术访问团。在交谈中，就有外国作家带着讥讽和嘲笑的口气对我说，'我们看了看，你们中国作家的书架上无一例外地都摆放着我们外国作家的书籍，但是，我们国外作家的书架上也清一色地没有摆放一本中国作家的书。'他们的这句话深深地刺激、刺痛、刺伤了我。我现在所从事的这项工程,就是写一本放在外国人书架上的书。这部百万字的小说名叫《菩提树下》。"

陈忠实先生的"这都是些上不了书架的书"和高建群先生的"写一本放在外国人书架上的书"的话,常常在我耳畔回响,并成为鼓舞、激励、鞭策我的座右铭,于是,自己也斗胆说一句——"写一本能放在书架上的书"吧。

实事求是地讲,我在2008年前写过几本集子,而自己最满意的还是2003年出版的《跋涉者》。书中的大多数文章都是我在《陕西日报》公开发表过的,因而可以毫不夸张地讲,在此书面世的至少十年间,它不仅成为新闻初学者的范本,更是广大宣传干部、基层通讯员、年轻记者、文学爱好者等人群的教本。好多人一见我,就说如何在《跋涉者》里学习写文章,学会写文章,取得了哪些收获云云。直到现在,还有人向我索求此书。遗憾的是,刚开始出书缺乏经验,自己手头只留下一册,成为孤本(本书里有这篇文章)。一部有读者、受欢迎,且实用、有影响的书,对作者来说是一种最大的欣慰。至于上没上读者书架,我没有调查,当然也就没有发言权。

2008年以来,除过繁忙的工作,文艺、文化、文学活动渐渐多了起来。先是2010年前后,我利用双休日,以制片人、导演、编剧等多重身份参与陕西电视台、西安电视台的方言栏目剧"百家碎戏""都市碎戏""狼人虎剧""西安故事"的拍摄,先后有8部作品在电视台播出,小有收获。后因故放弃,但从那时起,我结识了许多影视圈的人士和演员朋友。后来我又练书法,也参加了不少省内外和海外的各类书法交流活动。但无论多么忙,阅读和写作是我一直坚持不辍的一项日常工作。

读书和写作是我多年养成的一个习惯,只要有新书出版,我都会去买,都要去读,读了就写点感想。时间一长,作家朋友、媒体朋友的书就有了不少,请我写评论的、作序的、题字的不一而足。但是,因自己比较忙,名气也不是很大,影响也不够广,能推的我都推掉了。实在推不掉,我就介绍到陈忠实、贾平凹老师那里。这样一来,好多文友及社会上的人就托我拜见这两位大师。

在此期间，令我感触最深的有4个人。一位是渭南市华州区的一名科级干部，他是文学发烧友，也是我的粉丝，托我要见陈忠实先生。我约了几次，陈老都没空，我的这位朋友就住在西安，专门等候，一住就是两天，第三天终于见到了陈老，陈老给他签了名、题了字，和他合了影。他的那种激动、兴奋、满足，只有文人才能够理解；另一位是兰州的一位茶艺古琴师，她到西安来进修，临走时打电话与我告别，问我忙什么，我说我要去见陈忠实老师，她竟然毫不犹豫地退了机票，直到见过陈老后，才高高兴兴地回兰州了；第三位是一个企业的老总，托我拜见贾平凹先生，每天都到平凹先生工作室楼下的茶楼一边喝茶一边等；第四位是我至今尚未谋面的陕北清涧县路遥纪念馆的刘艳馆长。2012年11月，我发表在《陕西日报》上的纪念路遥逝世20周年的文章《走进路遥故里》，后来被作为藏品放在路遥纪念馆向游客展出。2014年春节前后，《平凡的世界》电视剧开始热播，3月初，广州《家庭》杂志社向我约稿，请我写篇有关这方面的文章。我先后采访了路遥生病住院期间的西京医院原护士、路遥五弟王天笑、电视剧《平凡的世界》编剧葛水平等人，写成了8000多字的《路遥：平凡的世界 不平凡的人生》（见本书）一文。铜川电台孟英莉总监义务给我主播并制作、录制了近40分钟的配乐音频。我将该音频发给路遥纪念馆刘馆长，她立即组织全馆人员收听，后给我打电话说，把所有人都听哭了……

2015年第17期《家庭》杂志发表了我写的《再见，路遥；再见路妈妈——风中，母亲的守护》一文，我又抽空将本期杂志捐赠给了路遥纪念馆，并与旗袍陕西总会副会长、金牌走秀培训导师赵菁，西安分会会长王新爱，延安分会会长、延安圣地旗袍协会会长尹维霞等及延安旗袍佳丽们一道，为一代文学巨匠路遥先生雕像鞠躬默哀、敬献花篮，并参观路遥纪念馆，与工作人员座谈、写书法等，给单一的赠刊活动赋予了新的意义（见本书）。

我的写作大致分为三个阶段，2008年以前，我的作品全是用笔手写，有时，一晚上就写上万字，难免一熬就是一个通宵，次日让人再打印出来；后来改用电脑，方便、轻松、快捷了许多；智能手机出现后，2013年起，我的大多数创作都是在手机上完成的。记得2013年左右，我开始在微信上写百字小品文、千字小美文、文艺评论、杂文、诗歌、随笔、札记等。单华北和东北一行，《我的行走笔记》就写了13篇，从此一发不可收拾。作家、画家、书法家、企业家、摄影师、文学发烧友等纷纷加我微信，报社、期刊、网站频频向我约稿。写序的、求字的、索评的多了，读者、粉丝群体不断扩大。有时可能我写出一句话，都有人和我私信探讨，有时一篇文章被多人喜欢，有时有关链接发出后，就会引起强烈反响。直到现在，我的文章一旦在微信朋友圈、QQ空间、微博发出，就有人点赞、转发、传播。有些人和我从未谋面，只是读过我的文章，就成了好朋友。

这一切，使我感到欣慰，又感到惶恐，更感到压力很大。欣慰的是自己的文笔、文采、文风得到了读者广泛认可；惶恐的是文章愈来愈难写；压力大是因为要写的东西实在太多。特别是好多作家的长篇小说评论，要写就得通读全书、理出头绪、写出实感，而我繁杂的事务又多，有时候就不得不拖延时间。孰料，我越拒绝，让我改文章、看书稿、写评论的人越多。

2014年底，上海的大卫华先生从微信上看到我的写作动态，说他要出一本名叫《众筹思维》的书，请我写点文字。我一直忙，没有顾上写。2015年3月初，他给我打电话催稿时，我正在赶往机场的路上准备去广州。就在候机间隙，我用手机写了篇《从"众"字说众筹》，不料被他用作该书的序，同时，他在书里列举例子时又将我的文章《圈子》全文引用。同样，2015年6月，著名油画家廖婉凝女士也是从微信上看到我平时的文字，让我给她即将出版的画册写个评论。我写了一篇《写在画布上的美丽》，画册出版后，我的这篇文章与著名作家杨争光先生的文章登在一起。我有个香港朋友，在深圳、香港两地都有实业，在深圳的某个微信群关注到我，并经常点赞我的文章。2016年我去香港前，其读到我去年去深圳、香港、澳门写的《火火辣辣大深圳》《纷纷扰扰话香港》《金金灿灿说澳门》3篇游记，说写得好，让把链接转过去给香港的朋友，并说，她在深圳、香港住了十几年,竟然还没有我对香港知道得全、了解得透……其实,以上三位在我写文章前都未见过面。从诸如此类的事例中,我真正体会到了文以载道、人文观照的真正含义。

《吹糠见米》这本书的出版合同签约当日,我在微信朋友圈里发了个消息。有个朋友私信我,说此书书名太俗了,有损我的文采,建议改一改。我告诉他,"糠"和"米"就好像真与假、善与恶、美与丑,它们是对立的、并存的、共生的,把自己认为不好的、无趣的、作为应景之作"糠"吹走,剩下的就是黄亮亮、白晶晶的精品"米",有何不好?他才貌似明白不再吭声了。从2008年到现在,也许到了我的文字井喷期、文学旺盛期、创作高峰期,我撰写了大量文学作品,其中不乏精美之作、优秀之作、满意之作。如:《圈子》《爷爷的手 舅舅的面》《青木川的味道》《骑马》《笔筒》《凭窗眺望陈忠实》《爱你的时候》《井》《城市的夜空》等散文、诗歌。《吹糠见米》里的文章,正是本着这样对自己负责、对读者负责的态度,在散见于各类媒体的百余万字作品中精选了一批精品稿件收入书中,其中,有好多作品是首次与读者见面。这些文章,我的初衷是尽可能地让读者在读文章的同时学习知识、认识社会、陶冶情操、愉悦心情。

吹糠见米不仅仅指文章要去劣存优、去伪存真,做人、做事、处世也应一身正气、两袖清风。本书在出版过程中,得到了社会各界的广泛关注,也得到了许多作家朋友的热情帮助,更得到了陕西新华出版传媒集团陕西旅游出版社的大力配合。感谢我所供职单位的领导,感激我文学圈、书法圈、国学圈、旗袍圈等文化圈海内外所有朋友及广大读者粉丝的关注、关心、关爱!由于人员众多,牵扯面广,恕不一一罗列姓名。

再丑的媳妇都得见公婆,再害羞的小草都要长大。在《吹糠见米》付梓出版之际,我要说,再不好的书,哪怕有一篇文章、一段话、一个句子、一个观念对你有用,生活的真谛都会得以交流,文人的心灵就会得以栖息,文学的功能即会得以体现,文化的魅力也会得以彰显。如是,则不忘初心、不负众望、不枉为文。

写一本能放到书架上的书，就是说书的内容、书的质量、书的品位、书的价值等值得阅读、值得上架、值得珍藏；写一本能放到书架上的书，绝不高谈阔论、无病呻吟、滥竽充数；写一本能放到书架上的书，是一种自信，是一种自励，是一种自勉，不仅可以上自己书架，也可上读者书架，还要上更多人的书架。

2016 年 12 月 29 日于西安